여로의 끝

일러두기

1. 모본의 발간 당시의 내용을 그대로 살리되 편집상의 오류를 바로잡고 기본 맞춤법은 오늘에 맞게 수정했다.

2. 인명·지명·서명·식물명 등은 원문의 것을 그대로 살리되, 독자의 이해를 위해 현대식으로 표기하거나 현대식 표기를 병기한 경우도 있다.

여로의 끝

초판 1쇄 인쇄 _ 2021년 9월 25일
초판 1쇄 발행 _ 2021년 9월 30일

지은이 _ 이병주
펴낸곳 _ 바이북스
펴낸이 _ 윤옥초
책임 편집 _ 김태윤
책임 디자인 _ 이민영

ISBN _ 979-11-5877-262-8 03810

등록 _ 2005. 7. 12 | 제 313-2005-000148호

서울시 영등포구 선유로49길 23 아이에스비즈타워2차 1005호
편집 02)333-0812 | **마케팅** 02)333-9918 | **팩스** 02)333-9960
이메일 postmaster@bybooks.co.kr
홈페이지 www.bybooks.co.kr

책값은 뒤표지에 있습니다.
책으로 아름다운 세상을 만듭니다. ― 바이북스

미래를 함께 꿈꿀 작가님의 참신한 아이디어나 원고를 기다립니다.
이메일로 접수한 원고는 검토 후 연락드리겠습니다.

이병주 장편소설

여로의 끝

이병주 지음

바이북스
ByBooks

왜 지금 여기서 다시 이병주인가

탄생 100주년에 이른 불후의 작가

백년에 한 사람 날까 말까 한 작가가 있다. 이를 일러 불세출의 작가라 한다. 나림 이병주 선생은 감히 그와 같은 수식어를 붙여 불러도 좋을 만한 면모를 갖추었다. 그의 소설은 『관부연락선』, 『산하』, 『지리산』, 『그해 5월』 등을 통하여, 한국 현대사를 매우 사실적이고 설득력 있게 문학이라는 그릇에 담아낸다. 동시에 「소설·알렉산드리아」, 『행복어사전』 등을 통하여, 동시대 삶의 행간에 묻힌 인간사의 진실을 '신화문학론'의 상상력을 활용하여 문학의 그물로 걸어 올린다.

그의 소설이 보여 주는 주제 의식은 그야말로 백화난만한 화원처럼 다양하게 펼쳐져 있다. 『예낭 풍물지』나 『철학적 살인』 같은 창작집에 수록되어있는 초기 작품의 지적 실험성이 짙은 분위기와 관념적 탐색의 정신으로부터, 시대와 역사 소재의 작품에서 볼 수 있는 숨겨진 사실들의 진정성에 대한 추적과 문학적 변용, 현대사회 속에서의 다양한 삶의 절목(節目)과 그에 대한 구체적 세부의 형상력 등을 금방이라도 나열할 수 있다.

　더욱이 현대사회의 삶을 주된 바탕으로 하는 작품들에서는, 천차만별의 창작 경향을 만날 수 있다. 1980년대 이후에는 『허망의 정열』, 『그 테러리스트를 위한 만사』 등의 창작집에서 역사적 사건과 현실 생활을 연계한 중편이나 함축성 있는 단편들을 볼 수 있는데, 여기에까지 이르면 이미 그의 작품에 세상을 입체적으로 바라보는 원숙한 관점과 잡다한 일상사에서 초탈한 달관의 의식이 깃들어 있다.

　이병주는 분량이 크지 않은 작품을 정교한 짜임새로 구성하는 능력이 뛰어나지만, 그보다 부피가 장대한 대하소설을 유연하게 펼쳐 나가는 데 훨씬 더 탁월하다. 일찍이 그가 도스토옙스키의 『죄와 벌』을 읽고 그 마력에 사로잡혔다고 고백한 것도 이 점에 견주어 볼 때 자못 의미심장하게 여겨진다. 길다면 길고 짧다면 짧은 한국 현대문학사에서 이병주와 같은 유형의 작가는 좀처럼 다시 발견되지 않는다.

　그 자신이 소설보다 더 파란만장한 생애를 살았던 체험의 역사성, 박학다식과 박람강기를 수렴한 유장한 문면, 어느 작가도 흉내 내기 어려운 이야기의 재미, 웅혼한 스케일과 박진감 넘치는 구성 등이 그의 소설 세계를 떠받치고 있다면, 그에게 '한국의 발자크'라는 명호를 부여해도 그다지 어색할 바 없다. 발자크가 19세기 서구 리얼리즘의 대표 작가일 때, 이병주는 20세기 한국 실록 대하소설의 대표 작가다. 그가 일찍이 책상 앞에 "나폴레옹 앞에는 알프스가 있고 내 앞에는 발자크가 있다"고 써 붙였던 사실은 널리 알려져 있다.

거기에다 그가 남긴 문학의 분량이 단행본 1백 권에 육박하고 또 이들이 저마다 남다른 감동의 문양(紋樣)을 생산하는 형편이고 보면, 이는 불철주야의 노력과 불세출의 천재가 행복하게 악수한 사례에 해당한다. 그럼에도 불구하고 그는 우리 사회의 고질적인 학연이나 지연, 그리고 일부 부분적인 '태작(駄作)'의 영향으로 정당한 평가를 받지 못했다. 요컨대 그는 그렇게 허망하게 역사의 갈피 속에 묻혀서는 안 될 작가이며, 그에 대한 정당한 평가는 한 작가가 필생의 공력으로 이룩한 문학적 성과를 올곧게 수용해야 마땅한 한국문학의 책무이기도 하다.

그래서 지금 여기서, 다시 이병주인 것이다. 마치 허만 멜빌의『모비딕』이 그의 탄생 1백 주년 기념행사를 통해 다시 세상에 드러났듯이, 우리는 그가 이 땅에 온 지 꼭 100년, 또 유명(幽明)을 달리한 지 29년에 이르러 그의 '천재'와 '노력'을 다시 조명해 보아야 한다. 진보와 보수의 이념적 성향이나 문학과 비문학의 장르적 구분, 중앙과 지방의 지역적 차이를 넘어 온전히 그의 문학을 기리고 사랑하는 마음을 앞세워서 '이병주기념사업회'가 발족 되었던 것은, 바로 이러한 당위적인 일들을 감당하기 위해서였다.

미상불 그의 작품세계가 포괄하고 있는 이야기의 부피를 서재에 두면, 독자 스스로 하루의 일을 마치고 귀가하는 발걸음을 재촉할 것이다. 더 나아가 물질문명의 위력 앞에 위축되고 미소한 세계관에 침몰한 우리 시대의 갑남을녀(甲男乙女)들에게, 그의 소설이 거대담론의 기개를 회복하고 굳어버린 인식의 벽을 부수는 상상력의 힘, 인간관계의 지혜와 처세의 경륜을 새롭게 불러오리라 확신하는 바이다.

2021년 나림 탄생 100주년 기념사업의 일환으로 지난해 7월부터 진행해온 '이병주 문학선집' 발간 준비작업이 여러 과정을 거쳐 작품 선정 작업을 완료하고 대상 작품에 대한 출간 작업에 들어갔다. 작품 선정은 가급적 기 발간된 도서와 중복을 피하고, 재출간된 도서들이 주로 역사 소재의 소설들임을 감안하여 대중성이 강한 작품에 중점을 두기로 했다. 이를 위해 한길사 전집 30권, 바이북스 및 문학의숲 발간 25권을 기본 참고도서로 하여 선정 및 편집을 진행했다.

그동안 지원기관인 하동군의 호응과 이병주문학관의 열의, 그리고 편찬위원 및 기획위원들의 적극적인 작품 추천 작업 참여, 유족 대표인 이권기 교수 및 기념사업회 운영위원 고승철 작가 등 여러분의 충심 어린 조언과 지원에 힘입어 이와 같은 성과를 얻게 되었다. 역사 소재의 작품들에 이어 대중문학의 정점에 이른 작품들을 엄선한 '이병주 문학선집'이 독자 제현의 기대와 기쁨이 되기를 기원한다.

이병주기념사업회에서는 이 선집 발간을 위하여 〈편찬위원회〉를 구성하고 편찬위원장에 임헌영(문학평론가, 민족문제연구소 소장) 씨를 모시고, 편찬위원으로 김인환(문학평론가, 전 고려대 교수), 김언종(한

문학자, 전 고려대 교수), 김종회(문학평론가, 전 경희대 교수), 김주성(소설가, 이병주기념사업회 사무총장), 이승하(시인, 중앙대 교수), 김용희(소설가, 평택대 교수), 최영욱(시인, 이병주문학관 관장) 제 씨를 위촉했다. 이와 함께 기획위원으로 손혜숙(이병주 연구자, 한남대 교수), 정미진(이병주 연구자, 경상대 교수) 두 분이 참여했다.

이 선집은 모두 12권으로 구성되어 있으며, 선정 작품 목록은 다음과 같다. 중·단편 선집 『삐에로와 국화』 한 권에 「내 마음은 돌이 아니다」(단편), 「삐에로와 국화」(단편), 「8월의 사상」(단편), 「서울은 천국」(중편), 「백로선생」(중편), 「화산의 월, 역성의 풍」(중편) 등 6편의 작품이 실려 있다. 그리고 장편소설이 『허상과 장미』(1·2, 2권), 『여로의 끝』, 『낙엽』, 『꽃의 이름을 물었더니』, 『무지개 사냥』(1·2, 2권), 『미완의 극』(1·2, 2권) 등 6편 9권으로 되어 있다. 또한 에세이집으로 『자아와 세계의 만남』, 『산을 생각한다』 등 2권이 있다.

이병주기념사업회와 편찬위원들은 이 12권의 선집이 단순히 한 작가의 지난 작품을 다시 볼 수 있도록 재출간한다는 평면적 사실을 넘어서, 우리가 이 불후의 작가를 기리면서 그 작품을 우리 시대에 좋은 소설의 교범으로 읽고 즐거워할 수 있는 하나의 본보기가 되었으면 한다. 역사적 삶의 교훈과 더불어 일상 속의 체험들에 의미를 부여할 수 있는 유익한 길잡이로서의 문학이 되었으면 하는 것이다. 이 선집이 발간되기까지 애쓰고 수고한 손길들, 윤상기 군수님을 비롯한 하동군 관계자들, 특히 이 일이 진행될 수 있도록 막후에서 모든 지원을 아끼지 않으신 이병주기념사업회의 이기수 공동대표님, 어려운 시절에 출간을 맡아주신 바이북스의 윤옥초 대표님께 깊이 감사드린다.

2021년 나림 탄생 100년의 해에

이병주 문학선집 편찬위원회 일동

차례

너와 나의 노래

<u>1</u>

음악이 라일락의 향기처럼 풍겨 오고 있었다. 라일락의 향내가 음악의 리듬처럼 흘러 오고 있었다.

광화문 그 다방에 라일락의 화분이 많은 때문만도 아니다. 안현상(安玄相)이 애인 장연희(張然姬)를 기다리고 있는 것이다.

이른 봄의 퇴근 시간, 해가 조금씩 길어난다고 해도 일곱 시 가까운 시간이면 서울이 차분하게 밤의 정서로 물들어가는 시간이다. 하루의 일을 끝낸 샐러리맨 남녀들이 혹은 짝을 지어 혹은 혼자 다방 속으로 밀려들고 있었다. 이 무렵 그 다방의 손님은 대개 저녁 한때의 데이트를 즐기기 위해 모이는 독신 남녀들이었다.

안현상은 구석진 곳이면서도 입구에서 들어오는 사람을 잘 볼 수가 있고 들어온 사람에게 잘 보일 수 있는 위치를 골라 앉아 있었다. 회사 복도에서 만나도 말 한 마디 건네지 않고 목례만 하고 지내야 하던 장연희와 서슴없이 이야기를 나눌 수 있는 시간이 다가오고 있는 것이다. 금방 저 문에서 나타날 연희의 화사한 얼굴을 안현상은 황홀한 감정으로 그려보며 '연희를 생각하기만 하면 황홀해지는 것은 어찌된 때문일까?' 하고 혼자 미소를 지어 보기도 했다.

'이것을 행복이라고 하는 건지도 모르지……'

안현상은 장연희를 알기 전의 그 암담했던 나날을 새삼스럽게 회상해 보았다. 데모와 반(反)데모의 열풍 속에 휩쓸렸던 학교 시절을 지내고 간 곳이 군대, 그곳에서의 힘겨운 나날을 안아넘기고 나니 무직이란 이름의 회색의 현실. 그 가혹한 현실 속에 1년 남짓 헤매다가 성호재벌(成湖財閥) 계통 회사의 입사시험에 합격하고 직장을 얻기는 했었지만, 무직이 유직(有職)으로 탈을 바꾸었을 뿐 생활의 감격이란 것을 맛볼 수는 없었던 것인데, 현상이 입사한 지 2년 남짓한 세월이 흐른 뒤의 봄, 장연희가 입사해서 현상이 소속되어 있는 과(課)로 배치가 된 것이었다.

어떻게 두 사람 사이에 사랑이 싹텄던 가는 설명할 수가 없다. 자연스럽게, 그렇다 자연스럽게 현상은 연희를 위해서 이 세상에 태어났고, 연희는 현상을 위해서 이 세상에 태어났다고 느꼈다.

현상은 이러한 느낌을 굳히던 날, 이러한 느낌을 서로가 대상 앞에 고백하던 날을 역력하게 기억하고 있다.

연희가 입사하고 반 년 동안의 수습(修習)이 지난 뒤, 현상이 있는 자재과에서 총무과로 옮기게 되었는데 그날 밤, 과에선 또 다른 전근자(轉勤者)도 있고 해서 간단한 송별 파티가 있었다. 그 파티가 끝나고 난 뒤 현상과 연희는 호젓한 뒷길을 걸으며 이때까지 주고 받았던 호의가 애정의 준비운동이었다는 것을 서로 다짐하고, 매일 회사가 파하면 회사에서 걸어 10분이 걸리는 그 다방에서 잠깐 동안이라도 만나고 헤어지자는 약속을 했다.

그리고 1년 남짓한 세월, 두 사람은 그 약속을 어기지 않았다. 약속을 어기지 않는 것이 아니라 현상과 연희는 그 시간을 위해 살아 있다고 해도 지나친 말이 아니었다.

만나기만 하면 새로운 화제가 샘물처럼 솟아났고, 새로운 빛깔로 희망이 물들고, 두 사람은 목하 이 세상에서 가장 행복한 사람들이었다.

'왔군!'

하는 속말과 더불어 현상의 얼굴엔 불이 켜지듯 미소가 번졌다. 그 미소를 향해 장연희의 상냥하고 예쁜 얼굴과 맵시가 꽃처럼 다가오고 있었다. 연희는 현상이 앉은 자리 앞에 서자 왼팔뚝을 들어 시계를 봤다. 언제나 하는 버릇이다.

"오늘은 합격?"

"그래 합격이다."

회사 사무의 매듭을 짓는 총무과에 근무하고 있기 때문에 연희의 퇴근시간은 현상보다 10분이나 20분 늦는 것이 보통이었다. 그러니 20분쯤 늦는 것은 합격으로 치기로 서로 묵계가 되어 있었다.

"오늘은 합격을 못하지 않나 하고 무척 걱정이었어요."

연희는 자리에 앉으면서 말했다.

"그건 또 왜?"

"김이라고 하는 신입사원 있잖아요. 그 사람이 오늘도 추근대지 뭐예요. 선배를 저녁식사에 초대하고 지도를 받겠다나요?"

"그친 눈이 제대로 박힌 놈이군 그래."

"뭐라고요?"

"그렇지 않아? 눈이 제대로 박힌 놈이라면 우리 미스 장에게 마음을 끌리지 않곤 못 배겨낼 거니까 말이다."

"그런 말 하기예요?"

"사실인 걸 어떻게 하지?"

"그럼 안 선생님은 내게 추근대는 사람이 있다고 들어도 불쾌하지도 않으시단 말씀이군요."

"당신에게 추근대는 사람이 어디 그 사람 하나뿐이던가?"

"그러니까 누가 내게 추근대건 말건 무관심하단 말씀인가요?"

"무관심할 수야 있겠소. 그러나 그런 문제를 가지고 불쾌해 하다간 하루종일 일년 삼백육십오일을 내내 찌푸리고 살아야 할 판이니 어디 견디어 내겠어?"

"그러니까 괜찮단 말씀예요?"

"미스 장을 믿는 거지. 나의 행동을 믿는 거고. 나는 미스 장을 위해 이 세상에 태어난 사람이고, 당신도 또 그럴 게구. 그렇잖아?"

"그건 그래요."

주문한 커피가 나왔다. 연희는 스푼을 들어 현상의 잔에 설탕을 넣었다. 세 숟갈. 그리고 자기의 잔에 반 숟갈 더 설탕을 넣는 이유를 연희는 이렇게 설명한 적이 있었다.

"당신보다 조금은 더 내가 달아야 하니까요."

현상은 한 잔의 커피라도 맛있게 마신다. 맛있게 마시는 현상을 보면 연희는 언제나 행복한 예감에 부푼다. 이 사람은 자기가 만들어 주는 음식을 맛있게 먹을 것이고, 그것을 지켜보고 있으면 참으로 행복할 것이란 그런 사소한 일에서부터 자기의 어떠한 동작도 반겨줄 것이란 확신이 연희를 황홀하게 하는 것이다.

연희는 오늘 총무과에서 엿들은 얘기를 시작했다.

"용도과에 유 차장(柳次長)이란 사람이 있잖아요. 그런데 방계회사를 해산했기 때문에 전입한 홍(洪)이란 사람이 총무과에 차장 대우로 와 있거던요. 회사의 태도는 그 유 차장 자리에 홍을 갖다 놓을 모양이던데, 그 때문에 총무과장이 난처한 입장에 몰린 것 같아요."

유 차장은 50에 가까운 사람이다. 안현상은, 회사가 창설된 때부터 있었다면서 후진에게 과장자리를 빼앗기고 차장으로서 식은 밥을 먹고 있는 유라는 사람을 일순 뇌리에 떠올려 봤다. 충직하기는 하나 무능하다는 정평이 이미 나돌고 있었지만 과장자리 하나쯤 주어도 감당 못할 정도의 사람은 아니라는 점에서 회사 내의 동정을 받고도 있었다. 그러나 경쟁사회에서 이겨나가야 하는 회사의 입장에서 보면 무능한 사원은 무능하다는 바로 그 사실만을 가지고 추방당해야 하는 죄인이 된다.

총무과장이 난처한 입장에 몰렸다는 것도 이해가 간다. 총무과장과 유 씨는 같이 입사한 다년간의 친구였다. 현상은 그런 뜻으로만 연희의 얘기를 해석하고 있었는데, 연희가 이어

"만일 유 차장이 순순히 사표를 내지 않을 경우에 대비해서 유 차장의 비행(非行)을 몇 개쯤 파악해 두자는 분부가 총무과장에게 내렸는가 봐요."

하는 말을 들었을 때 현상은 갑자기 울화가 치밀어 오름을 느꼈다. 그러한 감정의 움직임을 민감한 연희가 눈치채지 않을 리 없었다.

"공연한 얘길 꺼내 불쾌하신 건 아녜요?"

"그런 얘기는 해줘야 되잖아? 인생을 배우고 회사를 배우기 위해서라도."

현상은 이렇게 말함으로써 그런 화제를 꺼낸 연희에게 대해선 조금도 불쾌하게 느끼고 있는 것이 아니란 점을 뚜렷이 해두곤

"불쌍한 건 샐러리맨이야. 리어카를 끌건 지게를 지건 자기가 자기의 주인이 되는 생활을 하고 싶어."

하며 한숨을 쉬었다.

"불쌍한 건 샐러리맨이 아니고 무능한 사람이에요."

연희가 살짝 한 마디 던졌다.

"미스 장 말이 옳아. 불쌍한 건 무능한 사람이지."

현상은 샐러리맨의 처지에 관해서 이런 말 저런 말 하는 것이 새삼스러운 느낌이 들어 이렇게 간단하게 장연희의 말에 동조해 버리긴 했으나 뭔지 답답한 심정을 억제할 수가 없었다. 그래서 다음과 같이 이었다.

"유능, 무능이란 것이 그처럼 간단하게 판별되는 것도 아냐. 유능, 무능을 따지기에 앞서 운, 불운이란 게 있는 것 같애."

연희는 현상의 말에 진실이 있다는 것을 알면서도 일단 반대해 보지 않을 수 없었다.

"운, 불운을 들먹여야 할 처지에 놓이게 된 것이 곧 무능한 탓 아닐까요?"

"그럴는지도 모르지."

연희는 언제나 이렇게 간단하게 동조해 버리는 현상을 언제나 하는 식으로 살큼 흘겨 보았다.

"전 토론을 하자는 건데 안 선생은 그저 동조만 해버리니 싱거워."

"싱거워? 그래 꼭 입싸움을 해야만 싱겁지 않은가?"

"그런 것도 아니지만 제 말이 일일이 옳을 수야 없잖아요. 옳지 않은 것은 옳지 않다고 하고 부족한 것은 부족하다고 해야죠, 그렇죠?"

현상은 연희의 눈망울을 들여다보면서 구김살 없이 웃었다. 그런 연희가 한없이 귀여웠다.

"어떤 말이라도 미스 장의 입을 통해서 나오기만 하면 옳게 들리고 아름답게 들리니 도리가 없잖아?"

"참으로 그래요?"

연희의 얼굴에도 행복감이 비쳤다.

"그렇고 말고. 어느 때 이런 일이 있었어. 진눈깨비가 내리고 골목이 질벅질벅했거든. 에이, 이놈의 진눈깨비, 이놈의 골목, 하고 중얼거리려는 참인데 연희씬 참으로 멋있는 밤이라고 내 귀에 대고 속삭였어. 그리고 진눈깨비가 내리는 질벅한 골목을 같이 걸으니까 보다 내가 믿음직해 보인다는 말을 덧붙이고 말야. 그러자 아까의 불쾌했던 감정은 감쪽같이 사라지고 진눈깨비와 질벅한 골목에 최대의 찬사를 드리고 싶은 심정이 되어 버렸거든. 미다스의 손이 닿기만 하면 모든 물질이 황금으로 변했다지만 당신의 입김을 쐬기만 하면 어떠한 말도 의견도 옳고 아름답게 되니 이상하지 않아?"

연희는 이렇게 말하는 현상의 입언저리를 지켜보고 있다가

"우린 평생 입싸움 한번도 못하고 말겠네요, 그럼."

하고 손을 현상 쪽으로 뻗어왔다. 현상은 그 손을 이 세상에서 둘도 없는 보물을 만지듯 조심스럽게 그리고 부드럽게 만지고 일어섰다.

"우리 어디 가서 저녁을 먹고, 사직공원을 돌아 중앙청 앞으로 해서 안국동 쪽으로 갑시다."

"그렇게 해요."

연희도 따라 일어섰다.

<u>2</u>

내수동 조촐한 식당에서 둘이는 된장찌개로 식사를 했다.

"오늘은 술을 딱 한잔만 해요."

"그럽시다."

현상은 대학시절과 군대시절, 술을 배워 꽤나 하는 축이었다. 그러나 연희를 알고부턴 연희가 정해 주는 양 이상을 넘어서지 않았다. 친구들과 어울릴 일이 있어도 연희와의 데이트를 하며 식사를 끝내고 가는 까닭에 과음하지 않았다.

역시 맛있게 식사를 하는 현상을 보고 연희가 말했다.

"딴 사람이 만들어 주는 음식은 맛이 없는 것처럼 먹어 주었으면 해요."

"그건 또 왜?"

"이 다음 제가 만들어 드리는 음식을 맛있게 잡수시기 위해서요."

"걱정 마슈. 그럴 땐 당신 손까지 함께 먹어 버릴 테니까."

"그럼 손이 몇 개나 있어야 되게요?"

"염려마, 손은 자꾸 길어날 테니까."

연희는 현상의 이런 위트가 즐거웠다. 침착하면서 위트가 있고, 성실하고, 깨끗하고, 교양이 있고, 이해심이 있고…… 연희는 현상의 장점을 헤아리자면 하룻밤을 꼬박 새워야 하는 것이다. 일본 황태자의 부인이 약혼 시절 신문기자에게 황태자의 인상을 '어성실(御誠實)

하고, 어청결(御淸潔)하고, 어이해(御理解)가 깊으신 분.'이라고 말했다지만 연희도 누가 현상의 인상을 물으면 꼭 그와 같은 말을 되풀이할 작정이었다.

현상은 반찬 가운데서도 맵고 짠 것을 좋아하였다. 그런 습성을 연희가 빈정댄 적이 있었다.

"어떤 여류학자의 말씀이 한국의 남성들은 웬일인지 된장 속에 묻어 둔 고추라든가, 장에 담근 마늘이라든가 그런 것만 좋아해서 주부들도 자연 그 식성을 따르지 않을 수 없으니까 한국의 식생활은 진보하지 않는다고 했어요. 저도 동감이에요. 어떻게 그런 식성을 고칠 수가 없겠어요?"

이에 대한 현상의 대답은 이랬다.

"남자들은 자연 외식할 기회가 많으니까 그런 자리에서 고기나 생선 같은 것, 중국요리나 서양요리 같은 것을 많이 먹게 되거든. 그래 놓으니 가정엘 가면 한국 고유의 것을 찾게 되는 것 아닐까. 나는 당신의 분부 없으면 외식을 하지 않고 나의 식성을 고집도 않을 테니 당신은 한국의 식생활 향상에 거리낌없이 노력할 수 있을 거요."

식당에서 나온 현상과 연희는 이른 봄의 내수동 밤거리를 천천히 걸어갔다. 현상은 언제나 하는 버릇으로 연희가 어렸을 적 살았던 집이 있는 골목 어귀에 이르자 그 골목과 안쪽을 들여다봤다. 연희는 현상의 동작을 지켜보며 처음 자기가 그 사실을 알렸을 때 헌싱과 수고받았던 얘기를 회상했다.

"이십 년 전에 내가 이 골목 앞에 왔더라면 네 살짜리 연희를 만날 수 있었을 건데."

현상의 말이었다.

"그때 안 선생은?"

"지리산 밑 시골 초등학교의 2학년생이었지?"

"그때 서로 만난 적이 있었더라면 재미있었겠죠."

이건 연희의 말.

"내가 학교에서 돌아오다가 시내에서 가재를 잡고 놀고 있을 때 연희씬 솜과자를 사들고 이 골목에서 뛰놀았을 것이거든. 생각하면 이상해. 따로따로 다른 곳에서 태어나 따로따로 세상을 헤매다가 어느 날 어느 때 어느 곳에서 돌연 두 사람이 만나게 된다. 그리곤 서로가 서로를 위해서 이 세상에 태어났다는 사실을 확인한다. 나는 연희 씨를 만나기 위해 이십팔 년의 세월을 보냈다. 연희 씬 나를 만나기 위해 이십삼 년이란 세월이 걸렸다. 신비하지 않아?"

이때 연희는 자기도 모르게 현상의 손을 꼭 쥐었다. 달이 휘영청 밝은 가을밤이었다. 가슴이 떨렸다. 신비로운 섭리가 전기가 되어 온 몸에 방전하는 듯한 느낌이었다.

"제가 나서 네 살까지 자란 곳이 이곳, 사직골에 살다가 안국동으로 이사를 가서 거기서 지금까지 살고 있는 저는 서울밖엔 모르는 서울의 시골처녀예요. 그러니 제 고향은 안 선생님이 보신 그대로구, 안 선생 고향은 어떻죠?"

"심심 산골. 지리산이 남쪽 바다를 향해 무수한 지맥(支脈)이 나 있는데 그 가운데 가느다란 시내를 남쪽으로 보고 백 호 남짓한 동리가 있지요. 쓸쓸한 한촌이죠. 거기서 초라하게 자란 시골의 소년이 커서 서울의 아스팔트로 포장한 길을 서울의 처녀와 걷고 있으니 이만해도 굉장한 출세지요. 굉장한 행운이죠."

잠자코 걷고 있어도 지난날의 대화를 통해 둘이는 쉴새없이 얘기를 나누고 있는 셈이다.

사직골 연희의 옛집 앞에 섰다. 그 옛집엔 연희의 큰 오빠가 살고 있었다. 현상과 연희의 사이를 제일 먼저 인정해준 사람이 그 오빠였다. 연희의 큰 오빠는 다행하게도 현상의 대학선배였다. 서로 얼굴은 모르고 지냈어도 2년 선배인 그와 현상은 2년 동안을 같은 캠퍼스에서 지낸 셈이다.

연희의 오빠도 현상도 연희도 똑같이 대학에서는 사학을 전공했다. 연희의 오빠는 그냥 대학에 남아 지금 조교수로서 학문을 계속하고 있지만 현상은 대학에선 사학을 해놓고 영리회사의 샐러리맨이 되어 있는 것이다. 이 점으로 해서 현상은 연희의 오빠에게 일종의 콤플렉스를 느꼈지만 연희의 오빠는 현상과 두 시간쯤 얘기를 나누고 나더니 훌륭한 청년이란 딱지를 붙여 연희에게 역추천(逆推薦)을 했다.

생각하면 연희와 현상이 가까워지게 된 동기엔 대학에서 같은 학문을 했다는 사실이 있었을는지 모른다. 현상이 연희와 처음으로 나

23

눈 대화 가운데 이런 것이 있었다. 점심을 먹고 난 뒤 집무 개시까진 아직 30분의 시간이 있을 때였는데, 우연히 이런 말이 오간 것이다.

"미스 장은 어느 학교를 나왔죠?"

"그건 왜 묻죠?"

"물어선 안 됩니까?"

"안 될 것도 없지만……."

"대답하시기 싫으면 안 하셔도 좋습니다."

"그렇게 말씀하시니 되려 미안하군요. E대학입니다."

"여성이 다니는 학교로선 최고급 학교를 나오셨구면요."

"선생님 출신학교도 가르쳐 주어야지요?"

"전 S대학입니다."

"남성이 다니는 학교로선 최고급 학교를 나오셨구면요."

이때 둘이는 서로 보고 있었다.

"이왕이면 무슨 학과를 나오셨는지도 알았으면 합니다만……."

"사학곽입니다. 놀라셨죠?"

"저도 사학곽입니다. 서양사학입니다만, 그러니 놀랄 것도 없죠."

"사학과를 나오시고 어떻게?"

"그건 제가 물을 말입니다."

"여자대학의 사학과를 나와봤자 갈 데란 학교밖엔 없는데, 서울 안에 있는 학교 가운데 이제 대학을 갓나온 계집애를 교사로서 채용해 줄 학교가 어디 있겠어요? 그래 과외에 타이프를 배웠죠. 영문, 국문, 두 가지 다 배웠죠. 그런데 선생님은?"

"저도 꼭같은 사정이었죠. 취직을 해야 하는데 전공을 살리려면 서울을 떠나야겠고 그러기 싫으면 딴 방법을 써야 하게 됐습니다. 그래 부기니 상법이니를 가르치는 강습소엘 다녔죠."

"비슷한 처지니 잘 봐 주세요."

"그건 제가 할 말이고. 헌데 사학이면 뭡니까, 동양사학? 서양?"

"저희들의 사학과는 사범대학 안에 있거든요. 그러니 서양이고 동양이고 없어요. 전부 다 하는 거죠."

"그럼 동서의 역사를 전부 다 마스터하셨겠구먼."

"학교 당국은 동서의 역사를 골고루 다 가르칠 요량인 것 같았지만 저는 게을러서 학교의 요구대로 다하질 못했습니다."

이 대답이 현상의 심장에 뚜렷이 인상지어졌다. 이 대화가 계기가 되어 연희의 아름다운 얼굴과 몸맵시가 그뿐이 아닌 빛깔을 띠고 현상의 심장에 작용했고, 연희는 연희대로 현상의 곁으로 일보 다가 서게 되었다.

연희의 오빠 집에서 흘러나온 텔레비 음악이 문등(門燈)의 빛과 더불어 대문 근처에 서려 있었다.

"오빠집에 들렀다 갈까요?"

연희가 금방이라도 초인종을 누를 것 같아 현상은 황급히 손을 저었다.

"이 다음으로 합시다. 벌써 아홉 시가 다 돼가는데."

둘이는 발길을 돌려 중앙청 앞으로 빠져 나왔다. 연희는 아까 오빠집에 들르려다가 생각이 난 문제를 꺼냈다. 그건 현상이 자꾸만 결혼시기를 늦추려고 드는 태도를 시정해 볼까 하는 것이었다. 자기가 직접 말할 수는 없고 오빠를 시켜 은근히 종용해 볼까도 한 것인데 현상과의 사이에 그런 수작은 도리어 쑥스럽다는 생각도 들었다.

"정결하고 순진한 처녀가 자기편에서 먼저 결혼을 서둘고 나서면 우습겠죠."

"다소 우습겠지?"

"안 선생님은 자기가 사랑하는 여자를 우습게 만들진 않겠죠."

"그야 물론이지."

만사에 활발한 연희였지만 화제가 이렇게 나가 버리면 이 문제에 관해선 말문을 닫을 수밖에 없다. 그렇다고 해서 잠자코 있을 수도 없는 노릇이었다.

"안 선생님 저 돈을 얼마쯤 빌려드릴까요."

"돈을 빌려주다니, 난 돈 필요없는데."

"오십만 원쯤 꼭 필요하실 텐데요."

현상은 그 말을 듣자 '하하' 하고 웃었다.

현상은 저금이 2백만 원으로 차야 결혼하겠다는 의견을 내세워 놓고 있었다. 아파트 한 칸쯤 사고 최소한의 세간을 마련할 돈이 준비되지 않고는 결혼하지 않겠다는 것이며, 그렇다고 해서 시골에 있는 논밭을 팔기는 싫다는 얘기다. 그런데 현상의 저금은 1백 5십만 원에 머물고 있어 그것이 2백만 원이 되자면 앞으로 1년쯤은 더 기다려야 했다.

"오십만 원 빌려드릴 테니 이자 끼워 10년 부로 갚으면 될 게 아네요?"

연희의 이 말은 만신(滿身)에 성의를 담고 한 말이었다. 그러나 현상은

"대재벌의 회사에 근무하는 덕택으로 이재(理財)엔 꽤 밝으신데, 이자를 다 알고 연부 상환을 알고 하는 것을 보니."

하며 웃어넘겨 버렸다.

안국동, 자기 집으로 통한 골목 어귀에서 연희는 발을 멈췄다. 현상도 따라섰다.

"안 선생님 너무 저를 깔보는 것 같아요."

연희의 입에서 이렇게 격한 말이 나오긴 처음이었다.

"깔보다니 그게 웬 말이야?"

현상은 다급하게 되물었다.

"저를 깔보는 것이 아니면 세상을 깔보고 계시는 거예요."

아까보단 다소 부드러워지긴 했어도 연희의 어조는 여전히 심각했다.

"깔보다니 도대체 무슨 말이야?"

"오십만 원을 제게서 빌리지 않겠다는 건 결혼을 앞으로 일 년 늦춘다는 말 아네요?"

"……."

"그러다가 만일 제가 누구에게 납치당하면 어떻게 하죠? 교양도 없고 인격도 없이 그저 야심만 있는 놈들이 깡패와 같은 행동으로 나를 납치해 버리면 어떻게 하죠? 요즘 들어온 풋내기 신입사원들 같은 치들이 교묘하게 함정을 만들어 놓고 저를 사로잡아 버리면 선생님은 어떻게 하죠?"

"난 연희 씰 믿으니까."

현상의 대답은 겨우 이럴 수밖에 없었다.

"절 믿어요? 좋아요. 저는 믿어도 좋아요. 그러나 세상을 어떻게 믿죠? 만일 길을 걷고 있는데 깡패들이 자동차를 갖다 대놓고 납치하는 날엔 어떻게 하시죠?"

"그럴 리가 있나."

"그럴 수가 있으면 어떻게 하느냐 말예요."

현상은 연희의 어깨를 가볍게 안고 골목 안으로 이끌어 걸었다.

"연희 씨 걱정하지 말아요. 결혼을 하나 안 하나 나는 연희 씰 위해서 있는 사람이오. 연희 씨도 그렇지 않아? 우리는 우리의 정신, 우리의 영혼으로써 결합된 지 이미 오래가 아뇨? 누구도 우리의 결합을 깨뜨리지 못할 것이오. 만일 우리가 결혼이란 형식을 밟지 않았다고 해서 깨뜨릴 그런 힘이 있다면 결혼했다고 해서 감당해 해 낼 힘이 아닐 것이지 않아. 그런 힘이 세상에 어디 있겠소? 우리는 이미 결합된 거지. 결혼이란 케케묵은 형식이 남았달 뿐이지. 결혼이란 형식 아냐? 그렇지? 그러니 이왕 형식을 밟을 바에야 형식의 알맹이를 채우자는 얘기지. 결혼이란 형식을 밟자면 최소한 이런 절차는 있어야겠다 하고 내가 내게 과한 과업이 겨우 아파트 한 칸 사는 돈을 누구의 힘도 빌리지 않고 내 힘으로 마련하자는 것인데 그것마저 꺾어 버린다면 그야말로 내가 세상을 깔보는 놈이 되어 버리는 것 아니겠어?"

연희는 와락 현상의 품안에 얼굴을 묻었다. 현상은 연희의 등을 두드리며 달랬다.

"우리는 그날을 기다립시다. 가난할망정 떳떳하게 내가 당신을 맞이할 날까지 기다려 줘요. 나도 잘난 척 한번 해보게."

현상은 연희가 대문을 열고 들어가는 것까지를 보고야 발길을 돌렸다. 하늘엔 무수한 별들이 자기와 연희와의 얘기를 엿듣고 서로들 소곤거리고 있는 것 같았다.

안국동 로타리로 나와 혹시 택시가 잡히질 않을까 하고 서서 민충정공(閔忠正公)의 동상을 바라봤다. 연희가 하던 말이 심상 위에 떠올랐다.

"겨울이 되면 전 민 충정공의 동상을 볼 때마다 외투를 입혀드렸으면 하는 생각을 해요. 너무나 초라해 뵈거든요."

현상은 빙그레 미소를 지었다. 별들이 보아 주는 행복한 미소였다.

<u>3</u>

유 차장은 드디어 사표를 냈다. 그리고 수리되었다. 총무과장이 유 차장의 비행을 애써 찾을 필요는 없다. 그러나 유 차장의 사임은 회사 내부에 적잖은 파문을 일으켰다. 월급장이들이 제각기 자기의 신세를 유 차장의 운명을 거울로 들여다보게 되었다.

안현상은 유 차장이 자재과 직원들에게 인사를 하러 왔을 때 유심히 그의 얼굴과 모습을 관찰했다.

이십여 년을 한 직장에서 일한 보수가 뭣일까 하고 생각했다. 노련 고독 그리고 죽음, 그것뿐이다.

인생에 남긴 것이 뭣일까도 생각해 봤다. 2남 3녀가 있다고 했다. 그런데 그로써 족할까. 양복지를 만들어 파는 대회사의, 이를테면 거대한 기계의 조그마한 나사에 비할 수 있는 그런 자리를 차지하고 청춘을 소비하고 장년을 소비했다고 해서 그것이 이 세상에 보탬이 되었을까, 그 인생의 의미가 되었을까.

인생이라는 것이 이런 것이라고 말해 버리면 그만이다. 그러나 상품을 만들기 위한 상품, 상품을 팔기 위한 상품, 상품을 팔아 모은 돈을 관리하는 상품, 그런저런 가치도 없다고 생각되면 폐품이 되어 버리는 존재, 이것을 과연 인생이라고 부를 수 있는 것일까.

사임한 유 차장이 계기가 되어 현상은 샐러리맨이라는 것의 비애를 새삼스럽게 느끼고 생각했다. 몇몇 친구들에게 이런 느낌을 말

해 보았더니

"샐러리맨이 넥타이를 맨 노예라는 것을 지금 알았나?"

"분수대로 일하고 놀고 먹다가 그러다가 죽는 거지, 뭐."

하는 따위로 체관하고 있는 듯했지만 그들도 그들 나름의 비애가 있는 모양으로 모두들 암담한 표정이었다.

'내가 내 주인이 될 수 있는 생활이란 어떤 것일까.'

'24시간 동안 내 뜻대로 내 생활을 이끌어가자면 어떻게 해야 되는 것일까.'

현상은 수일 전에 본 어떤 영화를 회상했다.

대학을 나온 우수한 두뇌의 소유자가 담배 광고의 선전을 함으로써 굉장한 집에 호화롭게 살고 있었는데, 어떤 계기로 자기가 하는 일의 의미를 묻게 되었다. 암의 원인이 될 수도 있는 담배를 마음에도 없는 아름다운 문구를 꾸며 내어 신선하고 좋다고 선전하고 돈을 벌고 있는 자기 자신에 염증을 느끼고 본래의 자기를 찾으려고 들었다. 그런데 자기가 자기를 찾고, 무의미한 일에서 벗어나고 가식의 늪에서 빠져 나오려 하자, 세상 사람은 그를 광인이라고 하고 자기의 마누라까지 그렇게 취급한다.

'샐러리맨이 자기의 실상을 묻게 되면 거기에 파멸이 오기 마련이다.'

그러나 이와 같은 현상의 우울증은 연희를 생각하면 말쑥이 개어지는 것이다. 연희와의 사랑을 위해선 그 이상 가는 노예생활도 감내

할 수 있으리란 자신이 그에겐 있었다. 연희를 생각하면 현상의 일손은 빨라지고 주위 사람들에게도 아낌없이 웃음을 나눠준다. 현상은 활달하고 성실하고 유능한 사원으로 알려졌다. 가장 유력한 계장 후보란 평판까지 나돌았다. 아니나 다를까, 3월 하순의 어느날, 언제나 데이트를 하는 장소에서 연희가 중대한 정보를 전해 왔다.

"안 선생님, 오늘은 제가 한턱 하겠어요."

"이유는?"

"총무과장이 지금 기안을 하고 있는데, 안 선생님을 계장으로 승진 발령할 모양이에요. 얼마나 기쁜지 하루종일 가슴이 떨려 죽을 뻔했어요."

"그게 그렇게 기뻐?"

"기쁘고 말구요. 계장이 되면 우선 이백만 원을 채우는 데 석달은 단축될 것이거든요. 월급이 일만오천 원이나 오르니까, 그렇잖아요?"

그때사 현상은 실감이 났다. 샐러리맨이란 직업에 간혹 의혹을 느끼고 있는 그는 승진이라는데 그다지 흥미를 갖지 않았던 것인데, 그것이 바로 목표 달성을 단축시키는 수단이 될 수 있다는 점이 기뻤던 것이다.

그날 밤 연희는 현상에게 술을 석 잔까지 허용했다.

사직골 오빠집에 들러 서독서 보내왔다는 카라얀 지휘의 〈베토벤 제9 교향곡〉을 들었다.

제9의 〈환희의 송가〉가 나오자 연희는 현상에게 귀엣말로 속삭였다.

"오늘밤이야말로 환희의 송가를 들을 만한 밤이 아네요?"

현상은 너무나 순진한 연희의 말에 웃었다.

'계장이 된다는 것이 베토벤의 〈환희의 송가〉와 관련지을 수 있을 정도로 좋은 일일까.'

현상은 자기 또래의 과학자들이 우주시대를 개척하기 위한 계획이 제 1선에서 일하고 있다는 사실, 예술의 세계에서 벌써 일류의 지위를 차지하고 있는 같은 또래의 청년들을 상기하고 쓴 웃음을 띠었다.

'그러나 연희가 좋아한다면 그만이 아닌가.'

연희의 오빠는 연희가 기쁨을 숨기지 못하는 이유를 알자 현상에게 말했다.

"안 군은 확실히 행복할 거야. 계장이 된다고 이처럼 좋아하는 애인이니 장차, 과장이 되면 얼마나 좋아하겠나. 내 여편네는 내가 전임강사로 있다가 조교수가 되었는데도 술 한잔 권할 줄 몰랐다네."

이어 연희의 오빠는 계장이 되거든 그 승진을 기념해서 결혼식을 올리도록 하라고 권했다.

그리고 2백만 원을 채워야겠다는 현상의 제안을 알고 있는 그는 5십만 원을 자기가 채워주겠노라고 하고 그것을 월부로 갚으면 결국 현상 자신의 힘으로 만든 것이나 마찬가지가 아니냐면서 4월 중으로 결혼할 것을 강조했다.

현상은 계장이 된다면 그렇게 할 수도 있거니 하고 생각은 했으나 입밖엔 내지 않고 웃고만 넘겨 버렸다.

4월 초에 있을 것으로 예정되었던 승진 및 인사이동이 보류되었다는 정보가 사내에 흘렀다.

그 이유는 여러 가지로 추측이 되었는데 사장의 아들이 곧, 미국에서 돌아와 아버지를 대신하여 인사이동을 하는 것이 좋을 것이란 중역회의의 결의가 있었기 때문이라는 게 가장 유력한 추측인 성싶었다.

바야흐로 재벌의 제2세 시대가 온다는 말이 떠돌고 있을 때였다.

사장의 아들이 돌아온다는 건 회사로선 대사건이었다.

<u>4</u>

사장의 아들, 기대훈(奇大勳)이 귀국하는 날 김포공항은 성호재벌의 관계자들로서 붐볐다. 대훈과 같은 비행기로 어떤 고관이 돌아왔지만 그곳의 출영객은 대훈의 경우에 비해 문제도 안 되었다.

대훈은 트랩을 내려서자 출영객 선두에 서 있는 아버지 기락서(奇樂瑞) 앞으로 다가와 공손히 인사를 했다. 아버지는 만면에 웃음을 띠고 아들을 맞이하곤 한번 출영객들 쪽을 돌아봤다.

'내 아들 어때, 이만하면 됐지.' 하는 자랑스러움이 그 표정엔 꽉

차 있었다.

중간이 조금 넘은 키, 스포츠에 단련된 체구, 거무스레하지만 윤기가 흐르고 있는 얼굴, 짙은 눈썹, 뭉클하게 큰 코, 새하얀 이빨, 총체적으로 건강하고 총명스럽고 투지만만한 인상인 기대훈은 그의 아버지가 자랑할 만한 인품이었다. 게다가 미국에서 경제학 석사학위를 받고 듀퐁을 위시한 저명한 회사에서 경영의 수완도 익혔으니 아버지로선 득이만면할 수밖에 없었다.

남자사원으로선 계장급 이상이 모두 출영나갔고 여자사원은 사환을 빼곤 전원 공항으로 나갔는데, 아버지에게 인사한 뒤 목에 화환을 건 기대훈은 그 많은 출영객에게 일일이 악수하며 감사의 인사를 했다.

안현상 등 출영 나가지 않은 사원들은 모두들 공항에서 돌아오고 난 뒤, 그 광경을 전해 들었지만 하나 같이 기대훈을 칭찬하는 바람에 메스꺼운 생각이 들지 않는 바도 아니었다.

"아주 겸손하던데."

"씩씩한 신사야. 그만하면 됐어."

"아버지보다 몇 등 위일 것 같아."

"기막히게 운수 좋은 사나이, 사람이 태어나려면 그만 정도는 돼야 하는데."

"앞으로 미식(美式) 경영의 바람이 불 텐가?"

"하여튼 장(長) 될 사람의 품격이 있더구면."

이와 같은 아첨인지 진담인지 분간 못할 말들을 귓전으로 흘려 들으면서 안현상은 오늘밤 장연희가 뭐라고 할 것인가에 대해 흥미를 가졌다. 장연희 같으면 정곡을 뚫는 판단을 내릴 것이었다.

어찌된 일인지 그날 오후 광화문 다방에 연희가 먼저 와 있었다. 현상이 여느 때보다 조금 늦었기로서니 연희가 먼저 와 있다는 것은 기적과 같은 일이었다.

"이거 해가 동쪽에서 뜨겠다."

현상이 연희의 앞자리에 앉으면서 이렇게 말했다.

"사장님 아들 오셨다고 총무과장이 빨리 퇴근하는 바람에 우린 정각에 회사를 나왔죠."

"당장 사장 아들 덕을 본 셈이구먼."

"그뿐인가요. 김포까지 소풍도 가고 비행기 구경도 하고…… 또…….'

"또?"

"신기로운 일이 많았죠."

마음의 탓인지 연희의 태도가 약간 들떠 있는 것처럼 현상의 눈엔 비쳤다.

커피를 마시고 난 뒤

"사장 아들이 꽤 훌륭하더라며?"

하고 현상이 물었다.

"외모만 보고 훌륭한지, 훌륭하지 못한질 어떻게 알아요."

연희가 입술을 삐쭉하며 말했다.

"출영갔다 온 계장님들이 하는 말이 그렇더라 이 말야."

"외모만으론 그렇게 보이대요."

"그렇게라니?"

"훌륭해 뵈더란 말씀예요."

"그야 그럴 테지. 제주도에만 갔다 와도 사람이 달리 뵌다는데 미국까지 갔다 왔으니 오죽할려고."

"그런 뜻이 아니구요. 뭔지 사람의 바탕 같은 것이 잡혀 있는 것처럼 보이더란 말씀이에요."

"그런 훌륭한 새 사장을 모시게 되어 성호재벌의 앞날은 창창하게 되겠구면 그래."

연희는 이엔 대꾸도 않고 앉았더니

"사장이 어떻구, 그 아들이 어떻구, 그런 쑥스러운 소릴랑 집어치우고 어디 가서 식사하구 영화나 보러 가요."

하고 일어섰다.

"그것 좋은 생각이다."

하며 현상도 따라섰다.

식사를 하고 J극장 쪽으로 걸어가면서 연희가 불쑥 입을 열었다.

"서민이란 건 어떤 것을 말하죠?"

"서민? 서민이라니?"

"귀족, 또는 상류 계급에 속하지 않는 사람들 말예요."

"그렇게 환하게 알고 계시면서 묻긴 왜 묻지?"

"사전적으로 말고 일상적으로 말하면 어떤 것을 말하는 걸까 하고 물은 거예요."

"사전적이나 일상적이나 매한가지지 다를 게 있어? 미스 장 한번 얘기해 보시구려."

"자가용을 타지 않는 사람, 아니 자가용차를 갖지 못하는 사람, 외국으로 드나들 때 출영객이나 환송객이 열 명을 넘지 못하는 사람, 또 뭘까?"

현상이 웃었다. 그리고 말했다.

"미스 장은 자가용을 갖고 싶어? 외국으로 갈 땐 공항이 꽉차게 환송객이 나왔으면 해?"

"아아뇨."

연희는 살래살래 고개를 흔들었다.

"그럼 왜 그런 소릴 하지?"

"서민이 좋다, 이 말씀입니다. 자가용을 타고 붐비는 군중 속을 미끄러져 나가는 것보다 군중들 틈에 끼어 걸어가는 편이 좋고, 아무도 출영하는 사람이 없는 공항에 혼자 내려서는 편이 환호의 소동 속에 묻히는 것보다 좋다는 말을 하고 싶었어요."

"그 사상에 절대로 동감이요. 그런데 하필이면 지금 그런 고귀한 사상을 발표하는 이유가 뭐지?"

"오늘 공항에서 느꼈던 일예요. 구국의 영웅이 돌아오는 것도 아니고 국위를 떨친 외교관이나 학자가 돌아오는 것도 아닌데, 백 명 가까운 사람이 공항에까지 나가서 환영을 해야 할 까닭을 생각해 본 거예요. 뭔지 거짓스럽고, 뭔지 쑥스럽고, 뭔지 메스껍고, 그렇더군요. 그리고 귀족이나 상류 계급이 된다는 건 그런 거짓, 그런 쑥스러움을 공기처럼 마시고 살아야 하는 것 아닌가 이런 생각이 들었거든요. 참말이지 오늘 공항에 나간 사람 가운데 과연 몇 사람이 진심으로 사장 아들을 환영했겠어요. 진심이 없으면서 환영하는 척하는 꼴도 사납지만 그런 줄을 번연히 알면서도 장면을 연출하고 있는 사장이나 그 아들의 꼴도 약간 사납지 않아요?"

"사회의 통례라는 것도 있잖아? 모두 그렇고 그런 게지. 아까 미스 장이 말한 서민으로 살겠다는 사상은 환영하고 동조도 하지만 그처럼 나타나는 현상을 꼬치꼬치 파헤치는 덴 난 반대다."

이렇게 말해 놓고 현상은 연희가 다소 무리를 하고 얘기를 하고 있다는 아까의 느낌을 되씹어 봤다. 공항에서 일어난 일을 소녀답게 그저 천진하게 받아들이지 못하고 연희답지도 않은 해석을 하려고 드는 덴 필시 무슨 마음의 곡절이 있었기 때문일 것이라고 짐작할 수 있었다. 그러나 그 마음의 곡절이 무엇인가고 추측할 순 없었다. 그렇다고 해서 물어볼 수도 없었다.

영화는 〈남과 여〉라는 불란서 영화였다. 이 유명한 영화를 벌써부터 같이 볼 작정이었는데, 토요일과 일요일을 영화관에 빼앗기기 싫은 심정에서 그날까지 미뤄왔던 것이다.

연희는 영화에 관해서 꽤 날카로운 감상안을 가지고 있었다. 현상은 영화를 보는 재미에다가 보고 난 뒤, 연희의 비평을 듣는 재미를 겹쳐 기대할 수 있었다.

연희는 영화를 보고 난 뒤, 자기 집이 있는 안국동 근처의 다방에서 〈남과 여〉에 대한 평을 이렇게 했다.

"이 영화는 스피드의 의미를 구조(構造)했다는 데 새로움을 얻었다고 할 수 있을 것 같아요. 열차보다 빠른 오토바이가 있었기 때문에 깨어진 사랑이 다시 결합되거든요. 이때까지의 영화 같으면 깨어진 사랑의 한 조각이 열차를 타고 떠나고 다른 한 조각이 플랫폼에 남으면 그것으로서 사랑이 종지부를 찍었거든요. 그랬는데 열차보다 빨리 오토바이를 타고 종착역에서 다시 만나게 되었을 때 깨어진 파편이 본래 이상의 형태로 복원되는 기적이 이루어졌지요. 고래로 비련이란 것도 오토바이만 있었더라면 해피엔드로 될 수 있을 것이 많았을 거예요. 하기야 열차나 오토바이가 있었더라면 춘향전은 성립되지 않았을 게구요."

현상은 미스 장의 견식(見識)을 흥미있게 들었다. 그러나 이렇게 말해 보지 않을 수 없었다.

"오토바이 때문에 구제되는 사랑도 있겠지만 깨어지는 사랑도 있겠지. 비행기 때문에 구제되는 사랑도 있겠지만 비행기 때문에 깨어지는 사랑도 있을 게구. 자동차도 그렇고 기선도 그렇고. 〈남과 여〉에 나타나는 열차와 오토바이는 해피엔드를 향하는 스피드지만, 그

런 뜻으로써 새로움이라고 할 수도 있지만 따지고 보면 운명의 트릭
으로서 현대의 이기가 등장했을 뿐 아닐까?"

현상의 입에서 운명이란 단어가 나오자 연희도 따라나지막이 중
얼거렸다.

"운명?"

현상은 이 밤의 대화를 두고두고 잊지 않았다.

5

먼저 사장은 회장이 되고 기대훈이 사장으로 취임했다. 대재벌의
총각사장이라고 해서 주간지들이 한동안 떠들썩하게 보도했다. 침
소봉대한 기사도 있었고 미국시절의 가십을 엮어 만만찮은 플레이
보이라는 면을 강조한 것도 있었으나 앞으로 한국의 실업계를 주름
잡을 전도유위(前途有爲)한 인물이라는 결론에는 일치되어 있었다.

취임하자 곧 각 부별의 상황 보고가 연이어 있었다. 세부에까지
파고드는 날카로운 질문에 나이 많은 중역들이 절쩔매었고 부장이
니 하는 사람들은 끝까지 안절부절 못했다.

"이건 보고가 아니라 바로 사문(査問)이다."
하고 어떤 부장은 투덜댔다.

이런 공기를 알았음인지 보고 도중 자기의 추궁이 신랄했다고
느끼면

"사업이란 전투와 같은 겁니다. 우리는 국내의 적과 전투를 하면서 국제적인 적과도 싸워야 하니 이만저만한 각오와 준비 없인 앞으로 헤어나갈 수가 없습니다. 저의 질문을 여러분이 약간 심하다고 느끼시더라도 우선 양해하시기 바랍니다."

하는 변명을 섞기곤 했다.

그리고 나서 그는 일일이 지시를 내리는데, 그 지시가 모두 적절 타당한 것이었다.

간부들의 보고가 끝나자 계장급 이하 전 사원에게 입사 이래 자기가 집행하고 관여한 업무 내용을 각기 적당하다는 형식으로 간추려 써내라는 지시가 내렸다. 백 장을 써도 좋고 한 장을 써도 좋으니 분량엔 구애 말고 각기 맡은 바 업무의 내용을 쓰라는 것인데, 단독으로 한 것은 물론 여러 사람이 공동으로 한 것도 같이 참여한 사람의 이름까지 써 넣으라는 것이었고, 그 업무의 성과가 어떻게 되었는가에 대해서도 아는 대로 기입하라는 것이니 여간 벅찬 것이 아니었다.

그리고 지시가 내린 1주일 후에 기필코 제출해야 하며, 그 보고를 쓰는 시간을 마련하기 위해 근무시간 중 한 시간을 사적으로 사용해도 좋다는 단서까지 붙어 있었다.

이 지시가 내린 날 저녁때 현상과 연희는 광화문 근처 다방에서 다음과 같은 말을 주고 받았다.

"총무과장의 말로서 그 보고서의 내용을 토대로 해서 인사이동을 단행할 작정인 것 같아요."

"가장 영리한 근무 평정의 방법인 성싶은데, 그 보고 내용을 샅샅이 체크해야 할 판이니 여간 힘든 일이 아닐 거야."

"간부들의 보고를 종합하는 데 있어서는 새 사장은 여간 꼼꼼하지 않았나 봐요. 거의 밤샘을 하다시피 한 모양이거든요."

"야무진 사장을 만나서 회사의 기풍도 달라질 게야."

"그런 것을 미식경영이라고 하나요?"

"미식인지 무슨 식인지 몰라도 이때까지 회사의 공기가 해이했던 것만은 사실이니 이 기회에 기풍을 쇄신할 필요도 있지."

"그럼 안 선생님은 새 사장의 방침에 찬성이군요."

"찬성 불찬성이 어디 있겠어. 고용된 사람은 고용주의 의사에 따라야지. 하여간 뭐든 야무지게 철저하게 한다는 덴 찬성이야. 사원들에게 대한 대우도 야무지고 철저해질 테니까."

"총무과장님의 말씀이지만 앞으론 사원의 대우를 종전처럼 일률적, 형식적으로 하지 않고 능력에 의해서, 노력에 의해서 대우하는 그런 방안을 검토 중에 있다고 하더군요. 그렇게 되면 평사원이 과장보다 많은 월급을 받을 수 있을지도 모른다는 농담인지 진담인지 모르는 소리도 하던대요."

"말이 그렇지 결과는 지금과 마찬가지가 되는 거야. 모두들 획일적인 일을 하고 있는데 그 사이에 어떻게 차등을 둘 수 있겠어. 섣불리 하다간 회사 안을 불평투성이로 만들어 버릴 텐데."

"부잣집 아들엔 대강 어중잡이가 많은데 기대훈이란 인물은 좀 특수하죠?"

"그래, 특수해."

해놓고 현상은 새 사장이 취임한 이래 문득 생각해 오던 그동안 생각에 잠겼다.

아무리 능력이 있기로서니 사장의 아들이라고 해서 젊은 나이인데도 사장이 되는 것은 업체를 위해서 좋지 않다는 생각을 현상은 하고 있었던 것이다. 유능한 사원이 그런 상황을 보고 각기 자기의 팔자와 운명을 생각하게 되고 회사라는 것과 자기의 처지에 대해서 회의를 느끼게 된다.

출생과 더불어 신분이 결정된다는 범례를 매일처럼 눈앞에 보고 젊은 사람이 회의를 느끼지 않는다면 그 사람은 감수성이 둔하거나 미리 노예근성에 젖어 있거나 한 사람일 게다. 그러니 사장의 아들이 바로 사장이 된 성호재벌은 젊은 사원들의 감수성을 자극하거나, 노예근성으로 만들거나 하는 상황을 만들어 놓은 셈이 된다. 아무리 경영의 수완이 월등하더라도 그런 분위기가 조성해 내는 마이너스를 메꿀 수가 없을 것이 아닌가.

갑자기 입을 다물어 버린 현상의 얼굴을 들여다보면서 연희가

"왜 그처럼 우울하죠?"

하고 근심스럽게 말했다.

"우울하긴."

하며 현상은 금방 자기가 생각하고 있던 얘기를 할까 하다가 그만 두었다. 어떻게 표현해도 기대훈 사장에게 대한 질투처럼 상대방에게 반영되기 마련일 것이라고 생각했기 때문이다.

"그러나 뭔가 생각하고 있었죠. 솔직하게 말씀해 봐요."

연희가 졸랐다.

"딴 게 아냐, 젊은 사장 앞에 늙은 중역들이 굽실거리는 꼴을 생각하니 기분이 이상해졌을 뿐이야."

"도리가 없잖아요. 그게 사회구 인생인걸."

하며 연희의 얼굴에도 순간 검은 그림자가 스쳤다.

"그게 사회고 인생이라고? 미스 장은 사회를 알고 인생을 알았지?"

현상은 쓸쓸하게 웃었다.

"황제의 아들은 황제, 대재벌의 아들은 대재벌, 그게 사회고 인생이란 말이지 뭐."

"헌데 미스 장은 자기의 보고를 어떻게 쓸 참이지?"

"그게 문제예요."

하고 연희는 한동안 눈동자를 고정시켜 탁자 위 한 군데를 응시하고 있더니

"되게 문학적으로 써 버릴까부다."

하고 중얼거렸다.

"되게 문학적이라니?"

"마르셀 프루스트식으로 말예요."

"마르셀 프루스트?"

"그래요. 프루스트의 소설에 〈잃어버린 시간을 찾아서〉란 게 있잖아요? 그런 식으로 2백 장 써 버릴까?"

"그것도 하나의 아이디어다."

하고 현상이 이번엔 쾌활하게 웃곤

"꼭 그렇게 써요. 그리곤 내게 먼저 보여줘."

했다.

"입사시험의 광경부터 시작해서, 그때 면접시험을 보는데 어떤 영감의 넥타이에 고추장이 한 방울 붙어 있었어요. 아마 점심을 먹다가 묻힌 것이었던가 봐요. 그게 자꾸 눈에 띄어서 혼났거든. 그 얘기도 빼놓지 않고 써 버리면 어떨까? 그 영감이 바루 홍 감사였거든."

"자기가 맡은 업무집행의 보고에, 입사시험도 업무축에 들까?"

현상이 빈정대는 어조로 말했다.

"들건 말건 써 버리지 뭐. 그런데 안 선생은 어떻게 쓸 참예요."

"글쎄."

하고 현상이 머리를 긁었다. 현상은 대강의 구상을 해놓고 있었다. 그러나 그걸 연희 앞에 내어놓기가 어쩐지 쑥스러워 망설였다.

"글쎄가 아니라 요령을 말해봐요. 남의 비밀만 듣고 자기의 비밀은 안 털어 놓기예요?"

"난 사마천의 사기(史記)를 본뜰 참이지. 본기(本記), 세가(世家),

서(書), 표(表), 열전(列傳), 사기는 이런 구성이거든. 그걸 본기에 해당하는 부분을 기본업무로 하고, 세가에 해당하는 부분을 과의 일이긴하되 내 업무가 아닌 것을 도와준 것으로 하고, 열전에 해당한 것은 출장업무로 하고, 서에 해당하는 것은 내가 관여한 금전, 자재의 품목과 양을 일람표로 만들고, 표에 해당하는 것은 내가 기안한 공문의 일람표로 하고, 사기의 장마다에 붙은 태사공 언(言)이란 부분을 성과와 반성함으로 해서, 사학과를 나온 놈의 면목을 남길 작정이야."

"멋진 아이디어인데요."

하고 연희는 손뼉을 쳤다. 그 손뼉 소리가 너무 커서 연희 자신이 당황했다.

"참 좋아요. 우리 안 선생 참으로 멋있어. 아마 그렇게 쓰면 회사에서 일등이 될 거야. 그렇게 되면 계장 승진은 문제가 없고, 계장으로 승진하면 우린……."

하곤 말을 끊었다.

계장이 되면 결혼한다는 말을 하려고 하다가 아뿔싸 하는 생각이들어 말을 끊은 것이었다.

6

벚꽃의 계절이 지났다. 빌딩의 유리에 아지랑이가 서리는 무르익은 봄이 되었다.

현상 등이 보고서를 제출하고 보름쯤 지난 뒤 회사에서 인사 대이동이 발표되었다. 안현상이 계장으로 승진하여 기획실의 총무계장이 되었다. 이 자리는 과장 못지 않은 자리며 사고 없이 지내기만 하면 2년 이내에 과장이 될 수 있는, 계장직으로선 최우익의 위치였다.

이와 때를 같이 하여 장연희는 사장 비서실의 차석비서로 옮겼다. 사장 비서실의 차석비서는 실장이 과장급이니 계장급과 맞먹는 직위였다.

연희와 현상은 연희의 오빠를 끼워 그날 밤 호화로운 파티를 열 작정을 했다.

그랬는데 그날 오후 다방에서 연희를 기다리고 있던 현상은

"오늘밤 사장댁의 초청을 받았어. 거절할 수도 없고 말야, 어떻게 하지?"

하고 조심스러운 표정을 지었다.

연희도 실망했다. 그러나

"우리의 파티는 내일 하면 될 게 아뇨. 사장집으로 가셔야지 도리가 없잖아?"

하고 자기는 오빠집에 가서 기다리겠으니 빨리 사장집 파티가 끝나면 전화를 걸어달라고 했다.

승진이 기쁘지 않은 바는 아니었으나 연희와의 파티가 사장집의 초대 때문에 흘러버린 것이 현상에겐 아쉬웠다. 현상은 내키지 않은

마음을 안고 사장집으로 갔다.

입사한 지 수년이 지났어도 현상이 사장집으로 가보기는 이번이 처음이었다.

바깥 대문에서 현관까진 정원수가 무성한 뜰을 한참 걸어야 했다. 졸막졸막 집들이 꽉 들어선 서울의 한복판에 이렇게 넓은 공간을 차지한 집이 있었으리라곤 현상은 상상도 못했다.

현관에 들어서니 현상 또래의 청년이 이층으로 올라가라고 안내했다. 꽤 넓은 방인데 방 한구석은 바처럼 차려져 있었다.

'이것이 소위 홈 바라는 것이로구나.'

한쪽 벽에 기대 놓은 소파에 불안정한 자세로 앉았다. 조금 있으니 안쪽에서 소리가 들렸다. 기대훈 사장이, 현상과 같이 계장으로 승진한 두 사람의 동료를 데리고 들어왔다. 현상이 일어서서 인사를 했다.

"안 계장님 좀 늦으셨습니다. 기다리는 동안 이분들에게 집 구경을 시켜 드렸죠."

하며 손을 내밀어 현상의 손을 부드럽게 잡았다.

"잠깐 볼일이 있어서 늦었습니다. 죄송합니다."

이렇게 말하면서 현상은 스스로의 자세가 비굴하게 되어가는 것을 느끼고 당황했다.

"죄송할 것까진 없지요. 연회엔 조금 늦게 가도 에티켓에 어긋나는 건 아닙니다."

하고 기 사장은

"그럼 우리 식당으로 가서 식사를 합시다. 식사하고 나서 여기 와서 한잔 하기로 허구."

하며 앞장을 섰다.

억만장자 집의 식당. 현상은 영국 상류계급의 식당을 찍은 영화의 한 장면에 들어선 것처럼 황홀했다. 보다도 성호재벌의 삼 자매라는 이름으로서 유명한 기 사장의 누이동생들이 성장을 하고 기다리고 있는 데 놀랐다.

기 사장은 손님들의 자리를 일일이 정하고 그 사이에 누이동생들이 앉게 배치를 했다.

"오늘은 여러 가지 생각한 것이 있어서 이번 승진한 계장님 세 분만 초청한 것입니다. 앞으로 성호재벌의 기둥이 되실 분이란 기대와 아울러 같이 친구로서 지내자는 나의 성의이기도 합니다. 그러면 내 누이동생들을 소개하지요."

하고 기 사장은 현상의 곁에 앉은 큰 누이동생 진혜부터 선혜, 미혜의 순으로 소개를 했다. 그리고 나서 현상과 다른 두 동료의 소개도 했다.

식사가 시작되었다. 기 사장은

"한국 사람들은 빈 속에 술을 마시는 버릇이 있는데 그거 안 됩니다. 포도주와 고기, 그리고 야채로 배를 채워 놓고 그 다음에 천천히 버본이나 스카치나 코냑을 마셔야 합니다."

하며 보르도의 포도주라면서 술병을 돌렸다. 진혜, 선혜, 미혜가 차례차례로 옆에 있는 손님에게 포도주를 따랐다.

식사 도중 기 사장은 현상의 보고서를 격찬했다. 그 보고서 하나로서 현상이 상황파악, 기업진단 등 경영자가 갖추어야 할 제반 능력을 하나 빼놓지 않고 가지고 있다는 것을 알 수 있었다고 하며

"안 계장님은 천성 기업 경영자로서 태어난 인물입니다."
하고 덧붙였다.

현상은 속으로 웃었다. 천성의 사업가적 소질이 아니라 일천백년 전의 역사가를 졸렬하게 모방해본 결과에 불과했기 때문이다.

홈 바로 옮겨 위스키를 마시면서도 기 사장은 연신 현상을 칭찬했다. 현상은 같이 초대를 받은 동료들에게 미안함을 느꼈다.

기 사장은 또 사업의 확장에 관한 자기의 웅도를 털어놓기도 했다. 노임이 싼 것이 최대의 이점이라면서 남미와 아프리카에 대대적인 시장확장을 시도해야겠는데 영어나 불어, 독일어도 필요하지만 스페인 말과 포르투갈 말도 마스터할 필요가 있다고 역설하기도 했다.

현상은 기 사장의 그 자신만만한 태도가 먼 세상의 일처럼 생각되었다. 열심히 고개를 끄덕이며 듣고 있는 동료들의 표정을 지켜보며, 기 사장이 말하는 그 모든 성공이 내게 있어서 어떤 의미를 가지는 것일까 하고 생각해 보기도 했다.

현상의 약간 지친 듯한 표정을 포착했음인지

"오빠, 연설은 그만하고 손님들 얘기도 좀 들어요."

하고 진혜가 전축에 레코드를 걸었다. 그리곤 현상에게

"안 선생님, 음악 좋아하세요?"

하고 물었다.

"좋아할 정도론 지식이 없습니다."

현상의 대답이었다.

"음악에 지식이 필요할까요?"

진혜의 장난스런 되물음이었다.

흘러나오는 가락에 귀를 기울이다가 현상이

"베를리오즈구먼요."

하고 중얼거렸다.

"도중에서 걸었는데 한두 소절을 듣고 당장 베를리오즈를 알아차리시는것을 보니 안 선생님의 음악지식 대단한데요."

하며 진혜가 현상의 글라스에 술을 채웠다.

진혜는 오빠인 기 사장을 닮아 건강한 체격과 구김살 없는 얼굴 표정을 하고 있었다. 결코 잘난 얼굴은 아니었지만 부잣집의 풍부한 환경 속에서 닦여진 때문인지 귀염이 풍기는 그런 인상이기도 했다. 그러나 현상과는 다른 천체에 사는 사람이었다. 현상의 관심도 그런 정도를 넘어서지 않았다.

열 시쯤 되어 현상 등은 사장집을 나왔다. 동료의 한 사람이

"오늘 안 계장 선 보이는데 우리 들러리 선 것 아냐?"

하고 빈정댔다.

그때사 현상은 얼굴이 화끈해지는 것을 느끼면서, 기 사장이 진혜를 자기 곁에 앉힌 의도, 진혜가 걸어온 말, 그리고 행동 등에 무슨 의미가 있었던 것이 아닐까 하는 생각이 들었다.

"대재벌의 사위가 된다, 바로 그것이 출세의 첩경이 아닌가. 제기랄 나도 총각이었더면 한번 어슬렁대볼 건데 만사휴일이다."

동료의 다른 하나가 진짠지 가짠인지 분간 못할 한숨을 내쉬었다.

그래 한턱을 하라니 어쩌라느니 하는 동료들과 헤어져 현상은 공중전화를 찾았다. 열 시가 넘은 거리에서 공중전화를 찾기란 힘들었다. 현상은 연희의 오빠집으로 가보기로 했다.

연희는 그때까지 기다리고 있었다. 현상이 나타나자 오랜 이별 끝에 만난 사람처럼 반겼다. 현상이 구두도 벗기 전에

"오늘밤 어떤 일이 있었죠? 사장집 굉장하죠?"

하고 묻기 시작했다.

현상은 일일이 설명할 수도 없었고 그럴 흥미도 나지 않았다. 그래

"그저 의례적인 초대더군."

하고 말았다.

연희의 오빠, 그 마누라는 현상을 매부가 되어 버린 거나 마찬가지로 취급하고 현상과 연희의 일을 기뻐했다.

열한 시가 될 무렵이어서 그곳에 오래 머물러 있을 수가 없었다. 현상은 걸어서 연희를 안국동까지 바래다 주어야 하는 것이다.

봄은 밤이 좋다. 꽃향기와 나무 냄새가 공기 속에 부드럽게 미만하고 있어 그 속을 걷고 있으면 꿈 속을 걷고 있는 감회가 생겨난다.

호젓한 거리를 현상과 연희는 팔짱을 끼고 걸었다. 바로 그 길의 연장선 위에 그들의 앞날이 있을 것이었다. 꽃향기 나는 밤. 별이 흐트러져 있는 거리. 현상도 행복했고 연희도 행복했다. 사장집의 진혜 같은 건 현상의 머릿속에서 사라진 지 오래였다. 사실 사라졌다고 할 건덕지도 없었다. 본래 무관심했으니까.

"누구누구 초대를 받았죠?"

현상의 팔을 낀 자기의 팔에 힘을 주며 연희가 물었다.

"그게 의외였어. 나하구 오늘 계장으로 승진한 두 사람, 그러니까 세 사람 뿐이었어."

"그래요? 그럼 세 계장님하고 사장님하구 넷이서 파티를 했나요?"

"그건 아니구."

"사장님 아버지가 나오셨던가요?"

"아냐."

"그럼?"

"사장님 삼 자매가 성장을 하시고 참석하셨더군."

"삼 자매가?"

"응."

"그럼 선혜도 나왔겠구면."

"선혜? 중간 딸 말인가?"

"그래요."

"진혜, 선혜, 미혜 다 나왔던데."

"같이 춤을 추고 놀았나요?"

"춤을 추다니. 그저 식사하고 술 마시고 간간이 사장님 연설 듣고, 그뿐이야."

연희는 한동안 입을 다물어 버렸다. 뭔지 이상한 예감 같은 것이 뇌리를 스친 모양이었다. 묵묵히 발자국 소리만 들으며 걷고 있다가

"딸 셋, 계장 셋, 좀 이상하지 않아요?"

하며 중얼거리듯 물었다.

"계장 셋, 딸 셋이라니, 엉뚱한 상상일랑 말아요."

"그렇잖으면!"

"엉뚱한 생각 말래두. 오늘 똑같이 승진한 사람들야, 두 사람은 모두 기혼자구, 새로 승진시켜 놓구 잘 부려먹으려고 생각을 낸 거지, 딴 생각이 있겠어?"

"……."

"그리고 그런 부자가 우리 같은 가난뱅이를 어디 다른 의미로 상대나 하겠어?"

그러나 연희의 의혹은 석연해지지 않는 것 같았다. 그렇다고 해서 그런 막연한 의혹을 가지고 질투 비슷한 말을 하기엔 연희의 자존심은 너무나 강했다.

현상은 연희의 집 앞에서 연희와 헤어졌다. 헤어질 때 현상은 두 손으로 연희의 손을 꼭 쥐어주었다. 그러나 연희의 손에선 반응이 없었다.

그날 밤 현상과 연희는 잠을 이루지 못했다. 연희의 막연한 의혹이 사실 같은 빛깔을 띠고 그 이튿날 나타났다. 점심시간 총무과에 같이 있던 여직원이 비서실로 연희를 찾아 와선

"안 계장을 회장이 사위 삼을 작정인가 보더라."

하며 사뭇 중대한 정보를 알려준 것처럼 수선을 떨었다.

그 여사원은 연희와 현상과의 관계를 알고 한 말은 아니었다. 두 사람이 신중하게 행동했기 때문에 연희와 현상과의 관계를 사내에서 아는 사람은 전혀 없다고 단언할 수도 있었다. 간혹 같이 걸어가는 것을 보아도 같은 회사에 근무하는 사람끼리 우연히 만나 그럴 수 있을 것이란 추측 이상으로 넘어서게 하는 행동을 한 적이 없었다. 그러니 그 여사원이 한 말이 꾸밈이 있을 턱이 없었다. 회사 안에 나돌고 있는 말을 그대로 연희에게 전한 것이니 연희는 어젯밤 현상에게서 들은 얘기와 겹쳐 믿을 수 있는 말이라고 치지 않을 수 없었다. 그러나 그럴 리가 없다는 자신도 있었다.

"그럴 리가 있나."

하면서도 연희는 가슴이 울렁거려 일이 손에 잡히질 않아서 바로 옆 방인 기획실 문을 열어보았다.

현상이 자리에 없었다.

"안 계장님 어디 갔니."

했더니 소녀사환의 답은 이랬다.

"안 계장님은 홍 감사님이 부르셔서 감사님 방에 가 계십니다."

불어온 바람

1

입사한 지 몇 해가 되지만 안현상이 홍 감사의 방에 불려간 것은 이번이 처음이었다. 그러나 기획실 총무계장이란 직함과 감사와는 무슨 관련이 있는 것이거니 하는 가벼운 마음으로 그 방으로 들어갔다.

서류를 챙기고 있던 홍 감사는 불그레한 얼굴에 너털웃음을 터뜨리며 현상더러 앉으라고 했다. 현상은 자리에 앉으면서 응접탁자 곁에 놓인 군자란을 유심히 들여다봤다. 탐스러운 잎 사이로 붉은빛 섞인 노랑 봉오리가 이제 막 꽃잎을 벌리려는 찰나인가 보았다.

홍 감사는 현상의 맞은편에 앉으며

"안 계장은 꽃을 좋아하시나?"

하곤 대답할 틈도 주지 않고

"요즘의 꽃은 틀렸어. 향기라는 게 없거든. 그 뭐? 온실인가 뭔가 때문에 꽃이란 꽃을 죄다 버려놨어."

하고 투덜대기 시작했다.

현상은 잠자코 듣기만 하는데 홍 감사는 또 이런 말을 했다.

"꽃만이 아니어. 음식도 그렇지 않은가. 옛날엔 오이가 날 때다 하면서 첫 오이를 먹으면 그 맛이 대단했거든. 유월 하순쯤에 수박을 먹어 봐. 기분이 좋았거든. 봄철의 죽순, 가을철의 버섯, 일본말로 소위 '하시리'라고 해서 계절 따라 음식을 즐길 수 있었단 말야. 그런데 요즘은 그 온실인가 뭔가가 생겨가지고 겨울에 수박이 없나, 멜론이 없나, 사시장철 버섯이 없나. 계절물의 특징이란 것이 깡그리 없어지고 말았어. 세상도 그 꼴이구 돈만 있으면 없는 게 없구. 이러다간 처녀 부랄, 중놈 상투까지 다 나올 판 아냐? 발달하기만 하면 좋은 줄 알아도 지나친 발달 때문에 생활의 진미라는 게 없어지는 것 같어. 그렇지 않은가?"

현상이 상상한 외로 홍 감사는 능변이었다. 그러나 그런 소릴 하려고 자기를 부른 것이 아니겠지 하고 빨리 용무를 말하라고 재촉하는 듯한 눈빛으로 홍 감사를 봤다. 자기의 계절물에 관한 강의가 아무런 반응을 일으키지 않자 홍 감사는

"안 계장은 아직 미혼이지."

하고 현상쪽으로 다가앉았다.

"예."

"결혼할 의사는 없나?"

"언제라도 한 번은 해야지요."

"상대가 나타나면 한다 이말이지?"

"아닙니다. 그저 시기를……."

"아니라니. 결혼할 상대가 있단 말인가?"

"예."

"누구냐, 상대자는?"

"아직 밝힐 시기가 못돼서……."

"그럼 약혼식을 한 건 아니구면."

"약혼식은 안 했지만 그러나!"

"결혼식을 하고도 이혼을 하는데 약혼식도 안 한 것을 보니 아직 선택의 자유가 있는 게로구면."

"이미 결정된 거나 마찬가집니다."

"결정된 것 허구된 거나 마찬가지 허군 상당한 거리가 있지."

"아닙니다."

"아니긴 뭣이 아니라고 그래."

현상은 이런 문제를 두고 홍 감사와 이럭저럭 말을 주고 받기가 쑥스러워 말문을 닫았다.

"결혼이란 첫째 선택이 아닌가. 최종적이고 결정적인 선택이 이루어지기 전엔 몇 번이고 선택을 고쳐 할 수 있는 것이지. 마땅히 그렇게 해야 하고."

결혼에 관한 한 새삼스럽게 설교를 들을 필요가 없다고 현상이 느끼면서도 나이 많은 손위 어른이 하는 말을 막을 수는 없었다. 홍 감사는 이어 다음과 같은 장광설을 터뜨려 놓았다.

"결혼이란 중요한 거네. 잘못한 결혼은 평생의 흉년을 만난 거나 마찬가지란 말이 있는 데 썩 잘된 얘기야. 마누라를 잘 만나면 출세할 수도 있고, 부자가 될 수도 있고, 인생의 만복을 누릴 수도 있지. 그러니 상대자의 선택엔 최선을 다 해야 하는 거여. 청년은 왕왕 상대방의 미모에 혹해서 전후의 사정을 돌보지 않는 경우도 있고, 일시적인 교제에서 우러난 정을 끊지 못해서 실수를 저지르는 수도 있고, 경험과 식견이 모자라는 탓으로 상대방을 정당하게 평가하지 못하는 과오를 범할 수도 있고, 그러니 얼굴은 밉지 않으면 되고 신체는 건강하면 되는 거니까, 자기 장래의 이익에 어떤 영향을 줄 수 있을까를 냉철하게 생각하면 되는 거야. 돈만을 보고 하는 결혼은 물론 나쁘지. 그러나 그런 조건을 무시해 버리는 것은 더욱 위험해. 출세의 조건으로서만 결혼을 생각하는 것은 너무 속되지만 그렇다고 해서 그런 조건을 전연 생각하지 않는 것도 위험하기 짝이 없는 노릇이야. 그렇지? 안 계장 어때!"

하나의 의견으로 홍 감사의 의견을 그르다 할 까닭이 없었다.

"일일이 옳은 말씀입니다."

하고 현상이 답했다.

"그럼 안 계장의 결혼에 불초 홍 아무개가 일비의 힘을 빌려줄까?"

61

이렇게 말하는 홍 감사의 태도엔 현상에게 대단한 호의를 베풀어
준다는 식의 냄새가 묻어 있었다.

"뜻은 고맙습니다만 제 결혼문제를 두고 홍 감사님을 괴롭히고
싶지 않습니다."

"허어 이 사람, 괴롭히다니 그런 일이 나이 많은 사람의 세상 살
아가는 재미라네. 하여간 한국에서 제일 가는 신부감을 골라 줄 테니
까 결정은 안 계장이 알아서 하시게."

현상은 이 문제를 두고 홍 감사와 이러쿵저러쿵 하는 데 대해서
다시 염증을 느꼈다. 그래 잠자코 있었다.

"아직 약혼한 사람도 없으니까 내 한번 힘써 볼게."

하며 홍 감사는 자리에서 섰다. 현상은 자기에겐 약혼을 한 것이나
다름이 없는 여자가 있다는 말을 해서 못을 박아놓고 싶었으나, 어
쨌건 호의로써 자기를 대하는 홍 감사의 기분을 상하고 싶지가 않
아서 아무 말 않고 그 방에서 나와 버렸다.

<u>2</u>

그날 연희는 안현상에 관해 사내에 돌고 있는 풍문 때문에 대단
히 우울했다. 현상이 그처럼 호락호락 배신할 사람이 아니라는 데
는 자신이 있었으나, 자기 때문에 회장의 사위가 되고 사장의 매부
가 되어 출세길이 확 트일 기회를 막아 버린다는 그 예측에 가슴이

설렜다. 그러나 무슨 일이 있어도 현상과 자기를 떼어 놓을 수는 없는 것이었다.

퇴근시간이 기다려졌다. 단둘이 앉아 풍문의 확실도도 캐묻고 싶었고, 홍 감사 방엔 무슨 용무로 갔던가도 알고 싶었다. 경우에 따라 회사를 그만둬 버리는 의논도 해둘 작정이었다. 그래 지겹도록 시간 가기를 기다리다가 5분만 있으면 퇴근시각이 될 참인데 사장실에서 들어오라는 전갈을 받았다.

"미스 장 그 베이지색 드레스가 잘 어울리는데."

하고 사장실에 들어서는 연희를 보고 젊은 사장은 만면에 웃음을 띠었다. 이어

"초여름철 베이지색이 어울리는 여자란 드문 건데, 여간 잘난 얼굴과 몸매 아니고서는 이 계절 그 빛에 어울리긴 어려운 거야."

하며 연희의 아래 위를 훑어보았다. 그 시선이 눈부셔서 연희는

"사장님 무슨 용무이십니까?"

하고 억지로 사무적인 태도를 취했다.

"대단히 미안하지만……."

하고 단번에 사장의 자세로 돌아간 그는

"오늘은 여덟 시 반까지 회사에 남아 있어 줘야겠어. 미국으로 보낼 내 사신의 정리를 오늘 안으로 해둬야겠으니 그렇게 해주어요. 초과시간 근무엔 나는 절대로 반대하는 사람이지만, 오늘의 경우는 할 수가 없어. 그러나 그 대신 규정한 초과 근무수당 외에 푸짐하게 보

수를 낼 테니까."

하며 전연 반대의사를 예기하지 않았다는 어조로 말했다. 연희는 뭐라고 말하려고 했지만 일시 말문이 막혔다. 그러고 보니 새삼스럽게 거절할 방도가 나서지 않았다.

"예, 알았습니다."

하고 사장실에서 나온 연희는 한동안 자기 자리에 쓰러지듯 멍청하게 앉아 있었다. 그러나 가까스로 정신을 차렸다.

'오늘은 만나지 못하겠다는 얘기만은 빨리 현상 씨에게 전해야겠다.'

연희는 복도로 나와 기획실 문을 바라보고 섰다. 그 문을 열고 들어가 현상을 만나는 것은 간단하다. 그러나 아까 자기가 그 방으로 간 일이 생각이 났다. 하루에 두 번이나 그를 찾는다면 주위 사람들이 이상하게 볼 것은 틀림없는 일이었다.

그렇다고 해서 쪽지를 써서 누굴 시켜 보낼 수도 없었다. 연희는 막연하나마 운명의 벽 같은 것을 느꼈다.

그때 사장이 밖으로 나갈 채비를 하고 나타났다. 연희는 다른 부서에 가서 용무를 마치고 돌아오는 사람처럼 꾸몄다.

"삼십 분쯤 있다가 돌아올 것이니 내 책상 위에 놓인 주소록을 정리해 두세요."

하고 사장은 복도로 걸어나갔다. 연희는 사장실로 들어가 전화로 기획실을 불렀다.

"사장실입니다. 안 계장님 불러 주세요."

사장실 책상 위에 있는 전화기를 든 연희의 손이 떨렸다.

"안현상입니다."

가슴이 뻐근해질 정도로 정다운 목소리. 연희는 울음을 터뜨리고 싶은 충동을 가까스로 참으며

"저 연희예요. 듣고만 계셔요. 오늘 사장께서 특별명령을 내려 약속한 곳으로 나갈 수가 없어요. 미안해요. 내일은 꼭 만나요. 전 여덟 시 반까진 회사에 남아 있어야겠어요."

숨가쁘게 이렇게 말하고 전화를 끊었다.

그날 밤 연희가 한 일은 기 사장이 미국에서 신세를 진 사람들에게 귀국인사 편지를 쓰는 일이었다.

연희는 사장이 써주는 초고를 타이프로 찍으면서 놀랐다. 대학학장·교수·학우··하숙집 주인, 이웃의 노인 또는 부인, 아이들에게 이르기까지 백여 통이 넘는 편지를 쓰는데 하나같이 간결하면서 그 가운데 상대방과 같이 지낸 인상적인 장면, 또는 사건을 요령 있게 집어넣었다. 연희가 놀란 것은 한 사람 한 사람씩 다르게 편지를 쓰는 솜씨와 그 사람들과 지낸 일에 대한 기억력, 그리고 인상적인 장면이나 사건을 관찰하고 재구성하는 능력 등에 대해서였다. 더욱 놀란 것은 백 명에 가까운 사람들에게 편지를 쓰면서 인상적인 사건에 관해선 거의 구체적으로 연월일을 외우고 있다는 사실이었다.

게다가 사장은 사원을 모두 퇴근시킨 후 골마루로 통하는 도어를

전부 열어 놓고 일을 같이 하는 에티켓에 대해서 연희는 고맙게 생각했다. 그래 연희는 현상과 만나지 못하는 불만을 금시에 잊고 시키는 일에 열중할 수 있었다.

미국에서의 사장의 생활을 대강 짐작할 수 있는 점도 흥미로왔고 편지의 표현에서 그의 인덕을 파악할 수 있는 점도 흥밋거리였다.

그런데 사장은 모든 편지를 연희를 시켜 타이프를 찍었는데, 그 가운데 3통만은 자기의 손으로 타이프했다. 연희는 그것에 호기심을 느꼈지만 주소를 찍는 일까지 사장 본인이 하고, 그것만은 자기 손수 투함할 양으로 포켓에 집어넣는 바람에 연희의 호기심은 좌절되고 말았다.

일이 끝나고 나니까 아홉 시 가까이 되었다. 사장은 파이프에 불을 그어대며

"미스 장, 수고가 많았소."

하곤 잡담을 시작했다. 일을 하고 있을 때는 일체 말이 없던 사람이 일을 마치고 나서 말문을 연 것이다. 그 잡담하는 분위기에 어울려 연희가 물었다.

"아까 사장님 손수 찍으신 편지는 어떤 성질의 편지죠?"

"그걸 말할 수 있는 정도 같으면 내가 뭣 때문에 서툰 타이프라이팅을 했겠소."

하며 사장은 웃었다. 그리고는

"하여간 호기심이 나죠?"

하고 장난스럽게 말했다.

"호기심이 납니다."

하고 연희는 솔직하게 말했다.

"바로 그런 효과를 노린 것이라고 생각하시면 됩니다."

역시 사장의 표정은 장난스러웠다.

"바로 그런 효과라뇨?"

"뭐라고 할까요. 에라, 미스 장에겐 비밀을 털어놓지."

하며 사장은 파이프 연기를 잠시 뿜어내고 있다가 이런 말을 했다.

"미국에서 5, 6년이나 지내다가 돌아온 사장이 미국에 있는 친지들에게 편지를 썼습니다. 그 편지 모두 비서를 시켜 타이프라이팅을 했습니다. 그렇게 되면 너무 싱겁지 않을까요?"

연희는 의아한 표정을 지었다. 그 표정을 바라보더니 사장은

"아직 내 말뜻을 못 알아들으신 모양이구먼. 미국에서 5, 6년을 지낸 사장이란 사람이 남을 시켜 편지를 써도 무방할 정도의 인간관계밖엔 미국에서 갖지 못한 사람이라면 너무나 싱거운 사람이 아니겠어요."

연희는 그때사 웃었다. 사장의 말뜻을 알아들은 것이다.

"그러니 자기 비서에게 그런 싱거운 사람이란 인상을 심어 놓기 싫어서 없어도 있는 양 비밀을 꾸며 본 거다 이거죠."

"아무리."

하고 연희는 웃었다. 사장도 따라 웃었다. 그리고는

"회사 모든 사람들에게게선 싱거운 사람이란 소릴 들어도 좋지만 미스 장에게만은 그런 소릴 듣고 싶지 않기도 해서……."

하고 의미심장한 말을 했다.

"미국에서 교제한 애인에게 하시는 편지라고 솔직하게 말씀하시 질 않고 그렇게 빙빙 둘러 하시면 돼요?"

"내 전술에 효과가 있었다는 것이 확인된 셈이구먼."

사장은 일어서더니 포켓에서 하얀 봉투를 꺼냈다.

"이것 미스 장의 수고비."

"그런 것 주시지 않아도 좋아요."

"정당한 노동의 댓가를 사양하는 것은 겸손도 아니고 예의도 아닙니다. 얼마 되지 않아요. 미스 장의 노동의 댓가로 적당하다고 생각한 금액의 이상도 이하도 아닙니다."

연희는 그것을 받아 백에 넣었다.

"웬만하면 저녁식사를 같이 했으면 하지만 밤늦게 미스를 동반해서 식당으로 가는 건 예의에 어긋나는 짓이니 삼가기로 하고 댁에까지 차로 모셔 드리지."

하고 사장이 앞장을 서서 밖으로 나갔다.

이때 현상은 여덟 시 반쯤까지 회사에 남아 있어야 한다는 연희를 기다리기 위해서 회사 근처에서 서성거리고 있었다. 그랬는데 사장과 연희가 나란히 걸어 나오는 것을 보자 후다닥 가로등 그늘에 숨었다.

정문 앞에 서 있는 벤츠 300호, 사장은 연희를 먼저 태우고 자기는 그 다음에 탔다. 헤드라이트를 켜더니 벤츠 300호는 미끄러져 나갔다. 룸 라이트를 받고 사장과 나란히 앉은 연희의 머리 뒷모습이 보였다가 순식간에 현상의 시야에서 사라졌다.

연희가 영원히 현상의 세계에서부터 사라져 간 것 같은 착각에 사로잡혔다. 현상은 그날 밤거리를 방황하며 술을 마셨다. 술을 마실수록 현상의 가슴은 더욱 쩡한 통증으로 부풀었다. 그리고 까닭도 모르게 슬픔이 치미는 것이었다. 취한 의식 속에서도 벤츠 300호의 모습만은 역력하게 되살아 왔다.

'벤츠 300호. 2천만 원을 넘겨 하는 자동차라고 하더라. 그 십 분의 일인 2백만 원이 없어서 나는 아직 연희와 결혼을 못한다. 벤츠 300호. 그 값 2천만 원!'

3

현상과 연희가 옛날처럼 광화문 그 다방에서 만나게 된 것은 그런 일이 있은 지 1주일이 훨씬 넘은 후였다.

현상이 사장실에 불려 갈 때도 있고, 연희가 특별근무로 회사에 남는 일도 있고 하는 바람에 서로 만나고자 하는 마음은 간절했지만 그렇게 된 것이다.

현상은 사장의 승용차 벤츠 300호의 영상을 지워버릴 수 없는

마음의 바탕으로 연희를 맞이했고, 연희는 회장의 큰 딸 진혜와 현
상과의 혼담을 지워버릴 수 없는 마음의 바탕으로 현상을 맞이했다.

그러니 첫 인사가

"높은 사람 가까이 계시는 어른 만나뵙기가 하늘에 별따기 같군."

"출세가도의 문앞에 섰다고 사람을 그처럼 괄세하기에요?"

하는 따위로 되지 않을 수 없었다.

이래 놓고 둘이는 덤덤히 앉아 있었다.

현상은 벤츠 300호를 들먹이기가 싫었고 연희는 진혜와의 풍문
을 입밖에 내기가 쑥스러웠다. 그러면서도 최대의 관심사는 이상과
같은 일이었다.

"요전 번 홍 감사님 방에 가셨다고 들었는데 무슨 일이었어요?"

그저 잠자코 있기가 무료해서 연희가 입을 열었다.

"쑥스러운 소리였어."

"쑥스럽다니?"

"케케묵은 결혼 설교야. 결혼을 하려면 선택을 잘해야 한다나? 부
자가 되려면 돈을 많이 모아야 한다는 소리와 꼭같은 얘기가 아냐?"

"구체적으로 무슨 말은 없었구?"

"그런 건 없었어. 하여튼 내 결혼하는 덴 한 역할 하시겠다는 거
야."

"그래 어떻게 말했어요?"

"남의 걱정일랑 하지 말라고 쏘아줄까 하다가 그저 잠자코 듣고

만 있었지."

연희는 현상을 진혜와 결혼시켰으면 하고 회장이나 사장이 생각하고 있다는 얘기가 결코 풍문이 아니라고 단정했다. 그렇지 않고서야 홍 감사가 괜히 나설 필요가 없는 것이다.

연희는 현상이 무슨 단정적인 말을 하길 은근히 기다리고 있었는데 현상의 말은 거기서 끝났다. 뭔지 가슴이 답답했다. 견딜 수가 없었다.

"진혜라는 사람 그 후에도 만난 적이 있어요?"

"여러 사람이 있는 곳에서 얼굴을 본 적은 있지. 그걸 만났다고 할 수 있는 건가?"

"그 사람 좋지요?"

"좋구 나쁘구 내겐 관심이 없으니까."

"관심이 없어요?"

"없어."

"진혜 씨가 만일 안 선생께 관심을 가진다면?"

"그럴 리도 없고, 설혹 그런 일이 있대도 나완 아무 상관 없는 일야."

"참으로 그럴까?"

현상은 엉뚱한 문제를 가지고 비비꼬려는 것 같은 연희의 태도가 수상했다. 자기의 속셈은 딴 데다 두고 공연한 트집을 잡으려는 것 같은 의혹마저 들었다.

"연희 씬 왜 엉뚱한 얘기를 꺼내가지고 꼴려고 드는 거지?"

"내가요? 꼴려고?"

"그렇지 않아? 연희 씨의 태도가 이상한데?"

"제 태도가 이상하다니 그건 무슨 말씀이죠?"

연희는 연희대로 기분이 나빴다. 현상이 엉뚱한 생각을 하곤 자기를 괴롭히는 것만 같았다.

현상은 이래서는 안 되겠다고 생각했다. 마음에도 없는 소리를 서로 지껄여대서 피차의 마음을 상하게 하는 일은 좋지 못하다고 생각하고

"우리 마음에 없는 소리 그만하구 좋은 얘기나 합시다. 오랜만에 만나가지고 이게 무슨 꼴야."

하며 연희를 흘겨보았다.

그런 태도가 또 연희에겐 쌀쌀하게 비쳤다.

"마음에 없는 소리라니 그게 무슨 말씀이죠? 제가 마음에도 없는 소릴 지금 씨부리고 있나요?"

연희는 울음을 터뜨릴 뻔했다. 그렇게 흥분하는 것이 그 까닭을 잘 모르는 현상에게 불쾌했다. 그래 자기도 모르게 말이 빗나갔다.

"벤츠 300호를 타더니 사람이 변했는데."

연희의 얼굴이 새파랗게 질렸다.

현상은 당황했다.

"그런 뜻이 아냐. 연희 씨가 하두 비비 꼬는 말을 하기에 그만."

연희는 사장의 차를 두 번 탔다. 두 번 다 밤늦게까지 일을 하고 호젓한 밤길을 혼자 보낼 수 없다면서 사장이 집앞까지 태워다 준 것이다. 그럴 때마다 연희는 현상과 만나지 못하게 된 데 대해서 얼마나 안타깝게 생각했는지 모른다. 그런 안타까운 사정에 동정은 할 줄 모르고 빈정대기조차 하니 연희의 감정이 격하지 않을 수 없었던 것이다.

현상 또한 자기가 늦게까지 회사 근처에 서성거리며 기다리고 있는데도 불구하고 설혹 그런 사실을 몰랐다고 치더라도 연희가 사장과 나란히 자동차를 타고 가는 꼴을 본 자신의 마음이 어떠했을까를 짐작해 볼 만한 마음쯤은 있어야 하지 않았겠느냐고 생각하곤 불쾌했던 것이다.

"아마 제 수양이 모자랐는가 봐요."

연희는 핏기 하나 없는 얼굴로 조용히 말했다.

"수양이 모자란 것은 나야."

하고 현상도 사과했다.

그날 밤 현상과 연희는 청진동에서 식사를 했다. 뜻밖에 '나도 한잔 해야겠다'면서 연희는 막걸리를 거의 반 사발이나 마셨다.

그러나 두 사람 사이에 오가는 말엔 뭔지 석연치 않은 냄새가 묻어 돌았다. 거기서 안국동까진 걸어서 한참인 거리였는데도 그 동안 두 사람 사이엔 별반 이야기가 활발하게 꽃피지 못했다. 상대방의 감정을 상하지 않으려고 마음을 쓰는 그만큼 얘기는 너절하게 되고 서먹서먹한 느낌만 커졌다.

돌아오는 길, 현상은 '우울한 밤!'이라고 중얼거렸다. 초여름 밤의 서울의 공기는 메스꺼웠다. 거리의 네온사인이 잡스럽기만 했다. 가도에 붐비는 자동차의 무리가 탐욕스러운 인간의 욕심을 닮았다. 그 클랙슨 소리가 인간의 인간다운 말을 잃어버린 돼지의 신음소리와도 같았다. 그런데 하늘의 별은? 얼키고설킨 전선줄 사이에 보이는 별들이 거미줄에 걸린 개똥벌레처럼 멋쩍었다.

4

석연한 화해. 사실 현상과 연희의 사이엔 그런 것이 있을 필요도 없었다. 사랑하는 사람끼리는 말을 하지 않아도 통하는 법이다. 그러나 탁 털어놓고 서로의 오해, 오해라는 것을 알았으면 문제는 간단하겠지만, 하여간 뭔지 석연치 않은 감정을 풀어버려야 하는 것인데 차일피일 그러지도 못하고 시간을 넘기고 있었다.

여름이 왔다. 회사 안에서 바캉스 얘기가 나돌게 된 무렵이었다. 계장급 여름 바캉스는 1주일이라고 정해졌다. 현상은 그 바캉스를 연희의 그것과 맞추려고 마음을 먹곤 여러 가지 계획을 짜고 있었다.

'연희의 오빠 내외와 같이 행동하도록 했으면 좋겠다.'

이런 생각까지 하고 있는 판인데 어느날 사장이 현상을 불렀다.

"올 여름 휴가에 무슨 특별한 계획은 없습니까?"

사장의 말이었다.

"그저 어딜 놀러가나 하고 궁리하고 있을 뿐 특별한 계획이란 없습니다."

하고 현상이 정직하게 답하지 않을 수 없었다.

"그렇다면……."

하고 사장은

"특별히 부탁이 있는데 들어 주겠소?"

하며 현상을 똑바로 봤다.

"예, 좋습니다. 제 힘으로써 될 일이면 해보겠습니다."

현상의 답이 이렇게 되자 사장은

"이번 여름엔 일본으로 가 주셔야겠소. 일본에 기술교육으로 보낸 견습공들이 있는데, 그 사람들을 위로할 겸 동향도 알아볼 겸 한 달쯤 가 있어야겠소. 그러니 그 동안 적당하게 날짜를 잡아 휴가를 즐겨도 좋구요."

하며 거절할 턱이 없다는 듯이 현상을 보았다.

현상은 자기의 계획이 수포로 돌아가는 것을 느꼈다. 그래 말을 꾸몄다.

"사실은 이번 여름 휴가를 이용해서 고향에 있는 선산을 돌아볼까 했습니다. 산소가 황폐했다는 얘기를 듣기도 해서 말입니다."

사장은

"그거 문제없습니다. 출장을 내드릴 테니 내일이라도 고향으로 가셔서 산소 일을 보시구 올라오시구려."

하는 것이 아닌가.

　현상은

　"예."

하고 물러설 수밖에 없었다.

　그날 현상은 이런 안타까운 사정을 연희와 얘기하려고 했는데 그날따라 연희에게 사정이 생겼다. 연희에게 사정이 생긴 것만이 아니었다. 현상에게도 사정이 생겼다. 사장집 삼 자매가 현상을 초대한 것이다. 이날 밤 처음으로 현상은 회장이 그의 장녀 진혜와 자기를 결합시켰으면 하는 의사를 가지고 있다는 것을 알았고, 그런 풍문이 미리부터 회사 안에 나돌고 있었다는 사실도 알았고, 연희가 뭣 때문에 토라져 있는가의 그 이유도 알았다.

　'그렇다면 문제도 없다. 내일이라도 연희를 만나 나의 결연한 각오를 얘기하고 그야말로 석연한 화해를 하면 된다.'

　회장집 삼 자매의 사이에 끼어 건성으로 대응하면서 현상은 마음속에 이와같이 다짐하고 있었다.

　그런데 한편 기 사장과 연희는 대강 일을 마치고 난 뒤 다음과 같은 대화를 나눴다.

　"회사 안엔 유능한 사원이 많은데, 그 가운데서도 젊은 사람 중에 누구를 제일이라고 할 수 있을까?"

　"글쎄요, 사장님의 안목은 어떠실는지."

"내가 보기엔 기획실 안 계장이 가장 장래성이 있는 사람 같아. 미스 장은 어떻게 생각하지?"

"훌륭하다고 생각해요."

"미스 장은 그런 사람이면 남편으로 좋겠다, 그렇게 생각해 본 적은 없어요?"

"……."

"대답이 없는 걸 보니 그렇다는 의사표시인가?"

"사장님 왜 그런 걸 묻죠? 시험하는 거예요?"

"아냐, 난 미스 장을 존경해. 그래 미스 장의 의견을 물어보는 거야."

"그것뿐이고 다른 이유는 없나요?"

"그럼 똑바로 말하지. 우리집엔 딸이 셋이 있거든. 아버지는 나부터 먼저 결혼하라고 하지만 난 누이동생부터, 아니 그중 하나라도 먼저 결혼시켰으면 해. 그 이유는 여러 가지 있지만 생략하기로 하고……. 그런데 내 누이동생들이란 건 온실에서 자라 그런지 자기의 상대를 자기가 고르지 못하는 얼간이들이거든. 그래 그 책임이 내게 떨어졌단 말야."

"아주 보수적인 분들이구면요."

"보수적인지 무능한지 그런 건 모르겠소. 하여간 그런 사정이 됐단 말이야. 아버지는 같은 재벌끼리 사돈을 맺고 싶은 모양이야. 그러나 나는 반대지. 가난해도 유능하고 성실한 사람, 이것이 중요하다고 강조했지. 남자 아이로선 나 혼자거든. 그래 나는 나의 협조자자가 될 만한 사람을 매부로 삼을 작정을 했죠. 물론 본인의 승낙을 받은 후의 일이지만……."

"그래 안 계장이 후보에 올랐나요?"

"그렇지, 그 사람 성실하고 능력이 있고 동료간에 신망도 있는 모양이고……. 그래서 진혜와 결합시켜 놓으면 피차가 좋고 나도 미덥고 할 것 같아서 그래 물어본 거야."

"쌍방에 다 의사를 통했나요?"

"아직 터놓고는 얘기가 없었지. 그러나 가능할 것 같애. 진혜에게 넌지시 이런 말을 던져 보았더니 과히 싫진 않은 모양이고 안 계장도 홍 감사에게 반승낙이나 한 모양이구."

"홍 감사에게 반승낙이나 했으면 일은 다 된 것 아녜요."

"처음엔 결혼할 상대가 정해져 있는 것이나 마찬가지라고 하더래요. 그래 정해진 것과 정해져 있는 거나 마찬가지의 사정과는 다르지 않느냐고 하니까 아무 말도 안 하더란 거야."

대화가 이쯤 되었을 때 연희는 다시 얘기를 이을 용기가 없었다. 잠깐 침묵이 흘렀다. 그리고 난 뒤 사장이 말을 이었다.

"진혜를 결혼시키고 나면 나도 결혼을 해야겠는데 난 재벌들의 딸은 질색야. 뿐만 아니라 한국 여성들에겐 거의 희망을 잃고 있는데 요즘 난 희망을 찾아냈어. 한국 여성 가운데서 기막힌 사람을 발견했거든."

사장의 이런 말은 상대방의 호기심을 계산한 뒤의 말이었다. 그러나 연희는 남의 일에 호기심을 갖기엔 너무도 충격이 컸었다. 돌연 입을 다물어 버린 연희를 이상하게 생각했던지

"연희 씬 결혼 따위엔 전연 흥미가 없으신 모양이지."

하며 사장은 연희의 눈치를 봤다.

"결혼 같은 데 흥미가 없어요."

그 순간의 기분으로선 연희의 이 대답은 진실이었다.

같이 회사에서 나와 사장은 자기 자동차로 연희를 바래다주려고 했다. 그러나 연희는 끝내 거절했다. 하도 거절을 하니까 사장은 의아하게 생각하는 눈치였다. 연희는 거절하는 이유를 짤막하게 말했다.

"오늘밤은 혼자 걷고 싶어서 그래요."

5

조용히 연희를 만나 결정적인 자기의 태도를 천명할 여유도 없이 현상은 자기가 자아낸 그물에 자기가 걸려 시골로 내려가지 않으면 안 되게 되었다.

그러나 한편, 계절의 그 무렵에 고향으로 돌아가보는 기회를 가진 것을 현상은 다행으로 생각했다. 고향 하늘의 구름은 매연에 더럽혀진 구름이 아니었다. 전답의 푸르름, 시내의 맑은 흐름이 신선한

생명감으로 현상의 마음을 새롭게 했다.

고요히 골짜기에 자리 잡은 선산의 무덤을 아버지 어머니의 무덤에서부터 할아버지 할머니 무덤까지 찾아 올라가며 인생의 근본이라는 것, 인생의 방향이란 것을 새삼스럽게 느꼈다. 현상은 귀근이란 말을 새겨보았다. 나뭇잎은 결국 나무의 뿌리로 돌아오고 만다는 얘기리라. 헝클어진 오해 속에 벤츠 300호를 본 충격 속에 살아온 탓인지 현상은 절실하게 귀근이라는 사상, 나아가 귀농이란 사상을 익혀 보았다.

'양복지를 짜서 돈을 버는 대재벌의 허울 좋은 노예가 되는 것 보다 이 자연 속의 겸손한 농부가 되는 편이 훨씬 아름다운 인생을 마련하는 길이 아닐까?'

며칠을 농촌에 묵는 동안 현상은 남아 있는 전답과 산판, 기타 자기가 활용할 수 있는 재산을 챙겨 보았다. 이만하면 굶어 죽지 않고 자연 속의 농부가 가능하리란 자신을 얻었다. 현상은 용기 백배했다.

'서울에 도착하는 즉시, 이 얘길 연희와 나누고 생활에 일대 혁신을 일으켜야 하겠다.'

3,4일 후 현상은 서울로 돌아왔다. 그런데 좀처럼 연희를 만나 얘기할 기회가 없었다. 그러는 동안 매일처럼 사장집의 초대를 받았다. 되도록 거절하는 방법을 썼지만 세 번에 한번은 응하지 않을 수 없는 것이다. 그것이 현상에겐 고통이었다. 진혜라는 여자가 부자의 딸가운데 흔히 볼 수 있는 자존심이 강하고 안하무인인 그런 위인 같

았으면 현상이 행동하기가 훨씬 수월했을 것이다. 그러나 진혜는 겸손하고 말이 없고 조용한 인품을 가진 처녀였다. 그러니 터무니없이 그 호의를 무시할 수가 없는 것이었다.

현상으로서는 고민의 나날이었다. 게다가 일본으로 가야 하는 기일은 임박했다. 하루아침 현상은 드디어 결심했다. 안국동 연희의 집 바로 앞길에서 연희가 나오길 기다리기로 했다.

6

현상을 전신주 그늘에서 본 연희는 일순 멈칫한 표정이었다. 이어 가슴에 꽉 차오르는 감정이 얼굴을 빨갛게 물들였다.

"웬일이시죠?"

하고 인사도 물음도 아닌 말을 하기가 겨우였다.

"지쳐서 용기를 냈지."

"지쳐서?"

연희는 현상의 말뜻을 채 못 알아들었다.

"만날 기회를 얻으려고 해도 잘 되어야지. 그래 용길 냈단 말야."

둘이는 민 충정공의 동상이 있는 곳까지 잠자코 걸었다. 현상은 현상대로 연희를 만나 어수선해진 자기의 감정을 의아하게 생각하고 있었고, 연희는 연희대로 현상이 자기를 만나러 오는데 용기를 내기까지 했다는 사실을 안타깝게 생각했다.

'우리 둘이 사이가 벌써 이렇게 멀어졌단 말인가?'

연희는 슬픈 생각에 잠겼다. 와락 현상의 팔에 매달려 이럴 수 있느냐고 몸부림이라도 쳐보고 싶은 충동이 일었다. 그러나 냉정해야 된다고 언제나 타이르듯 내심의 소리를 불러일으켰다.

민 충정공의 동상을 둘러싸고 자동차가 광분한 동물처럼 으르렁대며 지나가고 한창 출근길에 바쁜 사람들의 무리가 붐볐다. 그러한 소란과 광분을 발 아래로 하고 동상이 되어버린 민 충정공은 위세를 더해가는 여름의 아침 햇빛에 눈이 부신 듯 서 있었다.

'연희와 나와의 사랑을 증명할 존재는 아마 저 민 충정공일 것이다.'

현상은 그 동상을 볼 때마다 해보는 생각을 기억했다. 밤 늦게 현상과 연희는 언제나 그 동상이 지켜보는 곳에서 서로 안녕을 주고받으며 헤어졌던 것이다.

누가 제의한 것도 의논한 것도 아닌데 현상과 연희는 회사까지 걷기로 하고 횡단 보도를 건너 화신쪽으로 걸어 내려오기 시작했다.

"시골에 가셨더라구요?"

연희가 먼저 입을 열었다.

"잠깐 다녀왔지."

"뭣 하러?"

"부모님 산소에 성묘하러."

"그 때문에 휴가까지 얻었나요?"

현상은 시골로 가게 되었던 동기를 요령있게 설명하려고 했으나 되질 않았다. 사실은 연희와 같이 여름 휴가의 바캉스를 즐기려고 시골 얘기를 사장 앞에서 들먹였다가 그렇게 되어 버렸다는 설명을 했어야 할 것이었지만 소원하게 되기 전까지의 옛날이면 몰라도 지금에 그 얘길 끄집어내면 엉뚱한 말들만 오가게 되는 동기를 만들 뿐이었다. 그래 그런 얘기를 생략하고 보니 할 말이 또 없었다.

"이번 시골에 가봤더니 시골에 가서 농사나 짓고 살았으면 하는 생각이 나더구먼."

"농사를 지어요?"

"그런 생각도 나더란 얘기야."

현상은 반쯤의 진정을 가지고 말했지만 연희는 엉뚱한 속셈을 그처럼 표현하는 것으로 들었다.

"우린 센티멘털리즘을 청산해야 되지 않을까 해요."

연희의 말이 뜻밖인 방향으로 비약했다.

"그거 무슨 말이지?"

"좀 더 현실적으로 생각하고 좀 더 현실적으로 행동해야겠다는 얘기예요."

"그럼 이때까진 뭐 공상적으로 생각하고 행동했나?"

현상은 공상이란 것을 모르고 살았다. 대학에 다닐 때도 그랬고, 군대생활을 할 적에도 그랬고, 회사에 취직할 때도 그랬고, 연희와의 연애에 있어서도 현실을 잊어 본 일이 없다. 그런 까닭에 적어도 2백만 원쯤의 돈이 준비되어야만 결혼을 하겠다고 자기가 자기에게 명령해 온 것이 아닌가. 그러한 자기를 보고 그 이상 더 현실적이라야 된다고 한다면 어떻게 하란 말인가 하고 생각하고 있는데

"우선 세상을 너무 얕잡아 보고 산 것만 같아요."

하는 연희의 중얼거리듯 하는 소리를 들었다.

"그런 수수께끼 같은 소린 그만 하고 구체적으로 말을 해봐요."

현상의 어조가 약간 거칠어졌다.

"그저 그런 느낌을 가졌단 뿐이지 구체적인 것이 또 뭣 있겠어요."

연희는 토라진 옆 얼굴을 보이며 말했다. 시원스런 이마 위로 몇 가닥의 머리칼이 흘러내려 그것이 아침 햇빛을 받고 윤택스러웠다.

"난 오늘 중대한 의논을 하려고 온 거야. 귀중한 시간이야. 우리 어디 잠깐 들러 얘기를 하고 출근을 하면 어때."

현상이 이렇게 말하자 연희는 시계를 들여다보며 근처의 다방을 찾는 눈빛이 되었다. 둘이는 아무 데나 골라 다방으로 들어갔다.

자리에 앉아 차를 시키기도 전에 현상은 단도직입적으로 말을 꺼냈다.

"연희! 우리 결혼하자."

연희의 어깨가 일순 경련하듯 들먹했다.

"안 되겠어. 미루고 있다간 오해만 쌓이게 되고 좋을 게 하나도 없을 것 같애. 허락만 한다면 오늘 중에라도 연희의 오빠를 찾아 뵐 참이야."

연희는 뭐라고 하려다가 말고 눈을 아래로 깔고 손수건 잡은 손으로 핸드백을 만지작거리고 있었다.

"어때, 내 오늘 연희의 오빠를 만나도 좋지?"

연희로부턴 여전히 대답이 없었다.

"빨리 대답을 해요."

현상이 연거푸 재촉을 하자, 연희는 서서히 고개를 들고 입을 열었다.

"요즘도 진혜 씰 만나죠?"

"그 때문에 오해가 있는지도 나는 알아. 그래 오늘 아침 연희를 서둘러 찾은 거야."

"요즘도 진혜 씰 만나죠?"

연희의 싸늘한 질문이 되풀이되었다.

"만나지. 그러나 나는 아무런 관심도 갖지 않는 사람야."

"좋은 분이죠?"

"좋건 안 좋건 내겐 아무런 관계도 없는 사람이라니까."

현상은 단호하게 말했다.

"꼭 그래요?"

"꼭 그렇지."

"왜 그렇죠?"

"왜 그렇다니?"

"저 때문에 그래요?"

"물론이지. 네겐 연희가 절대적이거든."

"무리하는 건 아녜요?"

"무리를 하다니, 그게 또 무슨 말야?"

갖다놓은 차는 이미 식어 있었다. 그러나 누구도 찻잔엔 손을 대지 않았다. 연희는 괴로운 듯 다시 눈을 아래로 깔았다.

"하여간 난 오늘 연희의 오빠를 만날 테니까."

현상이 일어서려는 것을

"잠깐만."

하고 연희가 만류했다.

"전 다 들었어요. 사장님이 안 계장님을 매부로 삼을 요량으로 여러 가지 준비하고 있다는 얘길 들었어요. 비서실에 있으니까 그런 얘긴 잘 들려요. 그리고 홍 감사를 통해 안 계장이 반승낙이나 했다는 사실도 알고 있구요."

"내가 홍 감사에게 반승낙을 했다고?"

현상의 말이 떨렸다.

"그 따위 터무니없는 소리가 어디에 있어. 그 영감이 내 결혼에 대해서 이러쿵저러쿵 말을 늘어 놓기에 내 결혼에 대해선 개의하지 말라고 잘라 말하고 그저 듣고만 있었을 뿐야. 지금 회사에 나가 대질을 해도 좋고."

"흥분하시지 말고 우리 차분하게 얘기합시다."

연희가 조용하게 말했다.

"연희, 이런 문제를 두고 연희는 차분하게 말할 수 있어?"

"전 생각했어요. 고민도 했구요. 오빠에게 의논도 드렸어요. 전 흥분하지 않기로 했어요. 뭐든 차분히 생각하기로 했어요. 센티멘털리즘이 되어선 안 되겠다고 생각했어요."

그렇게 말하면서도 연희의 감정은 격해 오르는 것 같았다. 그 격해 오르는 감정을 참느라고 무진 애를 쓰고 있는 노력이 연희의 표정에 나타났다.

"우리와 아무런 관련도 없는 사람 때문에 우리가 구애받을 게 뭐 있어. 그러니까 빨리 결혼하자는 거 아냐?"

"결혼을 그처럼 서둘러야 하나요?"

현상은 이 뜻밖의 연희의 말에 놀랐다. 빨리 결혼을 하자고 조르던 때는 언제였는데…… 현상은 어이가 없었다.

"결혼을 안 하고 있으니까 별의별 방해가 생겨나는 것 아닌가. 나와 연희 사이에 결혼을 연기해야 할 이유가 어디 있어. 연희에겐 나를 더 알아봐야 할 사정이 생겼나?"

"그래요."

연희는 딱 잘라 말했다.

현상은 당황했다. 기가 꺾였다.

"더 알아봐야 할 사정이 생겼다는 것은 지금의 상태로선 연희의 결혼상대로선 부족하다 이 말인가?"

"부족은 아니라도 불만은 있지요."

"그게 뭔데?"

"안 선생에게 대한 불만이라기보다 저 자신에게 대한 불만이에요."

현상은 어이가 없다는 듯 담배를 마구 피워댔다.

'마음이 변했다면 변했다고 바로 말을 할 일이지 그게 뭐냐.'

고 쏘아붙이고 싶은 마음이 일었으나 그렇게 한다는 건 현상 자신이 너무나 비참하게 되는 일이었다.

"서둘러 결혼해서 장래를 망치는 것보다 그런 일이 없도록 결혼을 신중히 해야 되지 않겠어요?"

연희의 이 말에 현상은 쓰디쓴 웃음을 띠었다.

"왜 비웃는 거죠."

"연희 말처럼 비웃는다면 나를 비웃을 뿐이지 나는 다른 아무도 비웃지 않아."

연희는 자기의 마음이 현상의 마음에 이르지 못함을 알았다. 그래 하지 않으리라고 마음을 먹었던 일단을 입밖에 냈다.

"남자에겐 출세가 중하다고 들었어요. 그런 것을 생각하지 않고 우리들은 지내오지 않았어요. 그걸 전 세상을 얕잡아보고 살았다고 한 거예요. 출세를 하는 덴 여러 가지 기회를 놓치지 말고 이용해야 한다고 하대요. 그런 뜻으로도 결혼은 중요하다고 하던데요."

"그건 내게 대한 충고가?"

"아녜요. 내 자신에게 하는 다짐이죠."

"말하자면 출세할 수 있는 가능적 인물과 결혼해야 된다는 얘긴가?"

"좋을 대로 해석하세요."

정이 서린 눈, 따뜻한 웃음이 번지는 입술, 그렇게 해서 청초하며 다정스럽게 보이는 연희의 얼굴이 이런 말을 내뿜을 땐 서릿발이 서 있는 차가운 표정이 된다. 현상의 눈앞으로 벤츠 300이 지나갔다. 사장의 자신만만한 풍모가 함께 눈앞으로 스쳤다.

"나는 오늘 연희에게 거절당한 것인가?"

현상은 중얼거리듯 연희의 눈빛을 향해 물었다. 연희의 눈엔 눈물이 글썽해 있었다.

'저 눈물이 또 무슨 뜻일까.'

현상은 답답해진 가슴속에서 이렇게 되뇌이며

"연희, 우리 이 회사를 그만두자. 그만두고 결혼하자. 난 뭐든 할 자신이 있다. 시골에 가서 농사를 지을 수도 있고 어디 가서 선생 노릇을 할 수도 있고…… 연희, 회사를 그만두자. 아무래도 이 회사는 안 될 것 같아."

하고 울먹이듯 말했다.

"진혜 씨의 프로포즈 때문에 그런가요?"

"그런 것만도 아냐."

연희는 이 회사를 그만두고 현상과 결혼할 가능을 일순 생각해 봤다. 당장에라도 그렇게 하자는 말이 터져나올 것 같으면서 그 말이 입 안에 사라져 없어지는 것은 어인 까닭일까.

'현상의 장래를 위해서, 현상의 출세를 위해서.'

라고 다짐하는 마음의 한 구석에서 기 사장의 활달한 웃음소리가 들려오는 듯 느껴 연희는 몸을 떨었다.

연희는 현상의 장래를 생각하는 척하면서 현상과는 관계없이 전개될지도 모르는 스스로의 가능을 꿈꾸고 있는 마음의 한 가닥을 번갯불에 일순 비쳐 오른 경치의 한 토막처럼 느꼈다.

그러나 연희는 숨가쁘게 그런 마음을 지워버렸다. 그래 연희는

"선생님, 이대로 시련을 더 겪어봅시다. 시련을 이겨 놓고 우리의 결혼 문제를 생각합시다. 회사를 그만두는 건 언제라도 할 수 있는 일이니까요."

하며 타이르듯 말했다. 그러면서도 연희 자신 자기가 말한 뜻을 확실히 파악하지 못하고 있었다.

'좋다, 보류다.'

현상은 마음 속에서 이처럼 외쳤다.

군대생활에 이은 실직상태의 우울한 나날, 현상은 어떤 곤란도 이렇게 해서 견디어 왔던 것이다.

다시 거리로 나와 둘이는 말없이 걸었다. 내리 쬐는 햇빛 속에 서울의 거리는 지저분한대로 화려했고…… 그만큼 우울하기도 했다.

그러나 현상과 연희는 이제까지 그들의 마음 속에서 전개되었던 드라마를 잊고 회사의 출근시간을 의식하며 걸음을 바삐해야만 했

다. 사람들에게 부딪치지 않게끔 자동차에 받히지 않게끔 신경을 쓰
며 걸어야만 했다.

7

안현상이 일본으로 떠나야 할 날이 다가왔다. 일본으로 떠나기
전 현상은 장연희를 만나 속시원하게 모든 것을 털어놓고 얘기하고
싶었다. 그러나 연희는 그런 기회를 주지 않았다.

연희는 현상이 회장의 사위가 되고 사장의 매부가 되어 앞으로
대회사의 간부가 되는 길을 터주기 위해선 자기가 비켜서 주어야 한
다는 생각을 뚜렷이 하고 있었다. 그러나 어디까지나 이건 일종의 자
기 기만이란 것을 채 깨닫지 못했다.

사랑하는 사람을 어떤 이유이건 회피해야 한다는 건 슬프고 가슴
아픈 일일 것이다. 그런데도 연희의 나날이 그처럼 우울하지 않고 회
사에서의 근무가 그다지 싫지 않은 것을 보면 현상을 회피하는 이유
가 현상의 장래를 위한 것만이 아니라는 사실을 쉽게 깨달을 수 있어
야 했겠지만 자기가 편리한 대로 자기를 합리화시키는 여성 일반의
버릇을 가진 점엔 연희도 그 예외가 아니었다.

그 무렵 기 사장과 연희 사이엔 이런 말이 오갔다.

"미스 장 미국엘 가보고 싶은 생각이 없나?"

"왜 없겠어요. 사정이 그렇게 안 돼서 못간달 뿐예요."

"시기를 골라 미국에 가서 한 일 년쯤 있다가 와요. 결혼하고 나면 여자란 마음대로 못하는 거니까."

결혼이란 말이 나오자 연희도 얼굴이 붉어졌다.

"세상 일이 어디 그렇게 뜻대로 되겠어요?"

"미스 장이 승낙한다면 내가 주선을 해주지."

"호의는 고맙습니다만 전 사양하겠어요."

"그건 또 왜?"

"아무런 근거도 없이 남의 호의를 받는다는 건 죄스러우니까요."

"우수한 사원을 위로 출장시킨다고 생각하면 될 게 아냐?"

"그러나 그런 제도가 있으면 몰라도 저 혼자 혜택을 입는 것 같아서."

"미스 장은 내게서 받는 호의가 그렇게 싫은가?"

"……."

"미스 장과는 조용히 할 이야기가 있어. 회사 일이 아니고 인생에 관한 얘기야. 그 얘기의 상대가 되도록 하기 위해 한 일 년쯤 미국이나 유럽으로 보냈으면 하는 거야. 하여간 특수한 사정이 없으면 그렇게 하도록 마음의 준비를 해둬요."

이런 대화뿐만이 아니라 기 사장은 연희에게 특별한 관심을 종종 보였다. 되도록 연희와의 시간을 같이 가지려고 하고 외출을 할 땐 어떤 명분을 굳이 만들어서까지 동반하려고 했다.

6월 하순의 어느날, 연희는 기 사장에게서 저녁에 집으로 오라는

명령을 받았다. 여느때 같으면

  "오늘밤 시간이 있는가?"

하고 묻고 '있다'고 하면

  "그럼 우리집에 올 수 없을까?"

하며 이편의 재량에 맡기는 말을 하는 것이 보통이었는데, 그날 기 사장의 말은 상대방의 의사를 전연 무시해 버린 명령조가 되어 있었다.

  연희는 '아무리 평소에 민주적인 척해도 독선적인 바탕을 드러 내는구나.' 하고 약간 불쾌했지만 그 명령에 따르지 않을 수 없었다.

  연희는 사장의 집에 가서야 그날이 사장의 중간 누이동생 선혜의 생일날이란 걸 알았다. 연희는 기 회장 부처에게 인사를 드리고 나오려고 하자 기 회장의 부인이 연희를 좀 더 앉아 있으라고 해놓고 여러 가지를 묻기 시작했다. 이를테면 생년월일과 생시, 가족상황, 취미 등을 꼬치꼬치 파고 묻는 것인데, 연희는 딸의 생일을 미끼로 연희를 사문하러 불러댄 것이 아닌가 하는 불쾌감을 가졌다.

  그러나 연희는 진혜, 선혜, 미혜 등 세 자매와 곧 어울릴 수 있었다. 그들의 학교시절의 친구들도 4, 5명 와 있었는데, 모두들 양가의 딸들로 쾌활하고 언동에 구김살이 없었다.

  연희는 진혜를 각별한 주의력으로 관찰했다. 잘 웃긴 하나 말이 없는 편이고 매사에 대범하리라는 것은 동생들과의 응수하는 양을 보고서도 알 수 있었다.

진혜가 고전음악 레코드를 걸려고 하니까 미혜가

"언닌 또 클래식이야? 재즈를 걸어요."

했다.

진혜는

"그래라."

하면서 들었던 레코드를 내려놓고 재즈를 걸었다. 뿐만 아니라 동
생들이

"언니, 그것 이리로 갖다 줘요."

하고 시키는 심부름을 진혜는 싫은 빛 하나 띠지 않고 응해 주기
도 했다.

연희의 성격으로서는 어림도 없을 일이다. 연희는 현상이 진혜와
결혼하면 행복할 것이라는 판단을 얻었다. 그러나 그러한 판단과 더
불어 조용했지만 질투의 불길이 일었다.

파티가 진행되는 도중 현상의 이름이 등장했다.

"언닌 내 생일이라고 해서 안 계장을 초대하지 않았죠?"

하고 선혜가 빈정댄 것이다.

"전화를 했더니 오늘밤 바쁜 일이 있다고 하시잖아, 네 생일이라
고 해서 초대하지 않은 것은 아냐."

진혜가 조용히 답했다.

"하여간 안 계장님은 쑥맥이야. 장군을 쏘려면 먼저 말을 쏘라는
옛 격언쯤은 알고 있을 텐데. 언니를 쏘려면 먼저 우리를 녹이지 않

구……."

미혜가 이런 익살을 부렸다. 그러자

"미혜야. 안 계장이 언니를 쏘려는 거니? 언니가 안 계장을 쏘려는 거지."

하고 선혜가 대꾸했다.

그러자

"지난 토요일, 여기서 뵌 분이 안 계장이지?"

하고 친구의 한 사람이 말을 끼웠다.

"그래, 그 사람야, 퍽 핸썸하지?"

선혜가 말했다.

"핸썸하고 머리 좋구, 우리 오빠는 안 계장에게 홀딱 빠져 있는 모양야."

미혜가 말하자

"언닌 어떻구."

하며 선혜가 진혜를 슬금 쳐다봤다.

진혜는 시종 웃음을 띠고 동생들의 수작을 지켜볼 뿐 말이 없었다.

"미스 장, 안 계장의 회사 안에서의 인기는 어때요?"

미혜가 연희에게 물었다. 연희는 돌연한 물음에 당황했다. 우선

"글쎄요."

해놓고 뒷말을 찾았지만 회사 안에서의 현상의 위치를 요령있게 설명할 말이 선뜻 떠올지 않았다. 그러자

"여자 사원들 사이에 인기가 대단한 것 아녜요?"

하고 미혜가 고쳐 물었다. 연희는 자기의 얼굴이 홍당무처럼 후끈 달아오르는 것을 느꼈다. 자기와 현상과의 열중한 연애 때문에 다른 여자 사원들의 현상에게 대한 태도를 관찰할 겨를이 없었으나 그런 질문을 받고 생각해 보니 현상의 여자 사원들 사이의 인기는 거의 절대적인 것이 아닌가 싶었다.

"여자 사원뿐만 아니라 남자 사원들에게도 인기가 좋아요."

연희는 현상이 기획실의 총무계장으로 발탁되었을 때의 사내의 반응을 얼핏 회상하고 이렇게 말했다. 당시 현상의 발탁을 모두들 잘 된 것이라고 말했고 현상의 장래를 축복했던 것이다.

"그런데 그 여원 가운데 미스터 안과 연애하는 사람이 없을까?"

선혜의 친구가 불쑥 이런 말을 꺼냈다.

"오빠의 조사에 의하면 없는 모양이지."

선혜의 답이었다.

"조심해야 해. 점잖은 사람이 뭣으로 호박씨 깐다는 말이 있잖아."

아까의 친구 말이다.

연희는 그런 분위기가 견디기 어려웠다. 바로 연애하는 상대를 앞에 두고 그런 말들이 오가는 것이니 딱했다. 그렇다고 해서 일어서서 나와 버릴 수도 없었다. 자기가 나가고 나면 무슨 말이 자기에게 관해 오갈지 모를 노릇이어서 그것이 겁났다.

"오빠의 말로는……."

하고 선혜가 연희 편으로 시선을 돌리더니 말을 이었다.

"회사에서 두 사람을 발견한 것이 커다란 행운이라고 하던데."

"두 사람이라니 누군데?"

선혜의 친구가 물었다.

"하나는 안현상 계장, 하나는 장연희 씨."

선혜는 활발하게 말했다. 그리곤

"오빠는 아마 장연희 씨에게 특별한 관심을 가지고 있는 모양야."

하고 웃었다.

선혜의 친구라는 사람 가운데의 하나가 그 말을 듣자 얼굴을 숙여 버렸다. 연희의 마음의 탓일진 몰라도 그 아가씨가 기 사장에게 무슨 관심을 가지고 있구나 싶었다.

열 시가 넘어서야 사장집을 나왔다. 연희는 여름밤의 거리를 한참 걸은 뒤에야 마음을 안정시킬 수가 있었다. 너무나 심한 시련이었다. 현상의 얼굴이 나타나는가 하면 거기 기 사장의 얼굴이 겹쳤다. 그러다간 다시 현상의 얼굴이 나타나고…… 연희는 몽유병자처럼 걸었다.

<u>8</u>

출발을 하루 앞두고 현상은 연희에게 편지를 썼다.

……중학생 같은 감상이라고 웃진 마십시오. 나는 나의 인생을 당

신을 빼놓곤 생각할 수가 없습니다. 생각하면 작년의 이맘 때가 그리워 견딜 수가 없습니다. 당신과 나와의 사이에 머리털 만한 틈서리도 없었던 그때가 말입니다. 나는 당신의 꿈을 꾸고 있었고, 당신은 나의 꿈을 꾸고 있었습니다. 당신이란 존재 때문에 아침은 항상 보랏빛으로 밝았고, 낮은 장미의 빛으로 물들여졌고, 밤은 달과 별의 그윽한 빛으로 장식되었던 것입니다. 그런데 돌연 우리 둘 사이에 어두운 그림자가 끼게 되었습니다. 너무나 행복한 우리들의 사이를 악마가 질투한 것이나 아닐까 생각합니다. 그러나 나는 이것을 시련으로 알고 싶습니다. 이 시련을 기어이 이겨 나가야만 하겠다고 생각합니다. 우리들의 사랑이 너무나 순조로왔기 때문에 이러한 시련도 있어 마땅하다고도 생각하고 있습니다. 한 달이면 출장을 마치고 돌아옵니다. 그 동안에 피차 깊이 생각하는 어른이 됩시다. 하잘 것 없는 오해로서 무너뜨릴 성이 아닙니다. 터무니없는 고집으로 막아버릴 길이 아닙니다. 나는 당신을 놓치지 않을 방법이면 회사를 그만두는 것도 사양하지 않겠습니다. 어떤 위험이라도 무릅쓸 각오도 되어 있습니다. 만일 당신이 나를 버린다면 인생이 나를 버리는 것으로 나는 생각할 작정입니다 …….

현상은 기 회장 부처와 진혜가 동행이라는 것을 떠나는 아침에야 알았다.

공항은 그 때문에 붐볐다. 환송객들에 연희가 끼어 있는 것을 보고 현상은 불길한 예감에 사로잡혔다.

'진혜와 같이 떠나는 것을 보고, 또 엉뚱한 생각을 연희는 꾸밀 것이 아닌가.'

이런 불안이 일자 연희에게 단 한 마디의 말을 남겨 놓고 싶었다.

'어떤 오해도 있을 수 없다.'고 그러나 그렇게 할 틈이 없었다.

기 사장이 현상의 손을 잡고

"늙은 분과 내 누이동생을 잘 부탁하네."

하는 말을 할 때 연희는 바로 기 사장의 등 뒤에 있었는데, 현상이 사장의 말은 건성으로 듣고 눈을 연희의 눈과 맞추려고 했으나 연희는 끝내 시선을 딴 데로 옮기고 말았다.

드디어 비행기는 떠났다.

연희는 아침 현상의 편지를 읽었지만 편지를 읽었을 때의 감동은 비행기의 출발과 동시에 말끔히 사라져 버렸다. 현상은 영원히 연희의 세계에서 떠난 것이다.

연희는 행복한 웃음을 띠고 트랩에서 돌아보는 진혜의 얼굴을 염두에 새겨 두었다. 떠난 현상에 대한 아쉬움보다 진혜의 행복을 빌고 싶은 심정이 문득 일었다.

공항에서 돌아올 때 연희는 사장의 차에 편승했다. 운전사 옆 자리에 앉은 연희는 복잡한 감정이 그냥 반영되어 있을 자기의 얼굴을 사장의 시선에서 감추느라고 마음을 썼다.

김포가로를 달리고 있을 때 사장이

"미스 장."

하고 불렀다.

연희는 황급히 예, 하고 대답했다.

"사랑의 제일 조건이 뭔지 아나?"

연희는 대답할 수가 없었다. 대답할 말도 없었다.

"어떤 미국 학자의 의견인데."

하고 사장은 연희의 대답을 기대하지 않았던 태도로 말을 이었다.

"가까이 있어야 된다는 거야. 사랑의 제일 조건은 거리란 말이지."

연희는 사장이 왜 그런 말을 하필이면 지금 끄집어내는가 하고
생각했다. 이어 그 속셈을 알리는 사장의 말이 이어졌다.

"안 계장과 진혜는 서로 싫진 않았던 것 같애. 그러면서도 사랑에
까진 피차의 감정이 익지 못한 모양이지. 이번 일본에 가서 같은 시
간을 갖게 되면 서로가 서로를 이해하고 어쩌면 사랑하게 될지 모
르지. 그래도 안 된다면 서로 인연이 없었던 것으로 돌리면 그만이
고……."

회사로 돌아간 연희는 현상의 일본 출장을 기 회장의 사위가 된
것이나 다름없다는 식으로 취급하고 있는 사내의 공기를 알았다.

"하여튼 안 계장은 장땡을 잡았다."

"훌륭한 마누라, 훌륭한 지위, 엄청난 재산, 일석이조가 아니고 이
건 일석삼조가 아닌가."

"사람은 잘나고 볼 거지."

"잘나기 전에 운을 타고 나야 해."

젊은 남자 사원들은 이런 잡담으로 한바탕 꽃을 피우기도 하고, 여자 사원들은 은근한 기대와 꿈이 드디어 깨어졌다는 아쉬운 표정을 하고 있었다.

연희는 서랍 속으로 현상의 편지를 다시 한번 읽어 보고는 그것을 갈기갈기 찢어 휴지통에 넣었다. 스스로의 청춘을 찢어 버리는 것 같은 아픔도 있었고 여태까지 사로잡혀 있던 망상을 버리는 것 같은 상쾌함도 없지 않았다.

연희는 사장실로 들어가 비어 있는 방을 정돈하기 시작했다. 응접대 위도 치우고 사장의 테이블도 말끔히 손질했다. 그렇게 하는 동작 하나하나에 정성을 쏟았다. 그러다가 연희는 어떤 상념에 사로잡히자 벼락을 맞은 사람처럼 우뚝 한 곳에 서 버렸다.

'그렇게 되면 현상은 시누이의 남편이 되는 것이 아닌가.'

그렇게 되면? 하는 생각이 왜 일었던가. 그렇게 되면이란 말을 연희는 구체적으로 번역할 수가 없었지만 '시누이의 남편'이란 해답에 구체성이 있었다. 연희는 자기의 그러한 마음가짐 자체가 커다란 죄를 지은 거나 마찬가지라고 생각하고 몸을 떨었다.

퇴근시간이 될 무렵 연희는 오빠에게서 전화를 받았다. 오늘밤 오빠 집에 오라는 전갈이었다.

언희의 오빠는 현상에게 편지를 받았다면서 그 일에 관해 의논을 하자고 했다. 연희는 자기가 물러서야만 현상에게 출세길이 트인다는 명분을 내세워 현상과의 관계를 청산해야겠다고 오빠에게 말했다.

"너 그 말 진정으로 하는 거니?"

오빠는 어이가 없다는 표정으로 물었다.

"진정이에요."

"사랑엔 양보가 없다고 들었는데 넌 꽤 이해심이 넓구나. 너 마음이 변했다는 것을 그 따위로 가장하는 건 아닌가?"

오빠의 질문은 신랄했다.

"그럴는지도 모르죠."

연희는 오빠 앞에서 거짓을 할 수는 없어서 이렇게 대답했다.

"그럼 마음이 변한 이유를 알고 싶은데 말할 수 없나?"

"……."

"안 군에게서 무슨 결점을 발견했나?"

"……."

"말해 봐야지. 이 편지를 보고도 느낀 거지만 안 군이 너에게 대한 감정과 태도는 여간 진지한 것이 아냐. 성실한 남성을, 그것도 이때까지 그처럼 열렬하게 사랑해 온 남자를 등질려면 피차가 납득할 수 있는 이유를 밝혀야 해. 그것이 떳떳한 짓이야. 변한 네 마음을 돌이키라고 하진 않겠어. 그러나 현상이란 청년에게 충격을 주어선 안 돼. 이 편지 같아서는 그처럼 수월하게 문제가 해결될 것 같진 않던데."

"일본에서 한 달 동안 진혜 씨와 같이 놀다 보면 저 같은 건 말끔히 잊어버릴 거예요."

"그럼 너 질투를 하고 있는 거냐?"

연희는 그렇지 않다고 단언할 순 없었다. 사장에게 쏠리는 마음의 바탕에다 현상과 진혜와의 관계에 대한 질투의 작용이 있기 때문인지도 모를 일이었다. 그러나 질투 때문이라고 할 수만도 없는 것이다. 그래 연희는 말했다.

"질투라고 할 수 없어요."

"안 군이 만일 일본에서 이 편지에 쓴 그대로 마음이 변치 않고 돌아온다면 어떻게 할 테야."

"그땐 오빠께서 잘 타일러 줘요."

"뭣? 날더러 타이르라고?"

연희의 오빠는 기가 막힌다는 듯 허허하고 웃었다.

"무슨 이유로, 뭣을 근거로 해서 타이르라는 말야."

"진혜는 훌륭한 분이에요. 게다가 진혜와 결혼하면 현상 씨의 장래는 탁 트이는 거예요."

"출세구 뭐구 다 집어치워도 너라야만 하겠다고 하면?"

"그런 건 일시적인 객기라고 하면 되잖아요."

연희의 오빠는 잠깐 생각에 잠겼다. 연희의 태도가 뜻밖에도 완강한 것을 깨달았기 때문이다. 그리고 연희가 이렇게 된 데는 반드시 무슨 곡절이 있을 것이라고 생각했다. 달리 애인이 생긴 것이 아닐까 하는 의혹도 들었다.

연희의 오빠는 조용히 자기의 생각을 말하기 시작했다.

"고집도 나쁘지만 변덕스러운 것도 좋지 않아. 넌 두 말 끝에 안 군의 출세를 들먹이지만 이 세상엔 그런 따위의 출세를 원하지 않는 사나이도 있다. 안 군 같은 사람이 바로 그런 사람이다. 그런 사람을……."

울음의 문(門)

1

일본은 안현상에게 커다란 충격이었다. 현상은 서울을 떠나올 무렵의 여러 가지 시름을 잊고 일본을 배우는 데 몰두할 수 있었다.

한국을 알고 자기를 알려면 일단 조국을 떠나 봐야 한다는 누군가의 말이 실감으로써 현상의 가슴속에 새겨졌다.

현상은 먼저 회사의 기술요원을 파견시키고 있는 가와사끼(川崎)의 공장을 견학했다. 공장의 내부는 다소 규모가 크달 뿐이지 별다른 인상을 남기지 않았다. 현상의 마음을 끈 것은 거기서 일하고 있는 남녀 직공들의 얼굴과 표정, 그리고 태도였다.

맑고 건강한 얼굴빛, 쾌활한 표정, 활달한 태도는 현상을 놀라게 했다. 노동조합이 잘 짜여 있어서 그런지 회사측의 성의의 탓인지 7시간 노동, 윤택한 임금, 각종 보험으로 인한 제반 보장 등, 그야말로 그들은 노동을 즐기고 있는 것이다.

독신료(獨身寮)라는 독신 직공들이 기거하는 곳을 가 보았는데 그 청결함과 시설은 놀랄 만했다. 깨끗한 침구가 있었고, 모든 오락 시설이 있었고, 영양을 고려한 메뉴를 준비한 식당이 있었고 더욱이 도서실은 한국으로 치면 웬만한 대학의 도서관을 뺨칠 정도로 잘 갖추어져 있다.

결혼한 직공들의 가정은 한국 중류사회의 생활 이상의 수준을 유지하고 있는 것처럼 보였다. 단지(團地)라고 하는 곳에 자기 집을 가지고 집집마다 텔레비전, 전기냉장고가 있고, 숙련공쯤 되면 월부로 사들인 자동차까지 가지고 있는 형편이다.

그러나 현상이 깊은 감동을 받은 것은 그런 표면적 조건이 아니다. 노동자들이 제가끔 개성을 지니고 자기가 자기의 주인이 되도록 공부하고 애쓰고 있는 점이 좋았다.

'우리의 생활조건은 우리의 손으로 만들어 낸다.'는 확신과 긍지가 있었고, 일본의 번영을 유지하기 위해서 최선을 다해야 하며 각기의 노력을 통해서 일본을 세계 제일의 나라로 만들 수 있다는 자각과 긍지가 있는 것처럼 보였다.

학생들은 마음껏 공부하고 마음껏 반항하고 마음껏 노는 데 열중하고 있었다.

"우리에겐 속박이 없어요. 속박이 없는 것이 속박이랍니다."

어느 대학생이 현상에게 한 말이다. 현상은 그 말을 곰곰이 생각해 보았다.

'속박이 없으니까 스스로를 규제하기 위해 자기 자신이 속박을 만들어야 한단 말인가.'

그리고 현상은 또 청소년들의 체위가 기성세대의 것에 비해 월등하게 우수하다는 점에 착목했다. 그 이유가 뭣일까 하고 어떤 일본인에게 물었더니 다음과 같이 답했다.

"음식이라든지 생활방식이라든지 그런 것이 개선된 때문도 있겠죠. 그러나 내가 생각하기론 병역의 의무가 없어졌다는 점이 가장 큰 원인이 아닐까 생각합니다. 가로놓여 있는 장애가 없으니까 정신적으로 활달한 거지요. 그러니까 육체가 무럭무럭 자란다고 봐야지요."

그 말을 듣고 현상은 한국의 청소년, 더욱이 자기의 과거를 회상해 봤다.

국가와 민족을 위해서 당연한 의무라고 생각하고는 있었지만 병역의 의무라는 것이 언제나 무거운 짐으로 의식되었다. 대학 2학년쯤 되면 '군에 갔다가 학교를 계속할까, 학교를 나오고 나서 군엘 갈까.' 하는 망설임이 시작되었고, 군에 감으로 인해 중단되는 학업이란 걸 생각하니 애써 공부하는 것이 부질없는 일처럼 여겨져서 마음이 들떴던 때가 있었음이 기억에 되살아났다.

현상은 또 일본 사람들의 독서열에 놀랐다. 버스나 신간선(新幹線)을 타고 보면 승객의 8할까진 뭔가 책을 읽고 있는 것이었다. 하다못해 주간지라도 펴들고 있는 것이다. 현상이 어쩌다 부산까지의 기차를 탈 때가 있었는데, 그 수많은 승객 가운데 책을 읽고 있는 사람을 발견하기란 가뭄에 콩나듯 하는 상태였다.

현상은 무엇보다도 이 점에 두려움을 느꼈다. 일본인의 지적인 총화가 한국을 훨씬 능가하고 있을 것이 증거로 역력하다고 생각했다. 정치적인 분야, 문화적인 분야는 말할 것도 없고 경제적인 경쟁 장리(競爭場裡)에서도 그처럼 열심히 책을 읽고 날마다 지적인 능력을 개발하고 있는 국민에게 1년 내내 책 한 페이지 읽지 않는 국민이 대항할 수 있을 턱이 없다고 생각하지 않을 수 없었다.

현상은 또한 일본의 산수가 아름다운 데 깊은 감동을 받았다. 산이 있다고 보면 울창한 산림이고, 시내가 있다고 보면 풍부한 수량으로 흐르고 있었다. 벌거벗은 조국의 산, 가뭄이 오면 돌자갈이 흐르고 있는 조국의 강이 현상의 망막에 비칠 때 일본 산수에 대한 현상의 감동은 슬픔으로 변했다.

'우리의 불행은 누구의 책임도 아니고 바로 우리들의 책임.'이란 느낌이 비수가 되어 가슴을 에는 듯도 했다.

현상은 또 농촌도 돌아보았다. 완벽한 경지정리, 능률적인 수리시설, 이중곡가제까지 마련해서 농민을 보호하는 정책, 합리적인 농장운영, 모든 문화의 이기를 이용한 농업기술, 그러니까 필연적으로 윤택할 수밖에 없는 농촌생활, 이런 것들이 모두 현상의 마음을 자극했다.

외국에 가면 모두가 애국자로 된다지만 현상도 그 예외가 아니었다. 현상은 일본의 눈부신 발전과 번영을 눈으로 보면서 공업 분야에 있어선 앞으로 일본의 적수가 될 정도로 한국을 발전시킬 수 있는 길은 먼 앞날이라고 생각했다. 그러나 본받으려도 그 바탕부터가 빈약하다고 느꼈지만 농업에 있어선 일본을 본받을 수 있는 바탕이 있다는 생각을 해보고 장연희와 결별할 경우 낙향해야겠다고 마음먹은 그 막연한 감정을 실천으로 옮겼을 때를 감안하여 농촌의 실태에 대해서 보다 예리한 관찰을 계속했다.

약 2주일 동안을 자유롭게 돌아다니고 난 후(그렇게 한 데는 기 회장의 아량과 주선이 있었다.) 현상은 하꼬네(箱根)의 호텔에 투숙하고 있는 기 회장을 찾았다. 그날이 바로 기 회장이 현상에게 찾아오라고 분부한 날이기도 했다.

성록(盛綠)의 산에 둘러싸인 하꼬네의 풍경은 현상의 눈으론 선경을 방불케 하는 풍경이었다.

하꼬네 호텔의 프런트에서 기 회장에게 연락을 했더니 진혜가 하얀 슬랙스에 노란 블라우스를 입은 스포티한 모습으로 반기며 뛰어왔다.

"소식이 없어서 얼마나 궁금했는지 혼났어요."

주위에 사람이 없으면 현상에게 매달리고 싶어하는 표정으로 진혜가 말했다.

"꼬박 2주일 사방을 견학하고 오라는 회장님의 분부신데 어떻게 할 수 있었겠어요?"

현상인들 반갑지 않은 바는 아니었으나 덤덤히 이렇게 말했다.

"그렇다고 2주일 동안 그렇게 소식이 없을 수가 있어요?"

"소식을 전하자니 전할 수단도 없구."

"주소와 전화번호를 알고 있는데두요?"

"바쁘게 돌아다니느라고 어디……."

하고 현상은 그 정도로 얼버무렸다.

"그런데 회장님은 건강하십니까?"

"이곳이 아버지의 건강에 맞나봐요. 기다리고 계시니 가보세요."

현상은 진혜를 따라 기 회장의 방으로 들어갔다.

방 셋이 연해 있는 굉장한 방이었다. 응접실이 있고 회의실까지 붙어 있고 침실에 잇따른 베란다 위엔 노송의 가지가 드리우고 있었고, 그 소나무 가지 사이로 첩첩한 산의 능선이 그림처럼 아름답게 바라보였다.

기 회장은 그 베란다에 등의자를 내놓고 신문을 읽고 있더니 현상이 들어가자 일어서며

"구경 잘 했나."

하고 손을 내밀었다.

그리곤 앉으라고 의자를 권하곤

"안 계장 감상을 들어볼까."

하며 담배를 피워 물었다.

진혜가 냉장고에서 주스를 꺼내와서 탁자 위에 놓고 기 회장 곁에 자리를 잡았다.

'이건 바로 테스트로구나.' 하고 생각하며 현상은 자리에 앉았다.

"어디어디 가봤나."

"가와사끼의 K공장, 사이따마(埼玉)의 농촌 그리고 나가노(長野)의 산, 그리곤 동경에서 이럭저럭 구경도 하고 놀기도 했습니다."

"그래 총체적으로 감상은 어떤가."

"감상을 말씀드릴 정도로 깊이는 보지 못했습니다."

"그래도 이 사람아 뭔가 느낀 것은 있었을 것 아닌가."

현상은 너절하게 말을 늘어놓기가 싫었다.

"노동자들의 얼굴이 밝더군요?"

"노동자들의 얼굴이?"

기 회장은 현상의 뜻밖의 말에 놀란 것 같았다.

"우리나라 노동자의 얼굴도 그처럼 밝고 명랑하고 건강했으면 싶었습니다."

기 회장은 또, 하는 표정으로 현상을 봤다.

"일본 사람이란 책읽기를 좋아하는 국민이란 걸 알았습니다."

"그렇던가?"

항상 자동차만 타고 다니는 기 회장으로선 버스나 전차간에서 책을 읽고 있는 시민들을 본 적이 없었을 것이다. 그래 현상은 자기가 본대로 얘기하고 그렇게 독서를 통해서 지력을 개발하고 있는 국민에게 대해 전문가는 책을 손에 대보지도 않는 한국민은 적수가 아닐 것이란 의견을 말했다.

이어 현상은 기 회장이 묻는 대로 일본의 공업, 학생, 농촌, 산수에 대한 자기 나름대로의 의견을 간단하게 설명했다.

기 회장은 현상의 얘기를 듣고 나더니 자기의 사위로 삼아 부족이 없는 청년이란 판정을 내렸는지

"그런데 이 사람아 한 가지 탈이 났네."

하며 곁에 있는 진혜에게 시선을 쏟곤

"가끔 나를 찾아오는 손님을 따라 동경 구경을 하라고 해도 진혜는 자네와 가겠다면서 꼬박 호텔에 붙어 있는 판이니 내가 애가 쓰여서 견딜 수가 없네. 이제부턴 자네가 진혜를 좀 맡아 주게."

하고 웃는다.

"게다가 자네에게서 편지나 전화가 올까 봐 항상 이 방 근처를 뱅뱅 돌고 있으니 어디 부자유스러워서 견딜 수가 있어야지."

하곤 덧붙였다.

"오늘밤은 온천에나 들어가 푹 쉬고 내일 이 애를 동경으로 데리고 나가게."

회장의 방에서 나와 현상은 자기에게 지정된 방에 들러 대강 옷을 갈아입고 하꼬네 구경에 나섰다. 진혜도 따라나섰다. 구석구석을 찾아다니고 난 뒤 호수에서 뱃놀이를 했다. 석양이 비쳐든 호수, 농록(濃綠)의 산에 둘러싸인 호수 위를 모터보트로 달리면서 현상은 가까이 앉아 있는 진혜를 잊고 서울에 있는 장연희를 생각했다.

'그렇지 않아도 뭔가 오해하고 있는 연희가 지금 어떤 마음으로

있을까.' 하고 생각하니 불안했다. 그것이 표정으로 나타난 모양이었다.

"안 선생, 무슨 걱정이 있으세요?"

하고 진혜가 근심스럽게 물었다.

"아아뇨."

하고 현상은 억지로 웃음을 지었다.

진혜는 뭐라고 말을 이으려다가 말고

"이 호수 참으로 아름답죠?"

했다.

"참 아름답습니다. 우리나라에도 이런 호수가 있었으면."

현상은 중얼거렸다.

"안 선생 청평에 가 보신 적 있어요?"

"있습니다."

"이 호수에다 대면 말이 아니죠?"

"글쎄요."

현상은 이렇게 말했으나 마음속으론 진혜의 말에 동감이었다. 수량이나 규모엔 손색이 없으나 주위의 풍경에 월등한 격차가 있었다.

"남이섬이란 데 가 보셨어요?"

진혜가 물었다.

"청평 상류에 있는 섬 말이죠?"

"예."

"가보지는 않았습니다만 얘기는 들었습니다."

"여기 오기 전엔 참 좋다고 생각했었는데……."

진혜의 어조엔 이곳에 와보고 나니 그것도 별수없는 생각이 든다는 감정이 풍겨 있었다.

"관광개발이 요즘 우리나라의 대과업이 되어 있는데, 일본을 거쳐 우리나라에 오는 손님에겐 여간해 가지곤 창피만 당하겠어요."

이렇게 말하면서 현상은 뭔지 모르게 노여움 같은 감정이 끓어올랐다.

진혜는 잠자코 이제 막 태양이 모습을 감춘 서쪽 산을 바라보고 있었다. 장연희의 섬세하면서 뚜렷한 윤곽을 가진 얼굴에 비할 바는 못되어도 마음의 아름다움과 건강함으로 해서 신선한 매력을 풍기고 있는 좋은 얼굴이란 느낌이 일순 현상의 심상 위를 스쳤다.

'장연희가 기어이 나를 기피한다면 진혜를 아내로 맞이해도 나쁠 것은 없다.'는 생각이 뒤따르자 현상은 어떤 무서운 주문에서 풀려 나와야겠다는 듯이 몸을 떨었다.

'안될 일이다. 내겐 장연희밖엔 없다.'

이러한 현상의 마음속을 짐작하지 못하는 진혜는 현상에 대한 이때까지의 그저 막연했던 감정이 이역의 호수 위에 단둘이 있다는 상황으로 해서 뚜렷한 모정(慕情)으로 결정되어감을 느꼈다.

남자에 대한 모정을 익혀가는 여자의 얼굴, 그 몸가짐은 아름다운 것이다. 현상은 진혜를 침묵 속에 방치해 둘 수 없다는 예의 같은 것을 느꼈다.

"아무 데도 안 가시고 그럼 뭣을 하고 지냈습니까?"

현상이 물었다.

"아무것도."

하고 진혜가 웃었다.

"참으로 아무것도 안하셨소?"

"일본말 공부를 했어요. 호텔 종업원 한 사람을 소개해 주더군요. 일본말 공부를 하고 싶다니까."

"그럼 나는 진혜 씨에게 일본말을 배워야 하겠구먼."

"어머나, 안 선생님은 일본말을 썩 잘하시던데 뭐."

"잘하긴 뭘 잘해요. 창피막심한 정도지."

"그만큼 하면 됐지."

"그만큼이란 걸 아는 걸 보니 진혜 씨 실력은 대단한 모양입니다."

"사람을 놀리기 없기."

진혜가 현상을 흘겨보았다.

사실 현상의 일본말 실력도 대단한 건 아니다. 역사학을 하자면 일본어를 해두는 게 편리하다는 말을 듣고 강습회에 나가기도 하고 자습도 하여 겨우 쉬운 책을 읽는 정도까진 되었으나 회화는 서툴렀다. 그러나 현상은 그렇다고 해서 일본에서 불편을 느끼진 않았다.

일본에서 한국 사람이 일본 사람과 뭔가를 교섭할 땐 일본어에 능통해 있는 것보다 서툰 편이 낫다는 얘기가 있다. 일본어에 능통한 한국인에게 대해선 일본인은 끝까지 자기들의 주장을 세워 자기들에게 유리한 대로 매듭을 짓는다. 그러나 일본어에 능통하지 못한 한국인은 유리한 얘기만 알아 듣고 불편한 얘기는 모르는 척 꾸며서 이편의 주장만을 세우는 바람에 성미 급한 일본인은 웬만하면 약간의 손해를 무릅쓰고라도 타협한다는 것이다. 현상도 그런 전법을 써서 효과를 올린 적이 있다.

호수 위에 산의 그림자가 짙게 비치자 어둠이 깃들기 시작했다. 호심에서 보는 하꼬네의 그 무렵의 풍경은 전등을 꽃처럼 피운 신비로운 경관이 된다. 진혜와 현상은 숨을 죽이고 그 경관을 바라보았다.

모터보트가 하꼬네 시를 향해 달리고 있을 때 보트의 전등으로 인해 현상과 진혜의 몸이 맞부딪친 때가 있었다. 진혜에겐 그것도 신선한 감동, 아니 전율이었다.

보트가 육지에 닿았을 때 먼저 내린 현상이 진혜를 부축하느라고 진혜의 손을 잡았다. 가슴에까지 전달되는 감촉이었다. 하지만 현상은 그런 감촉을 완고히 마음속에서 거절했다.

호텔에 이르기까지 둘이는 말없이 걸었다. 진혜는 싹튼 사랑의 순간이 소중해서 입을 열지 못했고 현상은 자칫하면 진혜에게 기울어질지 모르는 스스로의 마음에 계엄령을 펴기 위해 입을 다물었던 것이다.

2

장연희는 4, 5명 여자 사원과 함께 약 1주일 동안 해운대에서 바캉스를 보냈다. 기 사장의 특별한 배려에 의한 것이었다.

그동안 연희는 이미 결정적인 것으로 사내에 유포되고 있는 진혜와 현상과의 결혼설을 자기나름대로 해석하고 각오를 굳히고 있었다.

'현상에게 출세할 기회를 주기 위해서도 나는 몸을 빼야 한다. 출세완 무관하게 생각하더라도 진혜와 현상은 장차 행복을 누릴 수 있는 한 쌍이 될 것이다.'

이렇게 마음을 굳히고 있는 바탕엔 일본에서 같이 놀러다니고 있을 현상과 진혜에 대한 질투가 없지도 않았다. 그러나 연희의 마음의 표면은 어디까지나 현상에 대한 자기의 사랑을 현상을 위하는 방향으로 변질시킨다는 것이고 그를 위해서 자기는 희생하는 것이란 비장한 각오를 내세우고 있었다.

기 사장이 연희에게 은근한 모션을 느끼지 않았을 경우에도 연희는 현상을 위한다는 명분으로 스스로를 희생시킬 각오를 할 수 있었을까. 그러나 연희는 이런 생각을 해보지 않는다기보다 이런 생각의 근처에까지도 가고 싶지 않았을 것이라고 보는 것이 옳은 판단일 것이다.

기 회장, 진혜, 현상의 일행이 일본으로 떠난 지 그럭저럭 20일 경과한 어느날, 기 사장이 장연희더러 회사가 파하고 난 뒤 저녁 식사를 같이 하자고 일렀다. 가장 요긴한 얘기가 있다는 것이다.

장소는 S파아크의 다이아몬드 룸, 장연희가 먼저 가서 기다리고 있었다. 10분쯤 늦게 그 장소로 온 기 사장은 식사를 주문하자 곧 용건을 꺼냈다.

"미스 장, 미국으로 갈 의사는 없는가?"

"회사 일로 가나요?"

"음."

하고 한참 생각하더니 기 사장은

"따지고 보면 회사 일이 될지 모르지. 그러나 미스 장 자신을 위해서 가는 것이라고 생각해도 돼."

"공부하러 가는 건가요?"

"공부를 해도 좋구 그저 구경만 하고 와도 좋구."

"얼마 동안요."

"반년도 좋구 일년도 좋구."

"꼭 그렇게 해야 하나요?"

"그러니까 미스 장의 의사를 묻는 것 아냐? 예스를 바라지만 노라도 할 수 없지. 어디까지나 미스 장의 자유의사지. 만일 예스하면 난 비용을 대줄 뿐야."

"꼭 그렇게 해야 할 이유가 뭐죠?"

"그건 이따가 설명할게. 그보다도 앞서 미스 장이 미국에 가고 싶은가 안 가고 싶은가. 굳이 미국이 아니라도 좋아. 구라파의 어느 나라라도 괜찮아."

"가고 싶긴 해도 그러나 이유를 모르고선 대답할 수 없어요."

"가고 싶다면 그것이 이유의 일부가 되는 거야."

"이유의 일부 가지고는 안 되겠어요. 솔직하게 말씀하셔야죠. 저를 회사에 둘 수 없으니까 내쫓는 수단으로 그러시는 건지, 그 외에 또 이유가 있는지."

"식사나 마치고 서서히 얘기하지."

둘이는 식사를 시작했다. 권하는 바람에 연희는 포도주를 마셨다. 주기가 화끈 얼굴에 돌았다.

"성내지 말아요. 미스 장, 술기가 약간 도니 더욱 예뻐지는데."

기 사장이 농담을 걸었다. 연희는 잠자코 포크를 놀리기만 했다. 잠깐 침묵이 계속되었다.

그러자

"그런데 참."

하면서 기 사장은

"오늘 일본에서 아버지의 편지가 왔는데 안 계장 칭찬을 대단히 해왔더군."

하곤 조금 사이를 두었다가

"사윗감으로서 안 계장이 드디어 합격한 모양야."

연희는 찔끔했다. 무슨 속셈이 있어서 기 사장이 그런 말을 하는 것이 아닌가 하는 생각이 들어 얼굴을 들 수가 없었다. 기 사장의 말이 계속되었다.

"나는 안 계장을 본 지 얼마 안 돼서 내 매부감으로 점을 찍었었지. 그리고 진혜의 의중을 타진했더니 오빠와 아버지, 어머니가 좋다면 그만이란거야. 그런데 아버지가 좀처럼 승낙을 안 하는 거야. 머리가 좋고 행실이 바르다는 것만 가지고는 안 된다는 거지. 사위가된 것을 미끼로 처갓집 재산을 탐내는 비루한 놈일 수도 있다는 거야. 그래 할 수 없이 아버지께 테스트를 맡겼지. 어차피 사위가 되면우리 회사를 맡겨야 할 판이니, 그런 면에선 아버지의 안목이 내 안목보다 나을지 모를 일이거든. 사업과 무관한 사위를 본다면 또 다르지만 우리의 형편은 그럴 수가 없단 말야. 헌데 시일이 가도 아무런 소식이 없어서 안 계장이 아버지께 실망을 준 거나 아닐까 했는데 오늘에야 편지가 왔어. 아버지 기분도 좋은 모양이군……그래."

그래란 말이 연희의 가슴을 싸늘하게 했다. 연희는 자기와 현상의 사이를 알고 자기를 멀리 외국으로 보냄으로써 후환을 없앨 작정이구나 하는 짐작이 들었기 때문이다. 연희는 여전히 고개를 들 수없었다. 이미 식욕을 잃었으면서 포크를 만지작거리고 있었다. 하지만 계속 그런 답답한 상황 속에 있을 순 없었다.

"사장님, 매부 보시는 일과 제가 미국으로 가야 한다는 일에 무슨 상관이 있나요?"

연희는 되도록 침착하려고 했으나 말꼬리가 떨렸다.

"있구 말구."

연희는 당황했다. 이렇게 될 바에야 다음의 말을 그냥 기다릴 수밖에 없었다.

"매부를 보게 됐으니 나도 결혼해야 하지 않겠소. 자꾸만 미뤄 왔는데, 매부를 결정하고 나니 무작정 미룰 수가 없는 거야."

마음 탓인지 기 사장의 말엔 여느 때와는 다른 긴장감이 돌았다. 말이 한동안 끊어졌다. 연희는 불안했다.

"미스 장."

하고 기 사장이 새삼스럽게 불렀다.

"예."

연희는 얼굴을 들지 못한 채 겨우 대답했다.

"미스 장을 미국이나 구라파에 가라고 권하는 건 갔다 오고 난 뒤 내가 미스 장에게 프러포즈할 작정으로 그러는 거요."

연희는 눈앞이 아찔했다. 동시에 온몸이 떨렸다.

"그럼 왜 그냥은 구혼할 수 없느냐고 반문하는지도 모르지."

기 사장은 술을 한잔 마신 뒤 음성을 가다듬고 있었다.

"그냥도 구혼할 수는 있지 성패는 불구하고. 그러나 그게 안 되겠어. 사장의 입장에서 비서에게 구혼을 하면 승낙을 하는 답도 어렵고 거절을 하는 답도 어려울 것같이 생각이 들었어. 그러니 미스 장을 일단 자유로운 처지에 모셔놓고, 말하자면 예스하기도 노하기도 수월한 처지에 모셔놓고 구혼하고 싶은 거야……."

"……."

"그렇다면 하필 외국으로 안 가도 되지 않느냐 하는 마음이 들겠지만 그런 시간을 이용해서 이왕이면 외국의 문물에 접하고 오는 것이 내 구혼에 대한 승낙여부는 고사하고 미스 장에게 유리할 것 같아서 그런 방법을 택하자는 거지."

"……."

"외국에서 지낼 수 있는 비용을 내가 낸다니까 그 부담이 또한 부자연하게 작용하지 않을까 하고 두렵기도 하지만, 내가 미스 장에게 구혼하기 위해 굳이 만들어 보고 싶은 상황이니까. 말하자면 내 의사를 미스 장에게 강요하는 거니까. 그 점을 가지고 비용에 대한 부담감과 맞바꾸어도 좋단 말야. 그래도 부담감이 있어서 예스와 노우에 본의 아닌 작용이 있을 성싶으면 미국에 있는 우리 회사의 출장소에 나가 간혹 일을 도움으로써 정당한 보수로 소화해도 좋고, 만일 나의 구혼에 노라고 할 경우엔 계속 우리 회사에 근무하면서 얼마씩 상환하는 방법을 강구해도 좋구."

"……."

"어때 말을 해봐요."

"……."

연희의 머리는 빙빙 돌았다. 안현상이 사장의 매부되길 작정했다니까 그것에 대한 개념은 필요 없었지만 왠지 '이럴 수는 없다.'는 생각이 강력했다.

'현상과 만나 얘기를 나누고 그리고 나야 뭐라고 하든……' 안현상을 포기한다고 몇 번이고 다짐했음에도 불구하고 막상 태도를 정하려고 하니 안현상이 마음에 걸렸다.

"구혼을 받아들이란 말은 아냐. 구혼할 수 있는 상황을 만드는 데 협력을 해달라는 얘기일 뿐야. 그 정도의 협력도 못해 주겠어?"

기 사장의 말엔 절박감이 있었다.

"저 같은 걸 두고."

모기소리처럼 연희의 말이 떨렸다.

"그런 소린 하지 말구. 내가 이만저만하게 생각하고 이런 제안을 하겠수? 난 나대로 미스 장을 관찰했고, 30 몇 년 동안 미스 장 같은 분을 만나지 못했다는 사실을 확인했고, 그래서 용기를 낸 거니까…… 하여튼 내가 미스 장에게 프러포즈할 수 있는 상황을 만드는 일에만 일단 협력해 주어. 그때 가서 노해도 난 미스 장을 원망하지도 책망하지도 않을게. 미스 장은 그쯤은 내 인격을 믿어주겠지."

"생각할 여유를 좀 주세요."

연희는 간신히 말했다.

"무작정 여유를 드릴 순 없는데."

"이틀만요."

"좋아."

그날 연희는 오빠를 찾았다. 자초지종 얘기를 듣고 나더니

"너희 사장 대단한 사람인데."

하며 기 사장의 델리킷한 마음가짐을 찬양하면서도

"안현상 군이 기 사장 매부되길 작정했다는 말이 확실할까."

하고 걱정하는 빛을 띠었다.

"오빠 말 따라 그처럼 마음을 쓰는 사람이 불확실한 얘기를 그처럼 단정적으로 말하겠어요?"

"그것도 그래."

하면서도 연희의 오빠는 못내 석연한 대답을 하지 못했다.

"우리 연희는 행복해. 안현상 같은 사람의 사랑을 받고 게다가 기 사장 같은 훌륭한 사람의 총애를 받고……."

"빈정대지 마세요."

"빈정대는 게 아냐. 나는 행복의 비극이란 걸 생각하고 있는 거다."

"어쩌면 좋지요? 이틀 안으로 답을 하겠다고 했는데."

연희의 오빠는 한참 동안 생각하다가

"기 사장이 거짓말 했을 리는 없겠지만…… 아니 비극이란 아무튼 철저하게 확인해 보지 않는 데서 생겨 나는 것이니까, 안현상 군이 돌아올 무렵까지 대답을 보류하면 어때. 한 열흘 더 여유를 달라구 하구서."

하며 신중에 신중을 거듭해야 한다고 일렀다.

"전 안 선생이 결심한 것이 사실이라면 안 선생을 위해서도 안 선생이 돌아오기 전에 떠나버리고 싶어요."

"네 말에도 일리가 있어. 꼭 그렇게 되어 버렸다면 피차 얼굴을 맞대지 않는 것이 좋지. 그러나……."

"저는 미국에 가는 것을 승낙하는 거지, 구혼에 응하는 건 아녜요."

"그것도 그렇지만 일단 미국으로 간다면 구혼에 반승낙이나 한 거로 되잖을까."

"그건 오빠 세대의 사고방식이에요."

"자기에 관한 일은 자기 자신이 가장 잘 알 테니 네가 최선이라고 믿는 방향으로 해라."

연희의 오빠로선 이렇게밖엔 말할 수가 없었다.

연희의 어머니나 아버지는 아들과 딸의 의사에 별로 간섭하는 사람이 아니었다. 그러나 이런 사정을 오빠를 통해 말하는 편이 낫다고 생각한 연희는

"오빠 내일 집에 들러서 아버지와 어머니께 설명을 해줘요."

하고 간청했다.

대강 집안의 의견을 모으고 기 사장 앞에 섰다.

"절 미국으로 보내주세요."

수줍음을 참고 가까스로 이렇게 말하자 기 사장은 만면에 웃음을 띠고 기뻐했다.

"오케이."

"그런데 열흘 안에 떠날 수 있게 해주세요."

"그건 또 왜. 대단히 급하시구면."

"한번 결정하면 전 견디지 못하는 성미라서 그래요."

"좋아. 당장 수속을 하지. 외무부는 문제없고 미국 대사관과도 통하니까 그 안에 수속을 하도록 하지."

기 사장의 장담은 거짓이 아니었다.

연희의 도미 수속은 간단히 이루어졌다.

연희는 기 사장에게 미국으로 갈 결심을 말한 날부터 꼭 10일 만에 미국을 향해 떠났다.

한국을 떠날 때 연희는 울었다. 지워 버리려고 해도 안현상의 모습이, 얼굴이, 그 눈이 연희를 뒤쫓아 오는 것이었다.

'내가 안현상을 배신하는 것이 아닐까.' 하는 생각이 들기도 하다가 '배신한 건 내가 아니고 바로 안현상이다.' 하고 생각을 고쳐 보기도 했다.

그러나 마음의 한구석에 꺼림칙한 느낌이 찌꺼기처럼 남았다. 기 사장과의 결합을 통한 행복한 장래를 그려보려고 해도 어쩐지 실감이 나지 않았다.

조그마한 집, 아기자기한 서재, 그 속에서 한 쌍의 비둘기처럼 단란하게 살아가는 현상과의 생활만이 뚜렷이 눈앞에 그려지는 것이다.

'그러나 모든 것이 끝났다.'

절망의 검은 구름을 걷고 연희는 미국에서의 생활에 대한 기대에 열중하려고 했다. 연희는 미국에 가면 우선 보스턴에 있는 먼 친척의 집을 찾아 거길 발판으로 하여 미국 체류의 스케줄을 짤 작정이었다.

비행기는 할머니 얼굴의 주름처럼 잡힌 구름 위를 날고 있었다. 조국을 떠난다는 감상이 안현상과의 이별의 감정에 겹쳐 눈에 계속 눈물이 괴었다.

누군가가 여기서부터 한국이 끝난다고 말하는 소리가 들렸다. 내려다보니 창창한 바다였다. 순식간에 고국의 해안선이 허공 속으로 사라져 버리고 바다의 푸름과 하늘의 푸름 사이로 비행기는 날고 있었다.

연희는 다시 한 번 고국 쪽으로 고개를 돌렸다.

이제 막 사라져 간 한반도 쪽으로 아슴푸레 무지개가 걸려 있었다. 비도 오지 않는 맑은 날에 무슨 무지개일까 하고 보려는데 무지개는 이미 사라지고 없었다.

안현상과의 사랑, 안현상과의 대화, 안현상과의 소요, 안현상과의 생활의 설계, 안현상의 꿈, 그 모든 것이 이제 막 사라져 간 무지개와 같은 것인지 몰랐다. 바라보기만 하고 붙잡을 수 없는 것, 환영만 있고 실체가 없는 것, 안현상! 정말 그는 사라진 무지개였다.

<u>3</u>

9월 초순, 안현상이 돌아왔다.

잘 다듬어진 정원 같은 경색으로 펼쳐져 있는 일본의 상공을 날아 단숨으로 해협을 건너 비행기는 한국의 청명한 가을하늘 속에 있었다.

일본의 풍경을 보고 온 눈에 비친 조국의 산하는 왜 그렇게 구차스럽고, 왜 그렇게 살벌한가. 어떤 운명의 손이 펴놓은 종이를 한동안 광폭하게 구겨잡고 있다가 도로 놓아버린 것같이 구김살이 맥락도 없이 앙상하기만 한 산하가 현상에겐 무서운 열병을 앓고 있는 중병자의 이지러진 표정처럼 보였다. 그것이 청명한 하늘 아래의 양상이기에 더욱 가슴이 아팠다.

그러나 그 보잘것없는 산하에 현상은 이때까지 느껴 보지 못했던 감동을 느꼈다.

'저 골짜기마다에 사람들은 버섯처럼 살고 있다!'

그 버섯과도 같은 사람들에게 한없는 애착을 느꼈다.

'저 골짜기마다에 수십 대, 수백 대를 이은 무덤들이 있다.'

그 말없이 무덤 속에 묻힌 조상들의 고요한 체관이 다정한 숨소리처럼 귀에 들리기조차 했다.

'아무리 가난해도 이곳이 나의 조국이다!' 하고 생각하니 눈시울이 뜨거워졌다.

'가난하면 가난한 대로 구차하면 구차한 대로 서로 의지하고 격려하며 살아야 할 것이 아닌가.'

현상은 잘 사는 일본이 조금도 부럽지 않다고 생각했다. 아담하고 우아한 일본의 국토를 조금도 탐낼 것이 없다고 생각했다. 이 앙상한 국토에서 가난하지만 정을 주고 받으면서 살아간다는 것이 소중한 일이라고 생각했다. 안락하고 편리하고 화려하게 살면서 인간의 구실을 못하고 사는 것보다, 구차하고 가난해도 인간의 구실을 하면서 살 수 있는 것이 존귀한 일이라고도 생각했다.

'그러나 그저 구차하기만 하고 그러니까 더욱 마음마저 각박하고 삭막하게 된다면 우리는 지옥 속에 사는 꼴이 된다.'

현상은 분단된 국토, 어수선한 사회환경 등에 생각이 미쳤다. 그리고 가난하지만 호사스럽게, 곤란하지만 의젓하게, 구차하지만 정답게 살아가자면 어떻게 해야 하나 생각을 해보았다.

'소중한 것은 희망을 키우는 일이다. 행복을 구축하는 일이다.'

현상은 일본의 경치보다도 일본의 화려한 외모보다도 일본 사람들의 그 활기에 찬 모습, 밝은 표정들이 안저(眼底)에 깔려 있음을 느꼈다.

'이에 비하면……' 하는 현상의 심상 위로 무기력한 동족의 군상이 떠올랐다.

'문제는 심각하다.' 그러면서 현상은 피식 웃었다. 자기의 힘에 벅찬 문제를 제기하고 있는 스스로가 우스웠던 것이다. 국회의원이나 대정치가가 걱정할 일을 어떤 상사의 일개 샐러리맨이 제법 골똘하게 생각하고 있는 꼴이 우스웠던 것이다.

'이런 감상은 누구에게라도 얘기해선 안 되겠다. 공연히 웃음거리만 될 테니. 그러나 장연희에겐?' 하고 생각이 일자 현상은 송곳 끝으로 가슴을 에는 것 같은 심한 통증을 느꼈다.

'장연희? 이 모든 얘기를 할 기회가 있을까.'

눈꼬리에서부터 웃음이 시작되는 연희의 얼굴이 눈앞에 환히 나타났다. 그런데 그 웃음은 순식간에 꺼져 버리고 새침하고 싸늘한 옆얼굴이 되어 버린다. 기분이 좋을 땐 그 옆얼굴은 일종의 윤기, 아니 아지랑이 같은 훈훈한 분위기에 싸여 부드럽고 다정스러운데, 발끈 신경질을 낼 땐, 그 윤기며 아지랑이며는 온데간데없고 싸늘한 예각적인 긴장만 남는다. 현상은 그 싸늘한 예각까지도 좋았다. 그저 지켜보고 있으면 되는 것이었다. 봄 기운에 얼음이 녹듯 그 예각은 사라지기 마련이고 다시금 아지랑이가 서리곤 했던 것이다.

현상은 한 달을 넘겨 일본에 있으면서도 연희를 생각하지 않은 날이 없었다. 마지막 20여 일은 매일처럼 진혜와 같이 지냈지만 회장의 딸, 극진히 모셔야 하는 숙녀란 의식 이상으로 넘어서 본 적이 없었다. 때에 따라선 호젓한 공원길을 걸으면서 진혜의 어깨를 살큼 안아주고 싶은 충동이 일지 않았던 바는 아니었지만 언제나 장연희의 눈을 느끼곤 그런 충동을 얼른 지워 버리곤 했다.

지금 진혜는 말없이 현상의 곁에 앉아 있다. 진혜는 현상을 지나칠 정도로 예절이 바른 청년으로 알고 있는 것이다. 게다가 자기의 호의를 적극적으로 표시해 보다든가, 상대방의 마음을 시험해본다든가 하는 기교를 갖지 않은 처녀였다. 너그러운 마음, 순진한 마음을 지닌 진혜는 주위의 모든 사정이 안현상을 자기의 남편으로 만들어 줄 것을 믿고 의심하지 않았다. 그러나 다음과 같은 일이 있고 나선 순진한 진혜에게도 약간의 불안이 생겼다. 서양에서 온 유명한 음악가의 연주회를 듣고 돌아온 밤이었다. 그 음악회에서 얻은 감동을 소화할 수 없어서 현상과 진혜는 밤늦도록 호텔의 스카이라운지에 앉아 있었다. 현상이 하도 말이 없어서 진혜가 먼저 입을 열었다.

"우리나라에서는 오늘밤 같은 연주회를 들을 수 없죠?"

"쉬운 일은 아니겠죠."

그리고는 다시 침묵해 버렸다. 한참만에 진혜가 다시 입을 열었다.

"그런 음악회를 듣기 위해서라도 일본에서 살았으면 좋겠어요."

현상은 처음엔 무슨 말인지 알아듣지 못한 모양이더니

"그럼 그렇게 하시지요."

했다.

진혜에겐 이것이 마음에 걸렸다.

'그렇게 하시지요라는 말은 전혀 자기와 상관없는 사람에게 하는 말이 아닐까? 앞으로 결혼할 상대라고 막연하게라도 생각하고 있다면 어떻게 말을 그렇게 할 수 있을까. 무관심일까, 혹은 수줍어서일까.'

그래 한참 있다가 진혜가 물었다.

"아버지에게서 무슨 말을 못들으셨어요?"

"무슨 말입니까?"

"서와 관계되는 말……."

하다가 진혜는 말을 끊었다. 얼굴이 홍당무처럼 붉어졌기 때문이

다. 스카이라운지의 어두컴컴한 조명이 그때처럼 고맙게 여겨진 때
란 없었다.

현상은 뭔가를 골똘히 생각하고 있는 눈치더니

"제게도 의논을 해봐야 할 데가 있으니 한국으로 돌아가 대답하
겠다고 말씀드렸죠."

하고 진혜의 아버지가 현상에게 결혼 얘기를 꺼냈을 때의 광경을
회상하면서 말했다.

"싫으시다면 딱 잘라 말씀하지 않구……."

어디서 용기가 나왔는지 진혜가 이렇게 말했다. 그러나 그 말에
대한 현상의 반응이 야릇했다.

"여행을 하다 보면 다소 감상에 치우쳐지는 일이 있습니다. 그러
니까 피차 조심해야죠."

현상은 되도록 진혜의 감정을 상하고 싶지 않았다. 천진난만한
죄밖에 없는 처녀를 이역 땅에 와서 상처를 주기가 싫었다. 게다가
연희와의 문제가 애매했기 때문에 그 문제에 무슨 낙착이 갈 때까진
만사에 신중을 기해야 하는 것이었다.

'연희가 나를 배신한다면?'

이런 생각은 아예 해보고 싶지도 않았지만 정녕 그런 일이 있다
면 결혼상대로서 진혜를 택할 수 있다는 마음을 먹어 보지 않은 바
도 아니었다.

진혜는 그 밤 상처랄 수도 없지만 그저 고통스런 의혹을 가졌던

것인데, 그 이튿날 아침 아버지의 이야기를 듣고 다시 석연해지기도 했고 그로부터 언동을 더욱 조심하게 되었던 것이다.

딸에게서 간밤에 있었던 얘기를 들은 기 회장은 호방한 웃음을 웃곤

"됐어. 우리 진혜는 행복할 거야. 안 계장은 참으로 훌륭해. 딴 놈 같애 봐라. 그만한 기회를 주었으면 좋아라고 별의별 수작을 다 부릴 것 아냐. 그런데 어디까지나 절도를 잊지 않고 너에게 그처럼 신중하게 대하는 것을 보라문. 한국으로 돌아가기만 하면 약혼식을 올리든지 할 테니 걱정마. 내게 한국에 가서 대답하겠다고 했거든. 의논할 분이 있다는 거야. 그런 게 다 점잖은 증거다. 즉석에서 응하지 않고 그만한 절차를 차려야 한다는 뜻이지. 그러니까 너나 조심해. 자칫 잘못하다가 안 군의 눈에 안 드는 일이나 있어봐. 큰일 아닌가. 그만한 사윗감이 어디 쉬운 줄 알아. 언동에 조심해서 그런 신중한 사람의 눈에 나지 않게 해."

하고 딸의 등을 툭툭 쳤다.

어느덧 비행기는 추풍을 넘고 있었다.

"저게 고속도로지."

앞자리에 앉은 기 회장이 창밖을 가리키면서 말했다. 대전에서 서울이 있는 곳이라고 생각되는 방향으로 굵직한 갈갈색의 선이 하얀 백선을 띠고 그어져 있는 것이 선명하게 시야에 들어왔다. 진혜는 현상의 입김을 목덜미에 받을 정도로 몸을 창쪽으로 젖혀 고속도로

를 한참 동안 내려다봤다. 보다도 반쯤 현상에게 안긴 자세가 된 그 상태가 진혜에겐 커다란 감동이었다.

곧 김포에 도착하니 벨트를 매라는 스튜어디스의 아나운스가 있었다.

김포 상공에 이르자 서울 시가를 덮고 있던 매연이 눈에 띌 정도로 짙었다. 동경의 상공도 그랬고, 대만의 상공도 예외가 아닌데, 서울의 상공에서 특히 매연의 짙음을 느낀 것은 주위의 하늘이 너무나 청명한 때문일 것이다.

공항엔 기 회장을 영접하기 위한 손님들이 붐비고 있었다. 기 회장의 아들 기 사장의 건강한 모습이 제일 먼저 눈에 띄었다. 현상은 혹시나 하고 기 회장, 진혜, 그리고 서너 사람 뒤에서 따라 내리며 연희의 모습을 찾았다. 연희의 모습을 찾느라고 정신이 빠져 있는 안현상의 손을 덥석 잡는 사람이 있었다. 기 사장이었다.

"아버지와 진혜 때문에 고생을 하셨죠?"

"별로…… 도리어 제가 폐를 끼쳤습니다."

"고마워. 나중에 목욕이나 하구 집으로 와요. 오늘밤 집에서 환영회를 할 테니."

대답할 틈도 주지 않고 속삭이듯 이렇게 말해 놓고 기 사장은 아버지와 누이동생이 있는 곳으로 걸어가 버렸다. 현상은 통관수속을 마치고 공항에서 나왔다.

회장, 사장, 진혜 등은 벌써 떠나고 없었고 현상의 동료들만 몇이 남아 현상을 기다리고 있었다.

"일본 갔다가 오더니 더 핸섬해졌는데."

하고 한놈이 빈정대니까

"회장님 사위에게 함부로 입을 놀리지 말아 출세에 지장이 있다."

고 익살을 부리는 놈도 있었다.

4

그러나 현상의 마음은 연희를 찾아 헤매는 황량한 상황이었다.
하지만 미국으로 간 연희가 거기 있을 리 없었다. 현상은 쾌활한 척
꾸미고 가벼운 농담이라도 하려고 했지만 입안이 말라 붙어 말이 되
지 않았다.

"미국 갔다 오면 한국말을 잊는다더니 이 친구 일본만 갔다 왔는
데도 말을 잊었나."

묻지를 않아도 모든 사정을 파악할 수 있었다. 들려오는 말만을
종합해도 일체의 경위를 짐작할 수 있었다. 그런데 사정을 파악했으
면 어떻고 경위를 짐작했으면 어떻다는 얘기냐. 결정적인 것은 연희
가 미국으로 떠났다는 사실이다.

'연희가 미국으로 떠났다.'

불현듯 현상은 미국으로 가고 싶었다.

'그러나 나를 피해 간 연희를 쫓아 미국에 간들 뭣할까.'

현상은 사내답게 자기를 엄습한 이 위기를 받아 넘겨야겠다고 생각했다. 현상은 회사를 그만두기로 작정하고 일단 병가원(病暇願)을 냈다.

비행장에서 서울로 돌아오는 차중에 동료들로부터 연희가 미국으로 떠났다는 소식을 듣고 그 자리에서 그렇게 하기로 결심한 것이었다. 그러나 연희와 자기와의 이때까지의 관계를 회사 안에선 아무도 모르고 있는 이상 앞으로 무슨 일이 있어도 그런 사실이 탄로 나지 않도록 마음을 써야 했다.

'연희가 배신할 경우, 결혼 상대로서 진혜를 택할 수가 있다.'

동경에서 한동안 생각했던 생각을 되찾으려고도 해 보았으나 그건 불가능한 일이었다.

현상이 진혜와 결혼하고 기 사장이 연희와 결혼하면 연희는 현상에겐 처남의 마누라가 되는 셈이다. 진혜는 연희의 시누이가 되고 연희는 진혜의 올케가 되고…… 잊을 수 없는 애인이면서 처남의 마누라, 그 처남의 마누라를 바라보는 현상의 눈초리, 시누이의 남편을 바라보는 연희의 눈초리. 현상은 그런 상황을 상상할 수가 없었다.

'이럴 때 남자가 어떻게 해야만 하는 것일까?'

현상은 하숙방에서 두문불출한 채 이런 것을 생각하고 있었다. 연희의 오빠를 만나보고 싶은 마음도 있었으나 그만두었다.

'기쁨은 나눠 가질 수 있어도 고통은 나눠 가질 수 없다.'

누군가의 말이 현상의 가슴에 비수처럼 찔렸다.

'아직 연희는 결혼하지 않았다. 그러니 결정적인 배신이라곤 할 수 없을 것이 아닌가.'

이렇게 마음을 고쳐먹고 아직 늦지 않으니 최선을 다해야겠다고 다짐한 현상은 '결과야 어떻게 되었던 미국으로 가야겠다.'고 생각하고 그 생각이 생긴 그 이튿날부터 미국으로 갈 준비를 서둘게 되었다. 뭐든 서둘 거리가 있다는 것은 좋았다. 그런데 회사의 출장으로 미국으로 간다는 것은 수월한 일이지만 순전한 개인자격으로 관광 여행을 한다는 건 하늘에 별따기였다.

어떤 방법이 없겠느냐고 안현상이 조르자 외무부에 있는 현상의 동창 친구는

"유학을 간대도 학교의 입학허가서가 있어야 하고 재정보증이 있어야 하고, 그밖에도 몇 가지 절차가 있어야 하니까 자네의 경우엔 전연 가망이 없다."

고 답했고, 관광여행은 어떠냐고 물었더니

"불요불급의 해외여행은 정부에서 제한하고 있으니 안 된다."

는 답이 돌아왔다. 그리고는

"너의 회사에서 출장을 내면 간단할 텐데 왜 그러느냐?"

고 되물었다.

현상은 그 사정을 설명할 수가 없었다.

드디어 그는 미국으로 가야겠다는 작정을 포기하지 않을 수 없었다. 그 작정을 포기하는 것은 새삼스럽게 장연희를 포기하는 고통

을 동반했다.

현상은 종종 꿈을 꾸었다. 꿈 속에서 연희를 만날 수 있었고, 꿈 속의 연희는 옛날의 연희로서 나타났다. 꿈에서 깨면 절망이 있었다.

그는 다시 하숙방에 틀어박혀 있게 되면서 서가에 있는 책을 닥치는 대로 꺼내 읽기 시작했다. 그러나 두세 줄을 채 못 읽고 책을 던졌다.

'어떠한 지혜도 어떠한 철학도 어떠한 의술도 낫게 할 수 없는 병, 그건 연애의 병과 복수의 병이다.'

이따위 글귀만은 현상의 고통을 더욱 강하게 하기 위해서인지 눈에 똑바로 들어오는 것이다.

현상은 어떤 고향 선배가 한 다음과 같은 말을 되뇌임으로써 광란상태에 휘몰리려는 스스로를 간신히 지탱하고 있었다.

'참기 힘든 것, 참기 힘든 일을 참는 것이 진짜 참는 일이다. 인생은 참지 않고 견딜 수 있는 길이 아니다. 사람이 산다는 것은 곧 참는다는 것이다. 어떠한 궁지, 어떠한 난경에 빠져도 비굴하지 않게 인간으로서의 위신을 지키며 견디어 나가는 것이 지혜다. 이러한 지혜 없이 인간의 위신이란 없다. 그저 참고 견딜 일이다.'

이렇게 말한 그 선배는 오랫동안 폐병을 앓다가 죽었다. 그는 폐결핵균과 더불어 스스로의 철학을 키워 나가다가 드디어 그의 철학과 더불어 폐결핵균에게 패배했다.

'참고 견디라! 얼마나 무력한 철학이냐.'

그러나 현상은 참고 견디지 않을 수 없었다. 그 외에 도리가 없었다. 그래 그는 참고 견디기 위해서 술을 입에 대지 않았다. 어떤 사람은 슬픈 일이 있으면 스스로를 달래기 위해 술을 마신다지만 현상은 그렇지 않았다.

슬픈 일이 있어도 술을 마실 엄두가 나지 않았다. 차라리 술이라도 마셨으면 하는 생각을 안 해 본 것은 아니지만 현상이 술을 마시자면 탁자 건너편 연희가 앉아 있어야 하는 것이다.

연희의 눈빛을 통하면 술은 호박색으로 또는 에머랄드 색으로 혹은 심산유곡에서 피어오르는 짙은 안개와 같은 빛깔을 띠게 된다. 연희의 웃음을 통하면 술은 장미, 또는 백합 혹은 라일락의 향내를 띤다. 그리고 연희의 얘기소리가 귓전에 울리고 있어야만 술은 그 그윽한 맛으로 해서 현상의 내장을 즐겁게 누비고 아늑한 따스함과 황홀한 명정감(酩酊感)을 준다.

그러나 연희가 그 자리에 없는 술은 서툴게 화합된 알코올의 촌스러운 빛깔, 너절한 악취밖엔 갖지 않는다. 연희 없인 술을 마실 수 없는 이유가 이렇게 명백했다.

현상은 죽음을 생각하지 않은 바도 아니다.

'여자 따위로 죽어?' 하는 소리가 없진 않았다.

'그럼 무엇으로 죽을 수 있을까. 사랑을 위해서 죽는 것처럼 아름답고 순수하고 절실한 일이 또 있을 수 있단 말인가.'

현상은 죽음의 사상에 익숙해 보려고 했다. 연희를 제외하곤 이 세상에 없어져서 아까울 아무것도 있을 것 같지 않았다.

자기가 죽었을 때, 그 소식을 전해 들었을 때의 연희의 마음의 움직임을 상상해 보는 것이 위안이 되었다.

'베르테르가 죽었다는 소식을 들은 롯테처럼 연희도 또한 슬퍼하겠지.'

현상은 서가에서 괴테의 『젊은 베르테르』를 꺼내 되는 대로 책장을 넘겨 베르테르가 롯테에게 보낸 마지막 편지를 읽어 보았다.

……당신을 위해서 죽는다는 이 행복? 롯테여, 당신을 위해 몸을 바친다는 행복에 나는 드디어 참여할 수가 있습니다. 당신에게 생활의 평안과 기쁨과 힘을 다시 돌려 드릴 수 있을 것이라고 생각하며 나는 기쁘게 죽어갈 작정입니다. 아아, 그런데 친한 사람을 위해서 자기의 피를 흘리고 스스로의 죽음으로써 친구들에게 새로운, 백배나 되는 생명력을 줄 수 있다는 것은 다만 소수의 고귀한 사람들에게만 허용되는 특권입니다. 롯테, 나는 지금 내가 입고 있는 이 복장 그대로 묻어 주었으면 합니다. 당신이 이 옷을 만짐으로써 이 옷을 성스럽게 해 주었으니까. 이 일은 아버지에게도 부탁해 두었습니다. 내 영혼은 이미 관 언저리에 서성거리고 있습니다. 포켓은 뒤지지 않도록 하십시오. 아이들과 같이 있는 당신을 처음으로 만났을 때 당신이 가슴에 붙이고 계셨던 핑크의 끈, 아이들에게 천 번이나 키스를 해주십시오. 그리고는 불행한 친구의 얘기를 해 주십시오. 귀

여운 아이들. 그들은 내 주변에 모여들고 있습니다. 나는 진실로 당신에게 굳게 결부되어 있습니다. 그 최초의 순간에서부터 나는 당신을 떼어놓을 수 없는 사람으로 느꼈답니다. 그러니 이 끈을 나와 같이 묻어 주십시오. 내 탄생일에 당신이 보내주신 것입니다. 이와 같은 모든 일들을 나는 갈증이 난 사람처럼 가슴속에 빨아 넣고 있었던 것입니다. 아아, 그때 시작한 길이 나를 여기까지 데리고 올 줄이야 참으로 생각지도 못했습니다. 놀라지 마시오. 원컨대 침착하게 계십시오. 탄환은 장전되어 있습니다. 열두 시를 치고 있습니다. 그럼, 롯테여, 롯테, 안녕 안녕!

학생시절 이것을 읽었을 때 현상은 장난처럼 느꼈다. 그 지나친 흥분, 지나친 비통, 지나친 절망, 그리고 자살에 실감을 느낄 수가 없었다.

그런데 이제 읽어보니 글 가운데에서 통곡이 터져 나오고, 흐느낌이 터져 나오는 절실한 호소력으로 해서 현상은 빈혈을 일으킬 정도였다.

'겪어 보지 못한 사람으론 도저히 알 수 없는 이 슬픔, 이 고통, 그렇다면 괴테도 이런 고통을 맛보았단 말인가?'

현상은 자기가 죽을 경우를 생각했다.

'나는 과연 어떤 편지를 쓸까.'

아마 쓰지 않을 것이다. 어떻게 이처럼 벅찬 감정을 글로써 쓰고 있을 수 있겠는가 말이다.

'나는 아무 말도 남기지 않고 갈 것이다. 광화문이 있고 그 다방이 있고 내수동 그 길이 있고 사직공원이 있고 안국동 로터리가 있고 민 충정공의 동상이 남아 있으면 그만이다. 그 길 그 동상이 내 대신 말해 줄 것이 아닌가.'

이렇게 생각하자 불현듯 몸을 일으킨 현상은 바깥으로 나갈 차비를 차렸다. 언제나 연희와 만나던 광화문 그 다방에 가볼 참이었다. 어쩌면 장연희가 거기서 기다리고 있을지도 몰랐다. 아니 기다리고 있다는 착각이 들었다. 일 분이라도 시간이 늦어선 안 되겠다는 듯이 현상은 총총히 거리로 나갔다. 광화문으로 가자고 택시를 탔다. 분명히 장연희가 거기서 기다리고 있을 것만 같았다.

5

한때 음악이 라일락의 향기처럼 풍겨오고 있던 곳, 라일락의 향기가 음악의 리듬처럼 흘러오고 있던 곳.

광화문 그 다방에 들어서자 반겨주는 웨이트리스가 있었는데, 반기는 미소를 보내고서야 놀라는 표정을 지었다.

"왜 놀라지?"

놀라는 표정이 심각해서 현상은 물어보지 않을 수 없었다.

"오래간만이신데 어디 앓으셨나요?"

하고 그 여자는 말했다.

"앓은 사람 같애?"

"그래요, 수염을 깎지도 않고…… 아무리 히피가 되실 작정은 아니시죠?"

웨이트리스는 커피의 주문을 받고 카운터로 갔다. 현상은 언제나 연희와 같이 앉았던 그 자리가 비어 있는 것이 우선 반가웠다. 그는 그 자리에서 지금은 없는 연희를 눈앞에 역력하게 그려 두고 앉아 있었다.

'사람이 그럴 수가 있어?'

이빨을 반짝하며 웃는 연희의 모습이 나타났다가 사라졌다.

'정말 그럴 수가 있어?'

새침한 옆얼굴을 갸우뚱하면서 연희는 악의 없는 악의의 시선을 잠깐 보냈다가 다시 사라졌다.

'앞으로 길고 긴 얘기를 하자더니…….'

현상은 의자의 뒤축에 머리를 얹고 천정을 봤다. 묘하게 모자이크한 천정이 어지러운 무늬 그대로 무의미하고 쓸쓸하다. 그는 한숨을 쉬었다. 웨이트리스가 지나가다 잠깐 발길을 멈춘다.

"언제나 같이 오시던 아가씨는 안 오시네요?"

현상은 답에 궁했다. 그러나 뭐라고 한 마디 안 할 수는 없었다.

"먼 곳으로 갔소."

"먼 곳으로?"

"예, 먼 곳으로."

시간이 늦은 까닭인지 다방 안에 손님은 한산했다. 웨이트리스가 맞은편에 앉았다. 그리고 되물었다.

"먼 곳이라뇨. 거기가 어딘데요?"

"돌아오지 않을 곳, 그러니까 먼 곳이죠."

"돌아오지 않을 곳이라니. 그렇다면 죽었단 말예요?"

현상은 잠자코 있었다. 사실 연희는 현상에게 있어서 죽은 거나 다름없을는지 몰랐다.

"어떻게 죽었죠? 가엾어라. 참으로 예쁜 아가씨였는데, 손님 말 좀 해요. 어떻게 죽었죠?"

하루종일 죽음을 생각했는데 여기서 또 죽음이란 화제를 만났구나 싶었다.

"그저 죽는 거지, 어떻게 죽는 게 또 있소?"

웨이트리스는 자기 나름대로의 짐작으로 고개를 끄덕끄덕했다. 그리고는 현상을 위로하려는 건지

"음, 그래서 수염도 깎으시지 않고 우울한 표정을 하고 계셨구먼요. 우리 다방에선 소문이 나 있었어요. 기막힌 한 쌍이라고. 나도 저 아가씨처럼 예뻐 가지고 저 선생님 같은 애인을 만났으면 좋겠다. 다방에 있는 젊은 애들이 입버릇처럼 그런 소릴 하곤 했거든요…… 세상이란 그런 건가 보죠? 너무나 기막힌 한 쌍의 애인은 신이 질투한다더니!"

그 웨이트리스는 연희가 죽은 것으로 단정하고 자기만으론 비통한 충격을 받은 모양이었다. 그래 그 감정을 소화시킬 수가 없어 엉뚱한 얘기를 자꾸만 자아내고 있는 것으로 보였지만 현상에겐 그것이 귀찮았다. 현상은 그 자리에 눈을 감고 조용히 앉아 있고 싶었던 것인데 웨이트리스의 수선 때문에 그것도 불가능하게 되었다.

현상은 웨이트리스의 말엔 아무런 대꾸도 하지 않고 셈을 치르고 밖으로 나왔다. 그리고는 내수동 골목을 천천히 걸어 올라갔다. 시간은 아홉 시 반경. 연희와 어울려 초라한 식사를 하고 걷게 되면 대강 그맘때가 되었었다.

연희와 나란히 걷고 있었던 때는 골목마다에서 꿈의 냄새 같은 것이 풍겨왔었다. 이제 홀로 걷고 있으니 삭막한 황무지를 걷고 있는 기분과 조금도 다름이 없었다.

현상은 연희가 어렸을 적 살았다는 골목 어귀에서 서성거렸다. 20년 전 그 골에서 뛰놀던 연희의 흔적이 어쩌면 붙들려지지나 않을까 하는, 아련한 기적을 기다리는 마음조차 섞였다. 그는 이어 연희와 같이 걷던 코스 그대로를 충실하게 복습해 보았다. 어떤 곳에선 뒤처져 따라오는 연희를 기다릴 셈으로 일순 서 있다가 그것이 착각이었구나 깨닫곤 다시 걸음을 시작하기도 했다.

안국동 로터리에서는 민 충정공의 동상을 한참동안 쳐다보고 섰었다. 돌연 들려오는 말이 있었다. 바로 곁에서 속삭이듯 귓전을 간지럽게까지 하면서 들려오는 연희의 말 그 목소리.

"그러다가 만일 제가 누구에게 납치당하면 어떻게 하죠? 교양도 없고 인격도 없고 그저 야심만 있는 놈들이 깡패와 같은 행동으로 나를 납치해 버리면 어떻게 하죠? 절 믿어요? 좋아요, 저는 믿어도 좋아요. 그러나 세상을 어떻게 믿죠. 만일 길을 걷고 있는데 깡패들이 자동차를 갖다 대놓고 납치하는 날엔 어떻게 하시죠?"

그때 현상은 점잖은 말을 했다. 생각하면 그것이 운명의 경종이었던 것을. 그 경종을 받아들였어야 옳았던 것이다. 현상은 민 충정공의 동상을 쳐다보고 있으면서 통곡을 간신히 참았다.

"겨울이 되면 전 민 충정공의 동상을 볼 때마다 외투를 입혀 드렸으면 하는 생각을 해요. 너무나 초라해 보이거든요."

장난기 섞인 연희의 이와 같은 말소리는 자동장치가 된 녹음기에서 울려나오듯 현상의 귓속에서 재생되는 것이다.

그 밤부터 현상은 병석에 누웠다.

현상의 고향 선배가 되는 하숙집 주인 부부는 자기들의 친동생을 간호하듯 정성을 다했다.

열이 거의 40도 가까이를 오르내렸고 편도선이 부어 음식을 제대로 삼킬 수 없을 정도가 되었다.

달리 이렇다 할 증상을 찾아내지 못하는 의사는 편도선염에 감기 몸살이 겹친 것이라고 추측할 뿐 뚜렷한 병명을 발견하지 못했다. 그런데도 고열이 계속되는 바람에 주위의 사람들은 큰 병원으로 입원시켜야 할 게 아닐까 하고까지 걱정을 했다.

병가원의 기한이 다 되어갈 무렵의 돌연한 발병이어서 기한이 지나도 출사하지 않는 현상을 걱정해서 회사에서 동료 친구들이 몇몇 찾아왔다가 진짜로 병석에 누워 있는 것을 보고 모두들 놀랐다.

그들이 보고한 탓으로 회사에서 고명한 의사를 보내오기도 하고 치료비라고 해서 미리 돈을 두툼하게 갖다 놓기도 했다. 회사의 간부들도 뒤를 이어 문병을 왔다. 언제 자기들의 윗자리에 앉을지 모르는 기 회장의 장래 사위에 대해서 모두들 신경을 쓰는 모양이었다.

하루는 기 사장이 문병을 왔다.

병자의 머리를 짚어보고 맥도 만져보고 하고 난 뒤 기 사장은 초라한 방이긴 해도 벽 사면을 꽉 채운 책들을 감탄하는 눈초리로 둘러봤다. 영리회사의 계장급 인물로서는 엄두도 내지 못할 책들도 있었고 기 사장이 미국에 있을 때, 그 책의 평만을 읽고 아직 손을 대보지 못한 유명한 책들이 있는 것을 보고 안현상이 지닌 저력 같은 것을 알았다.

혼수상태에서 깨어난 현상이 기 사장을 알아볼 수 있을 때까진 상당한 시간이 걸렸다. 알아보았자 현상에겐 할 말이 없었다. 유일한 감상은 '아마 이 자는 자기가 내게 대해 어떠한 존재라는 것을 알지 못할 것이다. 참으로 행복한 놈이다.' 하는 정도였다.

기 사장은 현상이 눈을 뜨자

"일본에서 너무 오랫동안 긴장을 하고 있었던 탓일 거요. 아버지 말씀도 그렇습니다. 병이 날 만도 했다고…… 그러니 아무 걱정 말고 푹 쉬도록 하시오. 젊을 때 이만한 정도의 병으로 며칠 앓아 누워 있는 것도 건강에 좋다는 설도 있습니다."

하며 다정스럽게 손을 잡았다.

'이만한 정도의 병?'

열띤 육체 속에 깃드는 감정은 언제나 흥분하기가 쉬웠다. 현상은 부드러운 촉감의 기 사장의 손이 생리적으로 싫었다.

'이 손으로 누굴!' 하다가 현상은 갑작스럽게 오한의 엄습을 받고 온몸을 떨었다.

"단순한 감기, 또는 몸살로만 알아선 안 되겠는데요."

하고 기 사장과 동행해 온 의사가 말했다.

"다분히 신경적인 원인이 있지 않을까 하는데, 전신의 엑스레이 사진을 찍어볼 필요가 있을 것 같습니다."

현상은 오한이 겨우 가라앉자 손을 저으며 말했다.

"내일이라도 웬만하면 제가 병원으로 가서 종합진찰을 받아보겠습니다. 사장님이나 선생님은 바쁘실 텐데 가시도록 하십시오."

"병자 곁에 오래 있는 것도 뭣하니까, 그럼 갑시다."

하고 의사가 먼저 일어섰다.

"어느 병원으로 갈 건지 미리 연락을 하도록 해요. 자동차를 보낼 테니까."

기 사장은 이렇게 말하고 이어

"진혜가 문병을 오고 싶어 하던데 와도 좋을까."

하고 현상의 눈치를 살폈다.

"안 됩니다. 그건 안 됩니다. 우선 이렇게 누추한데다가 아직……
아직은 …… 병이 낫기만 하면 제가 곧 진혜 씨를 찾겠습니다. 그러
니……."

현상은 숨가쁘게 말했다.

"알았습니다. 나도 그래 미리 물어본 거요. 하여간 마음 놓고 푹
쉬도록 하시오."

하는 말을 남기고 기 사장은 떠났다.

기 사장이 안현상의 문병을 왔다는 사실이 안현상이 회사 안에서
의 비중을 더욱 크게 했다.

사장 비서실에 있는 여사원들이 꽃을 사가지고 오고, 늙은 홍 감
사가 화분을 들고 오고, 각계 각층의 사원들이 뭔가를 가지고 오는
바람에 현상의 방은 물론 현상의 하숙집 전체가 과일상자 깡통꾸러
미로 꼭 차게 되었다.

심중에 이미 각오가 서 있는 현상에겐 이 모든 일들이 모두 부질
없이만 보였다.

그런데 현상의 병은 일진일퇴, 좀처럼 나아지지 않았다. 사장과
동반해 온 의사의 판단이 옳았다. 단순한 감기나 단순한 몸살이 아
니었던 것이다.

일수일쯤 시내서야 현상의 병은 치유의 방향을 겨우 잡은 것 같
았다. 정신의 갈등과 육체의 갈등이 뒤범벅이 되어 고열을 낳기까지

한 것인데, 병이 나아진다는 것은 현상의 육체뿐만이 아니라 정신도 어느 정도의 정상을 찾은 것이라고 판단할 수 있었다.

연희의 오빠가 찾아온 것은 현상이 이런 상태에 있었을 때였다.

사랑의 빛깔

장연희의 오빠 장진호는 두어 달 안 보는 동안에 너무나 변해 버린 안현상의 모습을 보고 놀랐다. 심한 열병을 앓은 때문만도 아닐 것 같은 초췌하고 황량한 현상은 장진호에게 심한 충격을 주었다. 병문안의 인사도 채 못하고 묵묵히 머리맡에 앉아 있는 진호에게 정신을 차린 안현상은 손을 내밀었다. 악수를 하자는 건가 하고 장진호는 그 손을 잡았다가 다시 놓으려고 하자

"좀 일으켜 앉혀 주시오."

하고 현상이 말했다.

"일어나도 괜찮을까요?"

장진호는 근심스러운 표정으로 물었다.

"괜찮습니다. 너무 오래 누워 있으니까 좀 일어나 앉고 싶구먼요."

장진호는 안현상을 부축해 일으켰다. 현상은 등을 벽에 기대고

앉아

"모처럼 오셨는데 이 꼴이라서."

하면서 처음으로 인사를 했다.

"회사에 연락을 했더니 회사에 나오지 않는다고 하잖아? 또 며칠 있다가 연락을 했더니 아프다고 하더구먼. 그래 부랴부랴 와본 겁니다."

"고맙습니다."

"그런데 어떻습니까. 의사가 뭐라고 합디까?"

"아마 과로가 폐렴으로 도진 모양이죠. 의사의 말로는 한 고비 넘겼다고 합니다."

"조심해야죠. 뭐니뭐니해도 건강해야 하니까요."

이렇게 말하는 장진호의 얼굴을 보고 현상은 쓸쓸하게 웃었다.

"하기야 요즘은 폐렴 따위는 병 축에도 들어가지 않는다고 하니까."

하며 장진호는 담배를 꺼내려다가 말았다. 폐렴환자의 방에 와서 담배를 피울 수 없다는 생각이 든 모양이다.

"담배 피우세요. 이렇게 앉아 있으니까 훨씬 나아지는 것 같은데요."

참으로 현상은 아까 자리에서 일어날 때보다 생기가 돋아나 있었다. 그러나 장진호는 담배를 피울 생각을 안 했다.

할 말이 많으면서도 피차 입을 열지 못하는 그런 따분한 공기

가 흘렀다. 장진호는 현상의 서가에 토인비의 책이 있는 것을 보고

"안 형은 토인비를 좋아하십니까?"

하고 물었다. 따분한 공기에서 벗어나고자 하는 수작일 뿐이었다.

"글쎄요."

하고 현상은 망설였다.

"옛날 읽은 것이 돼서 거의 잊어버린 걸요. 그러나 병이 낫고 나면 한 번 더 읽어 볼 참입니다. 이제부턴 책이나 읽지요."

장진호는 그 말에 무어라 대답할 수가 없었다. 장진호가 현상을 찾은 것은 누이동생 연희의 편지에 안현상과 진혜와의 혼담이 어느 정도로 진행되고 있는가를 알려줬으면 하는 것이 있어서, 그 사정을 알아보았으면 했던 것이다.

"회복하는 대로 회사에 나가시겠죠?"

장진호의 이 물음은 그럼 그때 다시 만나자는 의도를 품고 있었던 것인데 현상의 답은 뜻밖이었다.

"아마 회사엔 안 나갈 것입니다."

"왜요."

"뚜렷한 이유란 건 없습니다. 그저 나가기 싫어진 게죠."

"그럼 다른 회사로 옮기나요?"

"다른 회사에도 안 갑니다."

"……."

"이유가 있다면 월급장이 노릇이 싫어진 거죠. 이번 아프고 보니

153

뼈저리게 그런 생각이 들었습니다. 월급 얼만가를 받고 매일처럼 회사에 나가서 나 자신의 내면과는 아무런 관계도 없는 일에 얽매어 있는 꼴이 싫어졌어요."

"그게 어디 안 형 혼자의 사정이겠습니까. 체제의 문제지."

"……."

"회사를 그만두시고 어떻게 할 작정입니까, 그럼?"

"고향으로 내려갈 작정입니다."

"고향으로."

"예."

장진호는 불현듯, 안현상이 자기 누이동생 때문에 절망하고 있는 것이 아닌가 하는 생각을 해봤다.

'연희의 말로선 그럴 까닭이 있을 것 같지 않던데.'

장진호는 연희에게 안현상이 기 사장의 매제가 되어 출세할 길이 터질 판인데 자기가 있어선 방해가 되니 미국으로 간다는 것으로 듣고 있었다. 게다가 일본에서 기 사장의 아버지가 기 사장에게 현상과 진혜의 혼담이 성립되었다고 통지해 왔더란 얘기까지 들었다. 뿐만 아니라 연희는 현상과 진혜와의 혼담을 결정적인 것으로 믿고 약혼식이라도 했는가 어쨌는가를 알았으면 하는 편지를 일주일 전에 보내온 것이다.

"이미 각오는 하고 있습니다만 그 사실을 확실히 알아야 마음을 안정하고 공부를 하든 일을 하든 할 수 있겠습니다."란 문면을 읽고 장진호는 갸륵한 누이동생의 마음을 짐작해서 안타까운 심정마저 가졌었다.

무거운 침묵 속에 한 마리의 겨울 파리가 느린 동작으로 방바닥 위를 서성거리고 있었다.

"모처럼 오셨는데 대접도 없이."

하며 안현상이 안방쪽을 보고 누구를 부르려고 하는 것을 진호는 황급히 만류하고 말했다.

"안 형, 솔직하게 물어봐도 좋소?"

"좋구말구요."

"안 형이 회사를 그만두고 고향으로 가시겠다고 마음을 먹은 원인에 연희의 일이 있는 것은 아닙니까?"

"그런 건 아닙니다."

하고 현상은 쓸쓸하게 웃었다.

"실례를 무릅쓰고 솔직하게 물었으니까 안 형도 솔직하게 대답을 해야죠."

"솔직하게 대답을 한 겁니다. 제가 회사를 그만두는 것과 연희 씨와 무슨 관계가 있을 턱이 있습니까."

현상의 말이 그렇게 나온다면 장진호는 그러냐고 말해 버릴 수도 있었지만 뭔지 안타까운 마음이 남아

"무슨 오해가 있지나 않을까 해서 물어 본 거요. 세상에 오해처럼 두려운 것은 없다고 생각해. 나는 안 형과 연희 사이에 무슨 오해가

있지 않을까 해서 안타까운 겁니다."

하고 다시 현상의 서가에 시선을 옮겼다.

'이 사람이 나의 매제가 되었더라면 학문을 하는 길에도 심심찮은 말동무가 될 것을.' 하는 생각을 서가에 꽂힌 책들을 보며 생각했다.

현상은 묵묵히 앉아 있더니

"오해는 무서운 것이지요. 그러나 저와 연희 씨 사이엔 오해가 없습니다. 걱정마세요."

했다.

"그러나 내 마음에 걸리는 일은 연희가 안 형을 만나지 않고 미국으로 떠났다는 사실입니다. 피차 난처한 입장이 되더라도 탁 터놓고 얘기하고 떠나야 하는 건데 그 애는 그 애대로 생각이 있었겠지만 나로선 그게 불만이었습니다. 그러나 아무리 누이동생이기로서니 강제할 수 없는 일이어서."

현상은 쾌활한 표정을 꾸몄다.

"장 교수님, 그런 얘기는 맙시다. 다 지나가 버린 얘기 아닙니까. 지금에 와서 불만이 있으면 어떻고 불평이 있으면 뭣 하겠습니까."

"지금에 와서라니, 지금이 어떻단 말요. 아직 연희나 안 형이나 무슨 결정적인 고비를 넘어선 건 아니잖아요?"

"아닙니다. 모든 일은 끝났습니다. 외람된 얘기지만 전 연희 씨의 행복을 위해서 일체를 단념했습니다."

"연희를 위해서요?"

"외람된 말일는지 모르죠."

"연희는 연희대로 안 형의 장래를 위해서 미국으로 떠난다고 하던데."

"그럴 겁니다. 그러니까 고맙다는 겁니다. 그러니까 저도 연희 씨를 위해서 단념하겠다는 겁니다."

"그거 이상한데, 두 사람 모두 각각 상대방을 위한다면서 두 사람 다 불행한 길을 택한단 말요?"

"누가 불행한 길을 택했단 말입니까. 연희 씨는 불행한 길을 택하지 않았습니다. 일시적인 감상은 있었겠죠. 그러나 보다 화려한 길을 택한 겁니다. 저도 불행한 길을 택하진 않았습니다. 월급장이 노릇을 안 하겠다는 것이 불행한 길이겠습니까. 고향에 돌아가 책이나 읽으며 살겠다는 것이 불행한 길이겠습니까. 제가 단념한다는 건 연희 씨를 중심으로 생각해 오던 제 장래의 일체를 단념한단 말입니다. 희생하겠다는 말은 아닙니다."

현상의 얼굴에 피로의 기색이 나타났다. 장진호는

"피로하신 모양인데 좀 누우시지."

했으나

"아닙니다. 얘길 좀 더 합시다. 장 교수님이 계시니 기분이 한결 좋습니다."

하고 안현상은 그냥 벽에 기댄 채 말을 이었다.

"억지로 하는 말은 아닙니다. 심하게 앓고 나니까, 건방진 얘기지만 세상이 제대로 보이는 것 같습니다. 사람의 운명이란 것도 알 것 같구요. 세상 일이 마음대로 안 된다는 것도 깨달을 수 있구요."

그러나 장진호의 마음은 딴 곳에 있었다. 어떻게 하면 현상과 연희와의 사이를 다시 옛날처럼 돌릴 수 있을까 하는 방향으로 마음이 쏠렸다. 그래 물어보지 않을 수 없었다.

"안 형과 기 사장 누이동생과의 결혼문제는 어떻게 된 거죠?"

"저는 그런 것을 생각하지도 않을 것입니다."

"그럼 혼담이 성립되었다는 얘기는 어디서 나온 거죠?"

장진호는 당황한 감정을 감출 수가 없어서 성급하게 되물었다.

"글쎄요. 전 그런 제안을 받기는 했습니다만 답을 한 적은 없습니다."

"그러니까 오해가 있었다는 거요. 이 오해는 꼭 풀어야 해요. 내가 오늘밤에라도 미국에 전화를 하겠소."

"오해는 없습니다. 그러니 미국에 전화를 하실 필요가 없습니다."

"난 있다고 보는데요."

"아닙니다. 굳이 풀기 싫은 오해란 것도 있는가 봅니다. 오해한 채 있고 싶어하는 심정이란 게 있는 모양이죠. 지금 연희 씨의 심정이 꼭 그런 것이라고 생각합니다."

"그것이야말로 안 형의 오해요."

"천만의 말씀입니다. 전 그 해답을 얻기 위해서 심한 열병을 치룬 겁니다."

현상의 말은 단호했다. 그 말을 듣고 있으니 연희의 행동 근거에 짐작이 가지 않는 바는 아니었다.

"그렇다면 연희가 배신한 셈이 되는 것 아니오."

장진호는 자기가 무슨 죄를 지은 것처럼 머뭇거리며 말했다.

"배신이랄 게 있겠습니까, 객관적인 사정이죠."

안현상은 조용하게 말했다.

장진호는 말을 잃었다.

'기 사장과 결혼하기 위해 안현상의 혼담을 이용했다는 얘긴데……'

장진호는 이렇게 생각하니 부끄러웠다.

'세상이 그럴 수가 있을까.'

안현상과 연희의 사랑을 장진호는 부럽게 자랑스럽게 지켜보고 왔던 것이다. 간혹 아내를 보고

"저런 것을 천생배필이라고 하는 거야."

하고 말한 적도 있었다.

장진호는 정 사정이 그렇게 된 것이라면 누이동생을 대신해서 깊은 사과를 올려야겠다고 머리를 숙였다.

"무슨 말씀입니까. 누가 누구에게 뭣 때문에 사과를 올린단 말입니까. 전 완전히 졸업했습니다. 아무런 불만도 없습니다."

"그런데 회사를 그만둔다는 것은?"

"그건 또 다른 사정이죠. 연희 씨완 아무런 상관도 없습니다."

"그래두."

"장 교수님은 제가 자포자기해서 회사를 그만두고 고향으로 가는 것으로 생각하시는 모양인데 결코 그렇진 않습니다. 그러니 저를 위해서 연희 씨에게 연락을 한다거나 무슨 주선을 하신다거나 하는 일은 절대로 말아 주시기 바랍니다. 저는 앞으로 어떤 일이 있어도 연희 씨완 만나지 않을 것입니다. 그런데 공연히 연희 씨의 안정만 잃도록 해서 되겠습니까. 다만 기회가 있거든 연희 씨에게 행복을 빈다는 말만 전해 주십시오."

장진호는 몸조리나 잘 하라는 말 이외에 할 말이 없었다.

현상은 진호가 떠난 뒤에도 한참 그 자세로 앉아 자기 마음을 간추려 봤다. 진호에게 한 말에 약간의 과장은 있었을지언정 거짓이 없다는 것을 다짐했다. 그리고 한편 장진호가 찾아준 것을 다행으로 생각했다. 그만한 말도 전하지 못했더라면 평생을 두고 소화시킬 수 없는 찌꺼기 같은 감정이 남을 뻔했던 것이다.

현상은 자리에 드러누우며

'병이 완쾌하면 진혜를 만나 사과를 드리고 매듭을 지어 줘야지.' 라는 생각을 했다.

2

어느덧 서울은 겨울이었다. 광화문의 가로수는 완전히 잎을 잃었다. 북악산의 능선이 차갑게 하늘을 금 짓고, 회오리바람이 간혹 거리의 먼지를 휩쓸었다.

병석에서 일어난 안현상은 그러한 어느 날 진혜에게 전화를 걸었다.

현상의 목소리를 들은 진혜의 반가워서 어쩔줄 모르는 폼이 그의 목소리를 통해서도 알 수 있었다.

"이제 다 나으셨나요? 참으로 반가워요. 이젠 괜찮은 거지요? 어찌나 걱정을 했는지 몰라요. 그러면서도 가 뵙지도 못하고 정말 어쩔 줄 몰랐어요. 예수님이나 믿었더라면 기도나 올릴 것을 하고 얼마나 후회했는지 몰라요. 그런데 나으셨다니 고마워요. 아이 참 반가워요."

반가워 어쩔 줄 모르는 말들이 쏟아져 나오는 것을 듣고 현상은 가슴이 뭉클했다. 자기에게 상처를 주기 위해 거는 전화인 줄도 모르고 청순한 처녀는 저처럼 좋아하고 있는 것이라 생각하니 용기가 꺾였다. 그렇다고 해서 달리 도리가 없는 것이 아닌가.

"걱정을 끼쳐 미안합니다. 그런데 조용히 만나 뵀으면 하는데 어떨까요?"

하고 현상은 되도록 냉정하게 들리지 않도록 조심하며 말했다.

"어떨까요가 뭐예요. 제 집으로 오시면 되잖아요?"

"딴 곳에서 뵀으면 하는데."

"그럼 안 선생님 집으로 제가 가죠. 뭐, 주소만 가르쳐 주세요. 제가 찾아갈게요."

"너무 누추해서 제 집은 안 됩니다."

"아무리 누추해도 안 선생님이 계시는 곳이면 좋아요. 제가 갈게요."

"제 집은 안 되구요. 다방이나 식당으로 나오실 순 없을까요?"

"왜 못나가요? 나가죠. 다방이나 식당이라도 좋아요. 안 선생님과 같이 간다면 대폿집에라도 가겠어요."

현상은 진혜에게 전화하는 것을 좀 더 늦추어야 했을 걸 하고 후회했다. 그러나 할 수가 없었다.

"그럼 언제쯤 시간이 있겠습니까?"

"지금이라도 좋아요."

"그러시면 K호텔의 15층으로 오십시오. 거기 조용하고 깨끗한 식당이 있습니다."

"그렇게 하죠. 지금부터 꼭 한 시간 후에 그곳으로 가겠어요."

현상은 전화를 끊고 암담한 표정으로 앉아 있었다.

'어떻게 거절하는 말을 꺼낸단 말인가. 무슨 말을 어떻게 해야 할까.'

현상은 진혜와 결혼했을 때의 상황을 상상해 봤다.

도무지 실감이 나질 않았다. 애정이 없는 그저 의례로만 대하고 있을 자기의 싸늘한 심정이 드디어는 그 결합을 파멸에 이끌고 갈 것은 필지의 사실이었다.

'그럴 순 없지.'

현상은 또 진혜와의 사랑을 키워볼 수 없을까 하는 궁리도 해 보았다. 수년을 두고 사랑을 기울여 오던 여자에게서 받은 상처투성이의 가슴에 다시 사랑이 자랄 가망이 있을 리가 없을 것 같았다. 그럼에도 불구하고 결혼을 한다면 그건 기 사장과 장연희에게 대한 복수적인 행위밖엔 되지 않을 것이다. 현상은 진혜를 사랑하지 않을 망정 그런 수단으로서 이용할 수는 없다고 생각했다.

보다 더 사랑하는 여인을 처남댁으로 불러야 하고 그렇게 대해야 하는 현실이 목전에 닥칠 것이니 그런 냉혹한 상황을 현상은 견디어낼 것 같지 않았다.

그렇다면 진혜의 마음속에 뿌리가 잡히기 전에 결연한 행동을 해야 하는 것이다.

현상은 신문을 몇 장 사들고 약속한 시간을 20분이나 앞두고 K 호텔의 15층 식당에 가서 기다렸다.

신문을 펴들고 앉았으나 기사가 눈에 들어오지 않았다. 그런데 추수를 끝냈는데도 농촌이 말이 아니란 기사에 겨우 마음이 쏠리기 시작했다. 쌀 매상가격과 생산비와 차가 얼마 안 되어 농촌의 경제는 파탄상태에 있다는 것이다. 현상은 그 기사를 종전처럼 일반적인 일로 보지 않고 자기가 돌아가야 할 곳의 절실한 사정으로서 받아들였다.

'고민을 가진 자가 고민하는 농민의 틈에 끼어 사는 것도 좋다.'

현상의 각오는 이미 그처럼 굳어져 있었던 것이다.

<u>3</u>

새까만 외투에 군청색 머플러를 두르고 진혜가 나타났다. 겨드랑에 조그마한 보자기를 끼고 있었다. 구김살이란 조금도 없는 청량한 미소를 띤 진혜를 맞아서 현상은 외투를 받아 옆자리에 놓아 주었다. 분홍색 울복지의 슈트가 나타났다. 불룩한 양가슴 한복판에 진주로 만든 포도송이 브로치가 아름다웠다.

"오래 기다렸어요?"

하는 것이 첫인사였다. 병이 나아 반갑다는 얘기는 아까 전화로서 다해 버렸다는 듯 연방 입언저리에 웃음을 띠고 진혜는 현상을 쳐다봤다.

한참 그러고 있더니 겨드랑에 끼고 온 보자기를 끌렀다. 조그마한 상자가 두 개 싸여 있었다.

"이건 선혜가 안 선생님께 드리는 완쾌 선물이구요."

하고 상자 하나를 현상 앞에 밀어놓고 다른 하나도 잇따라 밀어 놓으면서

"이건 미혜의 선물이구요."

하곤

"열어보세요."

했다.

현상은 마지못해 선혜의 선물이란 상자를 열었다. 다갈색 머플러가 들어 있었다. 다음은 미혜의 선물을 열었다. 곤색 바탕에 빨간 무늬가 있는 넥타이가 나왔다.

"두 계집애가 서둘러 사 버리는 바람에 전 뭘 할까 하고 망설이다가 시간에 늦을까 봐 아무것도 사오지 못했어요. 그 애들 얘기가 걸작이에요. 언니는 두고두고 사드릴 수 있을 테니 오늘의 기회는 저희들에게 양보하라는 거예요."

현상은 눈앞이 아찔했다. 가까스로 마음을 진정하고

"내겐 이런 선물을 받을 자격이 없는데……."

하면서도 딱히 거절할 수가 없었다.

"보셨으면 여기 싸둡시다."

하고 진혜는 선물을 다시 보자기에 싸서 자기 외투 위에 놓았다.

"그럼 선혜 씨와 미혜 씨도 같이 나왔습니까?"

현상은 물었다.

"따라나서는 걸 어떡해요."

"헌데 어딜 가셨죠?"

"이왕 온 김에 같이 여기까지 오자니까 모처럼의 데이트인데 그럴 수가 있겠느냐면서 달아나 버렸어요."

"핫하."

하고 현상은 웃으면서 부자집의 삼자매가 시시덕거린 꼴이 눈에
훤했다.

'그런데 나는 진혜에게 무안을 줘야 하다니…….'

"무엇을 먹을까요?"

현상이 물었다.

"아무거나 좋아요."

"아무거나라고 해가지곤 주문이 안 되지 않소."

"그럼 선생님 시키는 대로."

"난 샌드위치나 할 참인데요."

"저도 샌드위치 좋아요."

주문을 하고나니 얘깃거리가 없어졌다. 오늘 진혜를 만나 얘기하
려던 핵심을 바로 곧 털어놓을 순 없었다.

바로 밑으로 시청의 광장이 있고 광장의 둘레로 갑충 같은 자동
차가 갑충이 물 위로 옮겨다니는 그 모양으로 굴러가고 있었다.

"시청, 참 작아 뵈죠?"

현상의 시선을 좇고 있던 진혜가 말했다.

"내가 어렸을 때 수학여행 와 가지고 아아, 큰집이로구나 하고 입
을 벌리고 쳐다본 집인데 저렇게 작아져 버렸지."

"선생님 몇 살 땐데요?"

"열두 살."

"몇 해 전인데요?"

"십육 년 전인가?"

"그때 전⋯⋯."

하다가 말고 진혜는

"선생님 국민학교 다닐 때 어땠을까, 보고 싶어."

하며 또 웃었다.

"콧물을 줄줄 흘리는 시골뜨기였지, 별 게 있었을 것 같아?"

"아무리."

"시골뜨기 표본이었지."

그러면서 현상은 지리산 산록에 있는 고향을 선뜻 뇌리에 그려 봤다. 지리산 밑의 시골뜨기 소년이 커서 서울에 와, 사랑의 상처를 받고 지금 고층빌딩의 식당에 앉아 있다고 생각하니 비애가 가슴에 서렸다.

"덕수궁도 조그맣게 보이네요."

진혜의 말을 따라 현상은 덕수궁 쪽에 시선을 옮겼다. 덕수궁의 뜰은 완연히 겨울 빛깔이다. 그런데 그 뜰과 건물들이 무슨 소꿉장난의 건물과 뜰처럼 보였다. 그것을 보며

"저렇게 조그만 곳에서 별의별 일이 있었으니 역사란 뒤돌아보면 넌센스다."

현상은 이렇게 중얼거리지 않을 수 없었다. 그리고 지난 여름 일

본에서 본 궁정들과 정원들을 덕수궁과 비교해 봤다.

'유적과 유물의 규모에서도 우리의 것이 작다.'

그러나 나라와 겨레를 대신하는 것 같은 감상은 일지 않았다.

현상은 다시 지금 놓여 있는 자기의 벅찬 입장을 의식했다. 샌드위치는 입에 맞지 않았다. 진혜는 맛이 있게 먹었다.

'건강한 식욕을 가진 처녀.'

잘 먹고 있는 진혜를 보니 누이동생에게 대하는 것 같은 솔깃한 애정이 느껴지는 것이 이상했다.

현상은 말을 꺼내려고 했으나 뭔지 목에 콱 걸리는 것 같아서 입을 열려다 말았다. 진혜가 근심스럽게 현상을 건너봤다.

"왜 그러시죠. 이제 막 얼굴빛이 변한 것 같던데요."

"아무 일도 아닙니다. 오래 앓다가 일어나고 보니 현기증이 잠깐……."

"조심하셔야 해요."

진혜의 얼굴이 울상이 되었다.

"아닙니다."

하고 현상은 쾌활한 척 꾸미고 있었다.

'오늘은 그만둘까.' 하는 생각이 났다. 그러나 오늘의 기회를 놓치면 편지나 써놓고 도망하는 수밖에 없다고 생각했다. 한데 그러긴 싫었다. 납득이 가도록 타일러 뒷맛이 쓰지 않도록 해야겠다는 다짐이 있었다.

사랑하는 사이도 아니고 그저 혼담으로 인해 호의를 가졌을 정도의 사이인데 피하는 듯한 인상을 주기 싫었다.

현상의 눈이 덕수궁 쪽으로 향했다. 덕수궁의 벤치에 가서 얘기를 하는 것이 낫겠다는 생각이 들었다.

"우리 덕수궁에 가볼까요?"

"바깥은 추워요. 아직 쾌치 않은 몸으로 무리가 아녜요?"

두터운 유리창 너머로는 겨울해이긴 하지만 햇빛이 가득 차 있는 덕수궁 뜰이 그렇게 추워 보이진 않았다.

"진혜 씨가 추워서 그러시다면 몰라도 난 괜찮아요."

"그래두."

하고 망설였으나 현상이 일어서니 진혜도 따라 일어섰다. 현상은 진혜의 외투를 입혀주고 머플러도 집어주었다. 진혜는 아까의 선물 꾸러미를 들었다. 그것을 보자 현상은 덕수궁보다 먼저 백화점으로 가야겠다고 생각했다. 앓고 있는 동안 회사에서 갖다준 돈이 두툼하게 호주머니 속에 들어 있었다.

'선혜와 미혜의 선물에 대한 반례를 곧 해버려야지. 지금 하지 않으면 그 기회가 없다.'고 생각하고 현상은 진혜에게 같이 백화점에 가자고 했다.

"백화점은 또 왜요?"

"갑자기 살 물건이 생각이 났습니다."

진혜는 의아한 표정이었으나 K호텔에서 가까운 M백화점까지 현상을 따라왔다.

현상은 백화점에서 진혜에게 의논하지도 않고 되는 대로 자수정 브로우치 세 개를 사서 각각 싸게 하곤

"이건 진혜 씨, 이건 선혜 씨, 이건 미혜 씨."

하면서 진혜에게 내밀었다.

"이건 뭐예요."

"아까의 선물에 대한 보답선물."

"아이구 성미도 급하시네요."

"생각이 났을 때 해 둬야죠."

"그 애들은 이 다음에 큰 것을 바라고 밥티 가지고 잉어 낚는다고 하던데……."

하고 웃으면서 받았다.

"이 다음 또 기회가 있으면 큼직한 걸 또 하죠."

"그런데 전 어떡하죠? 전 아무것도 안 드렸는데."

진혜는 난처한 표정을 했다.

"이 다음 저야말로 큼직한 걸 바라죠."

"그렇게 하죠, 그럼."

진혜는 행복의 문전에 선 사람처럼 쾌활해졌다.

백화점을 나와 둘이는 덕수궁을 향했다. 현상이 생각한 대로 그다지 추운 날씨는 아니었다.

뒷문으로 들어가서 소동물원이 있는 곳의 양지쪽을 가려 둘이는

나란히 벤치에 앉았다. 오래간만에 부모를 따라 소풍 나온 아이들처럼 기분이 들떠 있는 진혜의 마음을 그 동작을 통해서 현상은 짐작할 수 있었다. 일은 더욱 난처해졌다.

'지금도 이렇게 난처한데 시간이 더 지나게 되면 빼도 박도 못하게 된다.'고 다짐했다. 눈앞에 있는 진혜가 아니라 연희의 시누이가 된 진혜로 고쳐보고 높은 담벼락에서 내려 뛰는 심정으로 현상은 호흡을 모았다.

"진혜 씨."

"예."

갑자기 정중해진 현상의 태도를 보고 진혜는 긴장했다.

"진혜 씬 절 좋은 사람으로 보십니까?"

진혜는 그 말뜻을 얼른 알아차리지 못하는 모양이었다.

"……."

의아한 표정으로 현상을 바라봤다.

"진혜 씬 저를 좋은 사람으로 보느냐고 물었습니다."

진혜는 고개를 끄덕였다.

"참으로 면목이 없습니다."

"왜요?"

"저는 비겁하고 위선자고 형편없는 사람입니다."

"……."

"진작 말씀드려야 했었는데……."

"……."

"전 참으로 나쁜 놈입니다."

"왜 그런 말씀을 하시죠?"

"진혜 씨가 너무나 좋은 분이라서 솔직하게 말씀드리지 않을 수 없게 된 겁니다."

"……."

"전 진혜 씨와 결혼할 수 있는 그런 자격이 없는 놈입니다."

"무슨 뜻이죠, 그게?"

진혜의 말은 꺼져 들어갈 듯 맥이 풀린 어조였다.

"홍 감사님의 말씀이 계셨을 때 탁 털어놔야 할 일이었죠."

진혜는 고개를 숙인 채 있었다. 온몸이 귀가 되었다.

"일본에서 진혜 씨 아버지께서 말씀이 계셨을 때만 해도 늦진 않았지요."

진혜는 어깨가 들먹이기 시작했다.

"감쪽같이 속이고 결혼을 해버릴까 하는 생각을 했던 거죠, 비겁하게. 그러나 진혜 씨를 보니 그럴 수가 없었습니다. 나 때문에 진혜 씨의 행복을 짓밟는 짓을 하지 못하겠습니다."

고개를 숙인 채 진혜는 눈물을 닦았다. 현상은 그것을 보며

'나는 잔인한 놈이다. 나를 이렇게 잔인하게 만든 사람은 누구냐.'

하는 소리가 가슴속에 메아리치고 있었다.

눈물을 닦은 진혜는 그러나 아직 이슬이 맺혀 있는 눈망울로 현

상을 보며

"속 시원하게 그 이유를 말해 주실 수 없으세요?"

하고 떨리는 음성으로 말했다.

현상은 기가 막혔다. 어떤 이유를 꾸며대야 한단 말인가. 그는 이쯤 해두면 어느 정도 낙착이 될 줄 알았다. 꼬박 며칠을 생각한 것이 겨우 이때까지 한 말이었다.

"꼭 이유를 알고 싶습니까?"

진혜는 고개를 숙인 채 끄덕거렸다.

"내겐 평생 고칠 수 없는 병이 있습니다. 내가 내 병 때문에 불행하게 되는 것은 할 수가 없지만 남까지 내 병 때문에 불행하게 할 순 없지 않겠습니까."

진혜는 다시 고개를 돌었다.

"병이 문제예요? 같이 노력해서 고치도록 하면 되잖을까요?"

"안 됩니다."

"요즘 의학이 발달해서 고치지 못하는 병이란 없다고 들었는데요. 일본으로 가서 고치든 미국으로 가서 고치든 제가 정성을 다해서…… 저와 결혼하지 못할 이유가 병에 있다면, 그 병을 저의 병처럼 생각하고 어떤 일이 있어도……."

현상은 가슴이 뭉클했다. 진혜의 사랑을 느꼈다.

'언제 이 처녀는 내게의 사랑을 가꾸었을까!'

다시 들먹이기 시작한 어깨를 안아주고 싶었다. 그러나 현상은 단호하게 말했다.

"난 진혜 씨의 희생을 원하지 않습니다. 지난 번의 열병도 그 고질의 부분적인 발작이었죠. 그래 저는 회사도 그만둘 생각을 하고 있습니다. 내일쯤 사표를 낼 작정이죠."

"사표를 내요?"

"예, 그렇습니다."

진혜의 얼굴에 공포의 빛깔이 돌았다.

"안 돼요, 그건."

"회사보다 내 건강부터 먼저 보살펴야 되지 않겠습니까."

"회사에 계시는 것으로 해두고 치료를 하세요. 그럼, 제가 아버지와 오빠에게 얘기할게요. 꼭 들어주실 거예요."

진혜는 애원하듯 말했다.

"그럴 순 없습니다. 나는 비겁한 놈이긴 해도 자존심은 가지고 있습니다. 남에게 폐는 끼치기 싫습니다."

바람이 일기 시작했다. 현상의 가슴속에 커다란 공동이 뚫린 것 같았다. 진혜를 슬프게 만들었다는 사실이 그 공동을 더욱 크게 했다. 일기 시작한 바람이 현상의 가슴속의 공동에도 회오리쳤다. 괴로웠다. 그 자리에서 도망을 치고 싶었다.

현상이 일어섰다. 진혜가 그를 붙들어 앉혔다.

"선생님의 병을 위해서 제 정성을 다할게요. 같이 협력해서 치료하도록 해요. 선생님의 사정을 듣곤 전 물러설 수 없어요."

또 한 번 현상의 가슴이 뭉클했다. 금시에 눈물이 쏟아져 나올 것 같은 충격이었다. 그러나 현상은 진혜의 그 말이 처녀다운 센티멘털리즘이란 것도 잘 안다. 애정의 표현을 장연희처럼 강하게 한 여자가 또 있었던가. 장연희의 모습만 떠오르면 모든 만상이 회색으로 변한다. 하물며 진혜가 문제될 것이 없다.

현상은 진혜의 어깨를 안아 일으켰다.

그리고 조용히 말했다.

"먼 훗날 진혜 씨가 행복한 가정을 이루고 살 때 지금 내가 취한 태도가 훌륭했다고 칭찬해 주시오. 진혜 씨의 호의와 동정은 잊지 않겠소. 진혜씬 행복하게 살 수 있는 소질과 성격을 지닌 사람입니다. 나는 평생을 불행하게 지내야 할 숙명을 타고난 사람입니다."

"아녜요, 아녜요, 전 물러설 수 없어요."

"그럼 한 가지 더 말하죠. 내가 이런 건강을 가지고도 결혼할 수 있다면 진혜 씨 말고 꼭 결혼해야 할 사람이 따로 있습니다."

잃어버린 크리스마스

1

눈이 내리고 있었다.

허공 꽉 차게 짙은 어둠을 배경으로 휘날려 내려온 눈이 거리의 불빛에 부딪쳐 소리 없는 웃음처럼 흩어지고 있었다. 이대로 가면 내일은 주문해서 맞추어 만든 듯한 멋진 화이트 크리스마스가 될 것이다.

어둠과 불빛과 차가운 대기와 눈조각이 서로 어울려 엮은 동화 속의 거리 같은 거리를 자동차들은 체인 소리를 요란하게 내며 붐볐다. 보도엔 술렁대는 사람들의 무리. 서울은 크리스마스 이브의 흥분에 가볍게 들떠 있었다. 그 흥분이 현상에겐 비애의 빛깔로 물들어 있었다. 현상은 슬픈 빛깔의 흥분을 안고 광화문 그 다방의 도어를 밀고 들어갔다. 아직 여덟 시. 넉넉잡고 한 시간의 여유는 있었다.

현상은 열 시에 떠나는 밤열차를 타고 고향으로 내려갈 작정이었다. 그 시간까지 현상은 그 다방에 앉아 있기로 했다. 새삼스럽게 장연희에게 대한 미련을 느껴서가 아니다. 현상은 그런 미련은 이미 졸업했다고 생각했다. 미련이 있었으면 서울을 떠나는 바로 그 밤, 그 다방에 나타날 리가 없다고도 생각했다.

그 다방엔 크리스마스 트리가 세 군데 세워져 있었다. 아무런 창의도 없는 그저 매널리즘으로 만들어 세운 크리스마스 트리, 지저분하기만 하게 장식된 만국기, 자욱한 담배연기, 소음, 징글벨만 되풀이하는 멋적은 음악. 현상은 의자가 네 개 놓인 곳에 세 사람이 앉아 있는 자리를 찾아 양해를 구하고 거기 앉았다. 10대에서 20대 사이의 나이쯤 되는 계집애가 둘, 역시 그 나이 또래의 남자애가 하나. 현상은 그 클럽을 실례가 안 될 정도로 지켜보았다.

"자아식 되게 비싸게 구누먼."

사내아이가 말했다.

"오지 않으려면 미리미리 얘기해 주어야 될 게 아냐."

소녀의 하나가 말했다.

"치사스러. 참으로 데데한 놈이야."

다른 소녀가 격한 어조로 말했다.

약속을 해놓곤 오지 않는 친구를 얘기하고 있는 것이란 짐작이 들었다.

"오늘밤 실컷 기분 좀 내려고 했는데 잡쳤어."

격한 어조로 말한 소녀의 말.

"그 사람 없으면 기분 못내나 뭐."

다른 소녀의 말.

"부잣집 아들은 그래서 틀려먹었다는 거야. 가족적으로 한다나, 제기랄!"

사내아이가 혀를 차며 말했다.

현상은 뜨겁지도 차지도 않은 커피에 입을 댔다. 이건 커피가 아니라고 생각했다. 대목을 단단히 보자는 얄팍한 상술의 냄새가 나는 암갈색의 액체일 뿐이다.

"우리 슬슬 거리로 나가볼까."

사내아이가 말했다.

"목적도 없이 거리에만 나가면 뭣을 해."

소녀의 하나가 하는 말.

"그래 춤을 출래도 장소가 있어야 할 게고 술을 마실래도……."

다른 소녀가 말을 얼버무렸다.

보아하니 돈이 없는 소년과 소녀들이었다. 현상은 그들에게서부터 다른 데로 관심을 돌리려고 하는 참인데

"아저씨."

하는 사내아이의 소리에 정신을 차렸다. 현상은 사내아이쪽을 봤다.

"아저씨 어때요. 달리 약속한 사람이 없으시면 오늘밤 우리와 같이 놉시다."

사내아이의 말을 두 소녀는 눈빛으로 성원했다. 현상은 미소를

띠었다.

"고마운 제안인데, 난 오늘밤 서울을 떠나야 할 사람이야."

"내일 떠나면 되잖아요?"

격한 어조가 버릇이 된 듯한 소녀가 말했다.

"기차표를 사놨어."

"그 표 물리면 되잖아요. 제가 가서 물려올게요."

사내아이의 말이었다.

"기차표가 문제가 아니라 오늘밤 꼭 떠나야 할 일이 있어."

"내일로 미루면 안 되나요?"

다른 소녀도 열심히 말했다.

현상은 그 소년과 소녀들과 하룻밤을 같이 지내도 무방하다고 생각했다. 그렇게 했으면 하는 기분마저 일기도 했다. 그러나 현상은

"그럴 순 없어."

하고 잘라 말했다.

아슴푸레 돋아났던 희망과 같은 것이 한꺼번에 꺼져버린 듯 소년과 소녀들의 얼굴에 실망의 빛이 괴었다. 현상은 미안했다. 그 가난한 소년과 소녀들을 기쁘게 해주었으면 하는 감정이 벅차게 생겨났다. 하지만 그 나이 어린 아이들과 어울려 어떻게 논단 말인가.

"내가 끼어 보았자 재미도 없을 거야. 크리스마스는 끼리끼리 놀아야지. 그 대신……."

하고 현상은 호주머니에 손을 넣어

"여러분의 호의를 받아들이지 못하는 대신, 그 미안함을 보상하는 의미로 내가 자금을 내지."

하며 만원 가량의 돈을 내어 탁자 위에 놓았다.

"안 돼요."

사내아이의 말과 거의 동시에 두 소녀의 입에서도 '안 돼요' 하는 소리가 나왔다.

"크리스마스는 선물을 주고받는 날이야."

현상은 조용히 타일렀다.

"그래도 알지 못하는 사람에게서 받을 순 없어요."

소년의 말이었다.

"알지 못하는 사람끼리 선물을 주고 받는 것이 크리스마스가 아닌가."

하며 현상은 그들과 같이 놀게 되면 그 이상의 돈이 들 것이란 설명을 붙이고

"이 다음에 여러분이 커서, 여러분보다 나이 어린 사람들에게 이처럼 하면 될 게 아냐."

하고 타일렀다.

그래도 그들은 응하지 않았다.

현상은 다시 타일렀다.

"꼭 그러면 여러분은 내게 무안을 주는 셈이다. 그럴 수가 있어? 여러분은 만나지 못했더라면 이 해의 크리스마스는 내게 아무런 의

미도 없이 지나가 버린다. 내게 크리스마스의 의미를 주는 셈 치고 이걸 받아줘. 그리고 거리에 나가 거지나 불쌍한 사람을 만나거든 이 가운데서 조금씩 나누어줘도 될 게 아닌가. 내 대신으로 말야."

그때야 거절하는 것이 쑥스럽다는 기분이 소녀들과 소년의 가슴에 돋아나는 모양이었다. 그들은 잠자코 있었다. 현상은 기회를 포착하고 자리에서 일어섰다.

"아저씨 이름만이라도 알았으면 하는데요."

하며 사내아이가 따라섰다.

"이름을 알 필요는 없어. 어쩌다 또 우연한 때 우연한 장소에서 만날 수가 있겠지. 그럼 크리스마스 잘 지내요."

하고 현상은 카운터에서 셈을 치르고 밖으로 나왔다.

눈은 여전히 내리고 있었다. 거리의 사람들은 아까보다 훨씬 부풀어 있었다. 현상은 광화문 네거리 지하도 근처에 한참 동안 서 있었다. 빌딩의 창마다 불빛이 휘황했다. 그 창과 창이 겹친 저편에 남산의 검은 윤곽이 띄엄띄엄 전등을 점철하고 밤 하늘을 금 짓고 있었다.

'서울, 크리스마스!'

현상은 의미도 없는 말을 중얼거리며 택시를 잡을 수 있는 곳으로 걸음을 옮겼다. 그러면서 현상은 작년의 크리스마스를 생각했다. 작년의 크리스마스는 추운 바람이 불기만 했고 눈은 없었다. 그러나 현상에겐 행복한 크리스마스 이브였다.

연희와 단둘이 아까의 그 다방, 바로 크리스마스 트리 옆에 앉아 초저녁을 보냈었다. 현상은 두고두고 화제에 올려 웃곤 했던 이른바 연희와 나눈 크리스마스 문답이란 것을 회상했다.

"크리스마스라고 이렇게 떠들썩할 까닭이 있을까?

"까닭이 있지."

"뭔데."

"예수 그리스도."

"공자님 탄생일도 있잖아?"

"공자님은 너무 점잖아서."

"그럼 예수는 점잖지 않단 말야?"

"점잖아도 서양식으로 점잖거든."

"그렇다고 해서 술을 마셔."

"천당에 보내줄 것이라고 기뻐서."

"다 모두 천당에 갈 수 있나?"

"못가는 사람은 자포자기해서 술을 마시는 거야."

"엉터리."

"어째서 엉터리야. 이 이상의 멋진 해석이 있겠어?"

"그런데 처녀가 애를 배는 일이 있을까?"

"세상의 어머닌 모두 한 번은 처녀였어."

"말을 비꼬지 말아요. 처녀인 채 잉태할 수 있을까 하는 말예요."

"사랑이 지극하면 그런 기적도 있겠지."

"사랑이 지극해서 애를 밴다면 나는 벌써 애를 뱄겠다."

"내가 신이었으면 벌써 그런 기적이 나타났겠지."

"그러나 저러나 처녀잉태란 황당한 얘기가 신앙으로 통하고 있으니 이상하지?"

"이상할 건 없어. 그러니까 신앙 아닌가."

"제법 똑똑하신데."

"뿐인가. 불합리하니까 나는 믿는다는 말도 알고 있어."

"그게 누구의 말이더라?"

"아우구스티누스."

"아는 게 많으셔."

"건방지기 좋을 만큼 아는 것이 있지."

"그 자각이 좋아요."

"그 칭찬이 좋아요."

"그러니까 행복해?"

"그러니까 메리 크리스마스!"

"메리 크리스마스!"

현상은 황홀한 회상 속에서 깨어나자 허탈한 사람처럼 되었다. 연희를 잃었다는 것은 이러한 대화를 일은 것이었다. 대화를 잃었다는 것은 생활을 잃었다는 얘기다. 대화를 잃었다는 것은 크리스마스를 잃었다는 얘기도 된다.

'잃어버린 크리스마스, 잃어버린 크리스마스……'

만일 그때 현상의 모습을 지켜보고 있는 사람이 있었더라면 이렇게 중얼거리고 있는 현상을 정신착란자나 몽유병자로 알았을 것이다.

가까스로 용기를 내어 택시를 탔다.

서울역으로 가자고 했더니 운전사가 현상의 얼굴을 힐끔 돌아봤다. 이상한 느낌을 가진 모양이었다. 남대문 근처를 지날 때 운전사가 말을 걸어왔다.

"손님은 크리스마스 안하시고 어디로 가시죠?"

"고향으로 갑니다."

"고향이 어디십니까?"

"경상도 지리산 밑입니다."

"고향에 무슨 좋지 않은 일이 있으세요?"

"아아뇨. 그런데 왜 그런 걸 물으십니까?"

"손님의 얼굴에 수심이 있는 것 같아서요."

현상은 잠자코 시선을 창밖 거리로 돌렸다. 그 근처에도 크리스마스 이브의 흥분이 사람의 무리가 되어 술렁대고 있었다.

서울역 가까이에 오자 운전사가 말했다.

"과히 걱정 마십죠. 인생이란 그렇고 그런 겁니다. 걱정을 한다고 해서 안 될 일이 될 수도 없고 될 일이 안 될 까닭도 없구요."

셈을 마치고 내리는 현상에게 운전사는 손을 들어 보였다. 현상도 손을 들어 보였다. 타고 온 자동차가 다시 자동차의 물결에 묻혀 버리는 것을 보고서야 현상은 발길을 역 대합실 쪽으로 돌렸다.

2

1등차 안은 텅텅 비어 있었다. 전등불 밑에 펼쳐진 하얀 시트커 버들이 유난히 눈에 띄었다. 손님은 간단하게 헤아릴 수 있을 정도로 적었다. 거창하게 준비를 해두었는데 손님이 오지 않은 파티처럼 스산하다는 생각이 들었다.

현상은 좌석을 찾아 앉았다. 한가운데쯤의 기차의 진행방향으로 왼편 자리였다. 플랫폼에도 사람의 그림자는 드물었다. 폼 저편으로 내리는 눈조각이 시야에 들어왔다.

현상은 눈을 감았다. 서울을 떠난다는 감상이 물처럼 가슴속에 일었다. 군대생활이 사이에 끼었다고 하지만 거의 10년 동안 서울의 공기 속에 살아온 현상이었다. 서울의 거리는 현상의 피부처럼 되어 있었고 현상의 맥박은 바로 서울의 맥박과 통해 있었던 것이다.

소년다운 꿈을 안고 올라와 10년 가까운 세월을 지내온 이제 청춘을 잃고 돌아간다고 생각하니 현상은 이러한 운명을 미리 알고 있었던 것 같은 착각조차 가졌다.

곧 발차한다는 아나운스가 있고 이어 그 확성기를 통해 징글벨의 음악이 흘러나왔다.

'여기까지 징글벨이냐. 귀찮다.'

현상은 원래 그 노래를 그다지 좋아하지 않았다.

기차가 움직이는 동정이 느껴졌다. 현상은 완강히 눈을 감은 채 있었다. 기차가 속력을 더하기 시작하자 세찬 바퀴 소리가 리드미컬하게 울려왔다.

눈을 감고 있어도 용산역을 지나는 것을 알 수가 있었고 한강을 건너는 것을 알 수가 있었다. 서울 지역을 완전히 벗어난다고 생각했을 때 비로소 눈을 떴다. 기차는 이제 막 안양을 지나고 있었다.

현상은 가방에서 한 권의 책을 꺼냈다. 본느프아의 시집이었다. 현상이 대학을 졸업할 때 주임교수가 선물로 준 책인데, 그는 그 책을 군대생활에까지 가지고 갔었다. 그러니 그는 대강의 짐작으로 책을 펴도 자기가 원하는 시구를 찾아낼 수 있었다.

본느프아의 시는 난해했다. 난해하면서도 가슴을 파고드는 호소력이 있었다. 현상은 본느프아의 그 난해함을 좋아했다. 유행가처럼 말초신경 위로 미끄러져 흐르지 않고 장미의 가시처럼 신경의 중추를 자극하는 것이 좋았다. 읽을 때마다 새로운 의미와 새로운 빛깔과 새로운 감동을 자아내는 본느프아의 시. 현상은 시집 위로 시선을 떨구었다.

깊은 빛이 나타나기 위해선 어지럽도록 짙은 밤과 비명을 올리는 대지가 필요하다. 불꽃이 선명하게 타오르는 것은 어둠 속의 나뭇가지에서다.

말(言語)에조차 질량(質量)이 필요하구나. 노래의 저편에 있는 생기 없는 해변.

네가 살기 위해선 너는 너의 죽음을 넘어서야만 한다. 가장 순수한 현재란 뿜어 오르는 피다.

현상의 짧은 프랑스어는 본느프아의 시구를 이와 같은 한국말로밖엔 옮겨 놓을 수가 없었지만 감동은 순수하고 진실했다. 현상은 그 페이지 위에 환상을 그리고 있었다.

고난의 경험이 짙은 어둠 속에 몸부림치는 육체로서 나타나고, 깊은 빛, 깊은 지혜에의 동경이 갈증과 같았다. '모든 노래의 저편에 있는 생기 없는 해변'이란 청춘을 잃고 무덤을 찾아가는 스스로의 심상 풍경이 아닐 수 없었다. 모든 노래의 저편에 있는 생기 없는 해변엔 파도가 용암처럼 응결한 채 유착하지 않는다. 남빛 구름이 무풍 속의 장막처럼 드리우고 꽃과 나무들은 먼지를 뒤집어쓴 조화를 닮았다.

현상은 마음 속으로 소리를 내며 마지막 구절을 다시 읽었다.

네가 살기 위해선 너는 너의 죽음을 넘어서야만 한다.

이어 현상은 생각했다.

'나는 넘어서야 할 죽음도 없다. 죽기 위해서도 필요한 건 정열인

데, 내겐 그런 정열도 없다.'

읽어도 읽어도 위안이 없는 시에 현상은 지쳤다. 책을 덮고 창밖을 내다봤다. 일본의 어떤 작가의 표현 따라 밤의 바닥이 하얗게 되어 있었다. 그 하얀 밤의 바닥을 깔고 거울이 되어버린 유리창에 자신의 초췌한 모습이 있었다. 초췌한 자신의 모습을 보고 있자니까 거기 연희의 얼굴이 와서 겹쳤다.

현상이 낙향할 것을 결심하고 연희에게서 받은 편지와 사진들을 챙겨들고 연희의 오빠를 찾았던 밤을 생각했다. 창밖에 달이 밝았고, 그 달빛이 뜰에 핀 코스모스를 비추고 있었다.

"연희 씬 미국에서 잘 지내시는가요?"

"별로 탈은 없는가 봅니다."

"고향으로 갈까 해서 왔습니다."

"그건 너무 신랄한 복순데요. 미스터 안은 연희를 용서해야 합니다. 미스터 안이 고향으로 돌아간다는 건 연희를 용서하지 않겠다는 뜻 아닙니까?"

"아닙니다. 용서구 뭐구 제겐 그럴 자격이 없습니다."

그리고 편지 묶음을 내놓았더니 연희의 오빠는 침통한 표정을 지었다.

"이걸 어쩌라는 겁니까."

"선생님께서 태워 버리십시오. 제가 태워 버릴 수도 있지만 증인이 있는 것이 좋을까 해서요."

"그럼 태웁시다."

하고 연희의 오빠는 편지 묶음을 현상이 가지고 온 그대로 들고 뜰로 나갔다. 현상도 따라나갔다. 연희의 오빠는 뜰 한구석에 모아 두었던 시들은 풀에 휘발유를 뿌리고 그 위에 편지 묶음을 던지곤 불을 그어댔다.

영롱한 달빛 속에서도 불꽃은 파랗게 아름다웠다.

"시들어서 뽑아낸 코스모스입니다."

연희의 오빠가 중얼거렸다.

"이로써 연희 씨가 내게 남긴 모든 흔적이 없어진 겁니다."

현상은 시들은 코스모스로써 편지를 태운 연희의 오빠를 생각하고 그 파란 불꽃을 다시 한 번 눈앞에 그려 보았다.

그리고 연희 오빠의 마지막 말.

"미스터 안은 고귀한 사람이오. 고귀한 사람은 용서할 줄을 알죠."

현상은 저도 모르게 웃음을 띠었다. 기차의 유리창에 반영된 그 웃음은 노여움보다도 싸늘한 표정이었다.

'고귀한 사람? 자기의 죽음도 갖지 못한 사람이 고귀해?'

하얀 밤의 바닥 위로 열차는 세차게 달리고 있었다. 인생의 운명이 인간을 끌고 달려가는 소리를 집약한 듯한 소리였다.

"고향엔 언제라도 갈 수 있는 것이 아닌가. 마지막 일을 서둘러 할 필요가 없지 않는가."

사표를 냈다고 듣고 달려온 회사 동료의 소리.

"마음이 내키면 언제든 나오슈. 안 계장의 자리는 언제라도 마련할 테니까."

모처럼 하숙을 찾아와서 사표를 반려하라고 하던 기 사장의 말.

덕수궁 뜰에서 진혜는 몸부림치며,

"아니예요. 아니예요. 전 물러설 수 없어요."

하고 울부짖었다.

현상은 이 모든 회상을 물리치고 고향으로 간다는 일이 어떤 일인가를 생각하려는 데 마음을 집중시키려고 했다. 사실 현상은 고향에 가서 어떻게 하겠다는 계획 같은 것을 일체 갖고 있지 않았다.

차라리 이민으로 외국엘 간다면 목적을 설정할 수가 있다. 전연 미지의 곳으로 간대도 또한 목적을 세울 수가 있다. 그런데 고향으로 간다는 것이 오리무중으로 들어서는 것이나 마찬가지라고 생각하니 현상은 비로소 고향이란 것의 냉엄한 의미 앞에 다가서고 있는 스스로를 뼈저리게 느꼈다.

<u>3</u>

대전을 지났을 무렵이었다. 유리창에 이마를 대고 머리를 식히고 있는데, 현상의 어깨를 치는 사람이 있었다.

텁수룩하게 수염을 기른 50 남짓한 사나이가 소주병을 들고 서 있었다. '누구시죠?'하는 눈초리로 바라보는 현상의 옆자리에 그 사

나이는 염체불구하고 앉으면서

"쓸쓸해서 견딜 수가 없어. 같이 앉아 얘기나 합시다."

하며 술냄새를 풍겼다. 그리고

"자, 한잔 합시다."

하고 현상에게 잔을 내밀었다. 현상은 거절할 수가 없었다.

"크리스마스 이브에 홀로 기차를 타야 할 사연이면 피차 만만치 않은 운명을 가진 것 같소."

현상은 단숨에 마시고 그 잔을 도로 사나이에게 돌렸다.

"젊은 사람, 너무 침울한 얼굴이구먼. 젊은 사람이 그처럼 침울해서야 쓰나."

"제가 그처럼 침울해 뵙니까?"

현상은 예의상 이렇게 말해 보았다.

"침울해 뵈고 말고. 당신이 이곳에 그렇게 앉아 있는 그 모습 탓으로 이 열차 안엔 온통 침울한 공기가 감돌고 있어."

그 사람은 술잔을 입에 대다 말고 다시 말을 이었다.

"무슨 고민인진 모르나 이런 팔자를 한번 생각해 봐. 일제시대 병정에 끌려갔다가 구사일생으로 돌아와 보니 집안은 쑥대밭이 되어 있더라. 겨우겨우 살림이라고 차려놓으니 6·25의 폭탄이 다 쓸어갔다. 그 잿더미 속에서 살아났다 싶으니 형무소 신세. 그리고 보니 청춘은 다 가고 마누라는 죽고, 기다릴 아무것도 없이 죽는 날만 바라봐야 하는 팔자. 그래도 이처럼 술을 마시고 웃음을 강작(强作)하고 살고 있는 거다."

　그리고는 창밖을 내다보면서

　"추풍령 지났죠?"

하고 중얼거렸다.

　"지금 지나고 있는 모양입니다"

　현상이 말했다.

　"여보시오, 젊은 사람, 묶여서 천리길을 왔다갔다 하던 사람이오,
난. 부산에서 붙들려 수갑을 차고 이 추풍령을 넘어 서울로 왔다가,
또 수갑을 차고 이 추풍령을 넘어 부산으로 갔다오. 서울 서대문 형
무소에서 3년, 부산에서 2년. 나는 추풍령을 지날 때마다 그때 생각
을 하지. 묶여서 천리길을 왔다갔다 한 사람이 여기에 있는데, 아직
새파랗게 젊은 친구가 그처럼 침울한 꼴을 하구 있어?"

하며 술잔을 비우고 다시 현상에게 내밀었다. 현상이 사양을 하자

　"술이나 마셔요. 그럼 시름을 잊을 수는 있을 테니까."

하고 억지로 술잔을 현상의 손에 쥐었다.

　"그런데 어떻게 5년이나 감옥살이를 하셨죠?"

　"감옥을 만들어 놓았으니까 거기 들어가 있을 사람도 있어야 할
게 아뇨?"

　그렇게 말하는 사람을 현상은 지켜보고만 있었다.

　"하필 내가 왜 그 사람들 틈에 끼이게 됐나 하는 게 문제는 문제
지."

"왜 끼었죠?"

"간단하지. 죄를 지었으니까."

현상은 호기심이 일었다. 무슨 죄를 지었느냐고 물어보고 싶었다. 그러나 참기로 했다.

"헌데 젊은 친구의 고민은 뭐요. 얘기해 보시구려. 지나가는 거지에게서도 뜻밖의 지혜를 얻을 수 있는 거요."

"……."

"말하고 싶지 않은 게로구먼. 그럼 내 얘길 하지. 내 이름은 노성필이오. 모레쯤 신문을 보시오. 내 이름이 신문에 날 거요."

"신문에 나요? 무스 일을 하십니까."

"일? 내가 안 한 일은 없지. 학교 교사도 했고, 날품팔이도 했고, 신문배달도 했고, 거짓말도 했고 그래 모두 졸업해 버렸어. 할 일이 꼭 하나 남았어."

"그게 뭔데요."

"아주 기막힌 일. 오늘밤 같은 크리스마스와 비슷한 일야. 모레 신문을 보시오, 신문을……."

현상은 혀꼬부라진 노성필이란 사람의 말을 취중의 허튼소리로 흘려들을 수밖에 없었다.

"그 굉장한 일을 하기 위해서 내 재산을 몽땅 팔았어. 그래 가지고 이 1등차를 탄 거요. 묶어서 3등차를 타고 천리길을 왔다갔다 한 내가 이렇게 버젓이 1등차를 타고 부산으로 간단 말요. 부산으로 가서……."

"……."

"뭣을 할 것인가. 그건 신문을 보시란 말요. 헌데 젊은 사람, 당신 얘기도 들려 주구려. 눈 내리는 크리스마스의 밤에 혼자 기차를 타고 어디로 간단 말요. 그 얘기 좀 들려 주오."

"고향으로 갑니다."

"고향으로 가서?"

"농사나 지으렵니다."

"농사? 부모님이 계신가?"

"다 돌아가셨어요."

"농사 지을 땅은 있소?"

"조금 있지요."

"그럼 됐어. 농사를 지으시오. 농사란 참 좋은 거요. 콩을 심으면 콩이 나고, 팥을 심으면 팥이 나고, 고생을 심으면 고생이 나고, 죽음을 심으면 죽음이 나고?"

"좋은 말씀인데요."

"좋은 말? 이게 좋은 말인가? 나도 농사를 짓고 싶어. 그러나 그걸 하지 못하고 이 꼴이 됐지."

하곤 멍한 눈으로 창밖을 내다보다가 노성필은 현상의 어깨를 두드리며 말했다.

"고향엔 별루 돌아갈 게 아냐. 나도 도시에서 월급쟁이를 하다가 농사나 지으려고 고향으로 돌아간 적이 있어. 높은 학교의 공부까지 시켜 놓았는데 밥벌이도 못하고 돌아왔다면서 구박이 이만저만이 아니구먼. 그래 빈털터리로 그 이튿날 새벽 걸어서 나왔지. 당신 혹시 이런 시 아나? '산에 가면 산소리, 벌에 가면 벌소리, 정수 동림 구십리 먼 하룻길', 그리고 뭐라고 뭐라고 사연이 있고 끝에 '산에 가면 산소리, 벌에 가면 벌소리, 적막강산 내 혼자 섰노라' 이런 건데."

"모르겠는데요."

"젊은 사람은 모를 테지. 이게 일제시대 한국 인텔리 자화상이다. 공부깨나 했지만 취직자리도 구하지 못하고 굶어 죽을 수도 없어 고향으로 돌아갔더니 왼 집안이 온통 야단을 하면서 구박질이거든. 그래 언젠가의 나 모양으로 자동차 차비도 없어 걸어서 나오는 거야. 걸어 고향으로 들어간 꼴이라고 해도 좋아. 산에 가니 산의 소리가 있고, 벌 말하자면 들에 가니 들의 소리가 있더라 이 말이야. 고독하고 쓸쓸한 사람의 귀에만 들리는 소리지. 정주에서 동림까지 구십 리. 먼 하룻길을 이런 소리를 들으면서 타박타박 걷고 있는 놈의 주위가 적막강산 아닐 수가 있어? 적막강산선 농사를 지을 수도 없어. 콩을 심으면 콩이 나는데 콩이 있어야 심지? 적막상산엔 땅도 없어. 콩도 없고 땅도 없는 것이 적막강산이란 말이야. 그런데 지금 당신은 적막강산으로 갈려고 하면서 농사를 짓겠다구? 안 될 말이지, 안 될 말. 당신은 적막강산을 짊어지고 있는 사람야. 당신이 들어가기만 하면 꿀과 젖이 흐르는 가나안의 복지도 하루 아침에 적막강산

195

으로 변하는 거여."

현상은 돌연 시작해서 뜻밖의 방향으로 전개되는 노성필의 말에 섬짓하게 놀랐다. 현상은 노성필의 얼굴을 숨을 죽이고 바라봤다. 텁수룩한 수염에 덮여 있었지만 얼굴의 윤곽은 뚜렷했다. 폭 팬 눈은 주기에 흐려 있었지만 거기서 간혹 매서운 빛이 깜박거렸다. 날카로운 콧날은 살이 붙었으면 모양이 좋은 코가 되었을 것이다.

현상은 노성필이 들고 있는 술잔과 창가에 놓인 술병이 비어 있는 것을 보고 지나가는 행상인을 불러세웠다. 술을 두 병, 오징어를 두 마리 샀다. 그리고 술병을 들어 노성필의 잔을 채웠다.

노성필은 단숨에 술잔을 들이키고

"그러니까 젊은 친구, 얘길 해봐요. 내 정신은 말짱해, 지금. 조금 더 마시면 의식을 잃을 거야. 내 의식을 잃기 전에 젊은 친구의 사연을 듣고 싶어."

현상은 이상하게도 노성필이란 이 미지의 사람 앞에 자기의 마음을 털어놓고 싶은 겸손한 심정이 되었다. 현상은 전후를 맞추고 내용을 간추려 차근차근 얘기를 했다. 노성필은 주의깊게 들었다. 듣고 나더니

"결국 실연했다는 얘기구먼."

하고 이어

"나는 현대엔 연애가 없다고 생각했는데 여기 실연이 있구나."

하며 껄껄대고 웃었다.

"실연이란 것 하곤 다르죠. 나는 이 사건을 통해서 인생이 싫어진 거니까요."

"그럼 마찬가지 아닌가."

"다르죠. 실연이란 단순한 감정 같으면 지금 그 사람이 내게로 돌아오면 해결이 되겠지만 이제 돌아와도 소용이 없으니까요."

"핫하……"

하고 노성필은 또 웃었다.

"베르테르는 십팔 세기에 죽은 줄 알았더니 지금 난데없이 내 눈앞에 앉아 있구먼."

현상은 불쾌했다. 모처럼 고백을 한 것이 역겨웠다. 그런 현상의 심정을 짐작했는지 노성필이 이렇게 말했다.

"인생을 그처럼 얕잡아 보지 말란 말여. 어떤 여자가 배신했다고 해서 싫어질 수 있는 그런 호락호락한 인생이 아니어. 굶주림과도 싸워 보아야 하고, 형무소에 갈 정도로 죄도 지어 보아야 하고, 숨이 넘어갈 정도로 맞아도 보아야 하고, 사방이 벽이 되어버릴 정도로 몸부림도 쳐봐야 하는 거요. 당신이 겪은 그 정도로 저항을 받았다고 사회를 포기하는 건 도대체 건방진 얘기란 말여."

현상은 할 말이 없었다. 이렇게 강한 얘길 들어본 것도 난생 처음이지만 그렇다고 해서 그 말에 별다른 감동을 받은 것도 아니었다. 현상은 노성필이란 사람의 말보다 그의 경력을 자세히 알고 싶었다.

"실례입니다만 선생님은 지금 무엇을 하십니까?"

"나요?"

하고 피식 웃곤

"지금 이와 같이 술을 마시고 있지 않소."

"아닙니다, 직업이 뭐냐는 뜻입니다."

"직업이란 그런 대단스런 것은 없는 사람이요."

현상은 그 이상 묻지 않기로 했다.

노성필은 잠시 고개를 떨군 채 가쁜 숨을 내쉬고 있더니 다시 고개를 들어 현상을 바라봤다. 취기에 어린 눈에도 뭔지 말하고 싶은 뜻이 서려 있는 것 같았다.

"젊은 친구."

"젊은 친구라고만 말고 안현상이라고 불러 주십시오 전 안현상입니다."

"안현상? 미안하지만 내겐 이름이 소용없어. 당신이 내 이름만 외어두면 돼."

"……."

"무슨 그 따위 소릴하느냐 싶죠. 모레면 알게 될 거요. 그런데 젊은 친구, 인생을 소중히 하시오. 보아 하니 당신은 귀한 상을 가졌소. 난 관상쟁이는 아니지만 오십 년 인생에 스쳐간 사람들의 얼굴을 통해 대강은 짐작을 하게 된 사람이오. 부디 당신의 인생을 소중히 하시오. 농사를 지을 생각은 마오. 그저 농촌에 파묻혀 있으오. 아무나 농사를 지을 수 있는 건 아니오. 내 이 말을 술에 취한 놈의 푸

넘이라고 들어도 좋소. 좋소만 내 이 말을 기억할 때가 있을 거요. 그
럼 실례했소."

노성필은 자리에서 일어서더니 비틀거리며 자기 자리로 돌아
갔다.

'노성필, 세상엔 이상한 사람도 다 있는 것이로구나.'

현상은 자기 시름을 잊고 노성필이란 사람을 생각해 보려고 했
지만 실의한 인텔리, 낙백한 지식인이란 인상으로밖엔 요약할 수가
없었다.

삼랑진에서 기차를 바꿔 타고 아침에 C시에 도착했다. 거기서 50
리 자동차를 타면 고향에 가는 것이지만 현상은 역 근처의 여관에 들
어가 정신없이 자버렸다.

C역에서 짐을 찾은 것은 현상이 C시에 도착한 지 사흘만이었다.
짐을 챙겨 삼륜 자동차에 싣고 막 떠나려는 판인데 신문 파는 아이
가 앞을 지났다. 현상은 '모레의 신문을 보라'던 노성필의 말을 생각
하고 신문을 사들었다. 부산에서 발행한 신문이었다.

현상은 신문을 펴들자 악! 하고 소리를 지를 정도로 놀랐다.

'전직교사 송도 뒷산에서 자살'이란 타이틀 밑에 노성필이란 사
람의 자살사건이 보도되어 있었다.

흐르지 않는 강(江)

1

황량하게 아침이 오고 적막하게 저녁이 되었다. 병충처럼 사위를 두른 산도 추운 겨울의 빛깔, 벼를 베어내고 보리갈이가 끝난 들녘도 겨울의 빛깔, 시내의 수량을 잃어 노출된 돌자갈도 차가운 겨울의 빛깔, 잎을 잃은 시냇가의 포플러도 겨울의 빛깔, 현상의 마음도 겨울의 빛깔이었다.

현상이 더욱 기가 막혔던 것은 믿고 있었던 친척들의 너무나 냉정하고 가혹한 태도였다. 현상의 친척들은 현상이 돌아왔을 그 즉시는 반가워했으나 그가 서울로 다시 돌아가지 않고 고향에서 농사를 지을 작정이라고 듣자 돌연 적의를 풍기는 태도로 나왔다. 현상의 집은 안채와 사랑, 거기다 행랑채까지 끼어 있는 꽤 큰 기와집이었는데, 그 집에 살며 그 집의 관리를 맡아오던 오촌뻘 되는 사람은 사랑방 하나를 치워 현상을 거처하게 마련해 줄 생각도 내지 않았다.

사랑 거처를 하지 않으니 큰집 사랑에 가서 지내라는 투로 나왔다.

마음이 고운 현상도 이러한 처사엔 견딜 수 없었다. 음력설 안으로 집을 비우라는 요구를 했다.

"당장 집을 비우면 우리는 어디로 가란 말이냐."

고 오촌은 항의했다.

"오촌 집이 있지 않소. 그리로 가면 될 게 아니오."

현상은 오촌 집이 바로 그 동리에 있는 것을 알고 있었다.

"며느리도 보아야 할 텐데 그 집은 좁아서 어디……."

하고 머뭇거리는 것을

"그럼 오촌은 이 집을 영영 차지할 생각을 했소?"

하고 현상은 거칠게 말했다.

"이 큰 집을 자네 혼자서 어떻게 할 셈인가."

오촌이 볼멘 소리를 했다.

"그런 걱정은 마시오."

현상은 잘라 말했다. 현상은 혼자 살고 있는 고모님을 모셔다가 가모(家母)로 하고 어릴 때 현상을 보살펴 준 하인 부부를 그 가족들과 함께 안채로 데리고 와서 살림을 시키고, 자기는 사랑을 쓰고 행랑채엔 머슴들을 거처게 할 작정을 세웠다.

그리고 그 이튿날부터 집을 수리하기 시작했다. 동시에 이대까지 소작, 또는 지을 농사형식으로 친척들에게 나눠 주었던 논·밭·임야를 금년 추수를 마시막으로 하고 전부 현상에게 돌리라고 요구했다.

안 씨 일족들은 공황상태가 되었다. 더욱이 현상의 전답에 생계를 의존하고 있던 친척들의 형편은 딱하게 되었다. 일가의 어른들이 모여

"자네는 서울에서 살아야 하네. 이때까지 농사를 지어보지 못한 사람이 어떻게 농사를 지으려고 그러나. 서울에 안간다고 해도 종전처럼 농사를 내어주고 자네 몫만 받아 먹으면 안 되나."

하고 입을 모아 타일렀지만 한번 틀어진 현상의 태도는 바꿀 수가 없었다.

현상은 이어서 이때까지 자기의 몫으로 정해져 있는 벼를 전부 내놓으라고 요구했다. 현상은 과거 6년 동안 소작료를 한 되도 받아 가지 않고 이곡(利穀)의 형식으로 그냥 놓아 두었던 것이다. 매년 45섬쯤 되니 6년치를 합하면 원곡만 해도 2백 70섬이 되는 것이고 거기에다 이곡을 합하면 연 5할이 관례로 되어 있으니 복리계산으로 천여 섬이 되어 있는 셈이다.

현상은 이 요구를 내놓기 전에 동리의 사정을 소상하게 조사했다. 그 결과 이곡으로 나돌고 있는 곡식은 연 5부의 이식으로 조금도 착오없이 수납되고 그것이 다시 이곡으로 나간다는 것을 알았다.

그런데 현상이 이와 같은 요구를 하자 친척들이 모두 반대하고 나섰다.

"이곡을 놓은 여유가 있어야 말이지. 그건 우리를 죽으란 소리나 마찬가지다."

한결같이 이런 소릴 하는 바람에 현상은 정말 화가 났던 것이다.

"한 되도 축내지 않고 이곡을 놓아 붙게 해주겠다던 때가 언젠데, 그럴 여유가 없다는 말이 어디서 나오는 거요."

이에 대한 대답은

"어쨌든 없는 것을 어떻게 하나."

하는 식의 배짱이었다.

"내가 들은 바에 의하면 이곡을 놓고 꼬박꼬박 받아들이고 있다고 하던데 그건 어떻게 된 거요."

"그런 사람도 있겠지. 그러니 그런 사람한테서나 받게나."

현상은 울화가 머리끝까지 치밀었다. 이건 정녕 도둑질이라고 생각했다. 그래

"그럼 좋소. 나는 이곡은 받지 않겠소. 원곡만 내놓으시오. 그 대신 이 동리에선 이곡이 없어지는 것입니다. 내일 나는 동민들을 모아놓고 누구와 누구에게서 이곡을 먹은 사람은 내놓지 말라고 선언할 거요. 꼭 달라고 조르면 내게로 오라고 할 테요. 내가 받을 부분에서 그 사람들 몫을 갚아줄 테니까요. 나는 이곡을 못 받는데 여러분만 받을 줄 아시오. 어림도 없는 소리요."

하고 외쳤다.

현상은 결코 이곡까지를 받아들여 자기 복장을 채울 생각은 아니었다. 다만 약속을 어기고도 그것을 보통으로 알고 배짱을 부리는 심보가 얄미웠다.

"공부께나 하고 서울에서 살더니 일가친척을 몰라보는 후레자식이 되었구나."

하고 어떤 노인이 호통을 치기도 했다. 현상은 악에 받쳤다.

"누가 누구에게 하는 소리요. 나는 여러 일가들이 소작료를 그만둬 두면 이곡으로 해서 불려준다기에 나는 그것으로 우리 일가들의 장학기금이라도 할까 하는 생각까지 가졌던 거요. 그런데 여러 일가는 약속을 헌신짝처럼 버리고 되려 나를 어떻다고요?"

현상은 이곡이 어느 한도까지 모이면 장학기금을 만들어볼까 하는 생각을 가진 것은 사실이었다.

그래서 2백만 원만 모이면 아파트를 사서 장연희와 결혼할 수 있게 되었는데도 고향의 재산엔 손을 대지 않고 버티어 왔던 것이다.

만일 이런 사태를 현상이 조금이라도 예상했더라면 현상은 그 돈으로 장연희와 결혼해 버렸을 것이고 오늘과 같은 결과가 일어나지도 않았을 것이었다.

이런 일 저런 일을 생각하니 현상은 통곡을 하고 싶었다.

현상은 싸늘하게 친척들에게 선언했다.

"내 소유로 있는 모든 땅을 내게 돌리고 소작료도 이곡도 소용 없으니 원곡만을 가지고 오시오. 다같은 할아버지의 재산인데 하는 생각을 가지신 분이 있을 것 같아서 분명히 말해 둡니다. 선조 이래로 내려온 땅은 농지개혁으로 정리가 되었고 지금 내 소유로 있는 것은 내 아버지 혼자의 힘으로 마련한 것이니 엉뚱한 생각은 하지도 마시오. 나는 우리 일가 친척이 좀 더 내게 따뜻하게 대하고 좀 더 성실한 태도를 보여 주었더라면 어떠한 손해도 참을 용의가 있었습니다. 그러나 이게 뭡니까. 내게 대하는 여러분의 그 태도가 뭡니까. 일단 내가 선언한 이상 나는 철두철미하게 행동할 것입니다. 독 없는 뱀을 여러분이 독사로 만들었다는 것만 알아 두시오."

그로부터 현상은 가차없이 땅을 물려 받는 일과 소작료를 챙기는 일에 몰두했다. 마음속에 겨울빛을 지닌 현상은 스스로를 악마로 만들어 나가는 데 쾌감 비슷한 감정조차 느꼈다.

현상의 친척들은 몇몇을 제외하곤 원곡에 이곡을 합친 부분까지, 물론 전부는 아니었지만 내놓지 않을 수 없었다. 현상에게 이곡을 바치지 않고서는 동리 내의 거래가 성립될 수 없는 상황에 이르렀던 것이다. 그렇게 해서 받아들인 벼가 3백 섬이 넘었다. 현상은 그 가운데 2백 섬은 C시의 정미소에 넘겨 보관을 시키고 나머지 백 섬을 농자금으로 간수해 두었다.

2

어느 날 현상과는 초등학교의 동기동창이며 농업학교를 나와 독실히 농사를 짓고 있는 조문찬이란 청년이 현상을 찾아왔다. 서로 멀리 떨어져 있는 동안의 얘기를 하던 끝에 문찬이 물었다.

"자넨 45두락이나 되는 땅을 전부 물려받았다는데 혼자서 그걸 어떻게 할 참인가.”

“머슴을 둘쯤 데리고 내가 직접 농사를 지어볼 작정이네.”

“자네 함부로 하지 말게. 농사는 절대로 수지가 안 맞네.”

“자넨 그럼 어떻게 농사를 짓나?”

“머리칼에 홈을 파는 식으로 살고 있는 거라네. 자네도 그렇게
하겠나?”

“조군을 배워 가며 해보지 뭐.”

“그게 쉬운 게 아닐세. 대강 계산을 해보세. 자네가 가지고 있는
농토는 최상급 옥토니까 한 두락당 벼가 3섬씩 난다 치고 45두락이
니까 1백 35섬이 난다고 치지. 머슴을 둘 둔다니까 세경이 20섬, 그
치다꺼리에 10섬, 머슴 둘이서 다 할 순 없으니까 농번기의 경우를
생각해서 그밖의 노임을 10섬은 제해 놓아야 하거든. 그럼 인건비로
40섬이 든다 말 아닌가. 게다가 비료값으로 최저 20섬은 할당해야
하고, 세금 기타 잡부금으로 20섬은 달아날 게니 그렇게 치면 얼마
나 남나. 말하자면 80섬은 생산비로서 소비되니 55섬이 남는 셈 아
닌가. 이건 줄잡아서 하는 계산이야. 시설이 순조롭다는 것을 전제로
한 것이고…… 이에 한 해 동안의 식량 기타 잡비가 30섬은 먹지 않
겠나. 자네의 경우 교육비가 없으니 말야. 그래 놓고 보면 순이익 25
섬이 남는단 얘기다. 여기에다 빚이나 있어 봐라. 아무것도 안 남지.
25석을 돈으로 환산하면 1섬 5천 원 시세로 쳐서 12만 5천 원이다.
이건 자네의 인건비다. 이래도 농사를 지을 생각이 나나?”

"수지타산을 해가지고 농사를 짓자는 소리는 아니니까."

"그래도 수지타산을 도외시하고 어떻게 농사를 짓나."

"그럼 자네 경우의 얘기를 좀 해보게."

"난 쌀 농사는 우리집 식구들의 식량할 정도로만 제한하고 노력의 대부분을 양계와 양돈, 약초재배에다 쏟고 있지. 채소재배를 하자 해도 토질이 맞지 않고 수송도 불편해서 도시 근교의 업자와 경쟁이 안 되거든."

"그래 자네는 수지를 맞추나?"

"내 경우는 내가 취직하고 있을 경우와 비교하고 있는 거네. 내가 취직을 해봤자 군청이나 도청의 공무원 아니겠나. 공무원을 하면 부수입이 있다더라만 농업 공무원의 부수입이란 뻔할 게고…… 그러니 한 달의 월급이라고 해봤자 2만 원을 넘지는 못할 게 아닌가. 나는 농사를 지어 월수 2만 원 꼴을 겨우 지탱하고 있지. 그러니까 머리칼에 홈을 파야 하는 거야. 나는 지금 닭을 2백 마리쯤 치고 있는데 달걀이 평균 매일 1백 개 이상은 나온다. 그런데 한 개의 값이 지금 6원에서 7원이거든. 6원으로 치면 사료값이다, 약품값이다 해가지고 원가가 4원 50전이 먹힌다. 그러니 달걀 한 개 팔아 순이익이 1원 50전 그것도 경쟁이 심해 순조롭게 다 팔리는 건 아니거든. 닭 2백 마리 기르는 노력도 대단한 건데 그래가지고도 기껏 한 달의 수입이 4, 5천 원이란 말이다. 여기에다 돼지를 길러 4, 5천 원을 올리고 약초를 심어 4, 5천 원 꼴, 다른 작물을 통해 4, 5천 원 이래가지고 겨우 월수 2만 원 꼴을 지탱한단 말이다. 그런데 조금 실수하면 끝장이야. 빚을 내야 하고 말야. 농업을 해가지고 수지를 맞추는 일은 정밀공업을 하는 이상의 정밀성이 있어야 한다네."

"자넨 참으로 대단하다."

현상은 조문찬의 말을 듣고 감탄했다.

"그러나 내 경우를 표준이라고 생각해선 안 되네. 나는 농업학교 졸업생 아닌가. 미국에선 농과대학을 나온 농부가 대학을 나오지 않은 농부보다 같은 규모에서 10배의 수입을 올린다고 하더라만 우리나라에서 20배쯤으론 생각해야 할 거다."

이건 안현상에겐 신지식이었다. 농업에 있어서의 지식의 역할이 그렇게 큰 줄은 몰랐던 것이다. 그래

"그렇게 차가 나는 것일까."

하고 현상이 중얼거렸다.

"생각해 보게나. 지식이 없는 농부는 자기 땅의 토질을 알지 못하거든. 기껏 심는다는 것이 벼·보리·밀·콩··깨·목면·조·옥수수 이런 것이 아닌가. 그런데 지식있는 농부는 자기 땅의 토질과 고등작물의 시장성을 감안해서 앞질러 그 작물을 심을 줄 알고 그것을 가꿀 줄 알거든. 내가 농업학교에 다니고 있을 때의 일인데 양이란 선배가 양파를 심어 큰 돈을 번 적이 있어. 그랬는데 아니나 다를까 작년 양파벌이가 좋았다고 해서 너도나도 심어 제친 바람에 양파의 과잉 생산이 되어 버려 양파를 심은 사람이 거의 전부 손해를 보았거든. 씨

앗을 판 양 선배는 이익을 보고."

"앞으로 많이 가르쳐 줘. 나도 농부가 될 작정이니까."

"난 자네가 농부가 되는 것을 권하고 싶지 않네. 나는 배운 도둑질 이니까 할 수 없다고 해도 생각해 보라문, 아무리 잘해도 자네는 자 네의 논에서 일 년 순이익 12만 원 이상을 올리지 못할 것 아닌가. 그 런데 그 논을 지금 팔면 적게 잡아 2백 70만 원은 받는단 말야. 그걸 정기예금 해 놓으면 2분 5리의 금리니까 일년에 3할, 51만 원의 수 입이 있다는 얘기다. 51만 원을 가지고 벼를 사들이면 백 섬을 살 수 있다는 얘긴데, 이 백섬은 머슴 새경도 기타 인건비도 비료값도 떨어 져 나가지 않는 순전히 자네의 수입이 되는 백 섬이란 말일세. 이처 럼 뻔한 계산을 두고 땀을 흘려서 손해를 보려고 하니 딱하단 얘기 다. 꼭 농사를 짓고 싶으면 30두락은 처분하고 15두락 정도만 남기 게. 그걸 가지고 소일 겸 일하고 진짜 농사는 자네 산을 가지고 있지 않은가. 그 산과 밭을 이용해서 지으란 말이다. 산과 밭은 값이 싸니 까 잘만 하면 은행금리 이상의 수입을 올릴 수도 있거든. 그렇게만 하면 자넨 부자가 되네."

현상에겐 솔깃한 말이었다. 조문찬은 이어 다음과 같은 말도 했다.

"토지를 판 돈은 그냥 은행에다 두면 화폐가치가 하락할 염려가 있으니 반은 은행에 두고 반을 가지곤 대도시 변두리에 땅을 사는 거 다. 몇 해고 잊어버리고 있으면 그 땅값으로도 돈을 벌 수가 있거든."

현상은 조문찬의 말을 듣고 자기가 서울의 은행에 정기예금을 해 놓고 온 3백만 원을 생각했다. 2백만 원은 자기가 저축한 돈이고 백만원은 퇴직금과 전별금으로 모인 것이다. 그것을 전부 은행에 다 맡겨 두고 왔다. 현상은 기회가 있으면 서울로 올라가 그 가운데의 반을 꺼내서 서울 근교의 헐한 땅을 사놓을까 하는 생각을 했다.

"이왕 시작한 것이니 돈을 벌어야 하네. 자네가 농사를 짓겠다고 하게 된 동기가 어디에 있는지 모르겠다만 악착같이 서둘러야 한다. 어중간한 감상은 버리고 성공을 해야 하는 거야. 이 세상은 성공하고 볼 만한 세상이 아닌가. 자네의 입장 같으면 실컷 성공할 수도 있어."

열을 띠고 말하는 조문찬을 보고 현상은 속으로 웃었다.

'성공이 뭘까? 성공하고 볼 만한 인생이란 도대체 뭘까?'

현상은 악착같이 토지를 돌려 받고 소작료를 챙기고 하는 자기의 행동을 보고 조문찬이 그런 말을 한 것이 아닌가 싶었다. 그렇다면 엉뚱한 짐작이다. 현상은 분노하고 있는 것이지 치부하려고 하는 것이 아니다.

"헌데 안 군이 이번 처리는 잘했어. 자네 일가친척들을 욕하는 건 안 됐지만 아무래도 질이 좋은 사람들은 아니다. 이번에 그런 처리를 안 했더라면 자네의 재산은 어떻게 됐을지 모르지. 송두리째 들어마실 생각이었던가 보지? 그 사람들의 소위를 보면."

조문찬의 이 말을 안현상은 우울하게 듣고만 있었다.

<u>3</u>

안현상이 고모를 모셔왔다. 작정대로 어릴 때 자기를 보살펴 준 하인 일가족도 데리고 왔다. 그러나 하인이라고 해서 현상이 결코 하인 취급을 하지는 않았다. 아저씨라고 부르고 아주머니라고 불렀다.

현상은 사랑에 서재를 꾸며놓고 아침저녁 산과 들을 한 바퀴 돌고 와선 책을 읽었다. 보리농사는 씨를 뿌려놓은 그대로 방치할 작정이었다.

"보리 논을 그냥 내버려 둬도 될까."

하고 고모와 하인 부부가 걱정을 했지만

"씨가 여물기 전에 베어다가 소나 먹이지요."

하고 현상은 대답했다.

"그럼 죄 받지 않을까."

하는 고모의 걱정이었지만 조문찬의 말을 빌면 보리농사의 경우, 그렇게 하는 것도 하나의 방법이라고 했다.

"비료와 인건비도 안 되거든. 마땅한 일손이 없으면 보리는 무시해 버려."

하는 것이 조문찬의 말이었다.

그러나 그것이 계기가 되어 일가친척들은 현상을 욕하기 시작했다. 이왕 짓지 못할 농사면 종전대로 자기들이나 지어먹도록 그냥 두면 어떠냐는 말들이었다. 뿐만 아니라 현상에게 대해선 사사건건 헐

뜯는 태도로 나왔다.

머지않아 망할 것이라느니, 족보에 없는 후레자식이라니, 돈만 아는 놈이라느니 하는 소리가 들려왔다. 현상은 어느덧 언젠가 한 자기 말처럼 독사가 되어가는 심정이었다.

'두고 봐라, 내가 망하는가, 좋다. 후레자식 노릇을 톡톡히 해 보이지. 그렇다. 돈만 아는 놈이 되어 보겠다.'

현상은 마음 속으로 이렇게 이를 갈았다.

하지만 밤이 되어 책을 대하고 앉으면 그러한 마음이 하잘 것 없는 것으로 생각이 되고 일가들과 사화를 했으면 싶은 충동이 일기도 했다. 노성필이라고 하는 자살자의 생각이 나고 하면 공연히 세상이 허망하게 느껴지기도 했다.

그런데 아침이 되어 일가의 누구와 만나기 시작하면 마음이 굳어졌다.

사흘에 한 사람 꼴로 이곡을 달라고 오는 친척들이 있는데, 그럴 때면 하나같이 비굴한 표정, 비굴한 말을 꾸미고 나타나는 것이다.

"조카야말로 세상에 난 사람이 아닌가. 먼젓번에 그런 말을 하게 된 것은 내 7촌 되는 그 사람이 선동한 거란다."

라는 따위의 고자질을 하든가

"세상에 이곡을 내돌리고 그걸 주인에게 돌려주니 않는다는 게 될 말인가? 나도 그런 의리와 도리는 환하게 알고 있다네."

식으로 얼버무리든가 하는데, 그런 꼴이 당장 밉살스러웠다. 춘궁기를 바라보고 식량이 모자라는 그들의 형편에 눈물겨웁도록 동정도 하고 싶었지만 밉살스럽다는 감정이 앞서 현상은

"나는 앞으로 일가친척하곤 거래를 않기로 했으니까요."

하고 딱 잘랐다.

그렇게 해놓으면 대강 금시에 태도가 변하며

"오냐 좋다. 네가 그래도 난 굶어죽진 않을 것잉께. 어디 두고 보자. 네가 얼마나 잘 사는가."

하는 식으로 악담을 하는 것이다. 음력설도 지내고 대보름도 지났을 무렵이었다. 고모님이 현상에게 일렀다.

"네게는 삼종 형이 되는 문상이가 매우 아프단다. 감정은 감정이고 인사는 인사가 아닌가 오늘은 문병을 가도록 해라."

문상이란 현상보다는 한 살 위인 팔촌 형이었다. 사립대학의 법과를 졸업하고 군에 갔다 온 이래 고등고시의 준비를 한다면서 절간으로 돌아다녔으나 연속 4년을 실패하고 요즘은 병을 얻어 집에 와 있다는 것이었다. 그리고 그는

"일가친척을 몰라보는 후레자식."

이라고 호통을 친 노인의 아들이었다.

"빨리 판사나 검사가 돼서 현상이놈을 꿈쩍 못하게 해줘라."

고 버릇처럼 그 노인이 말하고 있다는 얘기도 듣고 있는 터라 현상은 내키지 않았지만 고모님의 분부를 거역할 수도 없어 문상을 찾았다.

병석에 누워 있는 문상은 몰라보게 쇠약하고 달라져 있었다. 현상은 오랜만이란 인사를 하고 나서

"고등고시도 좋지만 몸조심도 해야 할 게 아뇨."

하고 활달하게 말했다. 그랬는데 그 말이 문상의 귀에 거슬렸던지

"내가 지금 누워 있다고 해서 죽을 줄 아나? 고등고시에 붙고 말 테니까 걱정 말게."

하고 눈을 감아 버렸다.

자기 아버지에게 여러 가지 얘기를 듣고 다소 불쾌했겠지만 수년만에 만난 처지에 그것도 문병까지 온 사람을 보고 그렇게 대한다는 것은 언어도단한 일이었다. 현상은 약값이라도 하라고 준비해 갔던 돈을 내놓지도 않고 그냥 도로 가지고 그 집에서 나와 버렸다.

그러나 그 집에서 나오자마자 현상은 후회했다. 헤밍웨이란 미국 작가가 쓴 「노인과 바다」란 소설이 문득 뇌리에 떠올랐던 것이다. 며칠을 두고 고기 한 마리 잡지 못하다가 어느날 우연히 큰 돌고래를 잡게 된 노인이 사흘 밤 사흘 낮을 그 돌고래에 끌려 바다 위를 헤매다가 기진맥진한 돌고래를 조그만 배에 실을 수가 없어 뱃전에 붙여 끌고 오는 판인데, 달려드는 상어떼에 그 고기의 살을 죄다 빼앗겨 버리고 육지로 가지고 왔을 때는 앙상한 뼈만 남았다는 줄거리다.

현상은 문상의 고등고시 합격이 무망할 뿐 아니라 그 꼴로선 설혹 그 시험에 붙었다고 해도 앙상한 뼈만 차지한 노인의 경우와 똑같이 될 것이라고 보았다.

말하자면 거기에도 허망이 있었다. 실컷 허상을 쫓다가 청춘과 생명만 잃게 되는 결과가 되는 것이다.

'고등고시?' 하고 현상은 중얼거려 보았다. 고등고시에 합격해서 얼마나 출세하게 되는지는 몰라도 세 번쯤 치러봐서 안 되면 포기하는 것이 옳은 일이 아닐까. 인생은 결코 무리가 통하는 무대가 아닌 것인데 하며 현상은 생각에 잠겼다.

'그런 상대를 용서하지 못하고 뛰쳐 나와 버린 걸 보면 나도 어지간히 옹졸한 인간이로구나.'

그렇다고 해서 되돌아설 수도 없었다.

현상은 자기가 준비해 간 돈을 고모를 시켜 전달하도록 하자고 마음먹었다.

이런 생각을 하며 집으로 돌아와 안채에 있는 고모집 방 앞으로 간 현상은 마루앞 디딤돌에 남자용 고무신을 봤다.

'누굴까?' 하고 고모님 방의 문을 열어보니 거기엔 문상의 아버지가 와 있었다. 목례로 인사를 하는 둥 마는 둥 어색한 마음으로 고모님 곁에 앉았다.

"잘 다녀왔나?"

고모님은 이렇게 말하며

"마침 잘 왔다. 문상의 아버지께서 네게 청이 있단다."

하고 노인의 눈치를 살폈다. 그러나 노인은 입을 열지 않았다. 고모가 대신 말을 했다.

"너도 보았으니까 알았겠지만 문상의 병이 만만치 않단다. 병원으로 데리고 가야 하는데 돈이 그렇게 안 되는 모양 같다. 벼 석 섬만 빌려주면 좋겠다는데 자네가 알아서 해라."

현상은 잠자코 있었다. 자기가 직접 말하지 않고 고모님을 시킨 그 태도가 불쾌했다. 그는 노인의 입에서 무슨 말이 나오나 하고 기다렸다. 그러나 계속 말이 없었다. 현상은 자리에서 일어서며 잘라 말했다.

"방금 문상 형을 만나고 오는데 내 도움 같은 건 바라지 않는 모양입니다. 본인이 바라지 않는 도움까지 전할 수가 없습니다. 고모님에게 미안하지만 할 수가 없어요."

그래 놓고 방에서 나오려는데

"여보게 현상."

하고 노인이 애원하는 표정을 지었다.

"후레자식 상대로 무슨 말씀을 하시렵니까?"

이 한마디를 남기고 현상이 밖으로 나왔다. 자기 방으로 가서 현상은 호주머니의 돈을 문갑 속에 넣어 버렸다. 그 돈은 벼 석 섬이 아니라 여섯 섬어치의 돈이었던 것이다.

안에서 노인이 뭐라고 악담을 하고 떠나는 모양이었다. 노인을 바래 대문까지 나온 고모가 현상의 방에 들어왔다.

"일가 어른이 네게 섭섭하게 한다고 해서 너까지 그러면 쓰냐."

고모의 말씀은 고모의 성품처럼 점잖았다.

"전 고모님처럼 점잖을 수가 없습니다. 문상이 제게 뭐라고 한지 아십니까?"

하고 현상은 아까의 일을 얘기했다.

"왜 이렇게 될까, 우리 집안이. 우애가 있다고 소문난 우리 집안이."

고모는 넋을 잃고 탄식을 했다. 현상의 가슴은 뜨끔했다. 그러나 말이 거칠었다.

"일가라고 해서 의뢰심을 갖지 않으면 집안이 되겠죠. 사람이 순하다고 보면 뼈다귀까지 핥으려고 드니 어디 견딜 수 있어요? 생각해 보세요. 나는 일가들 때문에 7백 섬 나락을 고스란히 손해 본 사람이에요. 그만큼 일가들은 이익을 보고 있단 말예요. 제가 만일 그들에게 7백 섬이 아니라 일곱 되쯤이라도 손해를 입혔다고 합시다. 가만히 있을 어른들입니까?"

말하고 있는 동안에 현상은 흥분했다. 고향에 돌아온 지 어언 석 달째, 현상의 성질은 나날이 거칠어만 갔다. 전연 딴 사람이 되려 하고 있었다. 현상은 어떤 불행보다도 그것이 더욱 큰 자기의 불행인 줄은 미처 짐작하지 못했다.

4

현상이 빨리 결혼해야 한다고 입버릇처럼 말하고 있던 고모는 춘

삼월에 접어들자 바짝 서둘기 시작했다.

"너 의중의 사람이 없느냐?"

고 처음에 몇 번이고 따졌다.

"의중의 사람도 없을뿐더러 결혼할 생각이 없습니다."

하고 대답을 하면

"손을 이어야 한다. 손을 잇는 것이 효도의 첫째다. 너는 독자인데 네 기분만 갖고 마음대로 할 수는 없다."

고 야단을 쳤다.

"그렇게 서둘지 않더라도 손이야 이을 수 있겠죠."

"벌써 넌 삼십이 아니냐. 모든 것은 때라는 게 있어. 때를 놓치면 안 되느니라. 너 의중의 사람이 없으면 내가 구하마."

현상의 색시감을 구한다는 소문이 퍼지자 원근의 동리에서 혼담이 연이어 들어왔다. 고모는 선을 보러 다니느라고 하루도 안온히 집에 들어 있지 않았다.

"팔자가 기구해서 친정살이를 하게 됐는데 친정에 대한 도리를 다해야지."

하며 서두르고 다니는 것이었다. 그런데 고모의 눈이 높아 그런지 아직 하나도 구체적인 대상을 가지고 현상에게 의논하는 일이 없었다.

현상은 그것을 다행으로 생각했다.

현상은 간혹 서울 생각을 했다. 아울러 장연희를 생각하기도 하고 이따금 기진혜의 생각도 했다. 아득히 구름 저편에 있는 이미 과거 속의 모습이 되어 버린 이름들이지만 현상은 안타깝도록 그리웠다.

결혼을 한다는 말이 나오면 현상은 연희를 생각하는데, 그 이외 의 여자와의 결혼은 실감 있게 상상할 수가 없었다. 더구나 손을 잇 느니 대를 잇느니 하는 말로 아들과 딸을 낳아야 한다고 생각하면 연 희와 자기와의 사이에 태어나는 아이들을 생각할 수가 없었다.

그런데 어느날 먼 족의 누이동생뻘이 되는, 초등학교 교사를 하 고 있는 처녀가 혼담 하나를 물고 왔다.

"이번에 우리 학교로 전근해 온 사람인데 참 좋아요."

하곤 사범학교를 나와 다른 군의 학교에 봉직하고 있다가 이번 이 곳으로 왔는데, 그 여교사의 집은 바로 건넛마을이란 설명을 했다.

"건넛마을이면 누구 집안인고."

하고 고모가 물었다.

"옛날 배 면장이라고 있잖았어요. 그 사람의 손녀입니다."

"배 면장 집안이면 그렇게 좋은 가문은 아닌데."

하고 고모가 고개를 기웃거렸다.

"요새 가문이 무슨 필요 있어요. 본인이면 그만이지 않아요? 그 런데 할아버지가 면장이나 했으니 가문도 그만하면 되잖을까요?"

"합방 직후의 면장이란다. 그때 명색 행세하는 집안의 사람이 그 런 것을 맡았겠나."

"아주머닌 참 까다롭기도 하셔. 그러시 말고 한번 보시면 어때요.

당장 좋다고 하실걸."

"그럼 기회를 봐서 한번 보자."

"내일이라도 제가 데리고 오죠 뭐. 놀기 겸."

"그건 안 된다. 내가 딴 데서 보지."

그 처녀가 돌아가고 난 뒤 고모는 현상에게 말했다.

"학교 선생 한다는 게 또 못마땅하구나. 그 애도 선생노릇을 하니 그 애보곤 말을 못했다마는 신식교육을 받은 것까진 좋다고 하더라도 남자 사회에 어울려 지낸 여자를 어떻게 우리집의 며느리로 하겠니."

현상은 고모의 그런 사상엔 동조할 수 없었지만 혼담에 말려 들어가지 않아도 된 것이 다행스러워서

"그렇고 말고요."

해버렸다.

"그래, 자네 생각이 나와 같아서 다행이다. 자네야말로 일등감 신랑이 아닌가. 얼굴 잘났겠다, 허우대 좋겠다, 학식 있겠다, 집안 좋겠다, 재산도 그만하면 됐겠다. 빠진 것이 뭐냐 말이다. 조심해서 골라야지. 그런데 자네 신부감되는 사람 참으로 구하기 힘들더라. 내 눈이 높아서 그런진 몰라도……."

"고모님의 좋은 점이 바로 그겁니다. 눈이 높아야죠. 고모님 눈이 높으셔서 전 안심할 수 있어요."

그랬는데 어느날 우연히 현상의 고모는 그 배 씨집 딸을 노상에

서 본 모양이었다. 그리고는 한눈에 반해 버린 모양이었다. 그날밤 고모는 현상에게

"난 정말 놀랐다. 배 씨네 집에 그런 딸이 날 줄이야 정말 몰랐다. 어찌 그렇게 잘생겼것니. 여자의 얼굴은 잘나도 얇은 건 못쓰는 법인데 참으로 두텁게 잘생겼더라. 얼굴에 빠진 데란 없고 키도 그만 하면 됐고…… 그만한 신부감이면 집안이 약간 낮아도 학교 접장을 해도 괜찮다는 생각이 들더라. 우선 네가 한번 봐라. 놓치기 아까운 색시더라."

현상은 그저 웃으면서 듣고만 있었다. 그처럼 좋은 여자라면 결혼의 대상이 아니더라고 한번 구경해 둘 필요는 있다고 생각했다.

'장연희보다 잘났으면 장연희에게 본때를 보여주는 셈치고 결혼하는 것도 무방할지도 모르지.'

이런 생각이 일다가도 현상은 허망을 느꼈다.

'미리 사랑도 없이 어떻게 결혼한단 말인가.'

그리고 진정 현상의 심상엔 새로운 사랑을 가꿀 만한 바탕이 있을 것 같지 않았다.

그런데다가 다음과 같은 풍문이 전해져 왔다.

고등고시 준비를 하고 있는 문상이 그 여자에게 맹렬한 구혼을 했다는 것이다. 저편에선 이렇다 저렇다 하는 대답도 없었는데 이편에선 명년 고등고시엔 꼭 합격할 터이니 그 결과가 날 때까지 딴 곳의 혼담을 받지 말고 기다려 달라는 간청을 했다는 말도 있었다.

이 소식을 듣자 현상의 고모는 고민했다. 배 씨 집에선 아무런 의사표시를 안 했다고 하니 구애될 건 없지만 같은 집안의 그것도 형되는 사람이 구혼한 자리에 그런 사실을 알면서 구혼할 순 없는 것이기 때문이다.

한편 현상은 그런 소식으로 인해서 그 색시에게 호기심을 갖게 되었다. 「노인과 바다」의 노인처럼 될 운명에 있는 문상이 진심을 쏟고 있는 여자가 어떤 여자일까, 하는 단순한 호기심일 뿐이었지만 한 번 만나 보았으면 하는 충동이 강했다.

또 하나의 노래

미국에 있는 연희는 오빠에게서 다음과 같은 편지를 받았다.

안현상 군은 회사를 그만두고 고향으로 내려갔다. 아마 너와의 관계에 커다란 충격을 받은 모양이더라. 내려가기 전날 밤 그는 네가 그에게 보낸 편지 묶음을 내게 가져왔더라. 그래 나는 현상 군이 지켜보는 앞에서 그 편지를 모두 불살라 버렸다. 나는 두서없이 위로의 말을 해보았지만 그에게 통하는 것 같지도 않았다. 오해가 빚은일 아니겠느냐고 해보았으나 그런 게 있을 수 없다고 그는 잘라 말했다. 뿐만 아니라 그는 모든 문제를 석연하게 해석하고 있다고 말하고 새로운 생활에 뛰어들 작정이라고 하더라. 그의 결심이 굳은 것을 보고 나는 더 말할 수 없었다. 안현상 군 정도라면 나는 일류의 인물이라고 생각했다. 그러한 사람은 어떤 환경에 놓이더라도 스스로의 빛을 낼 사람이니 불안할 건 없지만 어쩐지 잘못이 네게 있는 것이 아 닐까 하고 섭섭하고 죄송한 마음을 금할 수가 없다. 그는 허심탄회 하게 너의 행복을 빌겠노라고 했다. 그러니 이런 것 저런 것 말쑥이 잊어버리고 공부나 잘하고 미국의 생활을 즐기도록 해라.

연희는 이 편지를 읽고 넋을 잃었다. 그럴 까닭이 없었던 것이다. 연희는 어디까지나 현상과 진혜를 결합시켜 줌으로써 현상의 장래 를 피워줄 작정으로 미국으로 왔던 것이다. 그러나 기 사장에게 기 울어져 있는 스스로의 바탕이 그런 계기에 편승해 버린 듯한 뉘우침 이 없지도 않았다.

연희는 현상의 주소를 알고 있는 터라 몇 번인가 편지를 쓸까 하 고 망설였지만 그런 용기가 나지 않았다. 사흘이 멀다 하고 기 사장 이 보내 오는 편지에 답장을 써야 하는데 그 습관의 틈서리를 이용하 기엔 어쩐지 죄스러운 느낌이 없지 않았다. 그만큼 안현상이 장연희 에겐 멀어진 사람이었던 것이다.

그러나 빨리 약혼이라도 하자고 조르는 기 사장의 청에 선뜻 응 할 수도 없는 심정이었는데 연희가 미국으로 온 지 10개월쯤 되었을 무렵 기 사장 자신이 미국으로 왔다.

"결혼식을 한국에 돌아가서 할 요량하고 우리 미국서 약혼식이라 도 올리는 것이 어떨까."

보스턴에서 뉴욕으로 달리는 하이웨이에서 기 사장이 이렇게 말

했다. 연희는 눈앞에 전개되는 뉴잉글랜드의 화려하고도 웅대한 봄 경치에 황홀해 하면서

"한국에 돌아가지 말고 여기서 살았으면 좋겠어요."
하고 말하며 한숨을 섞었다.

"아버지 어머니가 계시니 결혼식만은 한국에 돌아가서 해야 할게요. 결혼식을 하고 곧 미국으로 돌아와 살면 되지 않겠소."

기 사장의 말엔 반발할 터무니가 없었다. 그러나 연희는 현상의 모습을 뇌리에 그리며 기 사장의 청을 승낙할 수 없어 입을 다물고 있었다. 기 사장이 말을 계속했다.

"그리고 미국이 아무리 아름답고 웅장해도 이곳은 우리나라가 아니거든. 여기서 살려면 언제나 손님으로서, 이방인으로서 이웃 사람들의 눈치를 보아가며 항상 소외감과 더불어 살아야 한단 말이요. 못나도 내 나라, 추해도 내 나라에 가서 주인 노릇을 하고 살아야지 않겠소."

'일이이 옳은 말씀.'이라고 연희는 생각했다. 동시에 '누군 그걸 모를까.' 하고 속으로 웃었다.

'이 사람은 당연한 일을 당연하게 말하는 촌스러운 데가 있다.'고도 생각했다. 그래 연희는

"우등생의 답안 같은 말씀을 하시네요."
하고 약간 빈정댔다.

그런데 기 사장에겐 이런 빈정댐이 통하지 않는 것이었다.

225

"우등생의 답안? 그렇죠, 나는 언제나 우등생의 답안을 준비하고 있죠. 우등생으로서 우등생의 답안을 항상 준비하고 우등생답게 행동하는 것이 생존경쟁에 이겨내는 방법이니까요."

연희는 일순 이런 우등생과 인생을 같이 하는 것이 얼마나 고통스러울까 하는 생각을 해 봤다. 그래

"전 열등생인데 우등생의 아내로서 어울리지 않을 텐데요."

하고 말해 보았다.

"천만에. 그러나 그런 겸손이 또 좋은 거야. 겸손할 줄 아는 것도 우등생다운 성품 아니겠소."

"그것도 우등생의 답안인가요?"

기 사장은 호탕하게 웃었다. 그리고 진심으로 행복한 듯 외쳤다.

"우등생적 인생, 브라보!"

누가 싱겁다고 하거나 설익었다고 하거나 우등생적 의견을 우등생적 행동으로 밀고 나가면 대항할 아무도 없는 것이다. 연희는 보스턴과 뉴욕과의 중간 지점쯤에서 기 사장과 약혼할 것을 승낙하고 말았다.

"날짜는 모레로 합시다. 사월 팔일이니 부활절이 끝난 다음 다음 날이 될 게구, 피로연엔 영사를 비롯해서 나의 선후배 합쳐 이십오 명만 부릅시다. 장소는 내가 잘 알고 있는 클럽을 빌리기로 하고 한 사람당 비용을 삼백 달러로 잡으면 팔천일백 달러 팁까지 합쳐 구천 달러면 충분하겠구먼."

약혼을 승낙하자 재빠르게 피로연의 절차와 비용까지를 구상하고 계산해 내는 기 사장의 태도에 연희는 놀랐다.

"그게 미국식 사고방식인가요?"

기 사장은 처음엔 무슨 소린지 못 알아들었다가 나중에야 연희의 말뜻을 알아치리곤

"그럴는지도 모르죠."

하곤

"그러면 내일 우린 약혼한다는 전보를 고국의 부모에게 치고 약혼한 이튿날 우린 약혼했습니다 하는 전보를 치면 다 되는 거지."

하며 덧붙였다.

뉴욕에서의 약혼식은 기 사장의 계획대로 멋지게 진행되었다.

약혼식이 있고 2주일 후 기 사장과 장연희는 서울로 돌아왔다. 그리고 한달 후 6월 중순, 서울 J교회에서 성대한 결혼식이 거행되고 W호텔 대연회장에서 결혼 피로연이 있었다.

안현상은 우연한 기회, 신문 기사를 통해 기 사장과 장연희가 결혼식을 올렸다는 사실을 알았다.

2

현상은 평생을 독신주의로 지낼 작정을 한 것은 아니다. 진혜의 구혼을 거절한 것은 연희와의 관계 때문이었지 별다른 것에 이유가

있었던 것도 아니다. 연희가 결혼했다는 신문 기사를 읽은 현상은 고모님의 간청을 진지하게 검토해 보아야겠다는 생각을 가졌다.

고모님은 거의 반 년 동안 배 면장의 딸 배연주와의 결혼을 현상에게 권했다.

배연주는 시골에서 보기 드문 용모와 몸맵시를 가진 처녀였고 품행이 단정하다는 평판도 높았다. 그리고 보니 자연 혼담도 심심찮게 있었다. 그러나 그 모든 혼담이 당자나 당자 집안의 마음에 안 드는 모양으로 어느 하나도 결실하지 않은 채 흘러가 버리고 말았다. 그런데 그 이유를 현상의 삼종형뻘 되는 문상은 고등고시에 합격할 때까지 기다려달라는 자기의 간청 때문이라고 짐작하고 있는 모양이었지만 사실은 그와는 달랐다.

배연주나 그 집안은 은근히 현상의 구혼을 기다리고 있었던 것이다. 더욱이 현상의 고모가 그렇게 하길 서두르고 있고 현상의 마음도 그런 방향으로 기울어지고 있다는 소문이 들어가지 않을 수 없으니 그러한 추측이 전연 허무맹랑한 것이 아니었다.

현상은 어느 일요일을 택해 연주의 동료 교사인 집안의 누이동생을 시켜 연주와 C읍의 어떤 장소에서 만날 수 있도록 약속을 했다.

서로 안면은 있었지만 한자리에 앉아 얘기를 나누기는 그때가 처음이었다. 연주는 수줍은 성품이긴 했어도 2, 3년 교원 노릇을 한 경험의 탓인지 묻는 말엔 또박또박 대답을 해주어서 시원스럽다고 현상은 생각했다.

첫인사가 있고 난 후 현상은

"배 선생은 왜 상급학교에 가지 않았습니까?"

하고 물었다.

"집안 사정이 넉넉하지 않은데 동생이 여럿 있어서 포기했습니다."

하곤 연주는

"꼭 상급학교에 가야겠다는 포부와 재능도 없었구요."

하며 덧붙였다.

"초등학교 교사가 된 것은?"

"결혼 비용이라도 보탤까 해서요."

"교육에 대한 포부라든가 그런 건 전연 없구요?"

"그런 포부가 있었으면 상급학교에라도 갔게요? 그저 경제적인 이유죠, 뭐."

현상에겐 지나치게 솔직해 뵈는 연주의 태도가 마음에 들었다.

"대강 어떤 사람하고 결혼을 했으면 합니까?"

이 질문에 연주는 얼굴을 붉혔다. 그러나 대답은 뚜렷했다.

"부모님이 골라주시는 분이면 어떤 사람이라도 좋아요."

"어떤 사람이라도 부모님이 골라주시는 사람이면 된다는 건 너무 주체성이 없는데요."

"부모님이 제게 불행을 가져올 사람을 아무렇게나 고르시겠어요?"

"그만큼 부모님을 신뢰하신단 말씀이십니다 그려."

"그렇죠. 제 자신이 상대방의 사정이나 인품을 꼬치꼬치 조사할 수 있겠어요? 아무래도 부모님이 낫지요."

"그래도 대강 어떤 타입이면 좋겠다, 어떤 직업이면 좋겠다, 그런 생각은 있지 않겠습니까."

"그런 것도 없어요. 교육자가 좋다고 해보았자 그 사람이 저처럼 경제적 이유만으로 교육자가 되어 있는 건지 참으로 무슨 포부를 갖고 교육자 노릇을 하는 것인지 모르잖아요? 흔히들 외교관이 좋다고 하지만 임명권에 얽매인 직책이고 보니 만년 외교관 노릇을 할 수 있는 것도 아니고, 사업가라고 해도 성공할 수도 실패할 수도 있는 것이고 그러니 뭐가 뭔지 모르겠어요."

"그 뭐가 뭔지 모르겠다는 말씀이 이것저것 여러 가지를 생각하셨다는 증거가 되는데요. 아무래도 마음속엔 확고한 생각이 계실 것 같은데."

"그러지 못하니 탈이지요."

배연주는 수줍게 웃었다. 이런 여자야말로 현모양처가 될 수 있는 여자라는 인상도 들었다.

현상은 연주의 일거일동을 지켜보면서 장연희와 기진혜를 뇌리에 떠워 비교해 보았다. 침착한 아름다움이라든가 의젓한 태도라든가 할 말은 하는 솔직함이라든가 하는 것이 그런 여자들에게 비해 조금도 손색이 있을 것 같지 않았다.

"그런데 실례입니다만 어떤 가정을 꾸렸으면 합니까?"

현상은 자기 자신도 쑥스러운 질문이라고 느끼면서 이렇게 물었다.

"그다지 풍부하지도 않고 그렇다고 해서 너무 가난하지도 않은 가정이면 되겠죠 뭐."

평범한 질문에 평범한 답이 있게 마련이라고 생각하며 현상은 말했다.

"그리고 보니 배 선생은 꿈을 전연 갖지 않은 분 같습니다."

"꿈요? 학교를 나오자마자, 상급학교에 가길 포기하자마자 꿈은 시들었어요."

"교사로서 처음 부임할 땐 꿈이 없었습니까?"

"그 나름대로의 꿈은 있었지요. 그랬는데 남자 선생님들이 너무나 생활 걱정을 하고 계시는 틈바구니에 끼어 한 일년 일을 하다가 보니 그거나마도……."

"남자 선생님들이 그처럼 생활 걱정을 하십니까?"

"걱정을 하지 않을 수 있겠어요? 아이나 한둘 가지면 영 견디지 못할 정도예요. 겨우 먹고 사는 정도, 그러니까 교육에의 의욕이니 뭐니 하는 건 싹트지도 못하는 정도지요. 유능하고 재산이 있는 교사는 미련 없이 떠나 버립니다. 그런 환경 속에 끼이면 누구라도 꿈을 잃게 마련이죠."

"그래가지고야 어디 살맛이 있겠습니까."

이 말이 떨어지자 배연주는 현상을 쏘아보는 눈초리를 했다.

"그럼 선생님은 살맛을 갖고 살고 계십니까."

"이것 따끔한 질문인데요."

하고 현상은 짐짓 따끔하게 느꼈다.

"제게도 살맛은 없습니다."

배연주는 잠깐 머뭇거리더니

"선생님은 서울에서 꽤 화려하게 사셨다는데 고향에 돌아오신 이유가 뭐지요?"

하고 물었다.

"화려한 게 뭡니까. 기껏 월급장이인데."

"월급을 십만 원 정도나 받았다면서요?"

"누구에게 들었습니까?"

"그저 풍문이지요."

"대회사의 중간 간부쯤 되면 그만한 월급은 받죠."

"시골 교사 월급의 여섯 배나 되는 금액인데요. 그런데 왜 그 좋은 자리를 차버렸죠?"

현상은 당장 대답할 수가 없었다.

'배연주 선생 같은 분을 만나려고 그랬는가 보죠.' 하는 농담이 목구멍까지 나올 뻔 하는 것을 꿀꺽 삼키고 말했다.

"월급이 많든 적든 월급장이 노릇이 싫어진 겁니다."

"그럼 선생님은 앞으로도 쭉 농촌에 파묻혀 계실 작정이십니까?"

"본래 묻혀 사는 사람인데 새삼스럽게 묻혀 산다는 말이 어색합니다만 당분간은 그럴 작정이죠."

"그 이유를 알고 싶은데요."

"그 이유를 설명할 수 있는 날이 있으면 저도 행복하겠습니다."

"보아하니 농사에 성의를 가지신 것도 아닌 것 같고."

"그렇습니다. 전 농사짓긴 포기했습니다. 안 되더군요. 숙련된 농부가 지어도 수지를 맞출까말까한 농사를 제가 지으려고 하니 영 안 되던데요."

"그래도 농촌에 계실 작정이에요?"

"그렇죠."

"그 이유를 알고 싶어요."

"그럼 꼭 한 가지만 말씀드리죠. 전 돈을 벌 작정입니다."

"농촌에서요?"

"그렇습니다. 농촌에서."

"농촌과 같은 피폐한 곳에서 돈을 벌 수 있을까요?"

"농촌이 피폐해 있으니까 돈을 벌 수 있다는 겁니다."

"모르겠는데요."

"차차 알게 되겠죠."

"자신이 있으신 모양이네요."

"자신이 있습니다."

배연주는 고개를 갸웃했다. 호기심이 이는 모양이다. 그러나 현상은 돈버는 얘기에 대해선 더 말하지 않았다. 이어 이런저런 얘기를 하다가 물었다.

"혹시 제가 구혼을 하면 응낙해 주시겠습니까?"

"혹시라는 단서를 붙여서 저를 시험하는 건가요?"

나지막했지만 연주의 어조는 날카로왔다. 현상은 연주를 너무나 만만히 보았다는 뉘우침을 가졌다.

"수줍어서 말이 그렇게 됐습니다, 미안합니다. 혹시, 또 혹시 제가 구혼을 하면……."

"혹시니, 하면이니 하는 가정이 있을 수 있어요? 그러나 저러나 그런 문제는 제게 할 얘기가 아니잖아요."

현상은 야무지게 한 방 얻어맞은 셈이었다. 그러나 연주가 그런 자리까지 나와 주었다는 것, 묻는 말에 시원시원 대답해 주었다는 점으로 해서 기대를 가질 수 있었다. 현상과 연주는 따로 버스를 타고 마을로 돌아왔다. 돌아온 현상은 고모님께 자기의 의사를 알렸다. 현상의 고모는 이튿날 사람을 시켜 정식으로 구혼의 의사를 배연주의 집에 전달했다.

그런데 배연주의 집에선 며칠이 지나도 회답이 없었다. 그러자 10일 후쯤에 배연주가 서울에 있는 대 재벌의 셋째 아들과 정혼이 되었다는 소문이 돌았다. 그 재벌은 현상의 마을에서 등 하나를 넘으면 있는 곳을 고향으로 하고 있었다. 성묘차 내려온 그 재벌의 총수가 먼빛으로 배연주를 보고 사람을 넣어 전격적으로 일을 맺어 버린 사실을 마을 사람들은 뒤늦게사 알았다.

3

이로써 안현상의 인생 방향은 결정되었다. 재벌에 대한 증오가 혈관에 흐르게 되었다. 장연희와의 사랑이 깨어진 것도 재벌의 탓, 배연주를 통해 소생해보고자 하는 의욕을 짓밟힌 것도 재벌의 탓이라고 생각할 때 안현상은 돈을 벌어야겠다는 맹렬한 욕심에 사로잡히게 되었다.

농촌을 무대로 돈을 벌 수 있다는 생각은 먼저부터 있었다. 일가 친척들의 매정스러운 태도에 자극을 받기도 했거니와 그런 사이에서 재산을 보전하려는 노력을 하는 동안에 치재의 요령 같은 것도 체득하게 되어 있었던 것이다. 게다가 영리한 현상의 재질이 일단 치재의 방향으로 쏠리기만 하면 월등한 실력을 발휘하게 될 것도 알 만한 일이다.

현상은 연주의 정혼이 결정적인 사실이란 걸 안 그날 밤 한잠도 자지 않고 궁리하다가 새벽 차를 타고 C시로 나갔다. 현상은 C시에 가서 소작료와 작년 추수를 돈으로 바꾸어 은행에 맡겨둔 것 가운데서 2백만 원을 찾아 마을로 돌아왔다. 그리고는 자기의 심복을 시켜 입도를 저당으로 하고 돈을 빌려주겠다는 의사를 비쳤다.

가을철이 될락말락 할 때 농촌은 한창 궁하다. 그 사정을 이용해서 현상은 자기 면을 비롯한 인근의 면에 벼 한 섬에 3천 원을 치고 2백여만 원의 돈을 뿌렸다. 수확기에 실히 7백 섬의 벼가 들어올 계산이었다. 현상은 결코 한 사람에게 많은 돈을 주지 않았다. 추수가 20섬쯤 되는 집에 두 섬꼴, 그러니까 6천 원꼴을 나눠준 것이다. 그렇게 해서 3백 호를 상대로 받아들일 때 무리가 되지 않는 것이다.

그 해의 가을 벼 한 섬에 4천5백 원으로 예상되던 것이 5천 원이 되었다. 현상은 그대로도 1백40만 원을 번 데다가 쌀을 낼 시기를 잘 포착하고 그밖에 자금 조작을 능란히 한 탓으로 2백만 원의 자금을 5백만 원으로 늘릴 수가 있었다.

현상은 2백만 원의 자금을 5백만 원으로 늘릴 수 있는 자기의 역량에 자신을 가졌다. 현상은 그 돈으로 콩·깨·모밀 등 서울에서 긴요하게 쓰일 잡곡을 사들였다. 서울의 시세와 시골의 시세를 감안하고 운반비를 제해도 5백만 원의 물자가 서울에서 6백만 원의 돈으로 늘어났다. 현상은 서울을 떠날 때 먼저부터 해온 저금 1백50만 원과 퇴직금 기타를 합해 2백만 원을 정기예금해 놓은 것이 있었는데, 6백만 원 가운데서 1백만 원을 그 정기예금에 보태고 2백만 원을 남긴 3백만 원으로 서울 근교의 땅을 샀다. 그땐 서울 근교에 땅을 가진 사람이 팔려고는 해도 살 사람이 없었던 때다. 그런데 현상은 대재벌에서 일한 경험이 있고 한국의 경제를 거시적으로 볼 수 있는 안목이 있었기 때문에 불원 서울이 팽창할 것을 예견했던 것이다.

그리고 다음 기회의 자금으로서 2백만 원밖에 남기지 않은 것은 입도선매 형식의 거래엔 어떤 한계가 있다는 것을 안 때문이었다.

시골에 돌아온 안현상은 장기적인 계획을 세워 돈을 방출했다. 그리고 한편 시골과 도시를 연결하는 실리있는 사업을 구상했다.

그러한 결과 재산의 보전은 서울 근교의 부동산으로 하고 사업의 내용은 쌀을 비롯한 곡물의 조작, 그 바탕은 곡물을 담보로 한 고리대로 하기로 방침을 세웠다.

2백만 원으로 시작한 자금조작이 입도선매의 계절이 되었을 때는 3백만 원으로 불어 있었다. 그러나 작년처럼 섬당 3천 원의 거래는 불가능했기 때문에 섬당 3천3백으로 하고 안현상은 3백30만 원의 자금을 방출했다. 이번엔 작년에 비해 더욱 신중을 기했다. 자금 방출의 지역을 훨씬 확대하고 상대하는 호수도 5백 호 이상으로 늘렸다.

그런데 이 해의 곡가는 추수당시 섬당 5천백 원으로 그 상태에서 현상이 2백30만 원의 이익을 올린 셈인데, 현상은 그것을 섬당 6천 5백 원할 때를 노려 처분했기 때문에 순리 3백30만 원, 원금을 합해 6백60만 원이 되었다. 현상은 작년의 방법으로 잡곡을 사모아 서울로 가져갔다. 그러나 이번엔 다소의 착오가 있어 70만 원 정도의 이익을 올렸을 뿐이다.

그때 7백만 원이 된 금액을 현상은 다음과 같이 처리했다.

부동산 매입비 3백만 원.

정기예금 1백만 원.

고리대 준비금 3백만 원.

현상은 3백만 원을 들여 사들인 땅이 작년 2백만 원에 사들인 땅과 맞먹는 사실을 알고 서울 근교의 땅값이 착실히 오름세를 보이고 있다는 사실을 알고 안심했다. 그리고 2백만 원으로 시작한 사업이 만 2년 만에 4천여 평의 부동산을 서울 근교에 갖게 하고 이자를 합쳐 5백여만 원의 정기예금을 갖게 하고도 3백만 원의 유통자금을 마련케 한 결과에 대해서 만족했다.

그러나 이 만족은 현상에게 박차를 가했을 뿐이지 그를 정지시키진 않았다. 치재에 광분하게 된 현상은 서울에 장연희가 살고 있고 기진혜가 살고 있고 배연주가 살고 있다는 사실에 대해서 추호의 감상도 없었다.

그만큼 안현상은 감정에 움직이지 않는 싸늘한 사람이 되었다. 마음 한 번 움직이지 않고 눈썹 하나 까딱하지 않고 채권을 휘두르고 빚을 독촉할 수 있는 사람으로 되었다. 그러나 그의 고리대 수완이 면밀했기 때문에 궁한 이웃 사람을 돕는 방편으로 입도선매를 통해 돈을 빌려주는 것쯤으로 모두들 생각하고 있었다.

곡식을 마을에선 절대로 한군데 모으지 않는다든가, 부락별로 모아 바로 C시로 실어 내간다든가 하는 면밀한 방법을 썼기 때문에 아무도 안현상이 대규모의 고리대를 한다고 생각하지 않았고 기껏 한두 섬 갚으면 되는 정도의 거래였기 때문에 고리대금업자라는 지독한 인상을 심지 않아도 좋았다. 이 모두가 현상의 계산에서 이루어진 것이었다.

3년째 현상은 3백만 원의 자금으로 8백만 원을 만들어내는 수완을 부렸다. 이로써 현상은 서울 근교에 6천 평의 땅을 가지게 되었고 8백만 원의 정기예금을 가지게 되었다. 4년째는 4백만 원의 자금으로 1천만 원을 상회하는 금액으로 올려 세우고 서울 근교에 만 평 이상의 땅을 가지고 정기예금도 1천만 원이 넘었다.

5년째 현상은 1천5백만 원으로 불어 올라간 돈으로 부동산을 1만5천 평으로 늘리고 정기예금도 1천5백만 원으로 늘렸다. 이 해 현상은 입도선매 자금을 해마다 누진적으로 올려가던 것을 다시 2백만 원으로 줄이고 달리 치재할 방도를 구상하기에 이르렀다.

현상은 서울에 조그마한 물산회사를 만들고 아울러 부동산업의 간판을 붙였다.

현상이 낙향한 지 5년 만에 다시 생활의 근거를 서울로 옮긴 것이다.

<u>4</u>

현상의 나이 34세, 바로 그해 그의 정기예금이 2천만 원을 돌파했을 때 정기예금의 금리가 월 2할 5부란 파격적인 제도가 생겼다. 부동산이 2만 평쯤 되었을 때 서울의 토지붐이 일기 시작했다. 평당 1천5백 원 내지 2천 원에 사들인 땅이 수월하게 1만 원 이상을 호가

하게 되었다.

현상이 강양숙을 만난 것은 이 무렵의 일이다. 어떤 부동산업자의 소개로 현상이 말죽거리의 땅을 평당 3천 원에 2천 평을 샀는데, 대금을 완불하고 난 며칠 후 그 땅을 평당 1만 원에 사주겠다는 사람이 나타났다. 당시 말죽거리라면 도로도 변변치 않아 서울과의 교통도 불편한 터라 평당 3천 원을 주고 2천 평을 산 것도 현상으로선 일종의 모험이었는데, 그걸 1만 원에 사겠다는 사람이 나타났으니 이상하다고 아니할 수 없었다. 현상은 그 땅을 팔기 전에 살 사람을 만났으면 했다.

그때 나타난 사람이 강양숙이란 여자였다.

안현상이 먼저 자기 이름을 밝혔다. 여자도 따라 자기소개를 했다. 현상이 단도직입적으로 물었다.

"말죽거리의 그 땅을 평당 만원이나 주고 사서 뭣 하시렵니까?"

"뭣 할 작정도 없어요. 현금을 그냥 두느니 땅이라도 사놓고 싶어서 그래요."

"그저 무조건 땅을 사놓으려면 딴 데 헐한 곳도 있을 텐데 왜 그렇게 비싸게 사려고 그러십니까?"

"그럼 그 땅을 제게 헐한 값으로 주시겠어요?"

"이미 불러놓은 값을 깎을 수야 있겠습니까만 제게 그 이유를 가르쳐 주시면 약간의 편리는 보아드리죠."

"이렇다 할 이유는 없어요."

"그럼 전 그 땅을 팔지 못하겠는데요."

현상은 넘겨짚고 말했다.

"팔 의사가 없는 것을 무리해서 살 작정은 없어요."

강양숙도 능란하게 받아넘겼다.

현상은 반드시 무슨 곡절이 있는 것이라고 보았다. 그래 그 곡절을 알고 싶었다. 그러나 서둘러선 안 된다는 조심은 있었다.

"안 선생은 그밖에 사놓으신 땅이 또 있으세요?"

"조금 있지요."

"얼마나?"

"대뜸 재산 조사이십니까?"

"젊은 분이 땅을 가지고 있는 것이 신기해서 그래요. 유산도 아닐 테고……."

"유산이 아니란 걸 어떻게 아십니까?"

현상이 호기심이 일어서 이렇게 물었다.

"경상도 분이 말죽거리에 유산을 가지고 있겠어요?"

"잘 아셨구면요."

"그런데 젊은 분이 토지를 살 생각을 가지신 건 어떤 동기가 있어야 되지 않겠어요?"

"생산업을 통한 돈벌이는 어렵습니다. 그런데 1차 5개년 계획이니 2차 5개년 계획이니 해서 경제가 어느 정도 부흥한 건 사실이거든요. 그렇게 되면 토지 값이, 더욱이 도시 근처의 토지 값이 뛰게 마런이라고 생각한 겁니다. 적당한 자본만 들여 놓으면 생산업에서 얻는 이상의 이윤을 낼 수 있다고 생각한 거죠. 그리고 생산업을 하자면 일정 정도의 자본이 있어야 하지만 부동산을 사는 건 능력에 맞추어 하면 되니까요."

강양숙은 안현상의 말을 흥미있게 듣고 있더니

"아주 이론적이고 계획적이시구먼요."

하고 농염하게 웃었다.

"이론의 뒷받침없이 부동산을 살 수가 있습니까. 우리나라의 현재처럼 공업국가를 건설하려는 단계에 있는 나라에선 토지 소유자, 농토란 말은 아닙니다. 대도시 근처에 토지를 가지고 있는 사람이 제일 큰 혜택을 보게 되는 거죠. 두고 보시오. 융자를 얻기 위해서 담보도 필요하고 공장을 짓기 위해서 대지도 필요하고 도시가 팽창할 것이니 주택을 지을 공간도 필요하게 될 테니 한 번은 붐이 일기 마련이죠. 그런데 생산업은 웬만한 대자본 아니면 성공하지 못합니다. 대자본이라도 경쟁 때문에 여간해가지고 해나갈 수 없구요. 게다가 수많은 인력을 동원해야 하니 인사관리에 신경을 써야 하고 하여간 웬만한 자본만 있으면 수월하게 돈버는 일은 이 일밖에 없어요."

"앞으로 쭉 그렇게 될까요?"

"아닙니다. 앞으로 2, 3년이죠. 적당하게 돈을 번 사람들이 재물의 축적 방법으로 토지에 눈을 돌리게 될 테니 그땐 토가(土價)가 오를 대로 올라 버린 데다가 부동산 투자에 대한 억제법 같은 것이 생겨나지 않곤 배겨내지 못할 테니까, 그때가 시한이 되겠죠.”

“그럴 때 토지를 가지고 있는 사람은 어떻게 하죠?”

“적당히 파는 거죠, 그때.”

“헌데 안 선생은 토지를 얼마쯤 가지고 계시죠?”

“2, 3만 평 정도지요.”

“2, 3만 평. 그런데 안 선생은 부동산 사업만 하시나요?”

“부동산업이란 간판은 제가 토지를 사기 위해서 내놓은 간판이지 아직 팔아본 일은 없습니다.”

“하여간 그 일만 하세요?”

“본업이 따로 있습니다.”

“본업은 뭐예요.”

“곡식을 주로 한 물산회사를 하고 있습니다.”

“그건 뭣하는 거예요.”

“농촌의 곡식을 헐할 때 사두었다가 비쌀 때 도시에 내다 파는 거죠.”

“규모가 커요?”

“힘에 겹지 않을 정도로 하고 있죠. 뭐든 힘에 겨운 짓을 하면 실패하기 쉬운 거니까요.”

“어릴 때부터 사업을 했나요?”

“사업을 시작한 지 5년밖에 안 됐습니다.”

“지금 나이가 몇이신데……?”

"서른 넷입니다. 벌써 노인입니다."

"서른 넷이 노인?"

"총각으로선 노인이 아닙니까."

"아직 총각이세요?"

양숙은 놀라는 표정을 하더니

"남자분은 농담이 심해."

하며 농담으로 받아들이려고 했다.

"초면에 제가 뭣 때문에 농담을 합니까. 더욱이 거짓 농담을……"

양숙은 다시 한 번 준수하게 생긴 현상의 얼굴을 눈여겨 보았다.

아직 총각이라는 것이 납득이 가질 않았다.

"무슨 곡절이 있는 거겠죠."

"아무런 곡절도 없습니다. 돈 버느라고 동분서주하다가 보니 어느덧 그렇게 되어 버리더군요."

"그래도 부모님이 잠자코 계셔요?"

"부모님이 계시지 않으니까 더욱 그렇게 되어 버렸는지 모르죠."

"그럼 어디 좋은 데가 있으면 중신을 해드릴까?"

"아무쪼록 부탁드립니다."

"꽤 눈이 높으시겠는데……"

"아닙니다. 새벽 호랑이 뭣 한다는 얘기가 있지 않습니까."

"아이구 농담도 잘 하셔."

하고 강양숙은 웃었다.

한바탕 웃곤

"그런데 젊은 분이 뭣 때문에 돈을 벌겠다고 그처럼 애를 쓰시죠?"

"돈 버는 일 말고 요즘 할 일이 어디 있습니까?"

현상이 이렇게 반문해 놓고

"전 50세까지 돈을 벌 겁니다. 한국 제일이 되어야죠."

"선생님의 태도를 보니 큰 돈 버시겠어요."

"감사합니다. 그런데 아주머니께선 왜 돈을 벌겠다고 나섰습니까?"

"저는 심심해서 돈을 벌어볼까 하는 겁니다."

"심심해서?"

"그렇습니다. 남편이 얼마간의 유산을 남겨 놓고 죽었어요. 그대로 두자니 어중간하고 해서 나서본 거죠. 그건 그렇구, 말죽거리의 그 땅은 제게 팔지 않겠어요?"

"왜 그 땅을 사시려는지 그 이유를 알면 말씀하신 그 값대로 아무 말 않고 팔지요. 그러나 그 이유를 말씀하시지 않으면 전 한 평도 내놓을 수가 없습니다."

"그럼 저도 생각해보죠."

하며 안현상의 전화번호를 물어 수첩에 적어넣곤 강양숙이 일어났다.

그 이튿날 전화가 왔다. 강양숙은 시심(市心)에 있는 어떤 다방을 지정하고 정오쯤 만나자는 것인데, 강양숙이 지정한 그 다방이 공교롭게도 옛날 장연희와 만나던 곳이라서 현상은 짐짓 놀랐다. 그러나 그 이상 복잡한 감정은 없었다.

다방은 옛날 그대로의 차림이었으나 그곳에 종사하는 아가씨들의 얼굴은 모조리 바뀌어 있었다. 그럴 수밖에 없을 것이다. 5년이란 세월이 흘렀으니까.

현상은 옛날 즐겨 앉던 구석 자리를 찾아 앉았다. 약속 시간보다 5분쯤 전에 온 것이었다. 현상은 담배를 피워 물고 다방을 두리번거려 보았다.

'나의 청춘이 만발했던 곳.'이라고 생각하며 빙그레 웃었다. 그러나 지금의 현상은 그 이상의 감정을 가질 수 없었다. 그는 곧 말죽거리의 그 땅을 팔았을 때의 손익을 계산해 보았다. 평당 1천 원 내외로서 산 땅을 평당 만 원에 파는 것이니 밑질 건 없지만 만일 그 땅의 시가가 내일이라도 평당 1만5천 원으로 뛰어 오른다면 억울하다고 생각했다. 그리고 그 땅값이 폭등할 가능성 유무를 여러 각도로 검토해 봤다. 하지만 그럴 가능성이 있을 것 같지 않았다.

'눈 딱 감고 팔아 버리자.'

이런 각오를 하고 있는 참인데 강양숙이 다방에 들어섰다. 검은 슈트를 입고 머리를 내려 빗은 강양숙은 한복을 입었을 때와는 전혀 다른 풍정을 나타내고 있었다. 한복을 입고 있을 때의 강양숙은 농염한 중년 부인이란 관능적 느낌을 짙게 풍겼지만 양장을 한 모습엔 지적인 매력이 있었다.

"많이 기다렸어요?"

하고 양숙이 현상의 앞자리에 앉았다.

"전연 몰라 뵙겠는데요."

하며 현상은 양숙의 모습을 훑어봤다.

"그렇게 건망증이 심하세요?"

양숙이 향긋이 웃었다.

"양장을 하시니까 전연 딴 사람으로 보여요."

"조금 경박해 뵈죠?"

"천만에……."

현상은 눈이 부신 듯 시선을 딴 곳으로 보냈다. 양숙은 현상의 그런 태도에 호감을 가졌다.

시켜놓은 커피가 왔다. 양숙은 커피를 블랙으로 마셨다. 현상이 의아한 눈치를 하니,

"설탕을 먹으면 살이 찐다잖아요?"

하고 활짝 웃었다.

"살이 찌는 게 그렇게 싫으세요?"

"그게 요새 사람의 질문일까요?"

"너무 뚱뚱보가 되는 건 피해야겠지만 살이 찌는 걸 지나치게 싫어하는덴 이해가 가지않아."

"제겐 아직 야심이 있으니까요."

그리고 양숙은 의미심장하게 웃었다.

현상은 초면이나 다름 없는 숙녀를 앞에 두고 허튼소리만을 하고 있을 수가 없다고 생각했다. 그래

"우리 비즈니스 얘기합시다."

하고 정색을 했다.

"비즈니스? 전 비즈니스를 빼고 안 선생을 만나뵈려 왔는데요."

"비즈니스를 빼고 제게 무슨 의미가 있습니까?"

강양숙도 정신을 차릴 단계가 되었다고 생각한 모양이었다. 정색을 하고 말했다.

"안 선생, 그 땅은 제게 파는 거지요?"

"이유만 말씀해 주시면 당장에라도 팔겠습니다."

강양숙은 잠깐 망설였다. 그리고서 입을 열었다.

"안 선생님은 꼭 돈을 벌고 싶으세요?"

"물으나마나 아닙니까."

"그럼 돈 벌게 해드릴까요?"

"부탁합니다."

"좋아요. 그러나 좀 더 시간을 두어야 하겠어요? 그보다도 안 선생의 땅을 빨리 제게 넘겨 주세요."

"그렇게 할 테니 이유를 말씀하시라고 하지 않습니까?"

"천 원 주고 사신 땅을 만 원에 사겠다는데 왜 이러시죠?"

"그러니까 이유를 알아야겠다는 겁니다."

"시기란 걸 놓치면 그만이에요. 안 선생은 지금 시기를 잡고 있는 셈이에요. 안 선생이 꼭 이유를 알아야겠다면 전 다른 토지를 사도 좋아요. 안 선생의 그 땅이 제게 꼭 필요한 건 아니니까요."

"그럼 알아서 하십시오. 나도 그 땅을 꼭 팔아야 할 필요를 느끼지 않습니다."

두 사람 사이에 침묵이 흘렀다. 강양숙은 자리를 뜰까말까하고 망설이고 있었다. 그러나 눈앞에 앉아 있는 안현상이란 사나이가 웬지 마음을 끌었다. 강양숙이 많은 남자와 교제와 접촉이 있었지만 안현상에게처럼 인력을 느껴본 일은 별반 없었던 것이다. 그러나 강양숙이 남자들과 문란한 관계를 가진 적도 없었고 현상과의 사이에 그런 관계를 예상한 것도 아니었다.

강양숙은 비로소 각오를 했다.

"비밀을 지켜 주시겠죠?"

하고 현상의 얼굴을 똑바로 봤다.

"믿지 못하시겠거든 아예 그 비밀이란 걸 털어 놓지 마십시오."

휘둘리는 것 같은 느낌을 가졌던 터라 현상은 퉁명스럽게 말했다.

"비밀만 지켜 주시면 앞으로도 계속 돈 벌 방법을 가르쳐 드리죠. 당돌해 뵈겠지만 전 이래뵈도 돈 버는 덴 선수랍니다."

하고 양숙은 현상의 환심을 사려고 상냥했다.

"어제 말씀관 전연 딴판이구먼요."

현상은 여전히 퉁명스러웠다.

"어제요?"

하고 양숙은 웃으며 말을 이었다.

"누가 초면부터 정체를 드러낸답디까."

"그렇다면 바로 어제 만나고 오늘 정체를 드러내는 것도 너무 이르지 않을까요?"

"기분이 상하셨는가 본데 마음을 푸세요. 어쩐지 선생님께 제 얘기를 하고 싶어졌어요. 어머니도 오빠에게도 누구에게도 하지 못하고 할 수도 없는 얘긴데두요."

양숙의 말엔 성의가 있어 보였다. 현상은 굳은 표정을 풀고

"어떤 일이 있어도 비밀은 지키겠습니다. 말씀하세요."

하며 담배를 피워 물었다.

"제게두."

하고 양숙이 손을 내밀었다.

"담배 피우세요?"

현상이 담배를 꺼내 양숙에게 건네주며 말했다.

"간혹, 아주 극적일 때."

하고 양숙은 담배에 불을 붙였다.

한 두어 모금 빨고 서투른 솜씨로 담뱃불을 끄는 양숙이 입을 열

었다.

"말죽거리에 땅 붐이 일 거라는 얘기는 들으셨죠? 저도 그 바람에 그곳에 땅을 3만 평이나 샀죠. 평당 7백 원 남짓으로 산 거니까 큰 돈이 든 건 아니죠만, 일어야 할 붐이 아직껏 일지 않으니 골치가 아프단 말입니다. 하기야 7백 원에 산 것이 1천5백 원, 2천 원쯤 호가하게 되었으니 손해를 본 건 아니죠. 그러나 욕심이 어디 그래요? 그래 연극을 꾸며 볼 작정을 한 거죠. 비밀이라고 쉬쉬해 가지고 일반 사람들의 호기심을 잔뜩 일으켜 놓고 제가 평당 만 원으로 땅을 사는 거죠. 아무개가 평당 만 원에 땅을 샀다고 해보세요. 그 소문은 복덕방에서 중급 브로커로, 중급에서 고급 브로커로 확 돈단 말입니다. 그래 놓으면 제가 가지고 있는 땅 3만 평은 평당 7, 8천 원에 날개가 돋힌 듯 팔려 버린단 말예요. 서울의 부동산 열은 제 땅 3만 평쯤은 순식간에 태워 버릴 거예요. 그 연극을 위해 제가 선생님 땅 천 평을 평당 만 원에서 한 푼도 깎지 않고 사겠다는 겁니다. 말하자면 1천만 원을 투자해 가지고 자그마치 한 2억쯤 벌어 보자는 얘기예요. 이제 납득이 가셨어요?"

현상은 방망이로 뒤통수를 얻어 맞은 것처럼 머리가 휑했다. 가까스로 정신을 차리고 현상은 양숙의 얼굴을 물끄러미 바라보았다.

"왜요? 제가 무서운 여자로 보입니까?"

양숙도 자기가 한 말의 반응이 두려웠던 것이다.

"아닙니다. 우러러뵙니다."

얼김에 현상은 이렇게 말해 버렸지만 진정을 토로한 것이었다. 염려하게만 보이는 여자의 두뇌 속에 어떻게 그처럼 깜찍스러운 계교가 꾸며진단 말인가. 현상은 그저 탄복할 뿐이었다.

"익살인가요? 그게."

"아닙니다. 참으로 놀랐습니다."

"그래 제가 미워지거나 흉측하게 생각되거나 그렇진 않으세요?"

"천만의 말씀입니다. 되려 가까이하고 싶습니다."

"그 말씀을 듣고 안심했습니다. 전 이 얘기를 하면 선생님이 저를 미워하시지나 않을까 해서 망설였던 겁니다. 진정으로 그러시다면 참 기뻐요."

아까의 그 무섭다고도 할 수 있는 계교를 말한 여자완 딴판인 수줍은 표정으로 양숙이 이렇게 말했다.

"안 선생님, 생각해 보세요. 돈을 번다는 건 용이한 일이 아닙니다. 돈이 돈을 번다지만 내버려둬요. 결국 이자가 불어가는 속도밖엔 돈이란 벌리는 게 아니거든요. 이자가 불어가는 속도는 화폐가치의 하락으로 감속되기도 하구요. 그러니 산술적인 수단으로 돈을 벌려고 해보았자 그 결과는 뻔한 거예요. 지금 재벌이라고 호통을 치고 있는 것 모두가 산술적 수단으로 돈을 벌었다고 생각하세요? 어림도 없는 얘기예요. 자유당 시절 불의 공정환율은 5백 환했지요. 그때 암거래는 3천 환이었구요. 그러니 그때 정부에서 불을 10만 불만 빌리면 그 자리에서 2억5천만 환을 벌게 되는 셈이었거든요. 백만 불이면 25억 환 아녜요? 우선 정부 불을 빌림으로써 돈 벌고 독점수입, 독점판매로 돈 벌고…… 지금의 재벌은 전부 그렇게 해서 졸부가 된 거예요. 그런 판국인데 우리같이 정치력을 이용하지 못하는 사람은 머리라도 써야 하지 않겠어요? 두고 보세요. 안 선생과 제가 오늘 오후에라도 매매계약을 하기만 하면 내일부터 우리집 전화벨이 쉴 새가 없을 테니까요. 내기라도 하겠어요."

"좋습니다. 매매계약을 합시다."

"현지의 복덕방에 가서 해야 해요. 되도록 사람을 많이 모아놓고, 그러면서도 비밀인 척 꾸미면서 해야 해요."

"그럼 그리로 갑시다."

현상이 일어섰다.

"아이구 성미도 급하셔라. 어디 가서 점심이라도 먹고 가야 하지 않겠어요."

강양숙은 요염한 웃음을 띠우며 자리에서 섰다. 현상은 여왕을 모시듯 정중하게 양숙의 뒤를 따라 다방 문을 나섰다.

6

강양숙의 크림색 세단이 복덕방 앞에 멈추자 인근 복덕방 사람들이 꾸역꾸역 그 복덕방으로 모여들었다. 그곳 복덕방 사람들은 조그마한 정보라도 놓칠 세라 딴 집의 중개로 매매되는 거래에 지대한 관심을 가지고 있는 것이다.

"안 선생 설복시키느라고 혼났어."

강양숙은 복덕방의 나무의자 위에 쓰레기통에 학처럼 앉으면서 한숨을 쉬었다. 제 발로 굴러들어온 복덩어리에게 복덕방 주인은 입을 헤벌레 벌리고 굽신거리며 말했다.

"두 분의 의사가 잘 통했시유?"

"사고 팔고지 의사까지 통할 필요 있어요?"

양숙이 핀잔을 주듯

"어서 대서소로 갑시다."

하고 재촉했다.

대서소는 곧 이웃에 있었다.

"대서소엘 갈 것이 아니라 대서사를 불러오죠, 뭐."

복덕방 주인은 이 귀객을 단 한순간이라도 더 자기 가게에 붙들어 두고 싶은 모양이었다.

"그렇게 하시오, 그럼."

강양숙이 말했다.

계약서는 순식간에 만들어졌다. 보증금을 2백만 원으로 하고 소개비로 우선 5만 원을 양숙이 내놓았다.

"소개비는 내가 내죠."

현상이 이렇게 말했으나

"이익을 본 사람이 소개비는 내는 거예요."

하고 양숙은

"잔금을 치르고 난 뒤 소개비 또 드릴게요. 안 선생에게선 한 푼
도 받아선 안 돼요."

하며 복덕방 주인에게 못을 박았다.

그리고 이어 양숙은

"계속 땅을 살 테니까 오늘 평당 만 원으로 매매되었다는 소린 하
지 마슈. 땅 값이 오르면 큰일이니까."

하고 사뭇 중대한 비밀이나 말하듯 긴장한 얼굴을 했다. 강양숙은
또 복덕방 문턱을 넘으면서 거기 모여 있는 사람들을 둘러보며 돈
을 2만 원 꺼내 복덕방 주인에게 주며

"모두 비밀을 지켜 주시라고 당부하고 한잔들 하세요."

하는 연극마저 부렸다.

현상은 양숙의 그러한 일거일동을 조심스럽게 지켜보았다. 계산
하고 하는 말이었고 계산하고 하는 거동, 그리고 조금도 수다스럽지
않았다. 중매인 사이에 끼어 상거래를 하면서도 숙녀다운 우아함과
품위를 잃지 않는 점도 좋았다.

일을 끝내고 자동차를 타면서 양숙이 현상의 귀에 대고 속삭였다.

"저 가운데 제 끄나풀이 몇이나 있는 줄 아세요?"

"……."

"자그만치 일곱 명이나 있어요. 일당 오백 원씩 받고 꼭두각시 노
릇도 하고 사꾸라 노릇도 하고 정보원 노릇도 하구……."

그래 놓고 양숙은 한숨을 쉬었다.

현상은 돌연한 양숙의 한숨 소리에 당황했다. 그 한숨을 어떻게 해석해야 좋을지 몰랐다. 현상은 그저 잠자코 있었다.

자동차가 한강 다리를 지날 때

"지금부터 바쁘세요?"

하고 양숙이 물었다.

일이 없는 바는 아니었지만 현상은

"바쁜 일은 없습니다."

하고 말해 버렸다.

"그럼 지금부터 저의 집에 갈까요?"

"아주머니 집에요?"

하고 현상은 놀란 소리를 냈다.

"왜 놀라시죠?"

현상은 대답할 말을 잃었다.

"불량 여성의 유혹인 것 같아서요?"

하고 양숙은 웃었다.

현상은 여전히 대답할 말이 없었다.

"여자가 30고개를 넘어 놓으면, 그리고 사업이라고 한답시고 돌아다니면 다소 뻔뻔스럽게 되죠. 그러나 안 선생을 유혹하진 않을 테니 걱정 마세요."

"그런 게 아닙니다. 아주머니 집에 가서 어떻게 하나 생각하고 질겁을 한 겁니다. 난 시골뜨기가 돼서 남의 집, 특히 아주머니 같은 분의 집에 가서 하는 예의 범절을 모르거든요."

현상은 이렇게 말하면서 자기로서도 두서가 없다고 생각했다.

양숙은 그런 태도를 순진하다고 보았다.

"아무 걱정하실 것도 없어요. 제 집엔 식모와 심부름하는 아이와 운전수 가족밖엔 없어요. 신경을 써야 할 아무도 없어요. 전 어쩐지 선생님을 오늘 제 집에 모시고 싶어요. 정 싫으시면 차라도 한잔 하시고 가시면 되잖아요?"

현상은 거절할 수가 없었다.

자동차는 남산의 허리를 돌아 신당동 고개를 넘었다. 강양숙의 집은 신당동에 있었다. 부호의 과부집을 연상하고 온 현상에겐 그 집의 외관이 우선 상상 외로 초라하다고 생각했다. 차고를 대문 옆에 달아 놓았다는 것 외엔 일반 중산층의 집과 조금도 다른 데가 없었다.

뜰이 있었으나 그다지 넓지 않았다. 뜰 한 모퉁이에 조그마한 집이 있었다. 그것이 아마 운전수가 거처하는 집인 성싶었다. 양숙이 안으로 들어간 뒤 현상은 잠깐 뜰에 서서 단층 양옥집의 윤곽을 눈가늠으로 살폈다. 건평이 50평 남짓이나 될까. 그런데 어디선가 향긋한 냄새가 풍겨오기에 보니 동쪽 담 안에 두 그루의 매화나무에 매화꽃이 피어 있었다. 사철나무를 사이에 둔 두 그루 매화나무를, 그 꽃을 바라보면서 현상은 고향의 집 뜰에 지금쯤 피어 있을 매화

꽃을 생각했다. 그리고 문득 연희를 생각했다. 서울의 한가운데 이런 다소곳한 집을 마련하고 장연희와 함께 가정을 꾸밀 수도 있었다는 생각이 잇따랐다. 그러나 어떤 밤의 꿈을 되새겨 보는 정도로 담담한 심정이었다.

"들어 오세요."

하는 양숙의 소리가 들렸다.

현상은 현관으로 들어섰다. 현관도 또한 평범한 구조였다. 구두 상자가 놓였을 뿐, 깨끗하다는 인상만이 있는 그런 현관이었다. 아무런 장식품도 없는 것이 현상의 마음을 편하게 했다.

그런데 한 발 응접실을 겸한 서재에 들어서자 현상은 놀랐다. 집의 외모는 양옥이었는데 방은 순 한식이었다. 절방을 방불케 하는, 실히 20평쯤의 넓이는 되어 보이는 방에 서족 벽을 책장으로 채우고 동쪽 변엔 이조의 목각품으로 짐작되는 장롱이 놓였고 북쪽 벽엔 유서가 있어 보이는 병풍이 운운한 필적으로 둘러쳐 있었다. 남쪽으로 이중으로 된 창이 나 있었다. 현상은 보료 위에 산수화를 그린 족자를 등지고 서족 벽 책장을 정면으로 바라보고 앉았다. 책장엔 유리문이 닫혀져 있어 무슨 책이 있는지 분간할 수 없었다.

현상은 북쪽 벽에 있는 병풍을 보았다. 누구의 낙관인진 분간할 수 없었으나 병풍의 문면은 수월한 행서가 돼서 알아볼 수 있었다. 굴원(屈原)의 이소경(離騷鏡)이었다. 현상은 역사를 공부한 덕택으로 굴원의 이소경을 이해할 수 있었고 그것을 읽을 수 있는 한문의 실력도 있었다. 이소경은 초사(楚辭) 가운데서도 어렵다는 평이 있는 글이다. 그러니 그것을 독해할 수 있다면 현상의 한문 실력은 대단한 것이다. 현상은 무료히 앉아 병풍의 이소경을 읽어 내려갔다. 아득히 사라져간 듯한 학문에의 향수가 아슴푸레 되살아났다.

'나는 학문을 했어야 할 사람이 아닌가.' 하는 회환으로 심장의 한 부분에 아픔조차 느꼈다. 헤로도투스와 사마천을 비교 연구한다고 제법 정열을 기울였던 시절, 서양의 연대기, 특히 샤를르마뉴의 그것과 이십사사(二十四史)를 비교 연구하겠다고 뜻을 세웠다가 그만둔 시절 등이 주마등처럼 현상의 뇌리를 스쳤다.

'그러나 나는 후회하지 않는다.'

현상은 병풍을 읽다가 말았다.

강양숙이 술상을 들고 들어왔다. 어느새 남색 끝동에 분홍 옷고름을 단 저고리와 가지색 치마로 바꿔 입고 있었다.

"어제 보니 술을 꽤 하시는 것 같아서."

하며 양숙은 술상을 현상 앞에 놓았다. 그 술상은 팔각으로 된 이조의 유품에 틀림없는 술상이었다.

"이 상은 이조구먼요."

하고 현상은 상 다리의 곡선을 만졌다.

"어떻게 아셨죠?"

"제 집에도 이런 상이 몇 개 있습니다."

"몇 개나 있어요?"

"서너 개 될 겁니다."

"그래요?"

하고 양숙이 놀랐다.

"전 이걸 구하느라고 인사동엘 몇 번이나 드나들었는데."

"골동품 좋아하십니까?"

아뇨. 이조 때의 목각을 좋아해요."

"이조 때의 목각이 그렇게 좋은 겁니까?"

전 잘 몰라요. 그저 좋아할 뿐예요. 자 술이나 한잔 드세요."

백자의 술잔에 암록색의 액체가 담겼다. 무슨 술일까 하는 현상의 마음을 알아차린 듯 양숙은

"30년은 넘었을 오가피주예요."

했다.

"30년……."

현상은 술 이름보다 그 햇수에 호기심이 일었다. 술은 부드러우면서 짜릿한 촉감과 방순한 향기를 띠고 있었다. 안주는 김으로 만든 자반과 문어, 현상은 일순 먼 옛날의 고향으로 되돌아간 기분을 얻었다.

비어 있는 잔이 있기에

"아주머니도 한잔 하시죠"

하고 현상이 술병을 들었다.

"저도 한잔쯤은 해요."

하며 양숙은 순순히 술잔을 받았다.

"그런데 저 병풍은 누구의 글씹니까?"

현상이 물었다.

"제 영감의 조부가 쓰신 거랍니다. 이름 높은 분은 아녜요. 조부의 글씨니까 소중히 모시고 있는 거예요."

"저 글이 참 좋은 글입니다."

"저 글 내용을 아세요?"

양숙이 놀라는 눈빛으로 물었다.

"대강 알죠."

"어떻게……."

"장돌뱅이 따위가 어떻게 저런 글을 아느냐, 이 말씀인가요?"

"아녜요, 젊으신 분이 어떻게."

"전 젊지 않습니다. 서른을 넘고도 한참 지났는데요."

"그래도 선생님 또래의 젊은 분으로서, 아니 이 집에 오신 손님 가운데서도 저 글을 알아 보는 분은 별로 없었어요."

현상은 거듭한 잔으로 얼근히 취한 김에 어부사를 읽어 내려갔다. 그리고 간혹 주석도 붙였다. 양숙은 무슨 신기한 것이나 보는 것처럼 병풍과 현상을 번갈아 보았다.

"참으로 어처구니 없는 시대였지요. 저런 글을 쓰는, 저런 글을 써야 하는 시대란."

하고 현상은 스스로의 흥에 견디지 못해서 초회왕(楚懷王)에게 버림을 받고 멱라수(汨羅水)에 몸을 던진 굴원(屈原)의 비통한 일생과 악의와 권모(權謀)가 도량(跳粱)하던 그 시대의 얘길 털어 놓았다.

강양숙에게 느낀 호의, 그 집에서 느낀 기쁨 등이 현상을 자극해서 돈벌이에 급급함은 나지만 나는 그렇게 볼 사람이 아니란 허영을 퍼뜨리게 한 것이었다.

"교양이 있어 뵈는 청년이라고는 생각했지만 학문까지 그처럼 능숙하리라곤 꿈에도 생각하지 않았어요."

강양숙이 감탄하듯 말했다.

현상은 그저 웃고만 있었다.

"공부를 많이 하신 분 같은데 학교는 어딜 나오셨죠?"

"차차 얘기하겠습니다."

"차차?"

"차차죠. 나는 정말 아주머니에게 놀랐습니다."

"잔꾀를 부린다고 해서요."

"아닙니다. 활달하면서 수다스럽지 않으시고 속된 거래를 하면서도 우아함과 품위를 잃지 않으시고……."

"아이구 말씀도 잘 하시네요."

"아주머니, 제가 느낀 대로 말하는 겁니다."

"아주머니란 소리 어쩐지 귀에 거슬려요."

"그럼 어떻게 부르면 될까요?"

"제 성이 강이니까 강 씨라고나 불러주세요."

"강 여사라고 하죠."

"여사 싫어요."

"그렇다고 해서 강 씨라고 부를 수도 없고 결국 아주머니라구 할 수밖엔 없겠구먼."

"강 부인으로 해두세요."

"강 부인, 강 부인 어색한데."

"입에 익으면 되겠죠."

"좋습니다. 강 부인으로 합시다. 그런데 강 부인에 관해서 좀 더 자세히 알고 싶습니다."

"차차 알게 되겠죠."

"차차?"

"차차죠."

둘이는 소리를 합쳐 쾌활하게 웃었다.

7

강양숙의 계교는 영락없이 들어맞았다. 한때 말죽거리의 땅이 터무니없는 붐을 일으킨 적이 있었다. 당국에선 생각지도 않고 있는 도시계획이니 뭐니 하는 풍문이 돌아 서울의 경제력이 일시 말죽거리의 땅으로 쏠린 것이다.

강양숙은 3만 평의 땅을 평당 최고 2만 원 최저 1만5천 원으로 팔아 실익 5억 원을 벌었다. 안현상도 남은 토지 2천 평을 그런 값으로 팔아 4천만 원 가까운 이익을 올렸다.

그것이 불과 두 달 동안의 일이었다.

강양숙과 안현상은 그 해의 여름, 가야산 해인사의 계곡에서 지냈다. 강양숙은 안현상이 자기의 연극에 협조한 덕분에 번 돈이라고 해서 2억 원을 사례로 내놓았으나 현상은 그것을 받으려 하지 않았다. 자기도 그 덕분에 충분히 벌었다는 것이다. 그러나 양숙은 끝내 자기의 제안을 철회하지 않고 2억 원을 안현상의 명의로 정기예금을 했다. 그리고는 그 인장마저 은행에 맡겨 버렸으니 현상으로서는 어떻게 할 수가 없었다.

해인사엘 가자고 권한 것은 강양숙이었다. 거기서 앞으로의 사업 계획을 세우자는 것이었다.

"말죽거리에 땅 산 사람들 녹아 넘어갈 것이니 두고 봐요."

하고 양숙은 가야산 계곡에 아직도 탐스러운 다리를 담가놓고 화려하게 웃었다.

"원칙을 이렇게 세우면 돼요. 가난한 사람을 괴롭히지 않기 위해서 아예 상대를 말고 재벌 상대로 고리대를 하잔 말요. 나는 조금씩은 10년 전부터 하구 있어요. 절대로 위험성이 없으니까. 재벌 랭킹 20위까지를 상대로 하는데 은행원을 매수해 놓으면 그 실태를 환히 알 수 있거든. 세밀하게 조사하고 1개월 단위로 돈을 돌리는 거죠. 그걸 우리 단독으로 하면 그래도 위험하고 정보원이 부족하니까 지금

하고 있는 사람들과 짜는 거예요. 돌다리를 두드려가며 건너가도 다리가 부러질 경우가 있으니 말요. 가령 5백만 원을 준다면 그걸 다섯이서 각각 백만 원씩 내는 거예요. 실패해도 손해가 적거든 말하자면 일정한 풀을 만들어 놓고 거기다 돈을 갖다놓아 어디서 수요가 있으면 다섯이서 합의해서 빌려주면 되는 거예요. 1억 원의 돈을 월 4부 이자로 1년 회전시키면 복리로 2억 원이 되거든. 거기서 남아 처지는 돈은 부동산을 사고……."

현상은 양숙의 이 제안에 따르기로 했다. 단 현상은 그늘에 있고 표면엔 나타나지 말되 자금은 양숙의 것을 합쳐 혼자 관리하자는 것이다.

해인사 아랫마을에 있는 호텔은 초라했지만 양숙과 현상에겐 보금자리였다.

어느 날 밝은 밤,

"안 선생, 우리 아무런 속박 없이 연인 이상의 연인, 부부 이상의 부부가 되어볼 수 없을까. 헤어지고 싶으면 한편의 의사로서 언제든지 헤어지고, 만나고 싶으면 언제라도 만나고, 같이 살고 싶으면 같이 살고 따로 살고 싶으면 따로 살고……."

하는 제안을 해왔다.

현상은 가슴이 설레었다.

"그럴 것 없이 우리 결혼합시다. 서로가 서로를 꽁꽁 묶는 속박이 좋습니다. 결혼합시다."

현상의 말은 간절했다.

"안 돼요, 그건. 당신은 총각이에요. 안 씨 문중의 종손이에요. 티 없이 맑은 처녀와 결혼해서 티 없이 맑은 자손을 낳아야죠."

"그런 안 될 말입니다. 내가 당신을 사랑하는데 어찌 딴 사람과 결혼을 합니까."

"전 그늘에 있을게요. 어떤 권리 주장도 안 할게요. 어떤 불평도 불만도 말하지 않을게요. 저를 사랑하지 말고 여자로서 대해 주세요. 저와 남녀관계를 가지면서 어떻게 결혼을 하겠느냐고 말씀을 하시 겠지만, 어떤 총각이 결혼 전에 동정을 지켜 왔겠어요. 지나친 양심 은 지나친 위생관념과 같은 거예요. 제 소원을 들어주세요."

양숙은 현상의 무릎에 엎드렸다. 현상은 양숙을 안았다.

두 사람은 그날 밤 처음으로 서로의 성을 나눴다.

그 이튿날 새벽 양숙과 현상은 해인사의 대법당 앞 층계 밑에 꿇 어앉아 맹세했다.

현상은 양숙을 평생의 아내로서 지킬 것을 마음 속에 맹세했고, 양숙은 평생을 그늘에서 현상을 받들고 모시되 현상에 알맞은 신부 가 나타나면 그 신부에게까지 비밀리에 봉사할 것을 맹세했다.

둘이의 성의 결합이 이루어지고 난 뒤 강양숙이 다음과 같은 술 회를 현상에게 했다.

양숙은 가난한 집에서 태어났다. 여학교도 가지 못할 처지였다. 그때 성(成)이란 부자가 학비를 보태주었다. 여학교를 졸업한 그해

성이란 사람이 상처를 했다. 양숙은 그 후처가 되길 자진 희망했다. 양숙은 20세, 성씨는 52세였다. 양숙이 30세 때 성씨는 62세로 죽었다. 아이는 없었다. 생전에 남편의 사업을 도와 성공시킨 공로도 있고 해서 성 씨가 죽을 때 양숙은 5천만 원 가량의 유산을 받았다.

양숙은 그것을 자본으로 성 씨가 살아 있을 때 배운 사업 지식을 활용해서 상당한 돈을 벌었다. 돈이 있는 과부이고 보니 별의별 유혹도 많았다. 어떤 때는 그 유혹에 자진 넘어가고 싶은 적도 있었다. 그런데 돈이 뭣인지 그 남자들이 돈을 탐내는 것 같고 자칫 어떤 관계를 맺었다간 그것을 미끼로 협박당하는 일도 있을 것 같고 해서 정신을 바짝 차리고 살아왔다.

그랬는데 안현상을 알게 되자 그러한 불안을 느끼지 않고 교제할 수 있었다. 불현듯 구애를 하고 싶었고 그 구애로 인해 현상을 속박하는 일이 없어야겠다고 다짐도 했으나 뜻대로 되지 않았다. 이제는 자기의 소원이 이루어졌으니 내일 죽어도 한이 없다. 그리고

"어떤 일이 있어도 당신은 금년 안으로, 늦어도 내년까진 장가를 가야 해요. 그러지 않으면 제가 죄를 짓게 되는 거예요. 그러니 우리의 관계는 일체 비밀로 합시다."

하고 덧붙였다.

현상은 묵묵히 듣고만 있었다.

양숙은 또 현상에게 이런 말도 했다.

"당신은 이만하면 평생을 궁하지 않게 살 수 있는 터전을 잡았으

니 앞으로 학문을 하시는 게 어떻겠소."

"늦었소, 학문하긴. 나는 돈을 벌겠소. 당신의 도움이 있으니 우선 이 나라 제일가는 재벌이 되어야겠소. 내겐 한이 있소. 내 의욕에 브레이크를 걸지 말았으면 좋겠소."

현상의 단호한 어조에 어떤 숨은 동기가 있음을 양숙은 깨달았다.

"좋아요, 해봅시다. 당신의 한을 풀어 드리죠."

해인사에서의 여름을 즐기고 돌아온 양숙과 현상은 우선 사무소를 소공동으로 옮겼다. 그리고 현상이 하고 있던 물산회사를 주식회사로 개편하고 강양숙을 공동 대표이사로 앉혔다. 직원의 수도 증가하고 물산회사로서의 사업규모도 확장했다. 현상의 공적 간판은 어디까지나 물산회사의 사장이라야 한다는 것이 강양숙의 주장이었다.

양숙은 같은 건물에 다른 사무소를 두고 사채금융의 풀을 만들었다.

양숙의 치밀한 두뇌는 풍부한 자금과 더불어 빈틈없이 움직였다. 업체는 날로 왕성해 갔다.

그 해의 크리스마스 선물로 양숙이 현상에게 벤츠 300을 사주려고 했다. 현상은 단연코 벤츠를 싫다고 했다. 양숙은 캐딜락을 사서 그에게 선사했다. 그때 양숙이 물었다.

"왜 벤츠를 싫어하죠?"

"벤츠가 내 청춘을 빼앗아 갔소."

양숙은 그 얘기를 구체적으로 해보자고 했으나 현상은 웃기만 하고 답하지 않았다. 양숙은 현상이 기를 쓰고 돈을 벌겠다고 나선 동기가 혹시 그런 곳에 있지 않나 하고 궁금했지만 그 이상 추궁하지 않았다.

양숙은 현상에게 강경하게 결혼하라고 권했으나 현상이 듣지 않은 채 그 해가 가고 다음 해도 갔다.

그 다음 해 결산을 보니 2억 원으로서 시작했던 사채금융에서 실리 3억 원을 남겼다. 서울의 무대에 현상과 양숙의 돈 5억 원이 돌고 있는 셈이었다. 그런데 자금관리만 하고 거래엔 관계하지 말라고 했기 때문에 거래선을 모르고 있었던 현상의 눈앞에 선뜻 어떤 문자가 나타났다.

'성호물산'

"성호 재벌도 사채를 쓰나?"

현상은 저도 모르게 소리를 쳤다.

신(神)의 손길

<u>1</u>

성호 재벌에서도 사채를 쓰나? 하고 놀라는 안현상을 지켜보며 강양숙은 향긋이 웃고 말했다.

"사채를 쓰는 재벌이 어디 성호 재벌뿐이겠어요? 사업은 확대되고 자금은 따라가지 못하니 자연 사채를 쓰지 않을 수 없게 되는 거지요."

"그런 뜻이 아니라 성호 재벌의 방침은 일체 사채를 쓰지 않도록 방침이 서 있는 회사여서 내가 놀란 거요."

안현상은 그 옛날의 장연희의 모습을 뇌리에 그리며 이렇게 말했다.

"사장님은 성호 재벌의 내용을 잘 아세요?"

각기 따로 살고 있을 망정 사실상 부부 생활을 하고 있는 터였지만 강양숙은 언제나 현상을 사장님이라고 부른다.

"잘 알진 못하지만……."

"성호 재벌도 요즘은 꽤 쪼들리는 모양이에요."

현상은 웃었다. 사채를 쓰면 그 회사가 쪼들리고 있는 것이라고 생각하는 양숙의 상식이 너무나 순진해 보였기 때문이다. 그래 현상은 다음과 같은 말을 했다.

"재벌들이 사채를 쓰는 것은 쪼들리기 때문만은 아뇨. 순이익을 안전한 재산형태로 유지하기 위해서 우선 사채를 이용하는 수도 있고, 합법적으로 납세액을 내리기 위한 수단으로 하는 수도 있고, 적자운영 형태를 취해 소주주를 말살하기 위한 방편으로 사채를 쓸 수도 있고, 중역들이 자기 재산을 불리기 위해 다른 사채를 도입하곤 거기 편승하는 경우도 있는 거요. 이런 짓은 정부의 차관에 의존하고 있는 업체들 가운데 더욱 많이 성행하고 있지요. 말하자면 후진국의 기업이 지닌 일종의 병리적 현상이지. 이 병리적 현상을 고칠 생각은 커녕 교묘하게 편승하고 있는 사고방식이 현재 우리나라 기업인의 사고방식이라고 해도 무방할 거요. 그런데 성호 재벌의 기 사장은 그런 짓을 안 하겠다는 방침을 내세우고 있는 사람이거든. 그래서 내가 놀란 거요."

강양숙은 어렴풋이 대 재벌의 생태를 알고 있었지만 사채를 이용하는 재벌들의 방식을 이처럼 요령있게 분석적으로 설명하는 걸 들은 기회는 이번이 처음이었다.

'놀라운 사람, 날카로운 눈.'

양숙은 새삼스럽게 안현상을 존경하는 마음이 일었다.

동시에 사랑하는 감정도 짙어 갔다.

"그런데 사실 성호 재벌은 요즘 쪼들리고 있는가 봐요."

"우리 돈을 얼마나 쓰고 있습니까?"

현상이 물었다.

"지금까지의 집계론 삼천오백만 원 가량 돼요."

양숙의 대답이었다.

"삼천오백만 원?"

현상은 다시 놀랐다. 그 액수, 그 방편, 또는 수단으로서 쓰는 사채 치고는 너무 많았다.

"꼭 삼천오백만 원이에요. 그런데도 계속 수표 기리까에(書換)만 하려고 하거든요. 그래 이 달부턴 액수를 줄여 나갈까 해요."

"그렇게 서둘 건 없어요. 아직은 천하의 성호 재벌인데."
하고 현상은 자기가 성호 재벌의 기획과장을 하고 있었을 때의 그 재벌의 재산과 수지상황을 회상해 봤다. 총 재산 1백 억 내외. 일년의 총결산을 하면 원가상각을 충분히 했을 경우 순이익이 2억 원이 될까말까였다.

현상에게 뜻밖인 생각이 일기 시작했다.

"내일부터 성호 재벌의 사채 내용을 한번 알아보시오. 동업자들에게 수단을 쓰면 당장 알아낼 수 있을 것이요. 서로 정보를 교환해야만 위험을 미연에 방지할 수 있다는 식으로 말을 꺼내고 우리의 거래액을 배쯤 부풀게 말해 놓으면 무슨 얘기가 나올 거요."

이런 점으로도 강양숙은 안현상에게 충실했다. 일주일쯤 지난 뒤 강양숙이 현상에게 보고한 바에 의하면 성호 재벌이 약 2억 원 가까운 사채를 쓰고 있다는 것이었다. 그 동안 현상도 성호 재벌의 내용을 수단껏 알아냈다. 성호 재벌의 핵심이라고 할 수 있는 생산업체의 규모는 거의 배로 늘렸는데 판매실적은 반으로 줄었다는 사실, 정부 특혜업체를 미국 상사와 합동으로 마련하려다가 실패로 돌아갔다는 사실, 기왕 성업 중이던 무역이 미국 시장의 사정으로 전멸상태란 사실, 그밖에 방계 회사들이 다른 재벌의 업체와 경합을 하려면 막대한 시설 투자를 더해야 하는데 그것을 못하고 있다는 사실, 은행의 부채가 10억 원 내외, 거기 외국의 차관도 있는데 상환 기한이 박두하고 있다는 사실 등을 현상이 알았다.

아무리 대 재벌이라도 기울기 시작하면 눈사태와 마찬가지의 현상이 된다는 것을 알고 있는 현상은 그런 성호 재벌이 사채 2억 원을 쓰고 있다면 위험한 고비에 이르고 있다고 판단할 수 있었다. 그러나 현상은 자기가 알아낸 사실을 강양숙에게 알리지 않았다. 그리고 자기가 현재 성호 재벌의 주인 같으면 어떻게 해야 기사회생할 수 있을까 생각해 보았다.

'방법은 있다.'

이어 그는 성호 재벌을 자기가 장악하는 공상을 하기에 이르렀다.

'현금 이십억 원만 있으면 일백억 원의 재산을 손아귀에 넣을 수

있다.'

현상은 스스로의 공상 속에서 흥분했다. 치밀한 그의 두뇌는 20억 원의 현금으로 1백억 원의 재산을 장악하는 비법을 충분히 엮을 수 있었다.

'이십억 원, 아직도 먼 길이다.'

현상은 한숨과 더불어 그 공상에서 깨어났다.

"왜 한숨은 쉬세요."

곁에 있던 양숙이 근심스럽게 물었다.

"20억 원만 있으면!"

현상이 혼잣말처럼 중얼거렸다.

"20억 원이 있으면 뭣하시게요."

"하여간 이십억 원만 있으면!"

"몇 년만 더 기다리세요. 몸만 건강히 지니시구요."

양숙이 미소를 띠고 말했다.

"내년까지 이십억을 만들 수 있다면 좋을 텐데."

이렇게 말하는 현상을 양숙은 의아한 눈으로 바라보았다. 양숙의 의아한 표정에 대한 현상의 말은 이랬다.

"현금 이십억 원만 있으면 일백 억의 재산을 차지할 수 있겠는데 말요."

2

양숙과 현상이 이런 말을 주고받은 지 일주일쯤 후의 일요일, 안현상이 어떤 산을 둘러보고 오는 길인데, 북한산 입구에서 젊은 여자들 셋을 만났다. 등산 갔다가 오는 길인데 그 가운데의 하나가 발을 삐었다는 것이었다.

현상은 운전사 옆자리로 자기 자리를 옮기고 뒷자석에 그 여자들을 앉혔다. 주고받는 말들로 미루어 셋은 어느 대학의 대학원생들인 것 같았다.

내일엔 꼭 강의에 나가려는 참인데 다리를 삐었다는 여자의 말이다.

"그까짓 강의에 나가나마나."

한 여자의 대꾸다.

"그까짓 그까짓 하다가 올해는 통 안 나간 셈으로 됐는데."

"넌 석사가 되는 것보다 이번 사고로 절름발이 되는 편이 훨씬 좋겠다, 얘."

"너 그 무슨 소리니."

다리 삐었다는 여자의 반발이다.

"넌 너무 빈 틈이 없거든. 그만한 결점쯤이 있어야 결혼 상대두 나오구 보이 프렌드도 생기고 할 게 아냐?"

"그래 약간 다리를 저는 것도 매력이 있더라. 거 뭐라더라. 어떤 영화에 그런 장면이 있지 않든?"

"애들도 남의 일이라고 함부로 막 말하는구나."

현상은 이런 말들이 귓전을 스치는데 호기심이 일지 않는 바는 아니었지만 곧 딴 생각을 하고 있었다. 이제 보고 온 산을 사야 하느냐 그만두어야 하느냐 하는 문제를 생각하기 시작한 것이다. 뒤에선 자동차가 화제에 올라 있었다.

"이 자동차 캐딜락이란 거지?"

"벤츠보다 쿠션이 좋잖아?"

"니네 집의 그 자동차는 뭐야?"

"우리집 코로나는 보기만 해도 싫어."

"이런 자동차를 타고 다닐 팔자가 되자면 적어도 사장 부인 장관 부인쯤 돼야 하나?"

"난 이런 차 안 타고 사장 부인도 장관 부인도 안 되겠다."

"미혜, 너는 어릴 때부터 고급차에 식상해 있으니까 그렇지."

"고급차구 뭐구 사장 부인이니 장관 부인 노릇 할 건 못된다 그 말이다."

"미혜는 그럼 그런 부인 되기가 싫어서 결혼 안 하나?"

"상대가 없으니까 안 하지."

"그 많은 구혼자는 어쩌구."

"난 결혼 안 해."

"미혜는 하기야 워낙 눈이 높으니까."

현상은 미혜, 미혜하는 소리가 고막에 울릴 때마다 안개 속의 얼굴을 더듬는 마음이 되었다.

'미혜, 들은 것 같은 이름인데.'

이때 뒷좌석이 이상스럽게 술렁댔다. 재잘거리던 말들이 뚝 끊긴 것이다. 무슨 일인가 하고 망설이는 현상이 백미러 안에 자기를 응시하고 있는 눈을 발견했다.

'미혜다, 바로 그 미혜. 기 사장의 누이동생 진혜의 동생.'

그러나 안현상은 곧 마음의 평정을 찾을 수 있었다. 굳이 아는 척할 필요를 느끼지 않았다. 미혜도 안현상을 알아보았지만 아무 말없이 시선을 딴 데로 옮기고 재잘거리는 친구들의 무릎에 말하지 말라는 사인을 했다.

시가로 들어오자 현상이 운전수더러 어디로 갈 거냐고 물으라고 시켰다. 그런데 운전수가 입을 열기 전에 미혜가 또박또박 말했다.

"가능하시다면 우리집 앞까지 데려다 주시면 고맙겠는데요."

안현상은 주저없이 H동으로 가라고 운전수에게 일렀다. 미혜의 친구들은 그때사 미혜와 현상이 서로 아는 사이란 걸 짐작하고 무슨 사연이란 것도 안 모양이었다.

H동의 기 사장댁 모습은 7년 전과 조금도 다름이 없었다. 대문이 보이는 곳에 대문과는 10미터쯤 상거를 두고 자동차를 세웠다.

"다리가 아픈데 이왕이면 문간까지 가줘요."

미혜는 꼼짝도 않고 차 안에 앉은 채 말했다. 현상은 계속 무표정한 얼굴로 대문을 가리키며 운전수더러 거기까지 가자고 했다. 현상은 금방이라도 그 대문이 열려 거기 장연희가 나타날 것 같은 예감에 사로잡혔다. 그러나 그럴 땐 어떻게 하지? 하는 생각은 일지 않았다.

자동차가 대문 앞에 이르자 미혜가 친구들의 부축을 받고 내려서면서

"안 선생님, 고마워요."

하고 상냥한 웃음을 띠었다. 어릴 때의 얼굴이 그냥 남아 있었지만 예사로 지나쳐선 몰라볼 정도로 아름다운 숙녀였다. 수수하게 차린 등산복 차림으로서도 황홀하게 미모가 빛나 보였다.

현상이 어색한 미소를 띠고 그냥 돌아서려는데

"은혜에 보답할 길도 주지 않고 떠나 버리면 어떻게 하죠?"

하고 미혜가 말했다.

"은혜랄 것도 없는 것을 은혜라고 하는 건 거북한데요."

안현상은 이렇게 말하고 자동차에 탔다. 자동차가 거기서 돌고 있는 동안 대문이 삐걱 열렸다. 안현상은 되도록 그 쪽으로 시선을 돌리지 않도록 마음을 썼다.

돌아오는 길, 안현상은 황홀한 미혜의 아름다움이 서서히 가슴팍에 새겨지는 것을 느꼈다. 미혜의 얼굴을 통해서 진혜의 얼굴이 되살아나고 장연희의 얼굴이 되살아나곤 했다. 7년 전 미혜가 그처럼 아름답게 성장할 줄은 꿈에도 몰랐었다.

'크는 사람은 알 수 없는 것이다.'

현상은 곧 자기의 청춘이 이미 다 갔다는 느낌과 함께 미혜의 모습을 마음 속에 지워 버리려고 했다.

강양숙과의 생활이 바로 눈앞에 있었다. 양숙을 사랑하지만 거기에 인생의 향기는 없었다. 체관한 사람의 안식은 있을지언정 가슴을 뛰게 하는 감동이 있을 리 없었다.

여태까지 생각해 보지 못했던 이런 것들이 미혜를 만나고 난 뒤 떠오르는 것은 어찌된 일일까. 밉다는 감정도 없이, 분하다는 생각도 없이 회색의 바탕 위에 새겨진 회색 그림자를 보는 느낌으로 장연희와 더불어 사라진 스스로의 청춘을 현상은 회고하고 있었다.

'돈, 재산 아무런 의미가 없는 것.'

그러니까 어떤 의미를 만들어 내기 위해서 돈을 더욱 모아야 한다. 현상의 인생엔 이미 돈밖엔 없었다.

<u>3</u>

현상의 자동차가 시야에서 사라지자 미혜의 친구들은 얼굴을 바라보며 말을 기다렸다. 그러나 미혜는 입을 열지 않고 조금 절룩거리는 발을 끌고 대문 안으로 들어가 버렸다. 여느 때 같이 거기서, 안녕 내일 또 하고 돌아갔을 친구들이 미혜를 뒤따랐다. 그렇게 궁금한 사건을 모르는 척하고 떠날 수는 없는 것이다.

"누구야, 그 사람."

하고 미혜의 어깨에 기대며 하나가 물었다.

미혜는 계속 잠자코 걸었다.

"아주 멋진 신사던데."

또 하나가 말했다. 그래도 미혜는 입을 열지 않았다.

"흠, 그 많은 구혼자를 미혜가 물리치고 있는 비밀이 그 사람에게 있는 것이로구나."

하나가 이렇게 넘겨짚어 미혜의 말을 유도하려고 했다.

"괘씸한지고. 우리들의 비밀은 샅샅이 파헤치면서 자기의 비밀은 첩첩이 묻어 두다니 될 말이야, 응?"

다른 하나가 이렇게 빈정댔다.

미혜는 친구들의 엉뚱한 추측이 내심 우스웠다.

"비둘기가 생각하는 건 콩, 개가 생각하는 것은 뭐라더니 너희들의 생각은 항상 그런 거야."

미혜가 통명스럽게 말했다.

"사춘기의 소녀인지라."

친구의 하나가 말했다.

"사춘기의 소녀 같으면 좋게. 혼기를 잃을까 말까한 올드 미스가 돼 놓으니 더욱 그렇지 뭐."

다른 친구의 말이다.

"그런데 미안하지만 아무런 비밀도 없어. 약간의 사정은 있어도."

미혜의 말이다.

"그 사정이란 걸 알고 싶단 말이다."

친구의 하나가 한 말이다.

"내일 얘기하지."

미혜가 말했다.

"그럼 꼭 내일 얘기해야 한다!"

"내일 얘기할게."

친구들은 내일 얘기하겠다는 미혜의 다짐을 듣고 하나가 말했다.

"우린 돌아가자. 이런 차림으로 방에 들어갈 수도 없잖니."

"그래."

하고 다른 하나가 응했다.

친구들이 돌아간 뒤 집으로 들어온 미혜는 등산복차림을 벗어 제치고 목욕탕으로 갔다.

삔 다리는 고통을 느끼지 않을 정도로 나아 있었다. 미혜는 스스로의 육체에 황홀감을 느끼면서 하얀 타일의 욕조에 몸을 가누었다.

'등산하는 재미란 뒤에 목욕탕에 가기 위한 재미.'

어느 친구의 말이 생각날 만큼 상쾌한 기분이다. 미혜는 목욕탕 안에서 팔다리를 이리저리 펴보며 안현상을 생각했다. 소녀시절에 본 안현상은 그저 잘 생긴 청년에 불과했다. 그런데 이제 막 본 안현상에게선 남자로서의 위엄과 깊은 뭔가를 풍겨내는 것이 있었다. 운전수에게 하는 말투가 그 캐딜락이 자기 차 같았는데, 안현상이 지금 무엇을 하는지가 궁금했다. 시골로 돌아갔다고 들은 것이 7년 전.

시골로 갔다던 그 사람이 캐딜락을 타고 돌연 나타난 것이다. 미혜는 큰언니인 진혜에게 어떻게 안현상과의 해후를 전할까 하고 궁리했다. 결혼에 실패하고 진혜는 친정에 돌아와 있었다. 언니가 결혼에 실패한 원인 가운데 안현상이란 존재가 있었던 것은 틀림없는 일이라고 생각되었다.

목욕실에서 나온 미혜는 진혜를 찾았다.

"지금 외출 중이에요."

식모아이의 대답이었다.

"아버지는?"

"아버지 어머니 다같이 나가셨어요."

시계를 보니 다섯 시.

'곧 돌아올 테지.' 하고 미혜는 큰 응접실 소파에 앉아 신문을 펴들었다. 초인종 소리가 울렸다.

'모두 돌아오는구나.'

하고 있는데 미혜 앞에 나타난 건 장연희였다.

"아이구 언니 웬일이세요."

"오늘은 금요일 아뇨?"

"아아 벌써 금요일이유?"

장연희는 기 사장과 같이 다른 집에서 살고 있는데, 금요일엔 아버지 집에 와서 저녁식사를 같이하게 돼 있었다.

"아가씬 요일 가는 줄도 모르오? 그처럼 세월이 좋아?"

연희가 미혜의 맞은편에 앉았다.

"세월이 좋아서가 아니라 허허막막한 시간이지 뭐."

"아가씨쯤 되는 나이가 한창 행복한 시기인데 허허막막하다니."

미혜는 그 말엔 상대도 않고

"그런데 요즘 오빠는 어때요."

하고 오빠의 안부를 물었다.

"밤마다 술이죠 뭐."

연희의 말엔 근심이 섞였다.

"아버지도 상당히 신경을 쓰시고 계시던데, 사업이 재미없이 돼가는 모양이죠?"

미혜는 남의 일을 말하듯 했다.

"그런가 봐요. 그래 오늘밤의 저녁식사에 참석 못할지 몰라요."

"언니도 걱정이겠수."

"내가 걱정한들 무슨 소용이 있겠수만 요즘 그 사람은 사람이 변했다오."

"어떻게?"

"통 말을 하지 않아요. 술이 취해 돌아와선 서류를 뒤지다가 의자 위에서 잠들어 버리곤 해요. 침대에 갖다 눕히려고 하면 신경질을 부리고……."

"고함을 질러요?"

"그런 일은 없지만 동작으로 알 수 있잖아요?"

"그래요?"

미혜도 그때사 걱정스러운 표정을 지었다.

"그런데 아가씬 왜 여기 나와 앉아 있수?"

"언니를 기다리는 참예요."

"언니를?"

"한 시각이라도 빨리 들려줄 정보가 있어서."

"뭔데요."

"중대정보."

"글쎄 그게 뭐예요."

"참 연희 언니도 아는 사람이지."

하고 미혜는 상체를 일으켜 앉았다.

"누가요?"

"안현상이란 사람"

"안현상?"

하고 연희는 새파랗게 질렸다. 그것이 너무나도 남의 눈에 뜨이는
변화였기 때문에 이번엔 미혜 쪽에서 놀랐다.

"언니, 왜 그렇게 놀라죠?"

"아냐요. 그저 갑작스러운 얘기가 돼서."

연희는 이렇게 얼버무렸지만 영리한 미혜의 눈이 내심의 동요를
꿰뚫어보는 것 같아서 당황했다.

미혜는 웃음을 머금고 당황하는 연희를 바라보며

"안현상 씨완 같이 일한 적이 있죠?"

하고 넌지시 물었다.

"그거야 같은 회사에 있었으니까."

"그래 안 선생에게 무슨 특별한 감정 같은 걸 느껴보지 못했어요?"

"아가씨두 그런 말이 어디 있어요?"

연희는 겨우 마음의 평정을 돌이키면서 이렇게 말했다.

"그저 물어본 거야. 결혼 적령기에 있는 여자가 같은 직장에서 안현상 씨 같은 사람을 만나면 다소 마음이 설레지 않을까 해서."

"그건 그렇구 하필 안현상 씨를 왜 묻지요?"

하며 이번엔 장연희의 호기심이 물었다.

"오늘 우연히 안현상 씨를 만났어요."

"오늘!"

하고 장연희는 다시 한 번 놀랐다.

"어디서요?"

"우리집 문 앞에까지 왔어요."

"그분이 찾아왔어요?"

"아아니."

"그럼?"

"퍽이나 궁금한 모양이죠?"

하고 미혜는 야릇한 웃음을 띠었다. 그 태도는 장연희로 하여금 미혜가 자기의 과거를 알고 있는 것이 아닌가 하는 생각을 갖게끔 하는 것이었다. 연희는 입을 닫아 버렸다. 형언할 수 없는 슬픔이 솟아올랐지만 연희는 만신에 힘을 주어 그 감정을 밖으로 나타나지 않게 꾸몄다.

연희가 현상이 얼마나 자기의 마음 속에 깊은 뿌리를 심고 있는 가를 안 것은 결혼한 직후였다. 기 사장과의 혼전 교제를 할 땐 일종의 묘한 흥분에 사로잡혀 이래저래 구실을 찾아선 그것을 합리화시킬 수 있는 마음의 조작을 할 수도 있었다. 그러나 결혼하자마자 그 모든 구실이 현상을 배신하기 위한 간교라는 것을 뼈저리게 느꼈다.

사랑의 나무는 간단히 심어지는 것도 아니며 간단히 뿌리 뽑을 수도 없다는 사실을 배웠을 때는 이미 만사가 엉뚱하게 되어 버린 후였다. 사람은 항상 뒤늦게 배우는 것이다. 연희는 남편의 품안에서 현상의 환상을 쫓는 스스로에게 죄를 느끼기조차 했다. 보다도 배신할 수 없는 사람을 배신했다는 죄의식이 더욱 컸다. 이래저래 흘러간 장연희의 7년은 결코 행복한 세월이라고 할 수가 없었다.

'시골에 있다고만 생각하고 있었는데 그분이 어떻게 서울에 있을까. 미혜가 어떻게 그분을 만났을까. 그분이 미혜를 찾았을까. 단지 우연한 해후였을까?'

그러나 그 정도의 궁금증은 곧 해결할 수가 있었다. 진혜가 돌아오자 미혜는 안현상과 만난 경위를 모조리 털어 놓았다. 진혜는 조용한 태도로 미혜의 얘기를 듣더니

"그분 건강해 보이던?"

하고 물었다. 연희는 진혜의 그런 태도를 고상하다고 생각했다.

"건강하다 뿐이에요. 그때 보다도 더 젊어 있는 것 같던데."

"그래 무엇을 하신다던."

"캐딜락 자동차만 타고 있지 않아도 아양을 부려가며 꼬치꼬치 파물었을 텐데 너무 의젓해서 그만두었지."

"캐딜락 자동차를 안 타고 있었더라면 만만히 볼 작정이었단 말야?"

진혜의 말이 약간 쌀쌀해졌다.

"천만에. 그런 거창한 꼴이 아니었다면 좀 더 친밀하게 굴었을 거란 말예요. 난 캐딜락이나 벤츠를 타고 다니는 사람은 싫어."

미혜가 야무지게 쏘았다.

"그것도 사람 나름이지."

진혜가 중얼거렸다.

"언니를 불행하게 만든 사람 아닌가고 야무지게 한 방 놓아줄려다 그만뒀다."

"얘두 내가 뭐 불행하니. 네 말대로 내가 불행하다고 치더라도 그분하고 무슨 상관이 있니. 함부로 그 따위 입 놀리지 말아요."

미혜는 입을 삐쭉했다.

안현상의 얘기는 저녁 식탁에까지 화제가 되었다. 기 사장 부자는 회사 일로 바빠서 참석하지 않은 여자들끼리의 저녁 식사였다.

화제의 초점은 안현상이 지금 무엇을 하고 있는가, 결혼을 했는가 안 했는가에 집중되었다.

가운데 딸 선혜는 시집을 가고 없었는데 진혜는 만일 선혜가 있었더라면 안현상 씨의 문제를 가지고 어지간히 수선을 피웠을 것이라고 생각하며 쓰디쓴 웃음을 띠었다. 연희는 연희대로 진혜는 진혜대로 미혜는 미혜대로 안현상에 대한 자기 나름대로의 관심을 안고 침실로 돌아갔다.

<u>4</u>

미혜와 헤어진 그 길로 안현상이 강양숙의 집으로 갔다. 같이 저녁 식사를 하는 자리에서 양숙이 말했다.

"전번 사장님께서 현금이 이십억 원쯤 있으면 좋겠다고 하셨죠."

현상은 그렇다고 말했다.

"조금 무리를 하면 지금이라도 이십억 원쯤은 마련할 수 있겠는데 어떻습니까?"

"어떻게?"

"부동산을 전부 매각하고 모자라는 것은 빌리구요."

"부동산을 전부 매각하면 얼마나 되겠소."

"적게 받아도 십억 내외는 돼요. 제가 가지고 있는 것만이라도. 거기에다 사장님 것을 보태면 될 게고 깔아놓은 돈을 회수하고 하면 모자라도 일, 이억밖에 모자라지 않을 거에요."

"그렇게 무리할 건 없소."

"그러나 이십억 원을 가지고 일백억을 번다면……."

양숙은 아쉬운 표정으로 말했다.

"이 일은 여유가 있는 돈으로 해야 됩니다. 무리해서 서둘러 될 일은 아닙니다."

"그럼 성호 재벌에 준 돈을 차츰 액수를 줄여 가는 게 상책이 아니겠어요!"

"줄일 필요 없습니다. 계속 기리까에(書換)해 주십시오."

"그 까닭은?"

"차차 얘기하지요."

강양숙은 그 이상 묻질 않았으나 표정은 의아한 채로 남았다. 양숙의 의아함을 풀어줄 양으로 현상이 다음과 같이 말했다.

"성호물산의 사업은 그 사업 종목에서 몇 가지만 줄이고 은행채와 사채만 정리하면 얼마든지 발전시킬 수 있는 겁니다. 기 사장 부자가 그걸 모를 리 없으니 곧 사업을 궤도에 올려 세울 겁니다. 지금은 자금 사정이 곤란하지만 정부의 마음먹기 하나로 그것도 간단하게 해결될 수도 있구요."

이렇게 말하면서도 안현상은 대 재벌의 생리를 경험에 의해 분석하면서 성호 재벌이 수월하게 본궤도에 올라서긴 어려울 것이 아닌가 하는 생각을 하고 있었다.

"하여간 성호 재벌엔 계속 돈을 주시오. 오천만 원이 넘어가거든 회사 재산의 일부를 저당설정하라고 요구할 수도 있겠지만 그건 그때 가서 상의하기로 하구요."

이렇게 말하고 안현상은 자리에서 섰다. 강양숙은 좀 더 얘기를 하고 싶어 만류할까 했지만 삼가기로 했다.

'어떤 일이 있어도 이편의 생각을 강요하지 말아야 한다.'

이것이 강양숙의 안현상에 대한 신조였다. 안현상은 오늘 오후 미혜를 만나 적잖은 충격을 받았던 터라 혼자 여러 가지를 생각하고 싶은 심정이 되어 있었다.

안현상은 한강변 아파트에 시골에서 모시고 온 일가 할머니와 단둘이 살고 있었다. 간혹 양숙의 집에서 자는 경우도 있었지만 주로 아파트에서 거처했다. 불문율처럼 양숙은 아파트를 찾지 않았다.

파자마를 입고 담배를 피워문 채 멍청히 한강을 바라보고 현상은 앉아 있는데 요란하게 전화벨이 울렸다. 현상이 수화기를 집어들었다.

"안현상 씨 댁이죠?"

상냥한 여자의 음성이었다.

"그렇습니다."

"안 선생님이시죠?"

"그렇습니다."

"제가 누군지 아시겠어요?"

"글쎄요."

현상은 누구의 소린지 알 수가 없었다. 젊은 여자가 현상의 집에 전화를 걸어오는 일은 일체 없었고 현상이 전화번호를 젊은 여자에게 가르쳐 준 적도 없었다.

"한번 알아 맞춰 보세요."

"……."

"이런 전화를 받으시는데 불편을 느끼실 분이 곁에 계세요?"

"그런 사람은 없습니다."

"그럼 전화를 계속해도 좋겠네요."

"마음대로."

"아이구 멋쩍어."

"도대체 댁은 누구시오?"

"알아 맞춰 보라니까요."

이상하게도 이런 뻔뻔스러운 전화를 받고도 현상은 불쾌하지 않았다. 그래 전화하는 여주인공을 알아 맞춰 볼 작정을 했다.

"그런데 전화번호는 어떻게 아셨습니까?"

하고 그물을 걸었다.

"전화번호야 전화번호부란 게 있으니까 여부 있나요. 그런데 제가 누군질 알고 하시는 말씀이세요?"

"알죠."

"어마나, 누구예요?"

"자기가 자기를 보고 누구냐고 묻는 사람은 아마."

하며 현상은 확신을 가졌다. 전화를 타고 변질한 부분을 감안하면 틀림없이 오늘 오후에 들은 적이 있는 미혜의 말소리였다.

"아마, 누구죠?"

카랑하고 상냥한 목소리!

"아마가 아니고 확실히."

하고 현상은 장난삼아 말을 일시 끊었다.

"확실히 누구죠?"

저편에서 안달이 난 모양이었다.

"기미혜 씨."

현상은 또박 이렇게 말했다. 숨이 막혀 버린 듯한 침묵이 수화기 속을 흘렀다.

"고마와요. 제 이름을 기억하시고 또 알아 맞춰 주셔서."

아까의 카랑한 목소리완 달리 낮고 수줍은 어조가 속삭이듯 들려왔다.

"그런데 어떻게 제게 전화를 주셨습니까?"

"까닭이 많죠."

"까닭이라니?"

"첫째 오랜만에 만나뵈서 반가왔구요, 둘째 언니가 불쌍하구요, 셋째……."

"셋째가 또 있어요?"

"넷째 다섯째까지 있어요."

"죄다 말해 보시오."

"그런 건 싱거워요. 그보다도 지금 안 선생님이 사시는 곳이 어디죠?"

"한강변의 초라한 아파트랍니다."

"공무원 아파트요?"

"아아니."

"그럼?"

"속칭 맨숀 아파트라는 덴데."

"맨숀 아파트? 딜럭스하구먼요."

"미혜 씨의 집에 비하면 삭막한 오두막이죠."

"어디 이게 제 집인가요. 하나 더 물어도 돼요?"

"좋습니다."

"선생님 결혼하셨어요?"

물론, 하고 답하려다가 현상은 망설였다.

그리고 다음과 같이 말했다.

"결혼했다면 했구 안 했다면 안 했구."

"그런 대답이 어디 있어요."

"사실이 꼭 그와 같으니 사실대로 답한 거죠."

"구체적으로 설명할 수 없을까요?"

"구체적으로 설명해야 할 의무가 제게 있을까?"

"실례했습니다. 그런 걸 물어서요."

"천만에."

안현상은 근래 경험해보지 못한 가슴의 설레임을 느끼며 이렇게 말했다.

5

수화기가 잠잠했다. 현상은 자기 가슴의 설레임이 고동 소리가 되어 저편에 전해지지 않았나 하고 두려웠다.

"그런데요, 안 선생님!"

미혜의 소리가 귓전에 되살아났다.

"말해봐요."

안현상이 침착을 되찾고 답했다.

"말해봐요라니 그런 말이 어디 있어요."

"단단히 시빗조로 나오시는데."

"그런게 아니구요. 우리 선생님을 초대할까 하는데 응해 주시겠어요?"

"우리라니."

"대강 알고 계시잖아요. 진혜 언니, 그리고 나, 시집간 선혜 언니도 끼일 수 있어요."

현상은 뭐라고 대답할 수가 없었다. 미혜의 말이 곧 뒤쫓아왔다.

"그리고 또 한 사람 있어요."

"누구신데?"

"저희들의 올케, 구체적으로 말하면 오빠의 부인. 선생님도 아시는 분예요."

"……."

"장연희라구 안 선생님이 회사에 계셨을 때 같이 근무하고 있었던 분예요."

"……."

"아시죠?"

"……."

"왜 대답이 없죠? 아시죠."

"알 것 같습니다만. 왜 나를 초대한다는 건지?"

"꼭 이유가 있어야만 초대하는 건가요?"

"그래도 대강은 알아야죠."

"이유를 댈려면 한량이 없어요. 옛날의 우리를 되찾기 위해서라고 해도 좋구요. 서로를 어떻게 변했나 하는 걸 알아볼겸이라두 좋구요. 보다두……."

"보다두?"

"안 선생님은 우리들에게 신비의 사람이 되어 있어요. 그 신비의 내력도 알구 싶구."

"신비?"

하고 현상은 웃었다.

그리고 자조의 웃음을 웃으며 이었다.

"먼지투성이의 신비?"

"그 말 참 멋이 있네요. 먼지투성이의 신비란 말요."

"깨놓고 보면 먼지밖에 없다는 얘긴데 그게 어떻게 멋이 있겠어요."

"말시비는 차차 하구요. 초대를 받아 주시겠어요?"

"좀 어렵겠는데."

"혼자선 싫으시면 내외분 같이 초대해도 돼요."

"동반할 내외란 것두 없구요."

"아까 결혼하셨다고 들었는데요?"

"했다면 했구 안 했다면 안 했다고 말씀드렸을 건데."

"그럼 했다구 치구 모시고 오시면 되잖아요."

"초대를 받을 땐 했다고 칠 수 없는 그런 사정이거든."

"대강 알겠어요. 그러시다면 혼자서라도 초대에 응해 주세요."

"당분간 곤란할 것 같습니다만."

"꼭 남의 말을 하시는 것 같이 말씀하셔."

"하는 수 없죠."

"초대에 응하시지 못하겠다는 말씀이시군요."

"미안합니다."

"그럼 선생님 편에서 우리들을 초대하실 호의는 없나요?"

"호의는 있습니다만 형편이 그렇게 안 될 것 같습니다."

"그것도 같습니다예요?"

"차차 초대를 하고 초대를 받을 날이 오겠죠."

"빨리 그날이 왔으면 해요."

"오겠죠 뭐."

"밤늦게 전화가 길어서 미안했어요."

"아냐, 반가웠습니다."

"그거 진정이에요?"

"거짓말을 할 까닭이 없잖아?"

"그럼 종종 전화를 해도 돼요?"

"되구말구요."

"그럼 내일 또 전화할게요."

"그러세요."

"그럼 안녕."

"안녕."

수화기를 놓는 소리가 딸그락 귓전을 울렸다. 현상도 수화기를 놓았다. 현상은 담배를 피워 물고 한강쪽 창가에 섰다. 난데없이 과거쪽으로 휘몰려 들어갔다가 급시에 현실로 되돌아온 느낌이었다. 밤늦게 전화를 걸어온 미혜의 마음이 어디에 있을까. 전화번호부를 찾기까지 해서 전화를 건 동기가 어디에 있을까 하는 회의가 일었다.

진혜의 모습, 장연희의 모습이 뇌리에 떠올랐다. 모두들 각기의 인생을 살고 아무런 관련없이 제나름대로의 길을 걷다가 돌연 어느 점에서 부딪친다는 건 어떻게 된 일일까.

현상은 그런 일을 상상도 못했지만 자기가 기 사장집에 초대받았을 경우를 얼핏 생각해 보았다. 아무리 생각해도 자기의 처신을 어림잡을 수가 없었다.

'불가능한 일이다.'

시계는 벌써 자정을 넘어서 있었다.

버릇으로 서가에서 책을 한 권 빼들고 침대 위에 누웠다. 책을 펴들었으나 활자 위로 미혜의 그림자가 지나갔다. 구김살 없이 자란 25, 26세의 처녀, 미혜의 꿈은 뭣일까 하는 생각과 더불어 현상은 잠에 말려들었다.

6

성호 재벌의 경영상태는 안현상이 생각한 이상으로 악화되어 있었다. 현상이 강양숙에게 걱정말고 돈을 빌려주라고 이른 뒤 한 달이 못가서 현상의 회사에서 빌려준 사채만으로도 1억 원을 넘기게 되었다. 다른 사채도 그런 비율로 불어갔음이 틀림이 없었다.

"무슨 대책이 필요하지 않을까요?"

강양숙이 현상에게 의논을 걸어왔다.

"계속 수표서환을 할 것 아닙니까. 그러니 저당권을 설정하고 좀 더 빌려주는 방향으로 나가 보시오. 그러자면 P변호사의 도움을 받아야 할 게요."

안현상의 지시였다.

현상의 지시가 떨어지면 강양숙은 그것을 충실하게 이행했다. 1억 원을 더 빌려주고 5억 원 상당의 부동산을 잡았다. 그러자 안현상이

"이자는 복리계산이 될 테니까, 이자를 은행 이자 정도로 내리시오."

하고 강양숙에게 일렀다.

"저당도 잡았겠다. 그리고 상대방은 현재의 금리에 만족하고 있겠다. 그러니 굳이 이자를 내릴 필요가 없지 않을까요?"

강양숙이 의견을 말했다.

"앞으로 소송문제로 번질 사태를 예상해야죠. 은행이자 정도로 돈을 빌려주었다면 어떤 상황이 오더라도 우리에게 유리한 겁니다. 그리고 성호 재벌은 기한 내에 그 돈을 갚지 못합니다. 그러니 앞으로 1년만 더 지나면 원리금 합쳐 5억 원 상당의 그 재산을 취득할 수 있는 액수가 됩니다. 그때의 법적 문제를 미리 생각해 두어야죠."

강양숙은 안현상을 빈틈없는 사람이라고 생각했다.

그런데 안현상은 성호 재벌을 도우는 방향과 파괴하는 방향, 두 가지를 생각해 놓고 어느 편을 언제라도 취할 수 있도록 만반의 준비를 착착 진행하고 있었던 것이다.

미혜를 비롯해서 진혜나 연희는 자기 집의 사업이 이렇게 돌아가고 있는 것을 알 까닭이 없었다.

어느날 시집을 간 선혜가 친정에 다니러 왔다. 그때 마침 장연희도 와 있었다. 화제는 안현상이란 사람에게 집중되었다. 실마리를 만든 건 미혜였다.

"결혼을 했다고도 할 수 있다고 했는데 그게 무슨 뜻일까?"

"내연의 여자가 있다는 거지 별게 있어?"

"그런데 한강변의 맨숀 아파트에선 현상 씨 혼자 살고 있는 모양이든데."

"여자는 딴 데다 두고 간혹 만나고 하는 거겠지."

"하여간 결혼하지 않은 것만은 사실이야. 헌데 왜 현상 씨는 그런 부자연한 생활을 하고 있을까."

"까닭이 있겠지 뭐."

"그 까닭을 알고 싶단 말야."

"까닭을 알아서 뭣 할래."

"그저 단순한 지식욕이지 뭐."

"지식욕? 지식욕 좋아하네."

연희와 진혜는 미혜와 선혜가 주고받는 말을 그저 지켜 듣고 있었지만 각기 제나름대로의 호기심을 발동시키고 있었다.

'현상 씨 결혼하지 않는 이유가 어디에 있을까? 혹시 나 때문이 아닐까.'

연희는 이런 생각을 하고 있었고, '현상 씨가 아직 결혼을 안했다니…… 약혼한 사람이 있는 양으로 들었는데. 그리고 자기는 결혼할 수 없는 건강이라고 하던데 그게 그럼 사실이었던 모양인가.'

진혜는 진혜대로 이런 것을 생각하면서 지난날 결혼을 거절한 현상의 말을 상기하고 있었다. 그래 미혜가 현상을 만났다는 말을 듣자 곧 그분의 건강은 어떻더냐고 물었던 것이다.

"언니."

하고 선혜가 무릎을 흔드는 바람에 진혜는 깜짝 놀랐다.

"언니, 어때요. 안현상 씨와의 로맨스를 재생시켜 보면."

"얘가 미쳤니."

하며 진혜는 귀밑까지 얼굴을 붉혔다.

"미혜를 시켜 한번 트라이해볼까?"

선혜는 진혜의 당혹엔 아랑곳 없이 지껄여댔다.

"안현상 씨도 그런 꼴이니 격에 맞지 않아? 언닌 생이별한 처녀 과부구……."

"얘가 참으로 못한 소리가 없구나."

하고 진혜는 새파랗게 질렸다.

"선혜 언니는 행복한 결혼생활 한다구 그렇게 함부로 말하면 못 써요."

미혜가 점잖게 말했다.

"참 어이가 없어. 언닌 그럼 평생 이꼴로 늙을 거유? 마침 안현상

씨 얘기가 나왔길래 하는 소리 아뇨? 언닌 현상 씨를 좋아했구 지금
도 싫진 않은 모양 아뇨? 그러니까 새로 인연을 맺도록 트라이해 보
자는 거요."

선혜가 기를 쓰고 말했다.

"나를 생각해 주는 건 고마워. 그러나 모두 지나가 버린 얘기야.
나는 이대로 살래. 홀로. 안 되면 수도원으로 가든지 절에 가서 산중
이 되든지 하지 뭐."

진혜는 풀이 죽어 있었다.

연희는 죄지은 사람처럼 안절부절한 심정이었다. 안현상이 지금
불행하다면 그것은 자기의 탓이라고 생각했고 진혜의 오늘의 처지
도 자기에게 책임이 있는 것이라고 느꼈다. 가능하다면 현상을 찾아
사과를 하고 진혜와 결합될 수 있도록 간청을 해보고 싶었다.

'그러나 그분은 나를 용서 않겠지. 그러니 무슨 낯짝으로 그분을
찾아갈 수 있을까.'

연희는 요즘의 자기 처지를 반성하고 안현상이 이런 사정을 알면
뭐라고 말할까 하고 생각해 보았다.

기 사장은 예절이 바를 뿐더러 가정에 충실하고 사업에 열심인
빈틈없는 사람이다. 그런데 연희의 가정은 웬지 바람구멍이 나 있는
것처럼 쓸쓸한 구석이 있었다. 게다가 요즘은 사업에 난관이 있는 모
양으로 기 사장은 침울했다. 침울한 남편의 마음을 성심껏 풀어주지
못하는 죄책감이 연희의 마음 속에 언제나 찌꺼기처럼 고여 있었다.

"난 안 선생을 초대할까 해서 전화를 걸어 보았지."

미혜의 말에 연희는 잠결에 두들겨 맞은 사람모양 몸을 꿈틀했다. 진혜의 표정도 굳어 있었다.

"그래 뭐라더니?"

선혜의 말이다.

"보기 좋게 거절당했어."

연희는 안도의 한숨을 내쉬었다. 진혜도 어깨를 낮추었다. 그리고 조용히 말했다.

"너 누구하구 의논해서 그런 경망한 짓을 하니."

"내 독단으로 했지."

"넌 네 기분만 제일이지, 우리의 체면은 아랑곳 없니?"

"언니들이 싫어한다면 나 혼자서 초대할 작정이었지. 그럼 됐지?"

진혜는 무어라 말하려다가 말고 입을 다물었다.

선혜가 불쑥 말했다.

"미혜, 너 안현상 씨에게 대단한 관심을 가지고 있는 모양인데, 언니가 실패한 것 네가 한번 성공시켜 보렴."

연희도 진혜도 질린 표정이 되었다. 그러나 미혜만은 싱글벙글 춘풍이 대통한 표정으로 망설이지도 않고 말했다.

"아닌 게 아니라 그런 의도가 없지는 않아. 그러나 자신이 없어 내연의 뭣인가가 있는 모양이구."

"너만큼 예쁘고 젊으며, 게다가 대성호 재벌의 막내따님이란 간

판이 있으니 그렇게 힘든 일은 아닐 거야. 그런데 안현상 씬 나이가
얼마지?"

"서른 다섯."

이렇게 말하는 미혜를 모두들 놀란 빛으로 지켜봤다.

"너 단단히 준비를 하고 있구나."

선혜가 깔깔대며 말했다.

"서른 다섯과 스물 다섯. 어울리는 커플 안 되겠어? 내겐 그만 또
래의 연령차가 필요한 것 같애."

미혜는 언니들을 골려주기 위해서 부러 이와 같은 말을 지껄이
고 있는데, 갑자기 방안을 감돈 긴장감을 느끼고 어설프게 말꼬리를
흐려버렸다. 선혜조차 미혜의 당돌한 언동엔 뭐라고 할 수 없었던 모
양으로 덤덤히 앉아 있었다.

6

성호 재벌의 젊은 기 사장은 미국식 경영방식을 도입해서 회사의
경영방식을 현대화시켰다. 그런데 이 경영방식은 회사의 재정이나
업태가 정상일 경우에는 능률적이고 효과적이었지마는 회사의 재정
이 파탄이 나 이 돌을 빼어 저 돌을 괴는 식의 노력이 필요할 땐 능률
은커녕 되려 장애가 되었다. 미국식 경영방법 어디를 찾아봐도 수표
서환하기에 안간힘을 써야 하고 그러기 위해서 술대접을 해야 하는

조항은 실려 있지 않는 것이다.

그래 위급한 단계가 되니 은퇴한 회장이 전면에 나서게 되었다. 이럭저럭 울화가 사무친 젊은 기 사장에겐 어느덧 술버릇이 들었다. 옛날엔 마지못해 하던 요정출입을 예사로 하고, 술에 곤드레가 되어 외박하는 것도 예삿일이 되었다.

이래도 시간은 흐른다.

가을철에 들자 드디어 회사를 근본적으로 뜯어 고치기 위해서 재산처리의 동의가 나왔다. 이 재산처리 문제를 둘러싸고 머리를 앓고 사채 때문에 마음을 썩히고 때론 술에 곤드레가 되어 젊은 기 사장은 가을 하늘도 가을 꽃에도 관심이 없었다.

이 무렵 안현상은 속리산의 단풍을 즐기고 있었다. 현상의 사업은 순풍에 돛을 단 것처럼 순조로왔기 때문에 계절 따라 산수를 즐길 수 있었던 것이다.

강양숙도 같이 와 있었다. 그런데 강양숙은 주로 법주사의 불당에 가 있었고 안현상은 그 근처의 산에 올라가서 속리산의 단풍을 즐겼다.

그러던 어느날 오후 현상은 산에서 내려와 호텔로 걸어가는 도중 미혜의 일행을 만났다. 북한산성 근처에서 만났던 바로 그 클럽이었다.

미혜를 비롯해서 그 일행은 현상을 만나자 반갑다고 날뛰었다. 얘기를 하고 보니 현상과 같은 호텔에 투숙하고 있었다. 그날 밤 현상은 그 여학생 일행을 호텔의 식당에 초대하기로 했다.

큰 테이블을 사이에 두고 이편에 안현상과 강양숙, 저편에 미혜를 사이에 두고 여학생들이 앉았다. 미혜는 강양숙을 보고 바로 저 사람이 현상의 내연의 무엇이구나 하며 생각했는데, 현상이 소개를 하려 하자 강양숙이 스스로 소개하겠다면서 입을 열었다.

"저는 강양숙이라고 합니다. 안 사장님의 비서 노릇을 하고 있는데 변변치 못해 항상 죄송하게 생각하고 있습니다. 그런데 미리 말씀드릴 것은 우리 사장님은 아직 독신입니다. 여러분 친구 가운데 좋은 분이 계시면 사장님 신부감으로 소개해 드리도록 하세요."

안현상이 뭐라고 말하려는데 강양숙이 제지하고 다시 말을 이었다.

"안 사장님은 말이 없으신 분입니다만 참으로 부드러운 마음을 가지고 계십니다. 앞으로 우리나라의 실업계를 지배할 수 있는 희망도 실력도 가지고 계시는 분이구요."

"난 실업가는 싫어."

미혜가 엉뚱한 말을 했다. 미혜도 자기의 말에 놀랐다. 그래 얼굴을 붉혔다.

젊은 대학생들은 처음엔 수줍게 잠자코 있었으나 시간이 감에 따라 제각기 입을 놀리기 시작했다. 화려한 분위기를 깨지 않으려고 쾌활한 척했지만 양숙의 마음은 무거웠다.

'이런 젊은 여자 가운데서 안 사장의 색시감이 나와야 한다.'고 생

각하니 왠지 서글퍼졌다. 이미 나이 40이 다 되어가는 여자가 젊은
남자를 사랑할 때 느껴보는 그 에는 듯한 고통이 양숙의 가슴을 메꾸
었다. 안현상이 활달하게 젊은 여대생들과 어울리고 있었다.

그대 이름은

<u>1</u>

강양숙이 조심스럽게 그들의 얘기 속에 비집고 들어가

"젊은 숙녀님들의 결혼관을 좀 들려 주세요."

했다.

"드디어 나오고 말았구면요."

하고 미스 김이라고 자기를 소개한 여학생이 생긋 웃었다.

"드디어 나왔다니 무슨 소리죠?"

강양숙이 물었다.

"우리들이 끼어든 자리에서 결혼 얘기가 안 나와 본 적이 없거든요."

미스 김의 말이다.

"뭐니뭐니해도 처녀들에겐 결혼이 대문제니까요. 나도 젊은 분들의 결혼관을 듣고 싶어요."

강양숙은 진정 젊은이들의 결혼관을 듣고 싶었다. 자기 의사와는 동떨어진 결혼을 해서 곧 과부가 되었고 그 경력이 죄스러워 사랑하는 사람과는 비밀 결혼 비슷한 관계를 맺고 있는 여자로서는 당연한 호기심이었다.

뿐만 아니라 강양숙은 젊은 여자들의 결혼관을 들음으로써 안현상의 배필 문제를 진지하게 생각하고 싶었다. 그저 정에 끌리고 타세에 편승한 채 안현상을 붙들어 둘 수는 없는 것이었다.

"저는 결혼을 필요악이라고 생각해요."

미스 윤이라고 자기소개를 한 처녀가 불쑥 이렇게 말했다.

"필요악?"

미혜가 되물었다.

"필요악이지 뭐야. 아무리 잘된 결혼이라도 속박 이상의 상태는 아니잖아. 속박은 어떤 뜻으로서도 악이니까 결혼을 필요악이라고 한 거야."

미스 윤의 설명이었다.

"결혼과 행복과를 결부시킬 순 없나요?"

강양숙의 질문이다.

"부부가 오순도순 도와가며 살고 아들 딸 낳고 하는 게 행복이라고 할 수 있는 건지, 저는 저의 주변의 결혼 생활을 두고 부럽다고 느껴본 적이 없어요."

미스 윤의 말이다.

"그럼 넌 결혼 안 하겠단 말야?"

미스 김이 물었다.

"안 하긴, 나는 결혼할 거야. 혼자 살고는 싫지만 아무래도 힘들 것 같아. 만사 턱 맡겨 놓고 살아야지. 생활의 수단으로서 남편이 필요하단 말야."

미스 윤은 대수롭지 않게 이렇게 말했다.

"미스 김은 어때요?"

역시 강양숙의 질문이다.

"전 아무하고나 집에서 시키는 대로 할래요. 내가 좋다고 생각하는 사람이 꼭 나를 좋아할 것 같지도 않고 우선은 좋아 뵈도 살다 보면 싫어지는 사람일 것도 같고, 반대로 처음에 싫어도 차차 좋아질 수 있는 사람도 있을 것 같고…… 그러니까 뭐가 뭔지 모르겠어요."

미스 김은 이렇게 말했다.

"요즘 처녀같지 않군요."

하며 강양숙이 웃었다.

"그렇지 않답니다."

하고 미혜가 나섰다.

"그 앤 대단한 허무주의자랍니다. 너무나 지나치게 생각한 끝에 저 모양이 된 거죠."

"폭로하기야?"

미스 김이 눈을 흘겼다.

"네가 눈을 흘긴다고 누가 겁낼 줄 알구? 너 눈 흘기는 건 금붕어 눈 흘기는 것만큼도 겁나지 않다, 얘."

미혜의 말엔 웃음이 섞였다.

"그런데 미혜 씬 어때요?"

강양숙이 가장 관심이 있는 사람은 미혜였다. 그래 제일 마지막 질문으로 돌린 것이다.

"저도 사실은 미스 김과 비슷해요. 미스 김과 다른 점이 있다면 굳이 결혼할 생각이 없다는 점이죠."

"굳이 결혼할 생각을 안 하고 다만 평생을 독신으로 지낼 생각도 있다는 말씀이군요."

강양숙이 만면에 미소를 지으며 말했다.

"그렇죠, 그런데……."

"그런데?"

"이 사람이 좋다 싶으면 다소 세상의 관계를 무시하고라도 덤빌 용기도 있죠."

"어떤 타입이세요? 그렇게 덤빌 수 있게 미혜 씨를 충동할 사람은."

강양숙이 호기심을 돋우었다.

"어떻게 타입으로써 일반화할 수 있나요?"

"대강이라도."

"대강이란 말도 있을 수 없어요. 어떤 여성 잡지를 보니까 내가 좋아하는 남성이라는 제목 밑에 키는 얼마쯤, 체중은 어떻고 학력은 어떠해야 한다는 식의 말이 있었는데, 전 그런 건 넌센스라고 생각해요. 베토벤 같은 천재를 가진 사람이면 전 그 사람이 난쟁이라도 사랑할 수 있을 것 같애요. 괴테 같은 사람이면 일곱째 첩 노릇이라도 할 각오가 있어요."

"어머나."

하고 강양숙이 탄성을 질렀다.

"얘 말을 액면 그대로 들으셔선 안 돼요. 잠자코 듣고 있으면 얜 못할 말이 없거든요."

미스 윤의 말이다.

"너희들 나를 거짓말쟁이로 만들 작정이로군. 난 지금 나의 신념을 토로하고 있는 거야. 성실한 발언이야."

미혜는 정색을 하고 말에 열을 올렸다.

"미혜 씨의 사랑을 받는 사람은 참으로 행복하겠네요."

강양숙이 진심으로 말했다.

"그렇지 못할 것 같애요. 우리 언니들 의견에 의하면 저는 악녀축에 끼인다니까요."

미혜는 천진난만하게 웃었다.

"여자에겐 다소 악녀적인 소질이 있어야 매력이 있다던대요."

안현상이 잠자코만 있는 게 겸연쩍어서 한마디 했다.

"악녀도 아름다워야 매력이 있죠. 미혜는 미인이니까 악녀를 뿜

낼 수 있지."

미스 김이 거들었다.

"우리들 얘길 다 들었으니까 강 여사의 결혼관도 발표하셔야 되잖아요?"

미혜가 말했다. 강양숙은 당황했다. 이런 처지가 될 줄을 조금도 생각하고 있지 않았던 양숙은 귀밑까지 빨개지면서 얼른 대꾸를 할 수 없었다.

"선배님의 의견을 들어야겠어요."

미스 윤이 말하자 미스 김도 꼭 강양숙의 의견을 듣겠다는 것이다.

"존경할 수 있는 상대를 만나 오래오래 살 수 있는 결혼이면 이상적이라고 생각해요."

강양숙이 수줍게 말했다.

"그런 말씀이 어디 있어요. 그건 생각이 아네요? 어떤 사람을 존경할 수도 사랑할 수도 있다는 말씀을 하셔야지."

미스 윤이 날카롭게 찔러 왔다.

"전 나이만 먹었지 아는 게 없어서요."

강양숙이 어물어물하며 안현상 쪽을 슬쩍 봤다.

"안 선생님 같은 분이란 말씀 아네요?"

눈도 깜짝하지 않고 미혜가 또박 말했다. 강양숙의 심장은 소리가 들릴 듯 심한 고동을 울렸다. 동시에

313

'매서운 여자다.' 하는 상념이, 뛰는 고동 사이로 지나갔다. 잠자코 있으면 승인하는 꼴이 된 것만 같았다.

양숙이 말했다.

"미혜 씨의 짐작이 옳았어요. 그러나 안 사장님 같은 분은 제게 있어선 하늘에 별인 걸요."

"그 수많은 별 가운데의 하나라는 뜻은 아니겠죠."

미혜의 말.

"따기 힘들다는 뜻으로서의 별예요."

강양숙도 지지 않았다.

"얘기가 자꾸만 쑥스럽게 되는데……."

하고 안현상이 난처한 표정을 지었다.

"그렇지, 안 선생님의 의견도 들어 봅시다. 안 선생님 얘기하세요."

미스 윤의 말이다.

"이것 난처한데."

현상이 담배에 불을 붙이고 천정을 쳐다보며 중얼거렸다.

"여자들 얘기만 듣고 이 자리에선 유일한 남성이신 분이 말씀을 안 하신다면 그건 숙녀에게 대한 모욕이 되는 겁니다."

미스 윤이 다그쳤다.

"난 자격이 없소."

현상이 말했다.

"우린 자격이 있어서 말했나요?"

미혜가 날카롭게 반문했다.

"나는 결혼이란 결혼관 갖고 되는 건 아니라고 생각해요. 운명이 결정하는 거지, 묘하게 운명이 작용해서 결혼하지 않을 수 없게 만들어 버린 게 결혼이라고 생각해요. 이런 결혼을 하겠다, 저런 결혼을 하겠다고 해서 되는 문제가 아니라고 보는데요."

"선생님은 운명론자이구먼요."

미스 윤이 말했다.

"따지고 보면 운명론자 아닌 사람은 없을 것 같은데."

하고 안현상이 쓴 웃음을 웃었다. 강양숙은 현상의 말을 가장 심각하게 들었다.

'이 양반은 나와의 결합을 순전히 운명에다 돌리고 있는 거로구나.'

어떻게 생각하면 슬퍼해야 할 말일 것도 같고 어떻게 생각하면 반가워해야 할 말일 것도 같다.

"그렇지 않습니까. 일 분만 어긋나서도 서로 만나지 못했을 사람들이 우연히 만나는 거죠. 우연히 만나 다시 헤어져 버릴 사람이 사소한 동기로서 만나게 되고, 사랑을 하게 되고, 사랑을 해서 결혼을 해야 할 것이 역시 우연한 사건으로 영원히 헤어져야 하는 수도 있고, 그러니 아무리 큰 사랑도 보잘 것 없는 우연에서 출발한 것이고, 사랑의 붕괴도 역시 그러하니, 그런 걷잡을 수 없는 허망의 세계에 살면서 결혼관이니 연애관이니 하는 게 성립될 수 있겠소? 만일 있다면 공연히 그렇게 꾸며 보는 것이죠."

현상이 조용하게 이렇게 덧붙였다.

미혜는 직감적으로 안현상이 젊은 시절, 심한 사랑의 상처를 입은 사람으로 보았다. 그렇지 않고서야 그처럼 철저한 운명론이 제기될 까닭이 없는 것이라고 느꼈다.

'그런데 현상에게 심한 상처를 준 사람이 누구일까. 진혜 언니와의 혼담이 깨어진 것도 그 상처 때문이 아니었을까.'

그러나 이런 의혹을 입 밖에 낼 수는 없었다.

미혜는 왠지 답답했다.

"이러구 쑥스러운 얘기만 하고 앉아 있을 게 아니라 달구경도 할겸 바깥 바람이나 쏘이러 안 나가렵니까?"

"그게 좋아."

하고 미스 김과 미스 윤이 동의했다. 안현상도 그렇게 하는 것이 좋을 것 같아 강양숙을 돌아보며 동의를 구했다.

"바람 쏘이고 오세요. 전 좀 쉬어야겠어요."

하고 양숙이 일어섰다.

현상과 미혜, 미스 김, 미스 윤은 바깥으로 나갈 차비를 차렸다.

2

호텔 밖으로 나오니 속리산 위에 조각달이 걸려 있었다. 첩첩한 산의 능선이 검은 빛깔로 그어진 하늘 위에 예리한 칼날 모양의 반달이 신비로운 호소력처럼 걸려 있었다.

모두들 숙연한 심정으로 그 달을 바라보고 섰다. 어떠한 감탄도 찬양도 표현도 관여할 수 없는 영롱한 달빛. 그 달빛으로 해서 속리산은 문자의 의미를 아득히 넘어 속과는 한없이 멀리된 경황에 있었다.

현상은 그 달을 보고 아무 말 없이 그저 감동하고 있는 미혜와 미스 김과 미스 윤을 처음으로 존경할 만한 숙녀들이라고 인정했다. 감동할 만한 것을 보고 조용할 수 있다면 그 성품은 어느 정도 세련되어 있다고 보아야 옳다.

조금 후, 걷기 시작했을 때 현상이 입을 열었다.

"이태백의 시에 아미산월반륜추(峨眉山月半輪秋)라는 게 있는데 여러분 들으신 적이 있소?"

"있어요. 국문학 강의 시간에 들은 적이 있어요."

한 것이 미스 윤이었다. 그렇다면 같은 반에 줄곧 있었다니 미혜도 미스 김도 그 시를 알고 있음이 틀림없었다.

"아미산월반륜추를 '속리산월반륜추'라고 바꿔 놓고 싶지 않아?"

현상이 말을 이었다.

"그런데 글자를 바르게 쓰려면 '아미산추반륜월'이라고 해야 되는데, 아미산 가을 반달이 걸렸다는 뜻이니까. 그걸 월(月)자와 추(秋)자의 위치를 바꿔 놓았단 말요. 그게 이태백의 시심이고 천재이구……."

"사업가가 한시를 다 아시네요."

빈정대는 투도 없이 미혜가 말했다.

"알다니, 들은 풍월이지."

현상이 자조하듯 중얼거렸다.

일행의 발은 자연 호텔 건너편에 있는 거리로 향했다. 그 거리는 산간 소읍의 거리답지 않게 붐비고 있었다. 각종 토산물을 진열한 가게가 휘황한 전등불을 켜고 줄지어 있고 술집의 수효도 꽤 많았다. 가게에선 손님을 부르는 소리가 요란했고 술집에선 술파는 여자들의 교성이 거리에까지 넘쳐 나왔다. 명승에 편승한 상술이 그 거리를 그만큼 화려하게 그만큼 추악하게 만들어 놓고 있는 셈이다.

"안 선생님, 우리 술집에 안내해 줘요."

미혜가 돌연 이런 제의를 했다.

"술을 마시고 싶어요?"

"아아뇨. 이런 곳 술집의 분위기를 알고 싶어서 그래요."

"숙녀들이 갈 만한 곳은 못 되는데."

"여행 나온 김에 가보는 건데 숙녀가 못갈 데가 있겠어요?"

"갈 데 못갈 데가 있죠."

현상은 끝내 내키지 않는 표정으로 말했다.

"선생님은 보기보다 구식이신데?"

미스 윤이 시비를 걸었다.

"그런 건 아닌데, 술집에 간 이상 술을 마셔야 할 게 아뇨."

현상이 이렇게 말하자 모두들 술을 마시겠다고 나섰다.

"맥주 두 병쯤은 거뜬히 마셔요, 저 애는."

미스 김이 미혜를 두고 한 말이다.

그러자 안현상은

"그럼 숙녀들끼리만 가십시오. 여자 대학생들을 모시고 그런데 갈 주변은 내겐 없는 것 같습니다."

하고 딱 거절해 버렸다.

"숙녀, 숙녀 하시면서 그렇게 무안을 주는 법이 있어요?"

미혜가 빈정대는 투로 말했다.

"무안을 준 게 아니라."

하고 현상이 자기의 심정을 말했다.

"그런 곳에 가면 으레 여자들이 있어요. 얼굴에 하얀 분칠을 하고 입술을 붉게 칠한 여자들이 있죠. 남자끼리라면 조금도 어색할 게 없습니다. 그러나 여자들이 그런 곳에 가면 쑥스러워집니다. 숙녀들은 수양이 돼 있으니까 그런 여자들을 깔보는 수작을 하진 않겠죠만 저편에서 일종의 모욕을 느낀단 말씀입니다. 술을 마시고 싶어서 간 게 아니고 순전한 호기심으로 간 것이라는 걸 그들은 민감하게 눈치

채거든요. 그런 눈치를 채면 자연 불쾌할 것 아닙니까. 단순한 호기심을 만족시키려고 그들을 불쾌하게 할 것까진 없지 않소. 서울 부잣집의 딸들이 인생의 나락에 있는 여자들 구경하고 싶어하는 심정을 이해 못할 바는 아니지만 나로선 그런 모임에 끼이고 싶지 않다는 것뿐입니다."

미혜와 그 친구들은 현상의 심정을 이해할 것 같았다. 그러나 미혜는

"안 선생님은 의외에도 대단한 인도주의자인데요."

하고 비꼬았다.

"휴머니스트가 되었으면 하죠."

"그런데 사업가가 휴머니스트일 수 있을까요?"

이것은 참으로 당돌한 질문이었다.

"사업가가 휴머니스트일 수 없다니 그게 무슨 소리죠?"

안현상이 진지하게 물었다.

"인간인 이상 누구라도 휴머니스트일 수 있다는 뜻에선 사업가도 휴머니스트일 수 있겠죠. 그러나 휴머니스트라고 특별히 말할 땐 휴머니스트로서의 실천을 강조하는 뜻이 아니겠어요?"

미혜의 말은 심창에서 자란 숙녀답지 않게 날카로웠다.

"사업가라고 해서 휴머니스트로서의 실천을 못한다고 되진 않을 텐데."

현상은 미혜의 말을 좀 더 이끌어낼 작정으로 이렇게 말했다.

"사업가의 목적은 돈벌이에 있죠? 돈을 벌기 위해 사람을 이용하죠? 돈을 잘 벌게 하는 수단이 되는 사람이면 우대하죠? 돈벌이에 지장이 되는 사람은 파면하죠? 말하자면 사람의 인격보다 물질을 우선시키는 가치관을 가지고 있는 사람이 사업가 아녜요? 그렇게 하지 않곤 배겨내지 못하는 게 사업가 아녜요? 이것이 원칙일 때 사업가는 본질적·원칙적으로 휴머니스트일 수 없다는 결론이 나오지 않아요."

　미혜의 질서정연한 얘기를 듣고 안현상은 어안이 벙벙했다. 아까 식사 때 난 사업가가 싫어요 라고 한 미혜의 말이 되살아났다. 그걸 한갓 기분으로 뱉은 말이 아니었던 것이다. 미혜는 자기 나름대로의 신념으로 한 말이었다. 그렇다고 해서 현상은 미혜의 말에 그대로 승복한 것은 아니다.

　"돈을 버는 과정은 미혜 씨의 말대로라고 합시다. 그러나 벌어 놓은 돈은 사람의 인격을 위해서, 인격 중심으로 쓰여질 수 있는 겁니다. 요약하면 돈을 벌 땐 미혜 씨의 말따라 안티 휴머니스트가 되었다가 번 돈을 쓸 때 휴머니스트가 된단 얘기죠."

　"하하."

하고 미혜는 상냥하게 웃었다. 한바탕 웃고 나더니

　"자선단체에 기부를 많이 했으니까 록펠러 씨가 휴머니스트란 말이군요. 그런데 자선단체에의 기부행위 자체가 세금을 적게 내기 위한 수단의 뜻이든지, 벌어 놓은 재산의 안전책을 위한 수단으로 해석

할 수 있다면 어떻게 되죠? 그리고 사업가는 안티 휴머니스트일 수
도 있고 휴머니스트일 수도 있다고 하셨는데, 그 사고방식의 중점은
어디에 있을까요? 안티 휴머니스트의 쪽에 있지 않겠어요? 전 사업
가의 딸로서 자라왔기 때문엔 그렇게 단언할 수가 있어요. 제 아버지
와 오빠를 좋은 의미로든 나쁜 의미로든 특수한 사업가라곤 보지 않
으니까요. 제겐 좋은 아버지, 좋은 오빠니까. 그들의 사고방식을 더
욱 잘 이해할 수 있거든요. 그들을 대표적인 사업가라고 볼 때 사업
가는 때때로 휴머니스트로서의 가면은 쓸 수 있어도 휴머니스트일
수는 없다는 결론이 나온 겁니다."

현상은 미혜의 결론에 석연할 순 없었지만 관찰력·판단력엔 아쉬
움 없는 찬사를 보내고 싶은 심정이 되었다. 그러나 그런 말은 빼고

"그러니까 미혜 씬 사업가를 부정하는 거로구먼."

하고 중얼거려 보았다.

"부정은 안 해요. 그러니까 사업가가 나쁘다는 얘기는 아녜요. 휴
머니스트가 아니라고 해서 어떻게 비난할 수가 있죠? 도리어 전 결
연한 실천도 못하면서 휴머니스트인 척하는 사람을 경멸해요."

"실업가가 싫다면서?"

"실업가는 싫어요. 아버지와 오빠의 생활을 보고 있으니까 그렇
게 된 거죠."

"왜 싫지?"

"자기가 자기의 주인 노릇을 못하는 것 같아서요. 사업, 사업에

만 쫓기고 자기 시간이란 게 없지 않아요? 그렇게 한평생을 살아 무엇을 하겠어요. 가난해도 자기를 소중히 하고 사는 생활이라야만 될 줄 알아요."

"경영의 합리화가 되면 사업가도 자기 자신의 주인이 될 수가 있죠."

현상이 스스로를 반성하는 뜻으로 이렇게 말했다.

"그러나 시간적인 여유는 생길는지 몰라도 사업가라고 하는 숙명의 테두리는 벗어나지 못할걸요."

미혜의 이 말을 현상은 진실에 가깝다고 여겼다. 사업가는 아무리 발버둥쳐도 학자나 예술가처럼 충실한 생을 살 수 없다는 생각을 몇 번이고 해본 적이 있는 안현상인 것이다.

"그럼 미혜 씨의 결혼 대상자 명부에선 사업가는 완전 탈락해 있겠군요."

"물론이죠."

미혜의 답은 단호했다.

한동안 말이 끊어졌다. 미스 김과 미스 윤은 어떤 토산물 가게 앞에서 기웃거리고 있어 현상의 곁엔 미혜만 남아 있었다.

"한 가지 묻고 싶은 게 있는데요."

미혜가 말했다. 현상은 물어보라고 선뜻 말할 수 없는 심정으로 미혜의 표정을 살폈다.

"선생님은 사업을 하셔서 돈을 벌어 갖고는 뭘 할 셈이죠?"

"글쎄요."

현상은 일순 망설이다가

"달세계에 갈 여비나 마련하는 셈일까요?"

하고 농담을 했다.

"전 진지하게 묻고 있는 거예요."

미혜는 정색을 하고 있었다.

"학자는 될 수 없다, 예술가도 될 수 없다, 사랑도 못한다, 혁명가도 될 수 없다, 그래 사업가가 된 것뿐이죠. 돈을 벌어 뭣을 하겠다고는 아직은 생각해 본 일이 없습니다. 그리고 무엇을 할까 하는 생각을 할 만큼 번 돈도 없구요."

"선생님도 아시고 계시지만 제 아버진 꽤 돈을 많이 번 분 아녜요? 그런데 뭐예요. 전 아버지가 불쌍하다고 생각해요. 그렇게 지낸 평생이 뭣일까 생각하니 기가 막혀요. 그런데 눈치를 보니 요즘 사업에 무슨 실패가 있었나 봐요. 은거하신다더니 또 회사에 나가시거든요. 걱정이 태산 같으신 모양이에요. 전 실패한 사업가는 말할 것도 없구 성공한 사업가도 비참하다고 생각합니다. 안 선생도 비참해지지 않도록 하세요."

미혜의 말엔 정이 있었다. 현상은 이 나이 어린 처녀의 뇌리에 왕래하는 관념의 가닥가닥에 흥미를 느꼈다.

"걱정을 해주어 고맙소. 미혜 씨는 총명하니까 참된 생활을 할 수 있을 거요."

현상은 진심으로 이렇게 믿고 이렇게 되기를 원하는 마음으로 말했다.

3

강양숙은 방으로 돌아와 목욕을 하고 자리에 누웠으나 잠을 이룰 수가 없었다. 웬지 기미혜와 안현상을 연결시키는 관념의 늪에서 기어나올 수가 없었다.

어느 모로 보나 그렇게 결합되기만 하면 하늘 아래 제일 가는 한 쌍의 부부가 될 것이 틀림없었다. 그러나 이건 양숙으로선 괴로운 상상이었다. 그러면서도 한편 자기의 안현상에게 대한 사랑이 진실한 것이 되자면 어떤 수단을 써서라도 두 사람이 결합되게 해주어야 할 것이 아닌가 하는 생각에 골몰했다.

'안 사장은 그런 일을 상상조차 안 하고 있을지 모른다.'고 생각하면 마음이 가벼워지고

'안 사장이 성호재벌에 무조건 돈을 빌려주라고 한 저의에 미혜란 존재가 있지 않았을까.' 하고 생각하면 가슴이 무거웠다.

'안 사장은 운명이라고 하던데 미혜와 안 사장이 속리산에서 만나게 된 것도 커다란 운명의 실마리가 아닌가.'

강양숙은 이성으로선 안현상의 배필로서 기미혜를 생각하고 감정으로선 미혜를 무서운 적으로 계산하고 있었다. 영리한 양숙은 자

기 마음속의 갈등을 명료하게 관찰하고 있었다.

동시에 언젠가는 닥칠 절망을 이겨내기 위한 마음의 수련을 게을리하지 않았다. 현상과 미혜를 합쳐 그 두 사람에게 봉사하는 위치에다 자기를 두고 행복할 수 있도록 지혜를 가꾸어야겠다고 다짐도 해보았다. 그만큼 그날 밤의 양숙의 마음은 지옥이라고 할 수 있었다.

양숙의 예정은 이틀을 더 속리산에서 머물게 되어 있었지만 현상이 활달하게 처녀들과 사귈 수 있게 해주기 위해서 자기 혼자만 내일 떠나야겠다고 마음을 먹었다. 그러자 저도 모르게 눈물이 쏟아졌다.

그러면서도 현상이 밖에서 돌아오면 자기 방으로 와 주었으면 하고 바랐다. 현상이 자기 방에 나타나 주기만 하면 현상을 위해서 어떤 희생이라도 감당할 용기가 날 것이라고 짐작했다.

'오지 않으면?'

그래도 도리가 없다. 현상을 위한 희생의 길을 걸을 수밖에. 이런 생각을 하다가 양숙은 오늘 밤 현상이 자기 방에 오고 안 오고에 의미를 부여해선 안 되겠다고 마음을 먹었다.

'산을 오르내려 몹시도 피곤해 있을 것이니 돌아오면 우선 잠잘 생각밖엔 없을 것이 아닌가.'

엉뚱한 생각이 뭉게뭉게 일어나 양숙은 갈피를 잡을 수 없었으나 어느덧 잠길에 접어들었다.

잠길에 들자 곧 꿈을 꾸었다.

안현상이 기미혜와 결혼식을 올리는 꿈이었다. 그런가 보면 자기가 결혼식을 하는 꿈으로 바뀌기도 했다. 어떤 장면은 미혜의 신부 의상에 얼굴을 파묻고 자기가 울고 있는 것도 있었다. 꿈길을 방황하면서 한없이 눈물을 흘렸던 모양이었다. 눈을 떠보니 안현상이 머리맡에 서서 양숙의 얼굴 위의 눈물자국을 닦고 있었다. 양숙은 그것까지도 꿈이 아닌가 생각했지만 그건 꿈이 아니었다.

"언제 돌아오셨수?"

하고 일어나려고 하는 양숙의 어깨를 눌러 누워 있으라고 하고 현상은

"무슨 몹쓸 꿈을 꾼 모양이죠."

하고 나직이 속삭였다.

"아녜요. 너무나 행복한 꿈이었어요."

꿈이 행복한 것이 아니라 현상이 머리맡에 서있는 상황이 행복했던 것이다.

"너무나 호젓한 호텔이 되어서 오늘밤은 나도 여기서 자야겠소."

하고 현상이 옷을 벗으려고 했다.

"안 됩니다. 학생들도 있는데, 우리들의 관계는 어디까지나 비밀로 해야 해요."

양숙이 자리에서 일어나 현상의 옷을 못 벗게 했다. 마음과는 전연 딴판인 동작, 그러면서도 '나는 왜 이렇게 슬픈 여자일까.' 하고 마음 속에서 울었다.

"비밀이 다 뭐요. 난 여기서 자야겠소. 당신은 어떨지 모르지만 내

가 쓸쓸해서 안 될 것 같소."

현상은 양숙에게 대한 사랑으로서보다도 아내를 혼자 두고 젊은
여자들과 어울려 다닌데 대한 마음의 부담감을 그런 행동으로서 덜
려고 하는 것이라서 양숙의 반대엔 아랑곳없이 옷을 벗고 양숙의 침
대에 비집고 드러누웠다.

현상은 눕자마자 가볍게 코를 골기 시작했다. 양숙은 그 코고는
소리를 그지없는 음악소리처럼 들으면서 은은한 불빛으로 현상의
잠자는 얼굴을 한참 동안 바라보았다.

'이 남자를 위해 나는 아낌없이 자신을 희생하리라.'

양숙은 내일 아침 자기만 먼저 떠나도 부자연하지 않을 구실을
생각해내고는 현상의 곁에 누웠다.

그 이튿날 아침, 강양숙이 회사에 바쁜 일이 있다면서 먼저 떠
나려고 하자 현상은 자기 혼자 남아 있기 싫다면서 따라나섰다. 아
래층으로 내려오니 미혜의 일행도 룩작을 챙겨놓고 떠날 준비를 하
고 있었다.

"간밤엔 감사했습니다."

하고 미혜와 그 친구들은 활발하게 인사를 했다.

"자동차가 넓으니까 같이 타고 가도록 하죠."

하고 양숙이 안현상에게 청했다.

현상의 캐딜락은 운전사를 제하고도 수월하게 다섯 사람을 태울
수 있었다. 운전사 옆자리에 미스 김과 미스 윤이 타고 뒷좌석엔 안

현상, 기미혜, 강양숙의 순으로 앉았다. 양숙이 그렇게 꾸민 것이다.

차 안에서도 활발하게 얘기가 오갔다. 처녀들은 주로 등산행각을 했을 때의 회고담을 했다.

"한라산에 갔을 때는 돌부리만 밟아 놓으니 발이 부어 터졌어요."

"설악산에선 개울에서 목욕을 하다가 지나가는 사람들에게 들켜 혼이 났어요."

"지리산에선 어떤 놈팽이들이 짓궂게 구는 바람에 어떻게 우스웠던지."

"혜인사 갔을 때는 산중 방에서 잤는데 재밌는 얘기 많이 들었지."

듣고 보니 이 처녀들은 대한민국 팔도 안에 있는 명승엔 안가본 데가 없는 것 같았다.

"잘도 돌아다니셨군."

현상이 이렇게 말하자 그 일행은 속리산만 해도 이번으로서 세 번째라고 했다.

"다시 한 번 더 가보고 싶은 데는 어디죠?"

현상이 물었다.

"동해쪽에 있는 백암 온천."

미스 김이 말했다.

"거길 가야 온천 기분이 나요."

미스 윤이 거들었다.

"그곳에서 미혜는 열렬한 사랑을 받았답니다."

미스 김이 이렇게 말하자, 미혜가

"얘두."

하고 때리는 시늉을 했다.

"그 러브 스토리 듣고 싶은데."

현상이 쾌활하게 맞장구쳤다.

얘기의 줄거리는 이랬다.

미혜의 일행이 그곳에 갔을 때는 지난 해의 늦은 봄이었다. 백암 온천엔 여관이 꼭 하나밖에 없다. 미혜의 일행이 든 방의 바로 옆방에 고등고시의 준비를 한다는 청년이 들어 있었는데 미혜가 그 여관에 도착한 이튿날 열렬한 구애의 편지가 왔다는 것이다. 미혜는 그 편지를 보지도 않으려고 했는데 장난꾸러기 미스 김이 '산꼭대기까지 가서 아주 부드러운 고사리나물을 한아름 따다 주면 미혜에 대한 당신의 사랑이 열매를 맺도록 노력하겠노라'고 편지를 썼다. 그랬더니 그 청년은 첫새벽에 일어나 산으로 올라가선 고사리나물을 한아름 따 갖고 와서 미혜들의 방 앞에 놓았다. 그러자 이번엔 미스 윤이 편지를 썼다.

'미스 김의 말을 들은 학생이 불쌍하다. 미스 기는 고사리나물 따위에 넘어가진 않는다. 그러니 산 속에 핀 갖가지 꽃을 꺾어 정성을 다해 화환을 만들어라. 그 화환을 사랑의 심볼로서 헌상하면 학생의 소원은 단번에 성취될 것이다. 미스 기는 아름다운 꽃을 보면 미쳐 버리는 성품을 가지고 있다.'

이 편지를 받자 그 청년은 또 이튿날 새벽에 산으로 올라갔다. 그 틈에 미혜의 일행은 평해(平海)로 내려와 버렸다.

"화환을 만들어 헌상하려고 하니까 여왕께선 온데간데없이 되었으니 그 청년의 실망, 짐작할 만하죠?"

미스 윤이 깔깔대고 웃었다.

"그 청년이 검사쯤 되는 날엔 사기죄로 모두들 붙들려 혼날 게 아냐?"

하면 현상도 웃었다.

"여행을 할 때 언제나 미혜는 사고의 원인이 된다니까요. 미인박덕이란 말은 미인이면 박덕하다는 말이 아니라 박덕하지 않으면 미인은 배겨내지 못하다는 뜻이 아닐까 해요."

"미스 김의 그 풀이 근사한데요."

강양숙은 짐짓 감탄하는 어조로 말했다. 얘기는 급속도로 방향을 바꾸어 누가 제의한 것도 아닌데 오늘밤은 유성 온천에서 묵기로 작정이 되었다.

"유성 온천의 만년장엔 근사한 요정이 있지. 그런 요정의 아가씨들은 서울 여성에게 깔뵌다는 열등감이 없을 테니까 오늘밤은 거기 가서 파티를 합시다."

안현상은 소년처럼 쾌활하게 강양숙의 동의를 구했다.

"사장님 뜻이라면 비서가 파티를 마련하죠."

양숙은 그렇게 쾌활한 현상의 태도를 보는 것은 처음이란 느낌을 가지면서 한편 기쁘고 한편 우울했다.

'안 사장은 아무래도 미혜가 마음에 드는 모양이구나.'

속리산에서 유성으로 가는 길의 추석(秋夕)은 아름다웠다. 골짝마다 들마다 황금의 벼가 가득히 파도치고 있었고 상록의 소나무 숲 사이로 수놓인 빨갛게 물든 단풍잎이 아름다웠다. 금수강산이란 표현은 이런 때 이런 풍경을 보고 느낀 감탄이리라 싶은 실감이 났다.

강양숙은 여자 대학생들의 활발한 언동과 그의 젊은 나이를 질투할 정도로 부러웠다. 자기의 불우했던 처녀시절이 갑자기 회한과 더불어 회상되면서부터 그 쾌활하고 명랑한 분위기에 어울리도록 표정을 꾸미기에 신경을 썼다.

'유성 온천의 만년장에 현상이 여장을 푸는 것을 보고 나는 곧 서울로 올라가야겠다. 자연스럽게 구실을 달고.'

시골길인데도 캐딜락은 멋지게 달렸다. 그 차 안에서 강양숙은 흘러간 청춘에의 회한과 더불어 인생의 의미를 느꼈다.

4

겨울의 사철나무, 그 바래진 것 같은 녹색. 미혜는 유리창 너머로 겨울의 뜰은 바라보면서 저런 경우 햇볕이 사철나무를 비추고 있다, 또는 쪼이고 있다고는 할 수 없다고 생각했다.

'겨울 햇볕이 바래진 사철나무의 녹색 언저리에 서성거리고 있

다. 또는 서려 있다고 해야지.'

겨울철의 약한 햇볕을 보고 있으면 여름철의 그 강렬한 태양의 존재가 거짓말처럼 느껴진다.

'올해의 겨울도 간다. 그러면 또 한 해가 가는 셈이다.'

미혜는 저도 모르게 한숨을 쉬었다. 그리고 어젯밤 밤을 새워가며 읽은 사로얀의 『인간희극』이란 소설 가운데 나타나는 몇 장면을 연상했다. 치밀하고 정교한 묘사가 아닌데도 그 장면 하나하나가 선명하게 뇌리에 떠오른다. '율리시즈'니 '호머'니 하는 이국의 청소년들이 조금도 구체성을 띠지 않으면서도 선명한 이미지로서 가슴속에 남았다. 미혜는 가끔 좋은 작품을 읽었을 때 문학이란 좋은 것이다 하고 되뇌어 보는데 어젯밤 미혜는 『인간희극』을 읽고 새삼스럽게 그렇게 느꼈다. 미혜는 사로얀이란 사람을 만나 보고 싶은 충동을 갖기까지 했다.

틀림없이 부드러운 눈빛을 가진 얼굴에 우수의 그늘이 끼인 사람일 것이다. 목소리는 조용조용 부드럽고 정이 가득 깃들어 있을 것이다.

문득 미혜는 『인간희극』을 안현상 씨에게 읽어보게 했으면 어떨까 하는 생각을 하고 가슴에 신선한 고동이 치기 시작하는 걸 느꼈다. 그래 전화를 걸어 보아야겠다고 마음먹고 응접실 쪽으로 가려고 골마루를 도는데 아버지 방에서 격한 소리가 들려왔다.

"안 돼, 인사를 개편해야 해."

아버지의 소리였다.

"제 생각으론 현재 진영이 모두들 우수하다고 보는데요."

오빠의 소리.

"아무리 우수해도 회사의 일과 자기 개인의 일을 별개로 치고 있는 사람들은 안 돼."

이건 아버지의 소리.

"회사 일을 자기 일처럼 생각하는 그런 헌신적인 사람을 요즘 세상에 어떻게 구한단 말입니까."

오빠의 소리.

"있어. 능력은 모자랄지 모르지만 충성심이 강한 사람이 있단 말야. 이 난국은 그런 사람들로 수습해야 해."

아버지의 말.

"황 전무니 서 상무니 하는 그런 낡은 사람들 말입니까."

오빠의 말.

"왜 황 전무가 어쨌단 말야. 회사를 네게 맡길 때 우선 네 기분을 살려 쇄신한 기풍으로 일해 보자고 황 전무를 은퇴시켰는데 그게 잘못이야. 요즘 그 임 전무니 김 상무니 하는 놈들의 꼬락서니를 보라구. 회사가 이렇게 된 건 자기 책임이 아니다, 하는 점만을 내세우고 언제든지 이런 회사는 그만두겠다는 그런 배짱이 아닌가."

아버지의 말.

"인사개편을 꼭 하셔야겠다면 저는 그만두겠습니다."

오빠의 말.

"그만두고 싶으면 그만둬. 이왕 내가 시작한 사업이니 망해 먹어도 내가 망해 먹어야겠다. 생각해 보라구. 요즘 은행의 태도가 어떤가. 회사가 살 만하니까 은행 사람들에게 뻣뻣이 군 죄로 지금 봉변을 당하고 있는 거야. 회사가 잘될 때일수록 은행 사람들에겐 굽신굽신해야 하는 건데, 거 임 전무니 김 상무니 하는 작자들이 어떻게 했나. 행장을 전화로 불러내고 전무니 상무쯤은 안중에도 없구. 글쎄, 은행 사람들이 뭣이 무서워서 임 전무나 김 상무에게 굽신거린지 아나. 그자들이 잘나서 대접한 줄 아나. 일이천만 원의 대월도 못보게 만든 놈들이 그놈들 아냐? 그건 그렇다고 치고 또 정치하는 사람들에게 대한 태도는 뭔가 말이다. 한국의 사업이 미국식으로 될 줄 알아, 돈을 벌고 안 벌고는 정치가들과의 관계 여부에 있는 거야. 몇 차례 이권 경쟁에 진 때문에 요꼴이 아닌가. 배짱도 부릴 데 가서 부려야지. 권력의 소재를 분명이 알아 가지고 상대방의 발바닥까지 핥아 주겠다는 시늉질까질 해야 하는 거야. 사업가에게 자존심이 무슨 쓸모가 있어. 자존심과 성공을 맞바꾸는 게 사업가란 말야. 성공만 하면 이편에서 아무리 겸손해도 저편에서 존경하게 되는 법야. 하여간 임 전무와 김 상무의 자리는 옮기고 황과 서를 대치할 거니까 그렇게 알아둬."

아버지의 말 끝에 오빠가 무슨 소릴 하는 것 같았는데 잘 들리지는 않았다. 그 대신 아버지의 노기가 서린 고함이 터져 나왔다.

"그 강양숙인가 하는 여자에게 대해서만도 그렇지 않나. 이억 원 남짓한 채권잔데 그 편에서 자발적으로 만나자구 했으면 사장이 직접 만나보고 부탁도 하고 해야 할 것 아냐?"

강양숙이란 이름이 튀어나오는 바람에 미혜는 신경을 곤두세웠다.

'바로 그 강양숙 여사다. 그 사람이 우리에게 이억 원이나 빌려 줬단 말인가.'

오빠의 조용한 소리가 들려왔다.

"임 전무가 만났는데 근저당 설정을 해주든지 회사의 주식을 나눠 주든지 했으면 좋겠다는 의견이었어요."

"강양숙이란 도대체 어떤 여자야."

아버지는 누그러진 어조로 묻는다.

"부동산 매매를 주로 하고 있는 여잔데 우리에게 빌려준 돈의 임자는 그 배후에 있는가 봅니다."

'그 배후라면 안현상 씨다. 그럼 안현상 씨가 우리에게 돈을 빌려 준 거다.' 싶으니 미혜의 얼굴은 빨개졌다.

"주식을 나눠 달라면 나눠 주지. 일, 이 할쯤 나눠 줘도 별반 지장이 없지 않겠나. 물론 경계는 해야 하지만 잘만 하면 공짜로 자본을 도입하는 결과가 되기도 하니까."

미혜는 아버지의 그 말을 섬찟하게 들었다.

그 이상의 말을 듣고 싶은 생각이 나질 않았다.

미혜는 자기 방으로 돌아가 외출할 채비를 했다. 핸드백 속에 사로얀의 그 책을 챙겨 넣는 것을 잊지 않았다. 시계를 보니 오전 열한 시. 화요일이다. 어쩌면 현상과 같이 점심을 먹을 수 있을는지 몰랐다.

"엄마, 나 좀 밖에 나갔다 올게."

어머니의 방을 보고 이렇게 말하자 미닫이를 열고 진혜가 나왔다.

"너 어딜 가니?"

"데이트."

"데이트라니?"

"기약없는 데이트. 만날 수 있을는지 없을는지 모르는 데이트."

"친구?"

"친구는 친구로되 남자 친구."

"누구야?"

"비밀."

"연애의 시초인가부지?"

"천만에, 누구는 그 사람을 별이라고 하던데."

"별이면 스타가 아냐? 배우?"

"미안하지만 그런 사람은 상대를 안 해요."

"속시원하게 말해 보렴."

"왜 언닌 유별나게 따지고 들지?"

"요즘 네 행동이 수상해서 언니된 입장에서 관심을 가져야겠다고 생각한 거야. 어머니로부터의 위임 사무이기도 하고."

"걱정일랑 말아요."

"걱정이야 안 하지."

"그럼 셧 유어 마우스 프리즈."

"그렇다고 해서 무관심할 수야 있어? 도대체 상대가 누구야."

"한 가지만 힌트를 주지. 언니도 잘 아는 사람야."

"젊은 사람?"

"물론, 나는 늙은 남자와 데이트할 취미는 갖고 있지 않으니까."

"누굴까."

"알아맞춰 봐요. 젊다고 해서 무작정 젊은 사람은 아니니까. 나이 많은 사람에게 비하면 젊고 나이 어린 사람에게 비하면 나이가 많구."

"그런 수수께끼를 풀 재간은 없는데."

"하여튼 언니가 잘 아는 사람이야."

진혜는 고개를 갸우뚱하며 생각하곤

"안현상 씨?"

하고 주저주저 물었다.

"정답."

이라면서 미혜는 현관 쪽으로 몸을 돌렸다.

5

북악 스카이웨이의 팔각정 위에 현상과 미혜는 마주 대하고 앉았다. 서울의 거리가 소리를 죽이고 높고 낮은 집들의 중락으로서 눈아래 깔려 있었다.

거리의 탓으로 일체의 소리도 들리지 않고 어떤 움직임도 보이지 않는다. 서울은 완전히 침묵의 도시였다.

"꼭같은 서울이 그 속에 말려들어 있을 때와 이처럼 거리를 두고 있을 때는 전연 다르지 않아? 인생도 보는 각도와 거리에 따라 전연 딴판일 수 있는 거지."

현상이 이렇게 말하자,

"사업가답지 않은 말씀이군요."

하고 미혜는 상냥하게 빈정댔다.

"사업가는 사람이 아닌가?"

"분명 사람이 아니죠. 사람 이하거나 사람 이상일는지는 몰라도."

"대단히 비비 꼬인 말인데."

하고 현상은 웃었다. 그리고 이 여자와 같이 지내면 언제나 생생한 자극을 얻을 수 있을 것이란 생각이 문득 들었다. 부부라는 것을 평생을 끄는 대화라고 볼 때 언제나 화제가 새로우면 그 생활은 신선함을 유지해 나갈 것이니 미혜는 그런 의미에서도 멋진 아내일 수 있을 것이란 짐작도 들었다. 그러나 현상이 미혜를 아내의 대상으로서 생각하고 있는 건 아니다.

"문명이란 결국 게으른 사람을 위해서 편리를 제공하는 결과밖에 되지 않을 것 같아요."

미혜가 생각하는 표정으로 말했다.

"그건 또 왜."

"생각해 보세요. 이 스카이웨이만 해도 그렇잖아요? 이 스카이웨이가 되기 전 저는 매년 서너 차례씩 이곳에 올라와서 서울의 모습을 바라보곤 했지요. 그때 게으른 사람들은 그럴 엄두도 내지 못했을 것 아녜요? 그런데 지금은 스카이웨이 때문에 게으른 사람도 택시만 잡아타면 올라와서, 저렇게 의자에 걸터앉아 안이하게 서울을 구경할 수 있게 되었잖아요."

현상은 그럴싸한 사상이라고 여겼다. 한동안 침묵이 흘렀다. 침묵한 눈빛 아래 겨울의 의상을 두른 서울의 거리와 주변의 풍경이 가슴에 스며들어 겨울다운 감회를 엮었다. 한참 후에야 미혜가 다시 입을 열었다.

"선생님은 돈을 벌어 가지고 무엇을 할 작정이세요?"

"언젠가도 그런 질문을 받은 것 같은데."

하고 현상은 말을 끊었다.

"매일처럼 매시간마다 선생님 스스로가 물어야 할 질문 아녜요?"

미혜가 날카롭게 찌르고 들었다.

"돈을 어디에 썼으면 하고 생각해야 할 정도로 나는 돈을 벌고 있지 않으니까."

현상은 솔직한 심정을 그냥 말했다.

"사업을 안 하고 뭣을 하면 좋겠소?"

미혜는 진지한 표정으로 말했다.

"예술 생활을 했으면 해요."

장난기 없는 미혜의 말이었다.

"예술엔 소질이 없어."

"예술가의 생활을 하시란 게 아녜요. 예술을 즐기는 생활을 하시란 거예요."

"그러기 위해서도 소질이 있어야지."

"그럭저럭 먹고 살 만큼 노력하고 좋은 책을 읽고 아름다운 그림을 보구 음악도 듣구 그렇게 해서 세상을 충실하게 살면 어때요. 외람된 말씀 같지만 선생님 정도면 그렇게 하실 수 있을 거라고 저는 믿어요."

현상은 생각해 볼 만한 문제라고 여겼다. 사업을 하노랍시고 열중해 살아온 최근 수삼 년을 생각하면 허망하다는 느낌도 들었다.

"미혜 씬 내게 그런 충고를 하려고 오늘 만나자고 했나."

"아녜요. 본론은 따로 있어요. 그런데 선생님만 만나면 어쩐지 사업을 그만두시라고 권하고 싶으니 이상하죠?"

"모처럼의 미혜 씨 말이니까 잘 생각해 보지."

미혜는 핸드백을 열고 사로얀의 책을 꺼내 탁자 위에 놓았다.

"선생님, 이 책 읽으신 적이 있어요?"

"사로얀이라, 이름은 들은 적이 있지만 책을 읽어 본 적이 없어."

"그러시다면 이걸 한번 읽으시고 제게 감상을 들려줘요. 전 어젯밤 이 책을 읽고 크게 감동했답니다."

현상은 책을 집어들었다. 『휴먼 코메디』란 그 책을 뒤적거리며 말했다.

"이 책을 읽으라고 하려고 오늘 나를 불러냈군."

"아녜요. 본론은 따로 있어요."

"그 본론이란 걸 빨리 듣고 싶은데."

"선생님은 저와 같이 있는 게 싫으세요?"

"천만에."

"그럼 왜 본론 얘기를 재촉하시죠?"

"그걸 먼저 듣지 않으면 마음이 께름해서 그래."

"그렇다면 말씀드리죠."

하고 미혜는 오늘 아침 자기 아버지와 오빠가 주고받은 얘기를 대충 옮기고 결론으로 빚을 빨리 돌려 받는 편이 낫지, 근저당설정이니 주식을 사는 등의 방법은 포기해야 한다고 말했다.

"대금업자로서의 나의 정체가 탄로난 셈이구먼."

하고 씁쓸하게 웃곤 말했다.

"그래서 미혜 씨는 날더러 사업을 그만두라고 충고하셨구나."

"아녜요, 아녜요. 대금업을 하신다는 걸 가지고 제가 드린 말씀은 아녜요. 사업이란 것 자체를 저는 싫어하거든요. 안 선생님 같이 훌륭한 분이 사업 같은 그런 너절한 환경에 말려들지 말고 인생을 즐기며 사실 수 있으면 얼마나 좋을까 하고 단순한 마음으로 드린 말씀이에요. 그리고 주식을 사봤자 아버지에게 이용만 당하고 만다는 얘기도 드리고 싶었구요. 헌데 우리집 회사의 주식은 사서 어떡하실 참이었죠?"

"미혜도 솔직히 말을 하니까 나도 솔직히 말하지. 주식을 사서 차츰 그 회사를 내 손아귀에 넣을 작정이었지."

"그만두세요. 정말, 호락호락 넘어갈 아버지도 오빠도 아니니까요. 그리고 전 진심으로 안 선생이 그런 이해관계로 우리집과 얽히는 데 반대예요."

얘기가 이렇게 되고 보니 자연 사업문제가 화제에 올랐다. 미혜가 아버지와 오빠의 의견대립이 감정대립으로까지 번지고 있다는 얘기를 하고 회사 꼴이 왜 갑자기 그렇게 되는가 하고 의아심을 표명하자 현상은 친절하게 다음과 같은 얘기를 했다.

젊은 기 사장의 미국식 운영방법은 회사가 순풍을 타고 있는 동안엔 좋다. 능력 본위의 인사, 능률 본위의 보수, 게다가 찐득찐득한 인정을 게재시키지 않고 만사 컴퓨터 식으로 처리해 나가니 통풍이 잘되어 회사의 분위기가 청결하기도 하다. 그런데 일단 회사의 기운이 기울기 시작하면 순풍 시절의 능력 본위, 능률 본위는 그 보람을 거두기는커녕 일종의 반작용으로 나타나는 수가 있다. 말하자면 순풍 시질에 능률을 발휘하던 사람들이 역경에 서면 왕왕 그 실력을 발휘하지 못할뿐더러 그렇게 된 원인을 자기에게 있다고는 생각하지 않고 회사에 책임이 있다는 식으로 생각하게 되어 불만을 품게 된다. 성호 재벌의 경우는 이와 같은 증상을 뚜렷이 드러내는 과정을 밟고 있다. 그런 것을 깨달은 기 회장은 능력보다는 충성도가 강한 부하를 택하고 기 사장은 충성도 문제는 회사의 기구로써 커버할 수 있으니 능력이 있는 사람을 택하고자 하는 것이다.

"그래서 생긴 의견대립일 거라고 나는 보는데 요즈음 형편으로선 미혜 씨의 아버지 의견을 따르는 편이 회사에 유리할 거요."

하고 현상은 긴 설명을 끝맺었다.

미혜는 본래 지적인 호기심이 강한 탓으로 현상의 설명을 흥미 있게 들었다. 그러나 그 얘기를 듣고 사업가에게 대한 혐오는 더욱 강해졌다.

"하여간 사업이란 건 귀찮은 거로구먼요. 그러니까 선생님은 그런 걸 그만두시란 거예요."

"미혜 씬 철저한 사업 반대론자이시군."

"아녜요. 선생님 같은 분은 사업하시기엔 아깝다는 뜻일 뿐예요."

현상과 미혜는 이어 시간 가는 줄 모르고 얘기 꽃을 피웠다. 어느덧 겨울 해가 저물고 있었다.

"선생님의 귀중한 시간을 너무 많이 뺏은 것 같은데요."

하고 미혜는 자리에서 서며 말했다.

"선생님, 사로얀은 꼭 읽으셔야 해요."

"읽지요. 읽고 토론을 합시다."

현상은 유쾌하게 말했다.

6

미혜를 만나고 돌아온 안현상은 강양숙을 불렀다.

"오늘 재미를 많이 보셨어요?"

미혜와 같이 나간 줄을 아는 강양숙이 물었다.

"역시 활달한 아가씨야. 그런데 오늘 미혜에게서 들은 말도 있고
해서 오시라고 한 건데."

하는 서두를 떼고 성호 재벌에 융자한 돈을 되도록 서둘러 회수하
자는 제안을 했다.

"그건 또 왜요?"

하고 강양숙이 물었다. 어제까지의 태도와는 전연 딴판이라는데 의
아심이 있었다.

"가능하면 그 회사를 수중에 넣어 보려고 한 건데 그게 그렇게 쉬
울 것 같지도 않고 뿐만 아니라 그 회사와 이해관계로서 얽히고 싶
지 않은 겁니다."

"그럼 어떻게 하죠?"

"내가 알기엔 H동에 성호 재벌 소유의 빌딩이 있습니다. 지금 은

행에 저당이 되어 있을 건데 그걸 은행 부채를 안기로 하고 사는 형식을 취합시다. 응하지 않으면 별 수 있습니까. 어음이나 수표를 상환하지 않고 집어넣읍시다."

"부도가 나면 결국 회수하기 어렵잖아요?"

"할 수 없지. 그러나 H동의 빌딩을 방불한 갑으로 사겠다고 하면 십중팔구 응할 겝니다."

그렇게 하도록 작정을 하고 나서 강양숙이 화제를 미혜에게로 돌렸다.

"사장님은 기미혜를 어떻게 생각하세요?"

"어떻게 생각하다니요?"

"결혼 상대로서 어떠세요?"

안현상은 웃었다.

"결혼한 사람에게 또 결혼 상대가 무슨 필요가 있습니까."

"아닙니다."

강양숙이 자세를 단정히 하고 말을 이었다.

"전 각오를 하고 사장님과 결합된 겁니다. 만일 사장님이 저 때문에 결혼을 안 하신다면 전 큰 죄를 짓는 거로 되어요. 며칠 전 고모님께서 또 편지가 왔어요. 안 씨 문중의 종손이 아직 미혼이고 후사가 없다면 문중으로서도 큰 일이니 서둘러야 한다구요."

"당신이 후사를 하나 낳으시구려."

현상은 역시 웃는 얼굴로 말했다.

"죄송하지만 전 아이를 낳지 못하는 여자예요. 설령 아이를 낳을 수 있다고 해도 그건 안 될 말입니다."

현상이 웃는 표정을 엄숙한 표정으로 바꾸며

"난 당신에게 만족하고 있소. 당신을 좋아도 하고 있구요. 아들이 있건 말건 우리 이대로 지냅시다. 앞으론 다시 이런 얘긴 꺼내지 않기로 합시다."

하고 선언하듯 말했다.

강양숙도 엄연한 태도로써 말했다.

"꼭 그렇게 고집하신다면 천상 제가 없어져야 하겠군요. 그렇게 하시는 건 저를 없어지라고 하는 거나 마찬가지예요. 소원입니다. 저를 곁에 있게 해주세요. 적당한 처녀와 결혼을 하시면 전 누이처럼 두 분을 보살피겠어요. 그렇지 않으면 전 사장님의 눈앞에서 사라지고 말 겁니다."

안현상은 눈을 감았다. 강양숙의 정성을 뼈에 사무치도록 느꼈다. 그리고 자기 자신은 대수롭게 생각하지 않는 터지만 종손이란 위치, 후사의 문제 등이 만만찮게 현상의 생각을 사로잡았다.

"우선 미혜 씨와 결합될 수 있는가의 가능을 타진해 볼 테니까요."

하고 강양숙은 현상의 대답을 기다리지 않고 밖으로 나가 버렸다.

양숙이 미혜를 찾은 것은 그로부터 1주일쯤 후였다. 크리스마스가 열흘 뒤에 다가오는 무렵이라서 양숙은 홍콩에서 가져왔다는 비취 브로치를 선물로 싸들고 J호텔의 커피점에서 미혜를 기다렸다.

오래간만이란 인사를 주고 받기가 바쁘게 미혜가

"강여사께서 우리집 회사를 많이 도우고 계신다고 듣고 퍽 감사하게 생각합니다."

하고 절을 꾸벅했다. 안현상에겐 하지 않은 태도였다.

"미혜 씬 댁의 사업에 관심이 많으신 모양이에요. 나는 장사로 하는 거지, 댁의 사업을 도우려고 하는 건 아네요."

하고 양숙이 상냥하게 웃었다.

"H동에 있는 빌딩을 사시겠다구요?"

미혜가 다시 사업 얘기를 꺼냈다.

"그래 댁에서들 뭐라고 해요. 그 빌딩을 팔겠답니까?"

"아마 그렇게 기울어지는 모양이죠? 헌데 그 빌딩은 제 이름을 따서 미혜 빌딩이라고 해요. 그 빌딩을 짓고 얼마 안 되어 제가 난 탓으로 어려서부터 그 빌딩은 내게 준다는 말을 들어왔거든요. 그걸 팔려고 하니까 아버지 마음이 퍽 언짢으신 모양이지요. 절더러 그런 얘기를 하며 양해를 구하지 않아요? 전 좋다고 했죠. 그런 것에 관심이 없다구 좋도록 하자구."

강양숙은 미혜의 얘기를 들으며 돌연 운명이란 걸 느꼈다. 언젠가 안현상이 결혼이란 운명이라고 말한 적이 있었는데, 현상과 미혜는 운명적으로 결합될 수 있을 것이 아닌가 싶었다. H동의 빌딩을 '미혜 빌딩'이라고 하고 그걸 미혜에게 줄 작정을 했다고 하는데, 미혜가 현상의 아내가 되면 그것을 팔아도 결국 미혜의 빌딩이 되는 것이 아닌가. 현상이 그런 사정을 알고 그 빌딩을 사자고 한 것은 아닌 것이다. 그러니 그것을 운명의 작용으로 보지 않을 수 없었던 것이다.

강양숙은 단도직입적으로 묻기로 했다.

"미혜 씨, 실례를 무릅쓰고 묻겠어요."

"좋아요, 뭐든."

"안 사장님을 어떻게 생각하세요?"

"어떻게 생각하다니요?"

"혹시 결혼 상대로서 생각해 보실 수 없어요?"

"상대방에서 원하시지도 않는데 제가 그런 걸 생각해요?"

"원하신다면?"

"원한대도……."

미혜는 생각하는 빛으로 말했다.

"원한대도 부족한 것이 있어요?"

"부족이라기보다……."

"나이가 많아서요?"

"천만에요."

"그럼."

"똑바로 말할까요?"

"말하세요. 그걸 듣고 싶어요."

"사업을 하시는 한, 다시 말해서 사장님이니 회장님이니 하는 말을 듣는 한 안 선생님이 원하신 대두 받아들일 생각은 없어요."

"왜 그렇게 사업가를 싫어하시지?"

"제 남편으로선 절대 사업가를 용납하지 않겠어요. 이유가 많기
도 하고 없기도 해요."

양숙으로선 안현상을 사업을 그만두게까지 해서 미혜와 결합시
킬 생각은 없었다. 누가 부탁한다고 해서 호락호락 평생의 사업을 그
만둘 현상도 아니었다. 양숙은 현상의 포부를 알고 있다.

"결혼한 후에 차차 사업에서 손을 떼게 할 수도 있지 않을까요?"

양숙이 고작 생각해낸 아이디어였다.

"안 돼죠. 전 좀 건방진 데가 있어요. 왕관과 저와를 맞바꾸어 주
는 남성이 있으면 하거든요. 만일 안 선생님이 저를 원하신다면 사업
과 저와를 바꾸어야 할 겁니다."

미혜는 거리낌없이 이렇게 말했다. 강양숙은 그러한 미혜가 정
녕 부러웠다.

"사업을 안 하신다면 도대체 무엇을 하시면 될까요?"

호기심도 곁들여 양숙이 물었다.

"월급쟁이 노릇이라도 하며 예술을 즐기는 사람이라야 해요."

"월급쟁이가 예술을 즐기는 시간을 가질 수 있을까요?"

"마음가짐에 달렸죠. 그렇다고 해서 월급쟁이가 좋다는 건 아닙
니다. 사업가보단 낫다는 얘기지. 가장 좋은 건 농장을 가지고 사는
생활이에요."

"안 사장님도 농장엔 취미가 있답니다. 그러니까 늙으신 후에 농촌에 돌아가 같이 사시면 되잖을까요?"

"강 여사께서는 저를 꼭 안 선생님과 결혼시키고 싶은 생각이신데 한 가지 곤란한 점이 있어요."

"뭐예요, 그게?"

"몇 년 전 저의 큰언니와 안 선생님이 결혼할 뻔한 일이 있어요. 그때 안 선생이 거절한 탓으로 성립되지 않았거든요. 그러니까 집에서 알면 그 때문에 필경 반대할 거예요."

"집에서 반대하면 안 되나요?"

"사업을 포기하고 저를 원한다면 어른들이 반대해도 전 응할 용의가 있어요."

"헌데 미혜 씨의 언니와의 결혼을 안 사장은 왜 거절했을까?"

강양숙은 짐짓 그 사정을 알고 싶었다.

"글쎄요."

하고 미혜는 말을 이었다.

"저도 그 원인은 알고 싶어요. 그런데 저의 짐작으로선 안 선생님이 열렬하게 사랑한 사람에게서 심한 상처를 받지 않았나 해요. 그래서 연애니 결혼이니 하는 문제엔 허무적인 기분이 돼 있지 않은가 그렇게 생각하는데 사실은 어떨지."

빛과 그늘

1

해가 바뀌었다.

현상의 나이 37세가 되었다. 40까지 앞으로 3년밖에 남지 않았다고 생각하니 이상한 감회가 들었다. 40대는 청춘의 노년이란 말이 생각나기도 했다.

강양숙은 미혜와 현상과의 결합을 서두르는 노력의 일부분으로 내연의 관계마저 청산하자고 제의하고 스스로 그렇게 실천하고 있었다. 그런지도 반 년 가까운 시간이 흘렀다.

"자기의 분수에 넘는 행복에 집착하는 나머지 남을 희생시키긴 싫어요. 싫다기보다 겁이 나요. 어디서 어떤 벌을 받을지 몰라서."

내연관계를 청산하자고 제의해 왔을 때의 강양숙의 말이다.

현상은 양숙의 성의에 그냥 편승해 버리는 것은 잘못이 아닐까 하는 감정을 지울 수가 없었다. 그래 결정적인 태도를 취하지 못한 채 기미혜와의 교제만은 계속하고 있었다.

기미혜란 처녀는 참으로 이상한 여자였다. 그 처녀와 같이 앉아 있으면 주위의 사물이 생물은 말할 것도 없고 돌이나 산까지도 살아 움직이는 것 같은 느낌을 주었다. 커피점 탁자 위에 미혜가 손을 얹으면 미혜의 손의 아름다움을 보다 아름답게 뵈게 하기 위해서 탁자 자체가 어떤 호의를 가지고 협동한다. 지저분한 냉면집에 들어가 앉으면 그 지저분한 분위기가 미혜가 뿜어내는 설명 못할 매력 때문에 향긋한 향내로 변하는 것이다.

더욱이 안현상은 미혜의 얘기를 듣는 것이 즐거웠다. 미혜의 두 뇌엔 독특한 장치가 있는 모양으로 그 장치를 통하기만 하면 어떤 평범한 말도 생기의 광채를 띤다. 현상은 혼자 있을 때도 미혜의 말을 기억 속에 떠올려 보곤 빙그레 웃기까지 했다.

미혜는 자기의 오빠를 웃기지 못하는 희극배우처럼 답답한 사람이라고 하고, 자기의 아버지는 사자처럼 고독한 사람이라면서 돼지처럼 고독하지 않은 게 다행이면 다행일 수 있다는 것이다.

그 자리에서 현상이 물은 적이 있다.

"그런 나는 어떻게 되는 인간일까?"

그때의 미혜의 답은

"한 마디로써 평할 수 있는 그런 사람이면 제가 이렇게 자주 찾아오겠어요?"

"말하자면 액센트가 없다는 얘기로군."

"그것하곤 조금 성질이 다르죠."

현상은 문득 장연희를 미혜가 어떻게 보고 있는가를 알고 싶었다. 그러나 섣불리 말을 꺼냈다간 매서울 정도로 눈치 빠른 미혜에게 덜미를 잡힐 위험이 있었다. 그래서 현상은

"진혜 언니는 어때."

하고 물었다.

"진혜 언닌 수도원에 가야 할 사람인데 자기의 신을 갖지 못했어요."

하고 조심스럽게 말하곤

"그런데 안 선생은 왜 진혜 언니와의 결혼을 거절했죠?"

하며 현상의 얼굴을 똑바로 봤다.

"운명이지, 운명."

현상은 그렇게밖엔 할 말이 없었다.

"또 운명이에요. 운명이라는 문자가 등장하면 거기서 모든 얘기는 끝나야 해요. 솔직하게 말해 보세요. 저는 뭐든 솔직하게 말하는데 안 선생은 의례적으로만 말하시니 그건 실례예요. 저도 앞으로 의례적으로 해볼까요?"

"솔직하게 말하면 내겐 진혜 씨를 행복하게 할 수 있는 역량이 없었고 또 행복하게 해드려야겠다는 성의와 의욕도 없었소. 역량도 의욕도 성의도 없으면서 어떻게 결혼할 수 있겠습니까?"

"결국은 사랑할 수 없었다는 말씀이구면요."

"이왕 말이 나온 김에 선혜 언니는 어때요."

"선혜 언니는 세상이 재미가 있어서 못견디겠다는 그런 타입의 여자죠. 선혜 언니가 제일 행복해요. 집안이 침울하다가도 선혜 언니가 와서 설쳐 놓으면 웃음꽃이 피는 걸요."

"미혜 씨의 올케 되는 사람은?"

현상은 얼김에 얼른 요긴한 질문을 꼽아 넣었는데 미혜는 생각하는 표정이 되었다.

"글쎄요. 올케 언니에 관해선 한마디로 말하기가 힘들어요. 약간 손이 아픈 사이기도 하구. 그리구 뭔가 잘못돼서 우리 집안에 온 것 같애요. 그런 점 참으로 미안해요. 부부라면, 칠, 팔 년 같이 사는 동안 생활 태도나 취미가 일치해질 수도 있을 텐데 전연 딴판이거든요. 게다가 또 미안한 건 올케 언닌 호화선을 탈 작정으로 노후선을 타버린 셈이거든요. 올케 언니가 시집을 오자 얼마 안 가서 회사 일이 궁하게 되몰리기 시작했구요."

현상은 미혜의 생각이 빗나가기 전에 얼른 다음 질문의 화살을 던졌다.

"미혜 씨 자신은 어때?"

"저요?"

하고 미혜는 눈을 둥그렇게 떴다.

"저는 몹쓸 여자예요. 마음 속에 백여우를 여남은 마리 기르고 있거든요."

미혜의 말투는 상냥하고 새살을 한다는 느낌이 전연 없었다. 그건 말 한 마디 한 마디가 제나름의 질량을 꽉 차게 갖추고 있는 탓인지 몰랐다. 다음과 같은 말이 오간 것도 바로 그 자리에서였다.

"만일 내가 사업을 그만두면 미혜 씬……."

"구혼을 받아 주시겠느냐는 말이죠. 그런데 만일이란 말을 빼야 해요. 미리 보증을 받아 두려는 식의 그런 태도는 너무나 약삭빨라요."

"미혜 씨는 누구더러 왕관과 자기, 또는 사업과 자기를 맞바꾸어야 한다고 했다며?"

"그랬죠."

"그렇다면 맞바꾸는 판이니 예비 거래로 만일이란 가정을 두고 얘기해 볼 수도 있지 않을까?"

"그건 불순해요. 사업을 포기해야만 프러포즈할 자격이 생긴다고 했으니 제게 구혼을 하시려면 사업을 그만두고 난 후에 하셔야지요."

"사업은 그만뒀다. 그런데도 구혼은 거절당했다. 그렇게 되면 나만 손해 아냐?"

"설혹 구혼을 거절당했다고 해도 사업을 그만두신 건 선생님을 위해서 유익할 걸요."

"어떻게 그렇게 단정을 하지? 미혜 씨의 의견이라고 해서 편견이 아니란 보장도 없을 테구."

"전 편견을 말씀했을 뿐예요. 그러니까 제 편견으론 그렇다 이 말

쓸예요."

현상은 아파트의 창을 통해 겨울의 한강을 내다보면서 미혜와의 대화를 되씹고 있었다. 이처럼 미혜란 존재는 현상의 내부에 깊숙이 기어들고 있었다. 그러나 사업을 그만둔다는 문제, 강양숙의 문제가 풀리지 않는 아포리아처럼 현상의 눈앞에 가로놓여 있었다.

2

강양숙은 기미혜와 안현상을 결합시킬 의도가 있었기 때문에 성호 재벌에 빌려준 돈 문제를 그처럼 서둘러 해결할 생각이 없었다. 결혼하고 나면 장인과 사위의 관계가 되는 것이니 최악의 경우라도 자기의 사위에게 손해를 입히진 않을 것이고 현상 역시 장인의 회사가 곤란해 있으면 힘이 자라는 대로 도와야 하는 것이 아닌가 이렇게 생각한 것이다. 물론 형편이 가능하다면 일체의 대차관계를 말쑥이 해놓고 혼담을 성립시켜야 하는 것이지만 굳이 돈을 받아내든가 담보를 요구하든가 하게 되면 성호 재벌은 대단히 난처한 경우에 몰리게 되는 작금의 사정이었다.

이 무렵 기미혜는 안현상이 혹시 자기에게 구혼할지 모른다는 기대를 마음속에 가꾸고 있었다. 그런 까닭으로 강양숙 아니 현상에게서 빌린 돈을 말쑥이 갚아 버리지 못하면 큰 일이라고 생각했다. 기왕의 인연, 연령의 차이 등으로 해서 갖가지 풍문이 그 부채 관계를 온상으로 돋아나리라는 것쯤은 미혜의 세속적 지식이 짐작할 수 있었기 때문이다.

미혜는 오빠인 사장에게 강양숙의 뒤에 안현상이 있다는 사실을 서슴없이 알리고 회사의 전 재산을 팔아서라도 그 빚을 갚아야 한다고 우겼다.

젊은 기 사장은 강양숙의 배후 전주(錢主)가 안현상이라는 데 깜짝 놀랐다. 불과 7, 8년 전 자기 회사의 하급 간부였던 사람이 2억 가까운 돈을 빌려줄 수 있는 실력자가 되어 있다니 정말 뜻밖인 일이었다. 그때 기 사장이 중얼거렸다.

"동성동명의 사람도 있는 것이니까 우리 회사에 있던 바로 그 안현상은 아니겠지."

"천만에요. 바로 그 안현상 씨예요."

미혜가 말했다.

"네가 확인했니?"

"확인이구 뭐구가 어딨어요. 전 거의 매일 만나고 있는데……."

미혜의 이 말에 기 사장은 물론, 그 옆에 있던 장연희가 놀랐다.

"매일이라니 그게 무슨 소리지?"

"어쩌다 그렇게 됐어요."

미혜는 태연히 말했다.

"어쩌다 그렇게 되다니."

"안 선생은 참으로 좋은 사람예요."

미혜는 이번엔 조용하게 말했다.

"기껏 대금업자 앞잡이나 하는 사람이 좋은 사람이면 얼마나 좋겠나."

기 사장은 어이가 없다는 듯 말했다.

"대금업자의 앞잡이가 뭐유. 대금업자의 보스면 보스지 앞잡이는 아녜요. 그런데 대금업자는 좋은 사람일 수 없는 거예요?"

"일반적으로 좋다곤 할 수 없지."

"오빠도 아버지도 좋지 못한 사람들에게 돈을 빌려야 했으니 참으로 불쌍한 사람들이군요."

"사업이란 만부득이 그런 아니꼬운 짓을 안 할 수 없는 그런 거야."

"그러니까 빨리 갚으란 말예요."

"지금 당장 그런 사정이 안 되는 걸 어쩌나."

"H동에 있는 빌딩을 주면 될 게 아냐……."

"그건 은행에 담보가 돼 있어서 그걸 준대도 빚은 빚대로 남는단 말야."

"회사의 재산 가운데 팔 건 없수?"

"팔게 있건 말건 네가 왜 설치는 거냐, 가만 있지 않고?"

"제 일생의 중대 문제가 있거든요."

"그건 또 무슨 소리냐?"

"혹시 그이가 내게 프러포즈할지 모르거든요."

기 사장이 질겁을 했다. 연희도 마찬가지였다. 기 사장과 연희가 다른 건 기 사장은 그 놀람을 그냥 표명했는데 연희는 내색을 하지 못했다는 점이다.

조금 시간을 두고서야 기 사장이 말했다.

"너 미쳤니?"

"왜 내가 미쳐요."

"글쎄 그 대금업자의 앞잡이 아니 보스허구 결혼한단 말야?"

"뭣을 하건 나는 그분을 훌륭한 사람으로 알고 있어요."

"네가 어떻게 알았건 그건 안 돼."

기 사장은 격한 어조로 말했다.

"아직 저편에서 구혼도 안 했는데 흥분하지 마세요. 내게 구혼을 하려거든 사업을 일체 그만두어야 한다고 조건을 내걸어 놓았으니까 구혼하는 것 자체가 그처럼 쉬운 일이 아닐 거예요."

기 사장은 기가 막히는 듯 미혜를 노려봤다.

"그런 말까지 오간 것을 보니 사태는 제법 심각한 데까지 간 모양이로군."

"제법이 아니라 상당이죠."

"그래 안 선생은 사업을 그만두고 미혜 씨에게 구혼을 할 것 같아요?"

장연희는 호기심을 억제하지 못해 이렇게 물었다.

"아마 십중 팔구."

미혜는 이렇게 말해 놓고 오빠 부부의 눈치를 살폈다.

"진혜 일도 있구 해서 아버지가 절대로 용서하시질 않을 거다. 두고 보렴."

기 사장이 단호하게 말했다.

"결혼을 아버지가 하시나요. 용서를 안 하시면 절 쇠사슬에 붙들어 매놓을 건가요? 이따위 얘기보다 그분에게 대한 빚이나 갚으세요."

미혜는 자리에서 일어섰다.

연희는 미혜를 대문 밖에까지 전송을 하고 돌아와 남편이 있는 방까지 가지 못하고 응접실의 소파에 쓰러지듯 앉았다. 현상이 남편의 회사에 돈을 빌려준 일이나 미혜에게 구혼한다는 일 등이 모두 그가 자기를 위해서 꾸민 복수의 수단인 것같이만 느껴졌다.

'나는 지금 이렇게 불행한데, 내게 복수를 한다면 아아!'

8년 전의 일들이 주마등처럼 눈앞에 펼쳐졌다.

'나는 하마터면 청년 하나를 파멸시켰을지 몰랐다.'고 생각하니 무슨 의도, 어떤 방법으로든 안현상이 오늘날 성공자라고 할 수 있는 처지에 있는 것이 얼마나 다행한 일인지 모른다는 마음도 들었다. 그런데 한편 안현상과 미혜가 썩 잘 어울리는 한쌍이 될 것이란 생각에 미치자 연희는 질투의 불길이 목을 마르게 함을 느꼈다.

'복수기 아니라 사랑 때문에 미혜와 결혼하려는 것이다. 사업까지를 포기하고…… 그만큼 미혜를 좋아한다는 얘긴데……' 하며 연희는 유리에 비친 자기의 얼굴과 모습을 보았다. 이미 30을 넘긴 여인, 행복하지 못한 가정의 주부, 발랄하고 상냥하고 지적이며 우아한 미혜의 적수가 아닌 쇠잔한 여인의 몰골이 반사하는 유리 속에 어슴푸레 떠오르고 있었다.

기 사장이 현관으로 나왔다. 아내를 보자 어디 아픈가 묻고 검은 구두를 내놓는 아내에게 신경질을 부렸다.

"검은 구두는 날씨가 좋은 날 신는 거요."

연희는 갈색 구두를 내놓았다.

'검은 구두는 날씨가 좋은 날에.'

대문 저편으로 사라지는 남편의 모습을 향해 연희는 속으로 중얼거렸다. 자동차의 기동 소리가 났다. 주위가 조용해졌다. 물밀 듯 솟아오르는 비애가 가슴에 벅찼다.

연희는 한동안 우두커니 앉아 있다가 시가로 전화를 걸었다. 미혜를 바꿔 달라고 하고 미혜가 나오자

"오빠가 직접 한번 연락을 하겠다고 안현상 씨의 전화번호를 알아두라고 해서."

하며 연희는 식은땀을 줄줄 흘렸다.

3

안현상이 장연희로부터 전화를 받은 것은 어느 월요일 아침이

었다. 받는 사람이 안현상임을 확인하자 주저주저한 목소리가 흘러나왔다.

"오래간만입니다. 저예요."

단번에 기억 속에 되살아나는 이름이 있었고 모습이었다. 그러나 현상은 싸늘하게 되물었다.

"저라니 누구시죠?"

일순 말이 끊어졌다.

"저 장연희예요. 오래간만입니다."

꺼져 들어가는 듯한 가냘픈 음성이다.

장연희가 누구시더라 하고 건성을 부렸으면 하는 충동이 없진 않았지만 현상은 아무렇지 않는 듯 음성을 다듬으면서

"아아 그러십니까."

하고 답했다.

다시 조금 시간이 지났다.

"드릴 말씀이 있는데 만나뵐 수 없을까요?"

하는 탄원 비슷한 투의 말이 이어졌다.

"우리들의 얘기는 끝났을 텐데요."

현상은 쌀쌀하게 말했다.

"그럼 만나뵐 수 없단 말인가요?"

모욕을 받은 여자의 목소리는 그만큼 거칠어졌다.

"만나뵙고 뭘 하겠소."

"드릴 말씀이 있는데요."

현상은 딱 잘라 거절할까 했지만 그럴 수도 없었다. 강하게 거절할 수 없다는 것 이것이 현상의 결점이다.

장소는 T호텔의 스카이라운지, 시간은 오후 3시로 했다.

현상은 탁자를 사이에 두고 건너편에 앉아 있는 장연희를 바라보면서 그 사이 흘러간 8년이란 시간을 생각했다. 엷게 화장을 했는데도 불구하고 살결이 거칠게 느껴졌다. 그 옛날 희망처럼 빛났던 눈동자는 눈언저리에 살큼 깔리기 시작한 잔주름 때문인지 광채를 잃고 있었다. 애정없이 중년의 여자를 관찰하면 예외없이 암컷을 느꼈다. 장연희는 이미 평범한 암컷에 지나지 않았다.

현상은 연희를 양숙과 비교해 봤다. 양숙이 연희보다 열 살쯤 위일 것인데도 훨씬 신선하다고 느꼈다. 신념을 가지고 나날을 단련하며 사는 여자와 매일매일을 고민과 타성의 늪에서 헤매는 여자와의 차이라고 생각했다. 현상은 또 장연희를 강양숙과 비교해 볼 수 있는 스스로의 심정을 그만한 여유를 되찾을 수 있었다는 것으로 보았다.

그러나 아직 장연희의 아름다움은 얼굴과 몸매의 윤곽에 남아 있었다. 하지만 매력과 애착을 잃은 여자의 아름다움이란 되려 추한 것만도 못한 것이 아닌가. 현상은 스스로의 청춘을 송두리째 바쳤던 사람을 대하고 그처럼 차가울 수 있는 마음이 이상했다.

'청춘의 무덤.'이란 상념이 뇌리에 떠올랐다. 정말이다. 장연희는 안현상에게 있어서 청춘의 무덤이었던 것이다.

'그런데 나는 다시 청춘을 찾아 나선다,'는 아픔 같은 것과 미혜의 이미지가 가슴속에 겹쳐 서렸다. 불현듯 현상은 미혜와 결혼하고 싶은 의욕을 느꼈다. 미혜와 결혼해서 단란한 가정을 만들고 미혜의 말 따라 예술생활을 한다면 그것이 장연희에게 어떠한 작용을 할 것일까 하는 공상이 뭉게뭉게 일었다.

이와 같은 심상으로 현상은 연희를 지켜보고 있을 뿐 한 마디의 말도 꺼낼 생각을 잃었다.

연희는 눈을 아래로 깐 채 그 무거운 침묵을 견디고 있는 모양이었다. 그러다가 견딜 수가 없었던지

"왜 한 마디 말씀도 없으시죠?"

하고 울먹거렸다.

"얘기가 있다는 사람은 당신이 아뇨?"

현상은 이렇게 말해 놓고 조금 지나쳤나, 하는 뉘우침이 들었지만 새삼스럽게 태도를 고치려고는 하지 않았다.

"저를 원망하고 계시는 거로구먼요."

장연희는 여전히 눈을 아래로 깐 채 말했다.

"원망?"

하고 안현상은 피식 웃었다.

"누구를 왜 원망한단 말요. 나는 평생 동안 남을 원망해 본 적은 없소."

"그런데 왜 아직까지 미혼으로 계시죠?"

"그렇게 운명이 돌아가지 않았다 뿐이지 누구를 위해서 누구를 원망해서 결혼하지 않은 건 아닙니다. 그리고 결혼식을 하지 않았다 뿐이지 나는 독신이 아니오."

이 말에 연희는 고개를 번쩍 들었다. 자기에게 현상이 구혼할지 모른다는 미혜의 말이 생각났기 때문이다.

"독신이 아니시라면 부인이……."

"뭡니까. 법률적으론 내연의 처라는 겁니까? 그런 사람은 있습니다. 아니 있었습니다."

연희는 그 말뜻을 잘 모르겠다는 듯 현상을 조용하게 쳐다봤다.

"내연관계의 마누라가 있었는데 저편에서 그런 관계를 청산하자고 나왔어요. 그리고 사실상 청산한 지가 반 년쯤 됩니다."

"그러면 미혜 씨와 결혼할 의사가 있으세요?"

이번엔 현상이 놀랐다.

"누가 그런 말을 합디까?"

"미혜 씨 본인이요."

"미혜 씨가 그런 말을 했어요?"

"자기 오빠 보구 얘기하는 걸 들었지요."

"뭐라구."

"어쩌면 현상 씨가 자기에게 구혼할지 모른다구요."

"그래 연희 씨의 남편은 뭐라고 하던가요?"

연희 씨의 남편이란 말에 액센트를 넣고 현상이 말했다.

"자기도 자기 아버지도 반대할 거라고 했어요."

"그러니까 미혜 씨는?"

"결혼을 하는 건 자기 자신이 하는 거니까 반대해도 소용없다는 얘기였어요."

현상은 자기도 모르는 사이에 자기 일을 두고 약간의 파문이 퍼져 있다는 사실이 어쩐지 송구스러웠다. 현상은 잠자코 담배에 불을 붙였다.

"안 선생은 미혜 씨에게 구혼을 할 작정이예요?"

연희는 그 일이 궁금한 모양이었다.

"그럴 작정입니다."

망설이고 있는 심정과는 딴판으로 대답은 명쾌하게 나왔다. 아뿔싸하는 뉘우침이 곧 뒤따랐지만 허겁지겁 취소할 수도 없다. 그러자 미혜와 결혼해야겠다는 이때까진 흐리멍덩하던 상념이 돌덩이처럼 굳은 의지로 화하는 찰나를 현상 스스로 경험했다.

"조건이라는 게 있던대요."

연희가 말했다.

"있죠. 일체의 사업에서 손을 떼라는 조건이더군요."

"그래 안 선생은 미혜 씨와 결혼하기 위해서 사업을 포기하실 거예요?"

"포기하죠."

"사업이 퍽 성공하고 있다던대요."

"성공이 뭡니까. 사업 따위는 당신 남편이나 시아버지께서 하실 일이지 나 같은 인간이 할 일은 아니라는 걸 미혜 씨 덕분에 알게 되었소."

"사업을 안 하시면 뭘 하시죠?"

"농촌으로 돌아갈 작정입니다. 미혜 씨도 그러길 원하고 있습니다. 만일 미혜 씨가 내 구혼을 받아만 준다면 농촌으로 돌아가서 동산 기슭에 삼간 초옥을 짓고 할아버지 이래의 농사를 지을 참입니다."

장연희는 형언할 수 없는 감정의 회오리바람을 가까스로 억눌렀다.

'그처럼 가까이 있던 사람이 먼 곳으로 떠나가 버렸다.'

회오리바람의 틈으로 이런 마음이 조각조각 날랐다. 연희는 몇 시간쯤을 제외하곤 이때까지 안현상을 잊어본 적이 없었다. 그렇다고 해서 어떻게도 아무것도 보람을 맺을 수 없는 불모의 감정이었지만 청춘의 한때에 대한 회상으로 연희는 살아왔다고 해도 과언이 아니다.

"한 가지만 묻겠어요."

연희가 간신히 말했다.

"……."

"미혜 씨와 결혼하시는 게 제게 대한 보복의 뜻은 아니겠죠?"

현상은 주위의 사람이 놀라 돌아볼 정도의 소리를 내어 크게 웃었다. 그리고선 나직이 덧붙였다.

"보복이 다 뭐요. 나는 미혜 씨에게 대한 사랑과 동경으로 결혼하려는 겁니다. 당신이 빼앗아간 청춘을 나는 도로 찾을 작정이오."

현상은 그렇게 말하고 자리에서 일어섰다. 현관에 나와 아이들에게 택시를 부르라고 이르고 그 택시에 연희를 태워 먼저 보냈다. 택시가 고빗길 쪽으로 사라졌을 시간을 재어 현상은 자기 차에 올랐다. 미혜의 구혼이 엄연한 사실로써 눈앞에 나타났다는 심정과 함께 현상은 긴장했다.

'먼저 사업의 처리를 해야겠다.'고 마음먹은 그는 자동차를 회사로 돌렸다. 강양숙에겐 짤막하게 자기의 결의를 알리고 지금도 앞으로도 당신의 은혜를 잊지 않으리라고 말했다.

4

그 이튿날 현상은 기미혜를 점심식사에 초대했다. J호텔의 별실에서였다. 급사들이 음식을 날라놓고 나간 뒤 현상은 정색을 하고 미혜를 대했다.

"나는 일체의 사업에서 손을 떼기로 했소. 무슨 뜻인지 알겠죠?"

현상의 입에서 이 말이 떨어지자 활달한 미혜의 얼굴이 분홍빛깔이 되었다. 얼른 대꾸할 수가 없었다. 한참 있고서야 미혜는 되물을 수 있었다.

"그건 누구의 뜻이죠?"

"첫째는 누군가의 뜻, 그리고는 나의 뜻이죠. 그렇게 결심하고 나니 세상이 훨씬 아름답게 보입니다."

"결심 잘하셨습니다."

미혜는 그때야 상냥하게 웃으며 말했다.

"저의 청을 받아주시겠소?"

현상은 꾸밈없이 구혼을 했다.

"며칠만 생각할 시간을 주세요. 답은 아마 예스로 나올 겁니다. 호텔 방에 앉아 예스 하기가 싫어서 그래요."

두 사람은 조용히 식사를 했다. 식사 도중 별반 들뜬 말은 오가지 않았다. 헤어지면서 현상은 성호 재벌의 홍 감사를 찾아 정식으로 중매의 역할을 부탁하겠노라고 일렀다. 미혜는 좋은 생각이라고 했다.

"진혜 언니 때 실패를 했으니 그때의 실점을 회복시켜 주어야죠."

미혜의 이 말을 듣고 현상은 진혜와의 이야기가 있었을 때 홍 감사가 사이에 들었다는 사실을 기억하고 미혜가 그런 걸 알고 있는 정도니까 그때의 파탄이 기 씨 집안에선 대단한 파문을 일으켰구나 하는 짐작을 할 수 있었다.

8년 전 회사를 그만두고 난 뒤 처음으로 현상은 성호 재벌의 본부를 찾았다. 옛날의 동료들은 대강 부장급 과장급으로 되어 있는 모양이었지만 현상은 그들을 찾아볼 생각은 하지 않았다.

홍 감사는 마침 방에 있었다. 인사를 하고 용건을 말했더니 홍 감사는 쾌히 승낙했다. 그리고 홍 감사는 전화가 없거든 거절된 것으로 알아달라는 말을 잊지 않았다.

"성사가 되었다는 전화는 기쁘게 할 수 있지만 실패의 전화는 하기 어려워. 그리고 혼담에 있어서의 동양적 거래는 거절할 때 확답을 안 하는 게 관례거든. 답이 없으면 거절된 것으로 안다는 거지."

홍 감사의 태도에 십중팔구 불가능한 일이지만 말을 건네는 정도의 역할은 하겠다는 그런 눈치를 현상은 보았다.

안현상의 구혼이 기 씨 일가에 일대 선풍을 일으킨 것은 당연한 일이다.

젊은 기 사장은 아버지의 심사를 미리 짐작도 하고 자기의 뜻도 그렇고 해서 미혜에게 신중히 생각하도록 종용했다.

그런데 미혜의 아버지는 뜻밖에도

"안현상이란 볼품이 있는 인물이다. 그에겐 장래가 있으리라고 내가 점을 쳐두었던 건데 그 점에 틀림이 없었구먼. 그 사람이 성공자라는 점만으로도 미혜의 남편감은 되지."

하고 그 결혼에 찬성했다.

"진혜의 일도 있지 않았습니까?"

기 사장이 이렇게 말하자 노인은

"넌 미국에서 공부를 했다는 사람답지 않게 고루하구나. 미국식을 찾을 것 없이 옛날 동양의 풍습엔 사위감이 훌륭하면 셋이건 넷이건 딸을 모조리 한 사람에게 주어 버리는 수도 있었어. 그러니까 그런 건 문제가 안 된다."

는 것이고

"성공자라고 해서 뭐 대단한 게 있습니까. 기껏 대금업자 아닙니까?"

하는 반발엔

"자본주의 사회에서 대금업자를 천시하면 어떻게 되니. 은행장은 대금업자가 아니고 무엇이며 은행의 직원은 또 뭣인구."

하는 것이었고

"듣자니 내연관계의 처가 있었던 것 같은데 그게 께름하지 않습니까."

하는 의견에

"과거에 있었건 지금 있건 그걸 순탄하게 청산한 뒤에 결혼을 하겠지. 그런 상태대로서야 하겠나. 그거야 미혜 자신이 알아서 처리할 문제지."

하곤

"잔말 말고 미혜의 의견을 듣고 미혜가 승낙을 한다면 그 안현상인가 하는 사람을 내게 한번 오라고 해라."

하는 영을 내렸다.

뭐니뭐니해도 미혜의 의견이 결정적이었던 관계로 안현상의 구혼은 3일 후에 승낙이 되었다.

5

승낙이 있은 그 이튿날 현상은 미혜의 집을 찾아 불원한 장래에 장인이 될 기 노인을 만났다.

오래간만의 인사와 기왕의 일들이 화제가 되고 난 후 기 노인은 다음과 같은 의논을 현상에게 했다.

"천천히 얘기해도 좋은 일이지만 미리 의논을 해놔야 자네의 마음 준비도 될 테니 얘기를 하겠네. 자네에게서 많은 금액의 신세를 지고 있다는 걸 나도 알고 있네. 그런데 그 부채를 돌려 받을 생각일랑 말고 성호회사의 주식을 반 자네에게 양도하겠네. 지금 회사가 약간 궁지에 몰려 있다지만 자본금 총액이 삼십억 아닌가. 그것의 반이면 과히 손해는 없을 걸세. 그리고 자네가 회장직을 맡든지 사장직을 맡든지 해가지고 회사의 회생책을 강구해 주면 좋겠어. 아무래도 그 애 가지곤 이 사업을 꾸려 나갈 수가 없어."

현상은 계속되려는 기 노인의 말을 일단 중단시키고 자기는 미혜와 결혼하기 위한 전제 조건으로 일체의 사업을 포기하기로 했는데, 그 결심은 어떠한 일이 있어도 변경하지 않을 것이라고 못을 박았다. 그리고 덧붙였다.

"미혜 씨의 의견이기도 하니까요."

이 말을 들은 기 노인은 잠시 눈을 감았다.

"미혜 같으면 그런 조건을 낼 거다. 그 애의 입버릇이 사업가는 불행하고 불쌍하다는 것이었으니까. 그러나 사내대장부가 더욱이 자네처럼 유능한 사업가가 사업을 하지 않고 어떻게 하겠나. 사람이란 일신의 평온과 안일만을 탐하고는 살 수 없는 게 아닌가."

"하지만 제겐 미혜 씨의 의견이 사내의 살 보람보다 중요합니다."

기 노인은 기가 막히다는 듯 웃음을 띠었다.

"그럼 그 얘긴 또 다른 기회에 하기로 하고 오늘은 자네가 여기 온 김에 꼭 만나야 할 사람이 있네."

하고 기 노인이 진혜를 불렀다.

검은 드레스를 입고 진혜가 들어왔다. 현상은 자기도 모르게 자리에서 일어섰다. 기 노인은 현상더러 그 자리에 앉으라고 권하고 진혜를 자기 곁에 앉혔다.

"너희들 몇 년 만에 만나는 거냐."

"팔 년쯤 되었는가 봅니다."

현상이 공손하게 말했다.

기 노인은 진혜의 손을 잡고 어루만지며

"안 군, 자넨 내 착한 딸에게 심한 고통을 주었네."

하고 눈시울을 떨었다.

"아버지도 참, 그게 무슨 말씀예요."

진혜는 고요하게 아버지를 핀잔했다.

"진혜야, 인연이라는 게 있구, 운명이란 것도 있는 거다. 안 군은 우리 집안과 인연이 없는 사람인 줄 알았는데 결국 인연이 있었던 거로구나. 네 남편이 되지 않았지만 한 집안 식구는 된 거다. 남편으로선 인연이 없지만 형제의 인연은 있는 셈이다. 앞으로 서로 서먹서먹하지 말고 참으로 형제처럼 지내라. 미혜와 안 군과의 결혼을 기뻐하면서도 진혜, 너를 생각하니 가슴이 아파서 둘이를 만나게 한 것이니 내 뜻을 이해해라. 앞으론 참으로 형제처럼 지내야 한다. 서먹서먹한 감정일랑 탁 털어 버리고……."

현상은 기 노인의 마음씀에 감동했다.

노인의 한 마디로서 마음의 밑바닥에 깔린 께름한 찌꺼기 같은 것이 일소되는 느낌이었다.

진혜가 화사하게 웃었다. 현상도 웃었다. 노인의 얼굴에는 미소가 떠올랐다.

"우리 집에 지금부터 운이 틀 모양이다. 신언서판이란 고인의 말이 있는데 안 군은 좋은 얼굴이야. 운을 타고 있는 얼굴이야. 자네가 끼이면 우리 집에 운이 돌아올 거라는 생각이 공연히 드는군."

노인 방에서 나온 현상은 미혜의 안내를 받아 미혜 어머니 방에서 차를 마셨다. 거기엔 선혜도 참석했다. 그들끼리 주고 받는 말에 의하면 연희는 신열이 있어서 집에 누워 있다는 것이었다.

결혼의 일자와 장소와 절차가 남았을 뿐으로 되었다. 현상은 행복이란 것의 윤곽, 그 기분 같은 것을 알 만한 심정이 되면서도 자기와 미혜와의 행복을 위해서 그늘에서 눈물을 흘려야 할 사람이 몇이나 될까 하는 감회에 사로잡혔다.

6

4월 20일을 결혼일자로 정하고 그 일자를 일주일쯤 앞둔 어느 날 아침 안현상은 돌연 장연희의 방문을 받았다. 봄철이라서 태양이 뜬 지는 오래되었지만 7시라고 하면 남의 남자를 여자가 방문하는 시간으로서는 너무 일렀다.

방문객이 장연희라는 것을 알자 현상은 집안일을 보는 노파를 시켜 응접실에 안내하도록 하고 자기는 파자마에서 평상복으로 갈아입었다. 옷을 갈아 입으면서 일주일이 지나면 처남댁이 될 장연희를 어떻게 맞이해야 할지 현상은 망설였다.

현상이 응접실로 나갔다. 연희는 고개를 떨군 채 앉아 있었다. 바삐 서둔 폼으로 옷매무새가 약간 어수선했다.

현상이 연희의 맞은편에 앉았어도 연희는 고개를 들지 않았다. 현상 편에서 말을 걸지 않을 수 없었다.

"어쩐 일로 오셨습니까?"

대꾸가 없었다.

"말씀을 하셔야죠."

현상이 다시 말했다.

연희는 고개를 떨군 채

"안 선생님은 미혜 씨와의 결혼을 꼭 하실 작정이세요?"

하고 가냘프게 말했다.

"그게 무슨 말씀입니까. 결혼 안 할 작정으로 날짜까지 잡겠어요?"

현상은 어이가 없다는 듯이 중얼거렸다. 그랬는데 문득 미혜 쪽에 무슨 사고가 난 것이 아닌가 해서 물었다.

"무슨 일이 있었어요?"

아니란 뜻으로 연희는 고개를 흔들었다.

"그럼 그게 무슨 뜻입니까?"

현상이 연희를 노려보는 표정이 되었다. 불길한 예감 같은 것마저 일었다.

"제 생각으론 안 선생님이 이 결혼을 취소해 주었으면 해서요."

낮게 그러나 똑똑하게 연희는 이렇게 말했다.

"왜 그런 생각을 하셨죠?"

"제게 복수할 생각으로 그러신다면 미혜 씨에게 너무나 미안해서요."

현상은 어이가 없었다.

"언젠가도 그런 뜻을 묻기에 그런 것이 아니라고 하잖았소. 그리고 내가 무엇 때문에 복수를 한단 말이오. 그런 얼토당토 않은 짐작일랑 버리시오."

"선생님이 뭐라고 하셔도 제겐 그렇게만 생각이 되는 걸요."

"저는 분명히 말씀드립니다만 미혜 씨가 좋아서 결혼하는 겁니다. 미혜를 사랑하고 앞으로도 사랑할 수 있다는 자신을 가졌기 때문에 결혼하는 겁니다. 미혜 씨가 훌륭한 여자라고 믿을 수 있기 때문에 결혼하려는 것입니다."

말을 하는 도중 현상의 감정이 조금 격했다.

"미혜 씨는 아름답고 훌륭해요. 그러나 딴 아가씨 가운데서 그런 아가씨를 찾을 수도 있었을 텐데 하필이면 미혜 씨를 목표로 한 저의가 어디에 있느냔 말예요. 저는 의식적으로 안 선생님이 미혜를 노린 것이란 생각을 지워 버릴 수 없거든요."

현상은 대꾸할 말을 얼른 찾아낼 수가 없었다. 세상이란 묘하게 해석하면 해석할 수도 있는 그런 것이로구나 하는 엉뚱한 생각을 해 보기도 했다. 연희의 말이 계속되었다.

"생각해 보세요. 진혜 씨와의 얘기는 저 때문에 포기했죠? 그런 분이 어떻게 진혜 씨의 동생과는 결혼하겠다는 거죠? 게다가 들으니 저의 시가에 막대한 돈을 빌려주었다고 하니 왠지 계획적인 수단이 로구나 하는 생각이 들지 않을 수 없잖아요?"

현상은 연희의 말에 일리가 있다고는 생각했으나 일리가 있는 그만큼 어떤 감정을 풀기 위해 억지로 꾸며낸 얘기란 느낌을 지워 버릴 수가 없었다. 그래 스스로의 흥분을 진정시키며 조용히 말했다.

"방금 말씀을 듣고 있으니 그럴싸한 추측이란 짐작은 듭니다. 그러나 사실은 전연 다릅니다. 진혜 씨와 결혼하지 않은 것은 사랑이 익어 있지 않았던 탓이지 연희 씨 탓이 아니었고, 돈을 빌려 준 건 사업을 하다가 보니까 그렇게 된 거구, 미혜 씨에 관해선 내 편에서 노렸거나 목표로 했거나 수단을 꾸몄거나 한 일이 전연 없습니다. 아주 자연스럽게 알게 되고 자연스럽게 사랑이 커졌고 뜻이 맞게 된 겁니다. 아까 연희 씨가 들먹인 그런 일들로 해서 께름하지 않은 바는 아니었지만 미혜 씨의 댁에서만 석연하면 된다고 생각했고 진혜 씨와는 기 회장의 아량으로 사실상 석연하게 되기도 했거든요. 그러니까 연희 씨가 걱정할 그런 요소는 전연 없으니 안심하시고 돌아가십시오."

그리고 안현상이 실례인 줄 알면서도 자리에서 일어섰다.

"그럼 결혼을 취소하실 수 없다는 말씀이시군요."

연희는 자리에 앉은 채 토라진 소리로 말했다.

"당연하죠."

현상은 불쾌한 어조로 단호하게 말했다.

"꼭 그러시다면 제가 방해해서라도 이 결혼은 취소하도록 하겠습니다."

하며 연희는 비로소 고개를 들었다. 연희의 눈엔 잠을 이루지 못한 사람의 눈처럼 핏발이 서 있었다. 핏발이 선 눈은 무언가 각오가 섰다는 의사의 표시이기도 했다.

"연희 씨가 방해를 해요?"

현상의 음성이 거칠어졌다.

"예."

"어떻게 방해를 하죠?"

현상이 비웃는 말투가 되었다.

"저의 파멸을 각오하고 저와 안 선생님과의 관계를 밝히겠어요."

현상은 정말 어이가 없었다.

"나와 연희 씨와의 관계가 어떤 관계죠?"

"……."

"그런 어리석은 소리 하지도 마쇼. 나와 연희 씨와의 관계는 미안하지만 나를 칭찬할 재료는 될지 모르나 미혜 씨와의 결혼을 취소하는 재료는 되지 못할 거요."

"그럴까요? 어떤 집의 며느리를 사랑했다가 그 집 큰딸과 혼담이 있었던 한 사내가 또 그 집 막내딸을 노렸다는 사실이 진상 그대로 폭로가 되면 그 집에서 그 사내를 사위로 맞이할 수 있겠어요? 안 선생님은 빌려 준 돈을 미끼로 그 집안을 꼼짝 못하게 묶었다고 생각하고 계실지 모르겠습니다만 기 씨 집안은 아무리 곤궁에 있어도 그만한 자존심은 가지고 있는 집안이에요."

"나는 미혜 씨와 결혼하는 것이지 연희 씨 시가와 결혼하자는 건 아니니까 안심하십시오."

"미혜 씨가 그런 사실을 알면 그래도 결혼이 성립될 것 같애요?"

현상은 이렇게 말하는 연희의 얼굴을 물끄러미 바라보았다. 전연 상상할 수도 없었던 성격이 연희에게 있었구나 하는 놀람과 여자에겐 백여우가 여남은 마리 있다고 하더니 이런 점을 두고 말하는 것이 아닌가 하는 상념도 섞였다. 현상은 연희와 그런 입씨름을 하고 있는 것 자체가 어리석다고 생각했다.

"생각하신 대로 좋으실 대로 하십시오. 그러나 나는 자신을 가지고 있습니다. 미혜 씬 그만한 일로 동요할 여자는 아니라고 믿습니다. 결혼하기 전에 내 과거의 전부를 미혜 씨가 알아 두는 것도 유익할 것 같으니 나는 되려 그런 얘기를 미혜 씨에게 연희 씨의 입으로 들려 주어도 무방하다고 생각합니다. 그러나 연희 씨는 어떻게 되겠소? 서둘러 망신을 사실 필요가 없다고 생각하는 데요."

"저는 어떤 수단을 써서라도 이 결혼을 막고 말 테예요. 저의 파멸은 이미 각오하고 있어요. 그러지 않아도 파멸된 생활인 걸……."

하고 연희는 돌연 울먹이기 시작했다. 현상은 그런 꼴을 추하다고 보았다. 이런 추태를 부릴 수 있는 여인 때문에 긴 세월을 고민하고 지냈다고 생각하니 스스로가 가엾다고 느꼈다. 동시에 연희를 측은하게 보는 마음이 돋아났다. 현상은 감정적으로 대립할 것이 아니라 연희를 타일러야겠다고 작정했다.

"연희 씨, 솔직하게 말하면 나는 연희 씨 때문에 지옥의 고통을 겪은 사람입니다. 이제 겨우 행복의 실마리를 찾은 것 같습니다. 나의 행복을 도와주시는 셈으로 이제 그만 돌아가시도록 하시오."

그러나 연희는 핸드백에서 손수건을 꺼내 눈언저리를 누르며 신음하듯 말했다.

"안 선생님, 전 아무래도 이혼을 해야겠어요. 이대론 살아갈 수가 없어요. 안 선생님이 도와주리라고 믿고 왔어요. 언제 어느 곳에서라

도 제가 슬플 땐 안 선생님이 제게 주신 마지막 편지를 지금도 소중
하게 보관하고 있어요. 그 편지를 믿고 저는 이때까지 살아 왔어요."

울먹이던 연희가 드디어 울음을 터뜨리고 말았다.

현상은 비로소 당황하지 않을 수 없었다. 혹시 기미혜가 아침의
드라이브 도중 불의의 방문을 할지도 몰랐다. 현상은 거칠게 말했다.

"나는 연희 씨가 그런 분인 줄은 정말 몰랐소. 나의 청춘을 산산이
짓밟아 놓더니 이제와선 나의 행복을 송두리째 뒤흔들어 놓아야 직
성이 풀리겠다는 것 아뇨? 어디 그럴 수가 있습니까. 빨리 돌아가도
록 하시오. 연희 씨가 이혼을 하건 말건 그건 나의 상관할 바가 아니
지 않소. 저는 바쁜 일이 있어서 나가겠으니 그렇게 아시오."

현상이 아침식사도 집어치우고 밖으로 나가려고 할 때 전화벨이
울렸다. 직감적으로 미혜로구나 하는 짐작이 들었다. 수화기를 들었
다. 짐작 그대로였다.

"지금 뭣하고 계시죠?"

미혜의 상냥한 말소리가 삽상한 아침 바람처럼 귓전을 스쳤다.

"전화로선 말할 수 없는 극적인 상황에 있는데……."

현상은 연희가 듣는 것을 의식하고 이렇게 말했다.

"힌트만이라도 주세요. 그 극적 상황 속에 제가 끼일 수는 없나
요?"

"미혜 씨가 끼이면 극적 상황이 완전한 극으로 되지."

"그럼 그리로 갈까?"

"미혜 씨가 와도 좋지."

그렇게 말하는 게 연희를 쫓아 버리는 데 효과가 있을 것 같았다.

"그럼 그리로 갈게요."

하고 미혜는 전화를 끊었다.

응접실로 돌아가 현상이 소파에 앉으며 중얼거리듯 말했다.

"지금 곧 미혜 씨가 올 거요."

연희는 황급히 일어서서 옷매무새를 고치며 애원했다.

"제가 여기 왔다는 말, 제가 한 말 미혜 씨에겐 비밀로 해주세요."

"안심하십시오."

현상은 이렇게만 말하고 잘 가라는 인사말은 잊었다.

창 너머로 현상은 슬픈 여자의 모습으로 멀어져 가는 연희의 뒷모양을 바라보았다. 그건 분명히 현상의 가슴속, 기억 속에서부터 멀어져 가는 과거의 그림자였다. 현상은 일체의 미련이 가셔졌다는 새삼스러운 느낌을 가졌다.

상냥하고 슬기롭고 아름다운 미래의 행복이 기미혜란 여성의 이름으로 곧 나타날 것이었다.

돋아나는 생명(生命)

1

결혼은 기미혜에 있어선 엄격한 선택의 결과였고 안현상에 있어 선 긴 항해 끝의 귀향이었다. 그리고 안현상의 말을 빌면 이 결혼에 결정적인 역할을 한 것은 운명이었다. 현상은 운명의 여신에게 진정 으로 감사했다.

기 영감이 처음에 반대했지만 안현상과 기미혜는 가능한 한 간소 한 결혼식을 올리자는 데 의견이 합쳐졌다.

첫째 상업적인 예식장에서 상품으로써의 결혼식은 올리지 말자 는 데 뜻이 맞았고, 둘째 이 결혼을 축복하는 마음이 백 프로 이상이 되지 않는 사람의 참석을 바라지 않는 뜻으로서도 떠벌리지 말고 간 소하게 하자는 의견으로 낙착되었다.

결국 결혼식 장소로서는 미혜의 어머니 청대로 도봉산에 있는 조 그마한 절의 법당을 택하기로 했다. 도심에서 멀고 길이 사나운 까닭에 진심으로 그 결혼을 축복하지 않는 사람이면 참석할 수 없을 것이란 짐작도 곁들었다.

결혼식은 이렇게 간소했지만 피로연만은 W호텔의 대 홀을 빌어 성대한 잔치를 베풀었다.

W호텔에서의 첫날밤, 안현상은 여자의 육체가 그처럼 아름다울 수 있을까 하는 신비감에 사로잡혔다. 이미 몇 사람의 여체를 모르는 바는 아니었으나 미혜를 대할 땐 동정과 똑같은 가슴의 설레임을 느꼈다.

첫날밤.

밀실의 비의로서 결혼을 컨슈메이트(完成)한 직후 미혜는 머리를 현상의 가슴에 파묻고 흐느꼈다.

"왜 울지?"

하고 물어도 대답이 없었다.

"왜 울지?"

현상은 다시 물었다.

미혜는 살금 고개를 흔들었을 뿐이다.

현상은 답이 나올 때까지 묻지 않을 수 없었다.

"왜 울지?"

몇 차례의 물음이 되풀이 되자 미혜는 가냘프게 속삭였다.

"너무 행복해서."

"행복하면 우는가?"

"웃을 순 없잖아요?"

"그래두."

미혜는 아까의 자세로 현상의 가슴에 머리를 묻고 있다가 중얼 거렸다.

"우리가 이렇게 행복할 수 있게 되기 위해 몇 사람의 희생자가 있 었는질 아세요?

"희생자라니, 그게 무슨 말야?"

"우리 집에 둘이나 있잖아요?"

"둘이라니."

"둘 아녜요? 연희 언니허구 진혜 언니허구……."

현상은 깜짝 놀랐다. 그래 가까스로 마음을 진정시키고 물었다.

"연희 씨 일을 언제 알았지?"

"내 생명과 청춘과 그밖에 모든 것을 맡기려 하는 판인데 그 사람 의 과거를 제가 등한히 하는 그런 사람인 줄 아세요? 당신의 아내가 그처럼 호락호락하고 부주의한 여자인 줄 아세요?"

"어떻게 알았는지 어느 정도 알았는지 몰라도 나와 연희 씨와의 사이는 깨끗해."

"변명하지 마세요. 다 알아요. 웬만한 남자라면 그만한 러브스토 리 하나쯤은 다 가지고 있는 게 아녜요? 연희 언니가 며칠 전 당신 을 찾아간 사실도 알고 있어요. 그러나 안심하세요. 전 우리 사이에 조그만 비밀도 있어선 안 되겠다는 뜻에서 말하고 있는 거니까요.

당신이 나를 사랑하고 있다는 걸 잘 알고 있으니까 하는 말이에요."

"고마워."

현상은 미혜의 부드러운 머리칼을 어루만졌다. 귀여운 미혜, 사랑스런 미혜 하고 속삭이고 싶었다. 그 마음을 손바닥에 새겨 미혜의 머리를 계속해서 애무했다.

"그리구 강양숙 씨 참으로 고마운 분이죠. 난 평생 동안 강양숙 씨를 최대의 성의를 다해 모실 작정이에요."

"……."

한강 건너의 천호동 불빛이 아름답게 시야에 들어왔다. 미혜의 속삭임이 계속되었다.

"그런데 당신은 내게 관해서는 조사해 보지도 물어 보지도 않으세요?"

"있는 그대로 좋으니까 그렇지. 과거가 무슨 소용이 있어. 지금이 제일이고 절대적이니까."

"그러나 여자에겐 자기의 과거를 설명할 수 있는 기회를 주어야 해요. 그래야 몸과 마음을 송두리째 바치고 있다는 증거를 세울 수 있거든요."

"증거는 실천으로."

하고 현상은 웃었다.

"제 과거를 알고 싶지 않으세요?"

"그렇게 말하니까 무슨 기막힌 과거라도 지닌 것 같구나."

"그럼 기막힌 과거가 없다고 생각해요?"

현상은 미혜를 등에서 아래로 차례로 어루만지며 말했다.

"이 몸뚱아리가 이제 막 내게 증명해 줬지 않았나."

"처녀를 그냥 지니고 있다고 해서, 아니 육체가 처녀라고 해서 과거가 없는 줄 아세요?"

"그만하면 됐지 뭐."

열어 제친 창의 커튼이 한들거렸다. 그 사이로 별빛이 찾아들었다. 현상은 가슴에 묻힌 미혜의 고개를 돌리며 속삭거렸다.

"저 별을 봐요."

미혜는 별 쪽으로 눈을 크게 떴다. 깊은 불빛의 검은 눈동자, 현상은 그 눈동자 속의 별을 보았다.

몇 억만 년의 아득한 거리에서 미혜의 눈동자에 고이기 위해 건너온 별빛, 현상의 가슴은 벅찼다.

"미혜! 저 불빛이 우리의 시야에 들어올 땐 그 별은 이미 죽어 있다는 시를 읽은 적이 있어?"

"빛이 우리에게 도달할 땐 그 별은 죽어 있다구요? 심각하고 아름답고 처량하고 기가 막힌 얘긴데요."

미혜는 시를 읊듯 말했다. 그리고 덧붙였다.

"이 행복한 시간이 아득한 옛날의 추억이 되고 말 날이 있을 것을 생각하면 두려워요."

미혜는 다시 머리를 현상의 가슴에 묻었다.

"두려울 건 없지. 미혜와 더불어 나도 있고 미혜가 없으면 나도 없을 테니까."

"그런데 아까 그 별의 이야기는 당신의 창작예요?"

"천만에, 불란서의 쟝 콕토의 시야."

"쟝 콕토, 저 그 시인 좋아해요."

"그럼 콕토의 시를 한번 외워 봐. 좋아하는 걸 하나만이라도."

미혜는 생각하는 눈치로 몸을 꿈틀거리더니

"이런 게 있어요."

하고 다음과 같이 외웠다.

사랑하는 벗들이여

내가 죽거든

슬퍼하지 말라. 슬픈 척만 하라.

사랑하는 벗들이여

내가 죽거든

눈물을 흘리지 말라.

눈물을 흘리는 척만 하라.

예술가란 원래 죽을 수가 없는 것이다.

죽는 척할 뿐이다.

"좋은데, 감동적이야."

미혜는 가느다란 손톱으로 현상의 가슴팍을 긁으며 이었다.

"그런데 말요. 어떤 칼럼니스트가 이 시를 인용해 놓고 말예요. 다음에 어찌 예술가뿐이랴, 사람이란 원래 죽을 수가 없는 것이다. 죽는 척할 뿐이라고 덧붙인 글을 섰어요. 멋이 있죠?"

"그렇군."

한동안 침묵이 흘렀다. 꽃향기가 섞인 봄바람이 별빛과 함께 침실에 흘러들었다. 그러한 향기 속의 침묵은 웅변 이상의 의미를 가진다. 현상은 팔에 힘을 주어 미혜의 몸을 꼭 껴안아 주었다. 그 강한 포옹으로 인해 비명 비슷한 교성을 지르곤 포옹에서 풀려나자 미혜는

"제 과거 얘길 할까요?"

하고 속삭였다.

"자꾸만 과거 과거 하는데 그렇게 사로잡혀야 할 과거가 미혜에게 있단 말야? 그러나 나는 그다지 듣고 싶지 않은데."

"아녜요. 오늘밤 들어 둬야 해요. 오늘밤이 지나면 영원히 할 수 없는 말인 걸요. 앞으로의 우리 생활엔 당신이나 나의 과거의 어떤 그림자도 끼어선 안 되니까요."

"그렇다면 말해 봐."

미혜는 조용조용 얘기를 이어 갔다. 여고시절 어떤 음악가의 총애를 받았고 자기에게도 소녀다운 연정이 일었다는 얘기. 대학 시절 어떤 교수에게 짝사랑을 느꼈었는데 뒤에 그가 엄청난 위선자임을 알자 깨끗이 그 마음을 씻어 버렸다는 얘기. 지금은 미국에 가 있는

어떤 청년으로부터 열렬한 짝사랑을 받았으나 자기의 마음은 동요하지 않았다는 얘기. 얘기를 끝내고 미혜는 덧붙였다.

"이게 저의 과거에 있던 일의 전부예요. 그런데 당신이 나타났어요. 당신이 나타나니 그 모든 과거의 남자들이 햇빛에 이슬 녹듯 꺼져 버리고 마음은 청결한 시내에서 씻은 몸처럼 깨끗해졌어요. 얘기를 하고 나니 아주 개운해요."

현상은 다시 한 번 미혜를 껴안고 이어 그녀의 머리칼을 부드럽게 정답게 어루만졌다.

"우리에겐 앞날만 있는 거지."

"그럼요, 앞날만 있죠."

밤은 깊어만 가는 데 잠은 올 것 같지 않았다. 둘이는 서로의 몸을 어루만지며 서로의 마음도 어루만졌다.

인생이 이처럼 아름다울 수 있다는 것이 얼마나 놀라운 일인가. 인생이 이처럼 행복할 수 있다는 것이 얼마나 반가운 일인가. 이 세상에서 자기들이 가장 아름답고 행복하다는 느낌을 가질 수 있는 것이 얼마나 신비로운 일인가.

미혜는 소녀시절의 꿈을 회상했다. 그때의 아슴푸레한 꿈이 안현상이란 남성으로 구체화해서 지금 자기를 안고 있다는 느낌은 황홀하기 짝이 없었다.

현상도 마찬가지였다. 좀처럼 자기의 사랑을 옮길 수 없었던 그 황폐한 마음의 광야에서 기적을 바라듯 바란 그 기원이 지금 기미

혜란 여성으로 구체화되어 자기의 품안에 있다는 느낌이 황홀하지
않을 수 없었다. 창밖의 별은 이 새로운 부부를 위해서 축복의 빛을
내리고 있었고 내일 아침 태양은 이 새 부부를 위해서 솟을 것이다.

2

그 이튿날 현상과 미혜는 신혼여행을 겸해 현상의 고향으로 떠
났다.

지리산에 오른 적은 있지만 노순(路順)이 달랐기 때문에 그 지방
에 가보긴 미혜로서는 처음이었다. 그러나 학생시절 여행을 즐겨 한
미혜는 농촌의 풍물에 새삼스럽게 놀라지는 않았다.

신혼부부의 귀향을 반긴 사람은 누구보다도 현상의 고모였다. 환
갑이 눈앞에 닥친 나이였으나 아직도 정정한 현상의 고모는 현상이
언제 돌아와도 불편을 느끼지 않을 정도로 집안을 말쑥하게 관리하
고 있었다. 뿐만 아니라 신인을 맞이한 기쁨을 동리 사람들과 일가
친척과 같이 나누기 위해 잔치 준비까지 해놓고 있었다.

미혜와 현상으로부터 부모를 대신해서 큰절을 받으며 청상과부
로 이 날까지 살아 온 보람이 있었다고 고모는 눈물을 흘리기까지 했
다. 부모님 산소에 성묘를 하고 일가 어른을 대강 찾아본 뒤 현상과
미혜는 촛불을 돋우고 안방에 앉았다. 머지않아 농촌 생활을 하게 되
면 그 방이 그들 부부의 거처가 될 것이다.

미혜는 밤이 깊도록 앞날에의 설계를 세웠다. 미혜의 의견은 그의 성격과는 달리 보수적이었다.

양옥을 하나 짓자는 현상의 의견은 먼훗날 재고하기로 하고 미혜는 그 구가옥에 당분간은 그냥 살자고 했다.

농사를 짓는다고 해서 신식으로 개량식으로 떠벌일 것이 아니라 동리 사람들이 하는 그대로 해 나가자고도 했다. 이를테면 미혜의 의견은 동리 사람들이 신기하게 생각하는 일은 일체 하지 말고 평범한 농부의 생활을 하자는 뜻이었다. 현상은 새삼스럽게 미혜의 신중한 마음먹음에 놀랐다.

"그러나 우리가 고향에 와 살게 된 기념으로 동민을 위해 한 가지 선물은 있어야 할 것 같아요."

하고 미혜는 말했다.

"어떤 것이 좋을까?"

현상은 얼른 생각이 나지 않는다는 듯이 말했다.

"이 동리에 전기를 넣도록 합시다."

미혜가 또박 말했다.

"전기?"

현상은 순간 그건 굉장히 돈이 드는 일이라는 생각을 했다. 인색해서가 아니라 선물로서는 지나친 거액이라고 생각한 것이다

"돈이 들어도 전기를 끌도록 합시다. 전기만 있으면 이곳도 그다지 불편한 곳이 아닐 것 같아요. 그리고 모두를 당신을 거부라고 생

각하고 있는데 그마한 것쯤 고향을 위해서 봉사해야죠."

그리고는 장난스럽게 웃으며 미혜는 현상의 귓전에 속삭였다.

"일단 그렇게 해놓으면 기부하라니 어쩌라니 하는 자질구레한 요구를 미리 봉쇄해 버리는 방패도 되거든요."

현상은 미혜가 어디서 이런 세속적인 지혜를 익혔을까 하고 놀랐다. 아무래도 대사업가의 집안에서 태어난 사람은 다르다는 인식도 가졌다.

그리고 이 부부는 모심는 계절부터 고향에 돌아와 살기로 작정했다. 먼저의 쓰라린 경험이 있어 미리 대비해 놓았기 때문에 현상의 귀향은 전번과 같은 반작용을 일으키지 않았다. 거부가 고향에 와서 살면 그만큼 혜택이 있을 것이란 짐작으로 마을 사람들과 일가 친척들은 모두들 환영의 뜻을 나타냈다. 30리 밖에까지 와 있는 전기를 현상이 개인 부담으로 끌고 오겠다는 발표는 마을에 거창한 센세이션을 불러일으켰다.

"비록 전등불일망정 고향에 빛을 갖다 준다는 건 좋은 일 아녜요?"

미혜가 기뻐하는 것을 보는 것이 곧 현상의 기쁨이었다.

그리고 1년.

기 회장 부부, 그러니까 현상의 장인, 장모가 시골집에 막내딸을 찾아왔다. 반 년에 한 번 꼴로 서울에 오겠다던 미혜가 반 년에 한 번은 커녕 1년 내내 오지 않는 바람에 오랜만에 농촌의 공기도 마실 겸

막내딸을 찾아오게 된 것이다.

기 영감은 우선 미혜의 얼굴이 거무스레 건강 빛으로 타있는 것이 놀라왔다.

"아무리 시골에 있기로서니 그렇게 얼굴을 다듬지 않고 되겠느냐?"

는 어머니 말에 미혜는

"왜 얼굴을 다듬지 않아요. 이 얼굴은 태양의 축복이 있는 얼굴이에요."

하고 웃었다.

"서울에 한 번쯤 올 줄 알았지."

영감은 귀여워 못 견디겠다는 표정을 짓고 막내딸을 바라보았다.

"농촌을 배우려니까 몸 뺄 여가가 있어야죠. 보일 듯 말 듯 변해 가지곤 봄이 여름이 되고 여름이 가을이 되는 양이 너무나 신기로워서요. 서울에 있어선 그런 변화는 도저히 알 수 없어요."

"그래 농촌을 많이 배웠나?"

"배우고 말구요. 지금이 오월이니 제가 여기 와 살게 된 지 꼬박 일년이거든요. 그 일년 동안의 미묘한 변화를 저는 죄다 외우고 있는 걸요."

미혜의 말은 자랑스러웠다.

"그 외운 것 한번 말해보렴."

기 영감이 말했다.

"콩을 심으니까 콩이 나데요. 팥을 심으니까 팥이 나구요. 호박넝
쿨엔 호박꽃밖엔 피지 않아요. 가지나무엔 가지가 열구요."

미혜는 어릴 때 아버지 무릎 위에 종알대던 기억이 되살아 나는
데, 그 버릇마저 되살아난 느낌이었다.

"콩을 심으면 콩이 난다."

기 영감은 철리를 들은 것처럼 감동했다.

"철학이란 별 게 없어. 그게 바로 철학이라. 호박넝쿨엔 호박꽃밖
에 피지 않더라구? 됐어."

기 영감은 연신 고개를 끄덕거렸다.

"자넨 자네 마누라에게 만족하고 있나?"

기 영감은 사위에게 시선을 돌렸다.

"예, 여왕처럼 모시고 있습니다."

안현상이 수줍게 대답했다.

"거짓말예요. 농촌에 오자마자 도련님이 돼서 농사일은 전부 제
가 맡아 보는 처지예요."

미혜가 끼었다.

"아닙니다. 지휘계통이 엇갈리면 곤란하니까 제가 지휘권을 양
보한 겁니다."

"우린 너무 사람이 좋기만 하거든요."

"그럼 자네는 뭣을 하나?"

"우린 책이나 읽고 낚시질이나 하고 산에나 가고 그래요. 나는 농

사일을 하고."

미혜의 말을 알아듣지 못하는 것 같더니 기 영감이 파안일소하며

"우리 우리 하길래 이상하다고 했더니 우리란 안 서방을 그렇게 말하는 구면."

"네, 저 사람은 저를 가리킬 때 우리란 말을 씁니다."

현상이 부끄러운 듯 말했다.

기 영감은 뒷산에 현상과 미혜를 동반하고 올랐다. 거기서 봄경색으로 펼쳐진 들을 내려다보며 농사일과 하루의 일과를 차곡차곡 물었다.

미혜는 요령있게 유머를 섞어가며 답했다. 농촌생활의 진수를 완전히 파악하고 구김살 없는 행복을 엮고 있다는 증언과도 같았다.

"나는 너희들이 농촌에서 산다기에 가난한 농촌에서 눈에 뜨이게 요란한 차림을 하고 뽐내며 살고 있지나 않을까 하는 상상을 했지. 그랬는데 와 보니 검소하고 부지런하게 살고 있구면. 내 마음에 들었다."

"한칸쯤 양옥을 짓자고 해도 저 사람이 싫어서 구옥에 그냥 살고 있습니다."

현상이 변명처럼 말했다.

"그건 자네가 거꾸로 하는 말 아닌가."

기 영감이 너그러운 웃음을 띠고 말했다.

"아닙니다. 사실 그대로입니다."

현상이 이렇게 말하자 기 영감은 곁에 앉아 있는 막내딸의 어깨를 가볍게 두드리며 말했다.

"그렇다면 자네는 좋은 마누라를 가진 셈이네."

그리고 이어 물었다.

"이런 시골에 있으면 주위가 전부 못사니까 신경 쓰이는 일이 한두 가지가 아닐 텐데 그걸 어떻게 해결하지?"

"우리가 어쩌다 약속한 것은 기부액의 다소를 막론하고 깨끗하게 내죠. 그러나 제가 살림을 맡아 있다는 걸 인식시키고 있으니까 그런 일들은 전부 제게로 와요. 깎을 건 깎고 연기할 수 있는 건 연기하고, 우리 집 가계의 한도 안에서 처리하죠."

"농사는 어떻게 짓지? 독특한 방법을 고안한다든가 그런 노력은 안 하나?"

"저 사람의 방침은 이상합니다. 약간 손해가 가더라도 남의 선두엔 서지 말자는 게 저 사람의 방침입니다. 그러니까 재래식으로 짓자는 거지요. 동리 사람들이 하는 방법 그대로 하고 있습니다."

기 영감은 고개를 끄덕였다.

"좋은 일이다. 그렇게 해야지. 그런데 미혜야."

하고 영감이 불렀다.

"예."

"네 친구는 외교관 부인이 돼서 파리로 간다더라 부럽지 않니?"

"우리도 언젠가는 파리에도 가고 코펜하겐에도 여행 가죠 뭐. 부러울 것 없어요."

"그럼 넌 영영 이 시골에서 그냥 살 작정이냐?"

"그럼은요. 태양과 더불어 눈을 뜨고 태양과 더불어 잠들고 맑은 공기와 새소리 속에서 이처럼 행복하게 살고 있는 걸요."

기 영감은 미혜의 손을 만졌다.

"손이 거칠은데?"

"농부의 손이거든요."

"그러다가 안 서방이 딴 여자에게 매력을 느끼게 되면?"

"우리에겐 그런 소질이 없어요."

"그걸 어떻게 아니?"

"우리는 우리니까요."

세 사람은 봄날의 대기처럼 활달하게 웃었다.

"그러나."

하고 기 영감이 말소리를 가다듬었다.

"너희들의 생활은 그것이 목가지 생활은 아니다. 생활의 근원을 저 농토에 송두리째 의존하고 있는 농부와는 다르단 말야. 그러니 어디까지나 기분적인 생활이란 인상이 짙다. 세상이 그처럼 호락호락하지는 않다는 것만은 알아 둬야 해."

미혜와 현상은 그 말의 뜻을 알 것 같았다. 1주일을 막내딸 집에서 묵고 서울로 돌아가는 차중에서 기 영감이 마누라에게 다음과 같이 말했다.

"미혜는 행복의 참된 뜻을 아는 아이이다. 그 애들의 생활을 보니 우리는 육십 평생을 허황하게 산 것만 같다. 당신에게 미안하다는 생각이 드는구먼. 그러나 미혜만이라도 참된 생활을 하고 있으니까 우리도 본전은 건진 셈이 되는 걸까?"

생산 지향성 인간상 혹은 콩 심은 데 콩 나는 사랑

임헌영 문학평론가

1. 이병주에게 1970년이란?

나림 이병주의 장편 『망향』은 월간 《새농민》지에 연재(1970.5~1971.12)했던 청춘의 방황과 사랑의 윤리의식을 다룬 매우 대중성 있는 작품이다. 그 후 『여로의 끝』이란 제목으로 첫 단행본(경미출판사, 1978)을 낸 뒤를 이어 1980년에는 MBC에서 〈종점〉이란 제목으로 방영했고, 그 영향력에 힘입어 창작예술사(1984)에서 같은 제목으로 재출간했으나 이병주의 다른 인기 장편들과 비교하면 밀려나 있었다.

《새농민》은 한국새농민중앙회(1965.8.15. 창립)의 기관지로 "새농민의 자주적 협동체로서 자립 · 과학 · 협동하는 새농민 운동의 확산 보급을 통해 농업인의 농업경영과 기술개선에 선도적 역할을 함으로서 농업생산성을 향상시키고, 농촌발전에 이바지 하여 농업인의 경제적 사회적 지위향상에 기여함을 목적으로 한다."는 것이었다. 초대 회장(박종안)이 나중에 5.16민족상 수상(1975년 수상, 금산단위농협 조합장)한 것으로 유추할 수 있듯이 이 단체의 기본 이념은 새마을운 동이 발아(1969년 경북 청도읍 신도리의 수해 복구 현장을 시찰 중 박정희 전 대통령의 제창으로 1970년부터 본격화)하기 이전에 농촌부흥 운동의 선 봉이었다. 거시적인 안목으로 보면 북한에서 김일성의 「사회주의 농 촌문제에 관한 테제」(1964)나, 농촌뿐만이 아니라 산업 전반에 걸쳐 전개되었던 천리마운동(1956년부터 시작) 등등에 대응할만한 농촌 체 제를 갖추자는 취지와 함께, 권력기반이 취약했던 5.16정권의 통치 기구의 확산과 심화를 겸하기도 했을 것이다.

1970년이면 이미 이병주가 「소설. 알렉산드리아」(1965)에 이어 『관부연락선』(1968~1970) 등으로 작가적 명성이 탄탄하던 때라 굳이 한정된 독자층을 상대로 한《새농민》같은 잡지에는 연재를 사양했 을 법도 한데도 마다하지 않은 것은 하고 싶은 이야기가 용솟음치는 데다 오히려 이런 매체를 통해 '조국근대화'를 기치로 내세운 군사정 권의 비인간화 현상을 꼬집어보자는 심사였을 것이라고 나는 생각 한다. 이렇게 주장할 수 있는 근거는 바로 이 시기에 나림이 연재했 던 세 장편들이 다 '조국 근대화' 일변도의 이념을 비인간화의 표징 으로 그렸기 때문이다.

1970년대 이전, 정확하게는 1969년까지 나림의 소설은 거시적 인 시점에 의한 역사의식의 발로가 중요 관심사였다. 격랑의 역사 속 에서 민족의 애환이 어떻게 나타났던가를 희생자의 관점에서 추적

하는 게 이 시기 소설의 주요 주제이자 소재였다. 그것은 망국민이 피할 수 없었던 상처를 그린 것들로 그 비극의 바탕에는 권력층이나 자산가들의 비인간화 현상이 직간접적으로 투영되어 정의가 상처받는 과정을 사실 그대로 보여준 사연들이었다. 이 과정에서 이병주 자신도 피해자로 살아왔기에 핍박받은 사람들의 한의 세계를 체득하고 있었고, 이걸 그대로 작품화했다.

그런데 1970년이 되자 한국사회는 급변하기 시작했다. 우선 1960년대 중반부터 한일협정과 월남파병으로 신중산층이 확대되면서 그 긍정적인 요인과 함께 많은 부작용이 분출되기 시작했다. 1969년에 국회가 여당 단독으로 도둑고양이처럼 야당 몰래 별관에서 박정희의 3선개헌을 통과(1969.9.14.)시킨데 대하여 이병주는 무척 곤혹스러웠음을 단편 「쥘부채」로 살짝 내비쳤다. '박정희 정권의 어용작가'라는 선입견을 무색하게 만들어준 증좌다.

그 이듬해인 1970년부터는 군사정권이 만든 조국 근대화가 엄청난 부작용을 낳아 신중산층이 생겨난 긍정적인 측면과 동시에 노동자와 농민 등 새로이 형성된 빈민층이 양산되면서 정인숙 여인 피살 사건(3.17.), 와우아파트 도괴(4.8.), 김지하의 담시 『오적』 필화, 전태일 분신(11.13.) 등등 일련의 사건들은 이미 이병주에게 그리 낯설지 않았을 것이다. 이런 사회경제사적인 변모와 함께 이 해부터 그는 본격적인 대중성을 가진 글쓰기의 기회가 주어졌다. 바로 장편 연재 소설의 기회가 주어졌고, 그 기본 주제를 윤리의식의 붕괴로 잡았다.

『배신의 강』(《부산일보》 1970.1~같은 해 12)은 분단 직후부터 싹이 튼 '자본주의에 내재된 생리와 병리'로 말미암아 부의 축적을 위해서는 남의 재산도 갈취한다는 파렴치 행위를 능력으로 평가하는 풍조가 만연된 현상을 비판한 것이 이 작품이다. 선대의 재산을 갈취당한 아들은 보복을 결행하고자 상대 집안의 딸을 유혹하는 매우 흔하고 인기 있는 방법을 택하지만 결국 그 과정에서 정의감은 사라지고 그 자신도 함께 윤리의식의 붕괴의 블랙홀로 빠져든다는 사회풍조를 주제로 삼은 작품이다.

『허상과 장미』(《경향신문》 1970.5~1971.12) 역시 '조국 근대화'란 5·16혁명이념이 전 국민을 '경제동물화'로 내몰아가는 현상을 비판했다는 점에서는 『배신의 강』과 같다. 그러나 『배신의 강』이 피해자의 후손이 보복을 시도하는 것과는 달리 『허상과 장미』는 민족사의 정통인 독립투사나 4·19혁명 참여자가 변두리 인생으로 전락해 버려 그 보복조차 꿈꿀 수 없는 참담함을 보여주고 있다. 이런 풍경은 "5·16혁명은 4·19의거의 연장이며 조국을 위기에서 구출하고 멸공과 민주수호로서 국가를 재생하기 위한 긴급한 비상조치"(박정희, 「5·16혁명은 4·19 의거의 연장」)라는 주장과 상치할 정도가 아니라 정면 도전하는 양상으로 볼 수밖에 없다.

이병주가 같은 해(1970)에 연재했던 이 두 작품이 공교롭게도 조국 근대화론의 이면에서 발생하는 부작용들을 제시하면서 산업자본주의로의 변모를 은근히 꼬집고 있다면 『망향』은 여기서 한 걸음 더 깊이 들어가 인간존재의 본질로서의 윤리의식 문제를 다뤘다는 점이 특이하다. 이건 아마 대부분이 보수적이었던 농민을 상대로 한 잡지의 성격상 작가가 의도적으로 내세운 결과이기도 할 것이다.

2. 사랑할 때와 파탄당할 때

창작예술사 판본의 『여로의 끝』의 표 4에는 작가 특유의 콧수염이 선명한 사진 밑에다 "방황하라/방황하라, 젊은이여!!/그대들 여로의 끝에서/이 소설은 이상의 별이 되리라./이 시대의 가장 리버럴한 작가/이병주, 그는/모든 여성을 위해 이 소설을 썼다."고 여성독자용 당의정을 기치로 내걸었고, 속표지의 선전문에서는 "우리 시대의 외로움을 가장 민감하게 묘사하는 작가 이병주, 그는 이 소설에서 청춘시절 무엇을 위해 고뇌하며 방황하는가를 극명하게 보여주고 있다./도시의 물질문명과 병폐의 부조리 속에서 애인을 빼앗기고 '돈이면 다냐, 재벌이면 다냐!'고 절규하는 주인공의 삶을 통해 우리는 사랑과 증오, 진실과 허위의 실상이 무엇인가를 알 수 있다"라는 작가의 의도를 슬쩍 내비쳤다.

필시 편집부에서 독자들의 구미를 맞춘답시고 사탕발림을 했겠지만 아무리 잡기와 외도로 바쁜 이병주일지라도 이 구절은 읽었을 테고 비록 자신이 고치면 더 명문이 될 수도 있었겠지만 관대한 그의 성격상 좋을 대로 하도록 맡긴 결과일 것이다.

선전문구 그대로 주인공은 청춘의 고민을 싸잡아 안고 있는 지리산 남쪽이 고향인 안현상(安玄相)이란 미모와 재능을 겸비한 촉망 받는 청년이다. S대 사학과 출신인 그는 데모와 반(反)데모의 열풍 속에 휩쓸렸던 학교 시절을 지내고 입대, 그곳에서의 힘겨운 나날을 안아 넘기고 나니 무직이란 이름의 회색의 가혹한 현실 속에 1년 남짓 헤매다가 성호재벌(成湖財閥) 계통 회사의 입사시험에 합격해 직장을 얻기는 했었지만, 무직이 유직으로 탈을 바꾸었을 뿐 생활의 감격이란 맛볼 수는 없었다. 양복지를 만들어 파는 대회사의 자재과에서 나름대로 능력을 인정받아 지내던 중, 안국동이 고향으로 오빠는 교수인 집안에서 고이 자라나 E대학을 나온 장연희(張然姬)와 열애에 빠진다.

두 남녀는 이병주 소설에서 흔히 만날 수 있는 유형들로 보통사람들보다는 확연하게 재능이 뛰어난 데다 미모까지 출중하여 둘 사이의 사내 연애는 공공연한 사실로 받아들여질 정도며 연희의 집에서도 내락이 난 상태였다. 다만 공식적인 혼인 절차는 안현상이 계장으로 승진하면 당장 치를 수순이었는데, 그런 절호의 기회가 왔다. 모 계장이 사직하자 그 후임으로 안상학이 거론되면서 축하인사까지 다 받은 상태였으나 발령 예정 날 갑자기 보류되어 버렸다. 사장의 아들 기대훈(奇大勳)이 미국유학에서 귀국하자 아버지 기락서(奇

樂瑞)는 회장이 되고 유학세대의 새파란 청년이 사장으로 취임하면서 모든 인사를 정지시킨 채 전 사원에게 업무보고서 제출을 요구하여 그걸로 자신이 직접 인사를 챙기겠다는 것 때문이었다.

탁월한 두 남녀는 데이트 중 인사발령의 중단을 서운해 하면서 신임 사장의 조처를 비아냥대며 업부보고서 문제를 거론한다. 안현상은 사학도답게 "난 사마천의 『사기(史記)』를 본뜰 참이지. 본기(本記), 세가(世家), 서(書), 표(表), 열전(列傳), 사기는 이런 구성이거든. 그걸 본기에 해당하는 부분을 기본업무로 하고, 세가에 해당하는 부분을 과의 일이긴 하되 내 업무가 아닌 것을 도와준 것으로 하고, 열전에 해당하는 것은 출장업무로 하고, 서에 해당하는 것은 내가 관여한 금전, 자재의 품목과 양을 일람표로 만들고, 표에 해당하는 것은 내가 기안한 공문의 일람표로 하고, 사기의 장마다에 붙은 태사공 언(言)이란 부분을 성과와 반성함으로 해서, 사학과를 나온 놈의 면목을 남길 작정이야."라고 자신의 야망이 좌절당한 화풀이로 약간 시니컬하게 말했다. 이에 장연희 역시 투덜대듯 프루스트의 『잃어버린 시간을 찾아서』 식으로 제출할 거라고 울분을 풀었다.

그런데 기획서 제출 보름 뒤 인사이동에서 안현상은 계장으로 승진하여 기획실의 총무계장이 되었는데, 이 자리는 과장 못지않아 사고 없이 지내기만 하면 2년 이내에 과장이 될 수 있는, 계장직으로선 최우위의 위지었다. 정연희 역시 비서실의 차석비서로 계장급으로 승진해서 둘은 곧 너무나 싱겁게 꿈이 이뤄질 듯이 보였다.

여기까지 소설은 이병주의 작품 치고는 너무나 싱겁고 사건의 기복이 없어 혹 독자들을 지루하게 만들 소지가 없지 않다. 남녀가 데이트 중 대화 내용도 이병주다운 재기나 해박한 정보가 결여된 데다 그 시절의 청춘들이 즐겼을 법한 데이트 장소나 유행풍조 등을 소개하지도 않을 뿐만 아니라 독자의 눈요기가 될 수 있는 에로틱한 장면조차 없어 삭막할 지경이다. 필시 농민들의 율리적인 보수성을 감안하여 신중을 기한 결과리라.

그런데 여기서부터 소설은 급전한다. 두 남녀가 근무능력이 우수해서 나란히 승진한 것으로도 볼 수 있으나. 그 이면에는 노회한 기락서(奇樂瑞) 회장이 일찌감치 두 남녀의 탁월성을 간파하고 자신의 로얄 패밀리로 편입시키기로 작심한 결과였던 것임이 서서히 밝혀지면서 독자를 긴장시킨다. 우선 장연희는 아들 기대훈(奇大勳)과 짝을 지어 자신의 며느리로 삼고자 내정되었으며, 안현상은 기락서의 세 딸(진혜, 선혜, 미혜) 중 맏사윗감으로 점지하고 있었다. 이미 그들 둘 사이가 연인관계임을 버젓이 알 수밖에 없는 처지인데도 아랑곳않게 이 각본이 진행되면서 둘의 관계는 틀어지기 시작한다.

흔히 '자유민주주의' 사회란 자기의 운명을 자신의 의지대로 능력껏 개척해가며 살아갈 수 있는 사회제도를 뜻하며, 그래서 독제체제에서처럼 한 고약한 인간에 의하여 다른 한 인생이 망가지지 않는 삶을 위하여 인류는 발전해 왔다. 그런데 과연 자유로이 자신의 운명을 개척할 수 있는 사회가 존재할 수 있을까? 과연 자유주의 사회는 인간이 주체가 될 수 있을까?

보통사람으로서는 자신의 존재를 형성하고 있는 상황과 조건을 타파하고 스스로의 삶을 영위하기란 어려울 것이다. 설사 독재자는 아니어도 기락서라는 한 인물에 의하여 이 두 연인의 운명은 이미 순수한 사랑이나 자기의지의 영역을 넘어서버린 것인데, 그건 거대한 역사의 수레바퀴에서 보면 극히 하찮은 일로 이병주 같은 거시적인 작가가 다룰 잽도 안 될 법하다. 그런데 이병주는 이 문제를 보는 관점을 다각도로 접근하는 방법을 택해 흥미를 더해준다.

우선 지극히 비현실적으로 보일만큼 이 소설에는 등장인물 모두가 지극히 선량하다. 안현상의 고향사람들은 좀 다르지만 서울에서 전개되는 사건에 등장하는 인물들은 다 학식과 교양은 물론이고 미모도 뛰어나다. 심지어는 기락서 회장 일가족까지도 너무나 그 인간됨이 선량하여 1960년대 이후 한국 기업인의 이미지인 '악덕상'과는 전혀 상반된다. 그들은 부자임을 뽐내지도 않고 돈이나 지위로 아랫사람들을 강박하지도 않는다.

당연히 기대훈 사장도 장연희 스스로가 자신에게 사랑을 느끼도록 지극히 교양 있게 신사적으로 접근해 나갔으며, 그 댁의 만딸 진혜 역시 재벌이란 후광이 없어도 누구에게나 충분히 매력을 느낄만한 교양과 미모를 갖춘 여인으로 안현상 조차 흔들릴 정도였다.

그럼 대체 인간에게 사랑이란 뭘까? 매력 있는 숱한 여성편력가로 소문 난 작가 이병주로서는 그래도 편력과 사랑은 다르다는 걸 안현상을 통해 보여주고 있다. 그는 눈앞에 닥친 출세길을 마다한 채 장연희에게 "이 회사를 그만두자. 그만두고 결혼하자. 난 뭐든 할 자신이 있다. 시골에 가서 농사를 지을 수도 있고 어디 가서 선생 노릇을 할 수도 있고…… 연희, 회사를 그만두자. 아무래도 이 회사는 안 될 것 같아."라고 호소했고, 이어 아래와 같이 간절한 최후의 통첩도 보냈다.

"나의 인생을 당신을 빼놓곤 생각할 수가 없습니다. 생각하면 작년의 이맘때가 그리워 견딜 수가 없습니다. 당신과 나와의 사이에 머리털만한 틈서리도 없었던 그때가 말입니다. 나는 당신의 꿈을 꾸고 있었고, 당신은 나의 꿈을 꾸고 있었습니다.(중략) 나는 이것을 시련으로 알고 싶습니다. 이 시련을 기어이 이겨 나가야만 하겠다고 생각합니다. 우리들의 사랑이 너무나 순조로웠기 때문에 이러한 시련도 있어 마땅하다고도 생각하고 있습니다. (중략) 하잘 것 없는 오해로서 무너뜨릴 성이 아닙니다. 터무니없는 고집으로 막아버릴 길이 아닙니다. 나는 당신을 놓치지 않을 방법이면 회사를 그만 두는 것도 사양하지 않겠습니다. 어떤 위험이라도 무릅쓸 각오도 되어 있습니다. 만일 당신이 나를 버린다면 인생이 나를 버리는 것으로 나는 생각할 작정입니다 …….(97~98쪽)

그러나 이런 숭고한 사랑조차도 운명을 이길 수는 없다. 여기서 운명이란 타고난 사주팔자만이 아니라 주어진 환경과 조건이 만들어낸 전체를 의미한다. 인간은 그 운명을 피할 수 없을 때 자기 합리화작용을 하는데, 그게 이 현명한 두 남녀는 서로가 자신들의 사랑을 파탄 내는 것이야말로 오히려 상대에게 더 큰 행운을 가져다 줄 것이라는 핑계였다. 즉 연희가 볼 때도 진혜는 자신에 뒤지지 않는 품격과 교양과 미모를 갖춘 여성이기에 안현상이 그녀와 결혼하므로 써 오히려 그에게 인생의 전환점을 가져올 수 있을 것이라는 구실을 붙여 자신의 배신행위를 합리화해서 기대훈에게 자연스럽게 기울어가게 되었다. 안현상 역시 연희가 기 사장과 합치는 게 더 행복할 수 있겠다는 걸 최후의 구실로 내세워 자기학대의 길을 선택했다. 그러나 결과적으로 보면 배신자는 연희였고, 배신당했음에도 안현상은 기진혜에게 이별통고를 하고는 상처투성이 몸으로 귀향길에 올랐다.

여기서 예리한 독자라면 작가가 왜 이 현명한 안현상 같은 청년이 낙향 길에 오르게 했을까를 찬찬히 더듬어봐야 할 것이다. 그는 단순히 실연, 배신당함, 그런 이유만이 아니라 인간을 그렇게 하도록 만드는 사회제도 그 자체에 실망한 것이다. 이 사실은 안현상이 장연희의 오빠에게 이젠 그녀가 되돌아온대도 받아들이지 않고 낙향하겠다는 취지를 밝힐 때 강조한 말이며, 낙향 중 노성필이란 주정뱅이에게도 이런 취지의 말을 했다.

3. 귀향, 재상경, 그리고 망향

크리스마스 이브에 홀로 낙향 길 열차에 오른 안현상은 노성필이
란 주정뱅이를 만난다. 그는 일제 치하에서 학병, 8·15 후 징역살이,
온갖 고생의 편력과 교사를 지낸 인생역전의 경력을 가진, 마치 작가
이병주의 이미지를 연상케 하는 인물이다. 며칠 뒤면 자살할 노성필
로부터 안현상은 촌철살인의 인생론을 듣게 된다.

"인생을 그처럼 얕잡아 보지 말란 말여. 어떤 여자가 배신했다고
해서 싫어질 수 있는 그런 호락호락한 인생이 아니어. 굶주림과도 싸
워 보아야 하고, 형무소에 갈 정도로 죄도 지어 보아야 하고, 숨이 넘
어갈 정도로 맞아도 보아야 하고, 사방이 벽이 되어버릴 정도로 몸부
림도 쳐봐야 하는 거요. 당신이 겪은 그 정도로 저항을 받았다고 사
회를 포기하는 건 도대체 건방지단 얘기란 말여."(197쪽)

그러니 베르테르 같은 연애담은 값져 보이지만 따져보면 고교시
절의 단막극거리밖엔 안 된다. 당연히 서울에서 뺨 맞고 고향에 간들
그걸 어루만져 줄 사람은 이미 없는 시대가 아닌가. 그만큼 고향 자
체도 조국근대화의 바람 앞에서 인심이 야박해져버렸다.
착실하게 농촌에서 살아갈 만큼의 돈을 번 안현상이 한숨 돌려
장가라도 갈 요량이었으나, 그 처녀(면장의 딸 배연주)가 서울의 대재

벌 셋째 아들과 정혼해버리자 한동안 억제했던 분노가 되살아났다.

이로써 안현상의 인생 방향은 결정되었다. 재벌에 대한 증오가 혈관에 흐르게 되었다. 장연희와의 사랑이 깨어진 것도 재벌의 탓, 배연주를 통해 소생해보고자 하는 의욕을 짓밟은 것도 재벌의 탓이라고 생각할 때 안현상은 돈을 벌어야겠다는 맹렬한 욕심에 사로잡히게 되었다. 농촌을 무대로 돈을 벌 수 있다는 생각은 먼저부터 있었다. 일가친척들의 매정스러운 태도에 자극을 받기도 했거니와 그런 사이에서 재산을 보전하려는 노력을 하는 동안에 치재의 요령 같은 것도 체득하게 되어 있었던 것이다. 게다가 영리한 현상의 재질이 일단 치재의 방향으로 쏠리기만 하면 월등한 실력을 발휘하게 될 것도 알만한 일이다.(235쪽)

안현상의 인생이 농촌 중산층으로 품격있게 살아보려던 안주의 꿈이 치부로 굳어져 서울로 진출, 땅 투기로 나서서 엄청난 벼락부자로 변신했을 때는 그가 34세가 되어 있었다. 그 무렵에 만난 강양숙은 이병주의 작품에 등장하는 매력적인 여인의 전형일 것이다. 20세에 52세의 사업가와 결혼했으나 10년 후 남편이 넉넉한 유산을 남기고 죽자 아이도 없었던 그녀로서는 그간 익힌 돈 낚는 기술로 엄청난 치부를 했다.

경기도 광주군, 시흥군, 고양군에 속해 있던 토지가 서울시로 편입되면서 부동산 붐이 일어난 건 1964년 8월, 말죽거리(양재역 일대)가 상업지구로 되면서였다. 그 2년 후인 1966년에 관계당국은 '남서울 도시계획'을 공개했으니 이미 그 전부터 정보를 가진 큰손들은 다 움직였을 터였다.

강양숙도 그 무리의 하나였지만 큰손들처럼 오만하거나 천박하지 않은 조신한 처신으로 뭇 남성의 유혹도 물리치며 지냈건만 연하의 청년 안현상에게는 자신이 먼저 끌렸고, 현상 역시 이에 호응할 정도를 넘어 지난 시절의 어떤 여인보다 더 진심으로 사랑하는 관계로 발전하여 동업자의 수준에 이르러서 둘 사이에는 모든 과거사도 다 털어놓을 정도가 되었다.

아마 이 작품에서 작가가 가장 정성들인 여인은 강양숙일 것이다. 강남 마담 1세대인 이 여인을 이처럼 우아하고 매력적으로 그린 작품은 흔하지 않을 것이다. 그녀는 결혼도 마다 않는 현상에게 극구 사양하며 자신을 그냥 여자로만 곁에 자유로이 머물 수 있게 해달라며, 만약 자신 때문에 결혼을 않겠다면 "천상 제가 없어져야 하겠군요. 그렇게(결혼을 않는 것) 하시는 건 저를 없어지라고 하는 거나 마찬가지예요. 소원입니다. 저를 곁에 있게 해주세요. 적당한 처녀와 결혼을 하시면 전 누이처럼 두 분을 보살피겠어요. 그렇지 않으면 전 사장님의 눈앞에서 사라지고 말 겁니다."라고 위협했다.

마침 성호 재벌이 내리막길에 들어서서 사채까지 끌어 쓰다가 궁지에 몰렸는데, 그 중에는 이름을 숨긴 안현상의 돈까지 있다는 정보

앞에서 잠시 그는 세속적인 보복도 꿈꿨지만 강양숙의 만류로 자기 본연의 인생론으로 돌아설 수 있었다.

그러나 우연히 조우하게 된 성호재벌 기락서 회장의 막내 딸 미혜와 점점 가까워지면서 연정이 싹 터 결혼, 다시 낙향하게 된다는 신파조의 결말은 가히 윤리의식에서 일대 혁명적인 작가의 용단이 아닐 수 없다. 첫사랑의 연희가 처남의 댁으로 버젓이 존재하고 있는 집, 혼담이 오갔던 그 댁 기회장의 맏딸 진혜를 냉철하게 거절했던 처지를 생각하면 애초부터 미혜가 안현상을 맞을 수 없었을 테고, 현상 역시 아무리 사랑한대도 미혜를 물리쳐야 한다는 게 보통사람들의 사랑법이 아닌가. 더구나 연희는 남편 기대훈이 사업을 망친 데다 바람까지 피워 생과부처럼 지내고 있으며, 자신이 버린 진혜는 남편이 일찍 죽어버려 청상의 처지가 아닌가. 웬만한 작가라면 진혜와의 재결합을 시도하거나, 연희를 농락할 수도 있었을 텐데 누구도 예기치 못한 미혜와 모험적인 '새로운 사랑'을 선택한 게 이병주가 이 소설에서 보여주고자 하는 혁명적인 윤리의식의 사랑법이다.

작가로서는 고리타분한 윤리의식의 틀을 확 부셔버린 셈인데, 이 결혼이 성립될 수 있었던 데는 우선 기락서 회장의 진취적인 결단부터 강양숙의 적극적인 추진력이 컸던 것으로 작가는 설정하고 있다. 기락서는 이 얽힌 실타래를 직접 풀고자 모두 한 지리에 불러 이렇게 말한다.

"진혜야, 인연이라는 게 있구, 운명이란 것도 있는 거다. 안 군은 우리 집안과 인연이 없는 사람인 줄 알았는데 결국 인연이 있었던 거로구나. 네 남편이 되지 않았지만 한 집안 식구는 된 거다. 남편으로선 인연이 없지만 형제의 인연은 있는 셈이다. 앞으로 서로 서먹서먹하지 말고 참으로 형제처럼 지내라. 미혜와 안 군과의 결혼을 기뻐하면서도 진혜, 너를 생각하니 가슴이 아파서 둘이를 만나게 한 것이니 내 뜻을 이해해라. 앞으론 참으로 형제처럼 지내야 한다. 서먹서먹한 감정일랑 탁 털어 버리고……."

현상은 기 노인의 마음 씀에 감동했다. 노인의 한 마디로서 마음의 밑바닥에 깔린 께름한 찌꺼기 같은 것이 일소되는 느낌이었다. 진혜가 화사하게 웃었다. 현상도 웃었다. 노인의 얼굴에는 미소가 떠올랐다.(374~375쪽)

그러나 작가는 가장 중요한 한 여인을 간과하고 있다. 바로 현상의 연인 연희 문제다. 그녀는 소설 전반부에서 보여줬던 선량한 이미지와는 달리 이미 현상을 배신한 처지여서 굳이 나설 입장도 아니려니와 그래도 할 말이 있다면 옛 연인에게 축하인사를 보내야 할 처지가 아닐까. 그게 이병주가 이 소설에서 주장하는 새로운 사랑법의 결말인데, 독자의 예상을 깨고 그녀는 막판에 이 두 남녀의 결혼을 한사코 훼방 놓으려고 나선다. 물론 참담하게 그 훼방은 좌절당하고 말았지만 이에 대해 작가는 가타부타 언급이 없다. 그저 쿨하게 처리해버린 셈이다.

4. 맺는 말 - 생산지향성 사랑 실현하기

후기 산업사회가 비인간화로 치닫는 현상을 에리히 프롬은 휴머
니즘적인 진정한 사랑이 사라져 버린 데서 탐구했다. 열두 살 때 프
롬은 온 가족이 서로 다 알고 지냈던, 미녀에다 그림을 잘 그렸던 매
력적인 25세의 아름다운 여인의 자살 사건을 가장 큰 충격으로 받아
들였다. 파혼한 그녀는 홀아버지의 다방면에 걸친 단짝 역할을 수행
했는데, 부친 사후 그녀도 함께 묻어 달라는 유언을 남기고 자살해버
리자 어린 프롬은 '왜' 이렇듯 아름다운 여인이 죽어야만 하는가 라
는 질문이 그를 프로이트에 접근하는 계기로 작용했다.

두 번 째 프롬을 경악시킨 사건은 제1차 대전(1914~18)이었다. 열
네 살에 전쟁이 터져 열여덟 살에 끝난 이 전쟁은 프롬에게 강렬한
전염성 높은 독일식 침략적 민족주의에 중독 당해 영국을 비롯한 동
맹국에 대한 멸시와 증오감이 만연되도록 유도했다. 그러나 전쟁이
패전으로 끝나자 그는 폐허 속에서 허망하게 '왜' 인간이 그토록 비
이성적인 행위에 광분해야만 되었던가를 따지면서 나중에 마르크스
에 접근하는 계기가 되었다고 했다.

그래서 프롬은 명성을 얻은 대표작의 하나인 『자유로 부터의 도

피』(1941)에서 왜 가장 훌륭한 헌법인 바이마르 헌법 체제 아래서 독일인들이 극단적인 반 헌법적 체제인 나치를 지지하게 되었는가 하는 질문 앞에서 그 심리적인 이유를 (1) 권위주의(Authoritarianism), (2) 파괴성의 발로(Destructiveness), (3) 자동적으로 체제에 순응하기 (Automtion Conformity)라고 보았다.

그러나 나치체제가 비인간화의 극적인 예임이 밝혀진 이후에 도래한 자유민주주의 체제 아래서는 국가권력과는 상관없이 인간 개개인이 점점 비인간화 혹은 동물로의 퇴화 과장을 밟고 있음을 보면서 프롬은 인간의 심리와 사회구조가 어떤 상관작용을 하면서 인류 역사를 형성해 나가느냐에 따라 그는 심리학과 사회학을 통한 세계 평화를 모색하게 되었다. 심리학을 개인과 세계의 관계 맺기로 본 그는 인간이 지닌 소유. 초월. 착근. 정체. 준거의 5대 욕구 중 현대인은 소유욕구가 가장 강하게 작용하여 소외현상이 중요한 쟁점으로 부각했다고 보았다. 이 해명을 위한 기본 틀로 프롬은 유명한 5가지 유형의 심리학적 인간형을 창출해냈다. 역사적 조건과 사회 환경, 문화와 종교 정치 경제 체제 등등에 따라 인간을 56개 유형으로 나눠진다고 그는 풀이한다. 이 중 죽음 지향성(Necrophilous)을 제외한 다섯 가지는 아래와 같다.

(1) 수용 지향성(The receptive orientation) : 필요한 것을 얻을 때까지 기다리는 사람들로 흔히 풍요로운 지역에 사는 농민들에게서 볼

수 있음. 노예, 농노, 이민 노동자 등 저변층에 흔함. 프로이트의 수동적인 구강 심층심리, 아들러의 의존형 심리에서 기인.

(2) 착취 지향성(The exploitative orientation) : 귀족이나 상류층에서 흔히 볼 수 있는 부란 착취라는 인식에 입각한 인간형. 프로이트의 능동적인 구강 심리, 아들러의 공격적인 유형에서 기인.

(3) 축적 지향성(The hoarding orientation) : 부르주아, 부유한 상인과 농민, 기술자 등에서 볼 수 있는 소유와 보유 본능이 강한 인간형. 완강하고 집착과 아집이 강하며 상상력은 결핍된 실제적인 인간상이다. 프로이트의 항문 지향성 인간과 유사.

(4) 시장 지향성(The marketing orientation) : 최고 입찰자에게 자신을 판매하는 걸 인생의 목표로 삼는 오직 교환만을 추구하는 유형. 현대 산업사회의 대부분 인간상. 프로이트의 남근 지향성과 통합. 여피(yuppie)와 번지 점프(bungee-jumping)의 생리구조.

(5) 생산 지향성(The productive orientation) : 자신이 필요한 것을 자기 노동(능력)으로 얻을 수 있다고 보는 건전한 유형의 인간. 과학자, 예술가. 작가 등을 포함.

현대 산업사회는 비생산적인 인간 유형이 늘어나면서 사회불안과 소외의식이 만연된다고 본 프롬은 삶(to be) 그 자체보다도 소유(to have)를 열망하게 되었다고 비판한다.

여기에 사랑의 윤리를 대입시키면 (1)은 보통사람들처럼 인연을 맺어주는 대로 짝을 짓고, (2)는 상류층의 생리로 남의 여인도 아무런 부담감 없이 빼앗으며, (3)은 오로지 자기 집과 가족만 아는 이기주의적인 소시민적인 사랑이고, (4)는 적당히 외도도 즐기는 중산층이라고나 할까. 프롬의 진단으로는 후기 산업사회가 범죄와 반윤리로 변해가는 원은은 이 네가지 지향성 인간상 때문이라는 것이며 인간다운 사회를 위해서는 생산지향성 사랑이 필요하다는 것이다. 이를 이병주는 안현상과 기미혜의 결합으로 보여준 것이라 하겠다.

이들이 결혼 후 낙향한 집을 방문한 기낙서 영감은 아내에게 "미혜는 행복의 참된 뜻을 아는 아이이다. 그 애들의 생활을 보니 우리는 육십 평생을 허황하게 산 것만 같다. 당신에게 미안하다는 생각이 드는구먼. 그러나 미혜만이라도 참된 생활을 하고 있으니까 우리도 본전은 건진 셈이 되는 걸까?"(400쪽)라고 실토한다. 미혜의 사랑의 요체는 아버지의 좌우명인 "콩 심은 데 콩 난다"는 것으로 자신이 사랑하는 만큼 세상은 밝아진다는 것에 다름 아니며, 이것은 생산지향성 인간상의 전형이기도할 것이다.